異俠大系
新編完整版

卷13

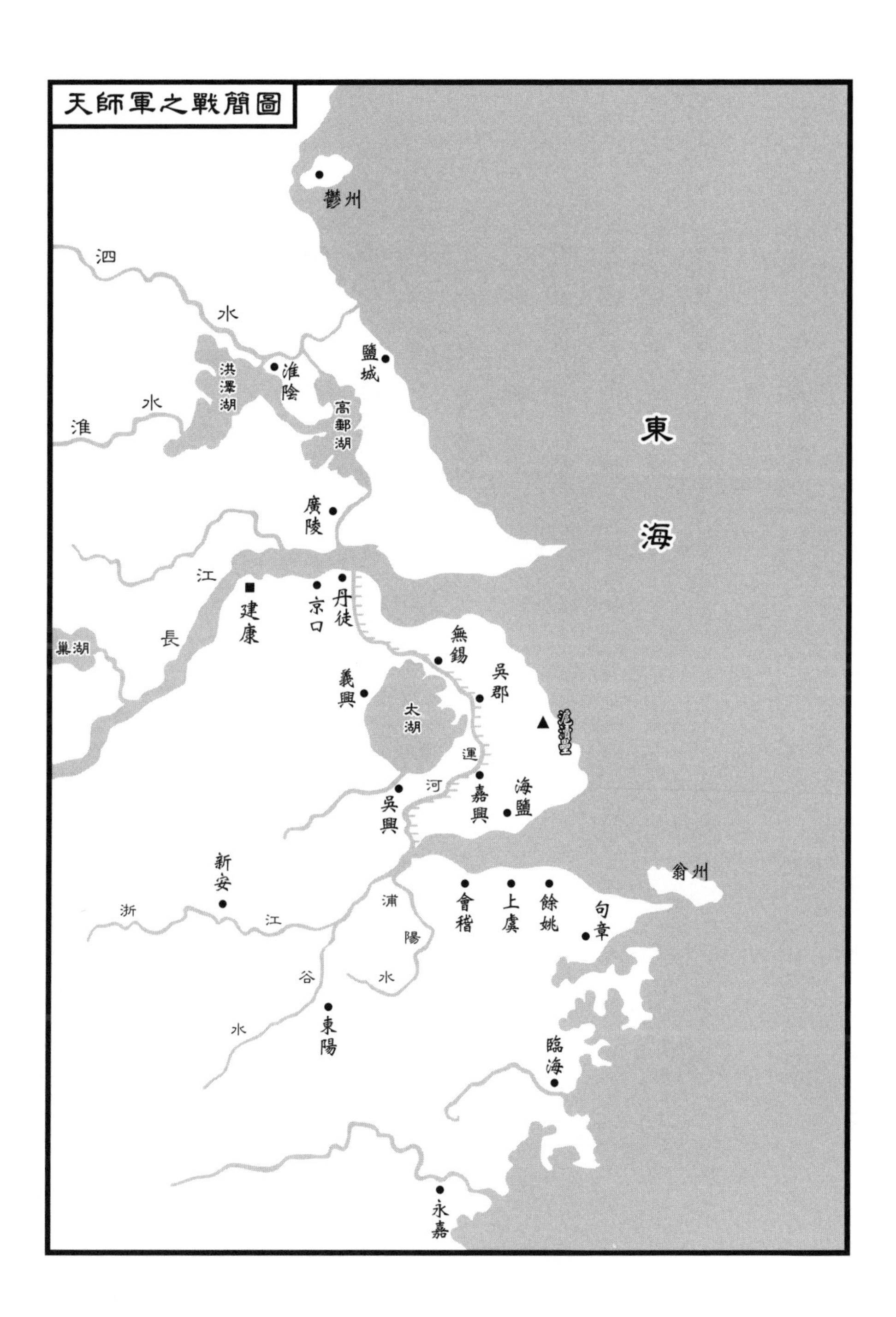
天師軍之戰簡圖
鬱州
泗
水
淮陰
鹽城
洪澤湖
高郵湖
淮
水
東
海
廣陵
江
建康
京口
丹徒
長
巢湖
無錫
吳郡
義興
太湖
滬瀆壘
運
河
嘉興
海鹽
吳興
新安
翁州
浙
江
浦
陽
水
會稽
上虞
餘姚
句章
谷
水
東陽
臨海
永嘉

邊荒傳說

卷13

目錄

第一章　雄心壯志

以十五艘雙頭艦組成的戰船隊，泊在永興島東面一個海灣裡，如此縱有敵船從陸岸駛來，除非繞到海島另一邊梭巡，否則絕不可能發現他們。所以只要在海島群南處設崗哨，入侵範圍的敵艦將無可遁形，而要打要逃，釐定進攻退守之法的主動權，亦能完全掌握在手上。

只以隱藏避敵而言，永興島實比長蛇島群優勝，但缺點卻是更為偏遠，從這裡到海鹽去，一路順風順流也要多花上兩天的時間。

不過劉裕和屠奉三都沒爲此憂心，因爲他們已發現了徐道覆的秘密基地，只要天師軍一有異動的訊息傳來，他們仍有足夠的時間及時行動，不虞錯失良機。

此時正在島上砍樹伐木，以建造臨時碼頭的一眾兄弟，看到奇兵號昂然進入海灣，另有陰奇的雙頭艦追隨在旁，均曉得是劉裕來了，人人拋下手上的工作，不顧一切的擁到岸邊，高聲歡叫喝采，興奮雀躍，狀如瘋狂。

劉裕看得目瞪口呆，眞是怎麼也預料不到眾兄弟的反應如此熱烈。

站在劉裕左邊的陰奇道：「劉爺聽到他們在嚷甚麼嗎？他們在叫劉爺萬歲。」

劉裕苦笑道：「如果此事傳至司馬道子耳中，我們會大禍臨頭。」

另一邊的屠奉三欣然道：「劉爺可以放心，這班兄弟都是經過精心挑選，從我原振荊會和大江幫的兄弟選出來的，忠誠方面無可懷疑。更重要的是每個人都深信不疑你是眞命天子。告訴我，誰敢出賣心目中的眞命天子呢？還有更愚蠢的事嗎？」

喝采聲更響亮了，「劉爺萬歲」的喊叫聲潮水般在海灣來回激盪著，令人熱血沸騰。

劉裕心中生出難以形容的感覺，似乎他一生的事業，從這一刻才開始，而由這一刻起，他的榮辱再不限於個人，而是屬於眼前的所有兄弟，大家已變成一個整體。

就在這時，他的目光終於在數以千計狂熱歡迎他們的人群中，搜索到目標。

江文清卓立岸旁一塊巨石上，沒有像其他人般揮手吶喊，只是靜靜地注視著他，陪伴她一旁的是宋悲風。

劉裕心中一顫，明白了陰奇先前對她的形容，久違了的「邊荒公子」終於「回來了」。

江文清一身男裝打扮，衣袂隨海風吹拂飄揚，一副翩翩佳公子玉樹臨風的情態，說不盡的風流爾雅，從容自若。

劉裕沒法形容驟見到她這般動人模樣的心情，沒法描述她在他心中激起的複雜微妙感覺，他們之間的關係更是無法有任何言詞可以適當形容的，他只知道在這一刻心神全被她佔據了，而且比任何一刻，他更需要她。

屠奉三輕推他一把。

劉裕會意的高舉雙手，大喝道：「各位兄弟！劉裕來哩！」

喊叫聲立即攀上巔峰，震盪著海灣，直沖上霄漢。

拓跋珪醒轉過來，一時間以爲自己仍身處沙漠，直到睜開眼睛，方回到帳幕內的現實裡。赤裸的楚無暇蜷伏在他懷裡，雙手抱緊著他。

昨夜他又夢到那沙漠，在駱駝背上嗅著那秘族美少女的動人體香，雖然隔了個燕飛，但仍足以令他忘記了沙漠的可怕，至乎忘記了一切，所以剛才一時間不知身處何方何地，分不清楚是冷酷的現實還是醉人的夢境。

懷裡的美女顫動了一下，接著用力把他摟緊，心滿意足的吁出一口氣，嬌柔的輕輕道：「族主在想甚麼呢？」

拓跋珪心中苦笑，假如自己老老實實的說出眞話，告訴她自己正在想另一女人，她會有甚麼反應？

帳外傳來戰馬走動和嘶叫的聲音，帳內卻是另一個世界，他忽然發覺自己很享受這種強烈對比下的安寧。

拓跋珪目光落在懷中美女的俏臉上，剛好她睜開眸子，兩人目光接觸，拓跋珪微笑道：「我在想敵人，也在想你。」

楚無暇「呵」一聲叫起來，然後把香唇湊到他的耳朵旁，似用盡了全身的氣力，叮嚀道：「永遠不要捨棄我，族主，沒有了族主的愛寵，無暇將一無所有。」

燕飛進入驛站的主堂，拓跋儀正在來回踱步，看樣子便知他滿腦子煩惱。

見燕飛來找他，拓跋儀欣然道：「你來得正好，我正想找你，昨夜我們根本沒有說話的機會。來，坐下再說。」

們的骨肉著想。」

兩人到一旁坐下。

燕飛道：「素君怎麼想呢？」

拓跋儀嘆道：「她當然不願離開我，但有甚麼辦法呢？我費盡唇舌才說服了她，她也不得不為我們的骨肉著想。」

拓跋儀點頭道：「這方面當然沒有問題。對今次決戰，你有把握嗎？」

燕飛道：「今晚決戰後，我們立即起程，你最好安排一艘船，走水路會舒服點。」

燕飛暗嘆一口氣，自己有把握嗎？他真的不知道。直到此刻，他仍沒法摸通摸透向雨田。在鬼影的虎視眈眈下，他們均沒有留手的可能，否則如被萬俟明瑤曉得向雨田只是虛應故事，一怒之下毀掉寶卷，那會令向雨田生不如死，抱憾終生。

事實上燕飛心情矛盾，既希望向雨田全力出手，好向萬俟明瑤「還債」，了卻心事，但另一方面又怕自己架不住向雨田的奇功秘技，一時失手，那就非常糟糕。

他的為難處是向雨田可以全力出手，而他卻不可以這麼做。沒有「小三合」的「日月麗天大法」，可否令向雨田「知難」而退呢？他真的沒有把握。

想到這裡，燕飛心中一動，想到了一個後果非常嚴重的問題。

耐心等待他答話的拓跋儀皺眉道：「你想到了甚麼呢？」

燕飛微笑道：「我也說不上來自己想到了甚麼，希望是解決今晚難題的辦法吧！」

拓跋儀沉聲道：「向雨田真的那麼厲害嗎？」

燕飛點頭道：「我可以肯定地告訴你，向雨田的身手絕對是孫恩那個級數，不過請你老哥放心，今夜我會和你揚帆北上，我們和慕容垂的戰爭會繼續進行，直至分出勝負。」

接著站了起來，親切地拍拍拓跋儀的臉頰，笑道：「告訴素君，你們的孩子會在一個遠離戰火、山明水秀的地方出生，而在適當的時機，我會設法讓孩子的父親回到她的身旁，那時甚麼爭雄鬥勝都與你們無關了。」

江文清語調鏗鏘的道：「若燕飛所料無誤，李淑莊、陳公公和那個叫奉先的人，以至於乾歸和四川譙家，均屬於所謂的聖門派系，他們短期的目標是要助桓玄奪權，最終的目標則是出而主宰天下，然後把儒家趕盡殺絕，洗雪自漢武帝以來備受排擠壓迫的恥恨。」

一身男裝的江文清，俏立在臨海的一塊大石上，侃侃而論從燕飛處得來的重要情報，用詞精準、生動傳神，把整件錯綜複雜的事，鉅細無遺、有條不紊地交代出來。

風從大海吹來，令她衣袂拂揚，袍服緊貼身體，凸顯了她修長苗條的體型，明朗直爽的神態氣度，使得坐在另一邊石灘上的劉裕、宋悲風、屠奉三、陰奇、蒯恩和老手，心神都不由被她吸引了，聽著她的敘述完全沒有絲毫冗長沉悶的感覺。

在明媚的冬日陽光照射下，益顯她明艷照人的風姿，一雙明眸在兩道彎彎的秀眉下差可與天上的陽光爭輝。

劉裕呆看著她，心中湧起難以形容的感覺，有點像經歷過了千辛萬苦的旅程後，回到了久違的故土，見到初戀的情人，驟然發覺她長大了，出落得更美更迷人，更能觸動他的心。但她的「與前不同」，又使他感到似有一道無形的鴻溝把他們分隔開來，那是一種糅合了內疚、自慚形穢，由衷感到配不上她的負面情緒，一時間眞的不知是何滋味。

不知是否因爲她回復以前裝扮成「邊荒公子」的神采，又或是她予人煥然一新且更添秀外慧中的感覺，在劉裕眼中的江文清就像另一個人，擁有以前沒有的優點和吸引力。

一時間他全被她的風采吸引，說不出話來。

屠奉三道：「幸好燕飛識破魔門這個近乎隱形的惡勢力，否則我們一敗塗地後仍不曉得是怎麼一回事，只從乾歸、陳公公、李淑莊三人來看，便知魔門人才濟濟，如他們全力扶助桓玄，必定使我們處於非常惡劣的形勢。」

宋悲風皺眉道：「可是當日乾歸追殺小裕，小裕正是利用乾歸和陳公公之間的敵對關係逃生，如果他們同是魔門中人，小裕怎逃得了呢？」

劉裕暗叫慚愧，這番話理該由自己說出來，現在反由宋悲風提出，可見江文清對他的魅力有多大，令他神魂飄蕩，失去平時的精明。

江文清訝道：「竟有此事？」目光往劉裕投去。

劉裕被她的目光看得心兒卜卜跳，忙道：「我可以肯定乾歸和陳公公是敵人，互相懷疑，所以我才能利用當時微妙的情況，製造逃走的機會。」

屠奉三道：「這麼看乾歸該非魔門中人，只是被魔門利用的人，故而譙家須透過譙嫩玉來牽制他。由此可見魔門一直希望隱藏形跡。直到乾歸被殺，魔門的人不得不出面，才被我們察覺到他們的存在。他們的另一個錯誤，是低估了燕飛，不但讓三個高手飲恨蝶戀花之下，也暴露了陰謀，致牽一髮而動全身。」

江文清道：「即使曉得魔門的存在，但對魔門眞正的實力，我們仍近乎一無所知。兵法有云：知己知彼，百戰不殆。所以我們現在首要之務，是要先了解魔門的動向，再掌握他們的實力，方有辦法對付他們。」

宋悲風道：「文清說得對。雖然我們對魔門所知不多，但可肯定有魔門撐腰，桓玄將平空多出一大批可怕的高手。在一般的情況下，這批魔門高手的作用始終有限，可是如被桓玄攻陷建康，這批高手發揮出來的力量會是非常可怕，至乎將整個局勢扭轉過來，令我們失去還手的信心。」

眾人無不動容，想不到宋悲風說出了這麼有見地的一番話來。

宋悲風接著有點不好意思的道：「坦白說，這並不是我的見解，而是安公的看法。當時他是針對彌勒教南來而說的，當彌勒教變成司馬道子助紂爲虐的殺人利器，司馬道子會悍然借彌勒教之力對反對者進行殺戮，再把一切責任推在彌勒教身上，現在桓玄有魔門助惡，就像彌勒教之於司馬道子一樣，是一股很大的破壞力。」

江文清點頭道：「這個比喻很貼切，燕飛也懷疑竺法慶是魔門的人。」

陰奇吁一口氣道：「如果竺法慶確實是魔門的人，那麼魔門派出高手伏擊燕飛，便含有報復之意了。」

屠奉三苦笑道：「這叫一波未平一波又起，桓玄已不容易對付，加上魔門對他的支持，令情勢更趨複雜。現在我們要對付天師軍已非常吃力，還如何顧及建康的情況？」

江文清美目投向劉裕，道：「劉爺心中有甚麼主意呢？你今天好像特別沉默哩！」

劉裕忙收攝心神，忽然間他感到一陣輕鬆，好像拋開了某一個沉重的包袱，對未來充滿生機和鬥志。他自己並不明白怎會變成這個樣子，只知目前正面對生死存亡的關頭，而自己正處於主帥的位置上，必須作出正確的判斷，釐定行事的大方向，令大家有力可施。轉向一直沒有說話的蒯恩道：「小恩有甚麼意見？」

蒯恩似一直在等候這個發言的機會，聞言道：「我想先對未來情況的發展，作一個大膽的假設。」

屠奉三顯然特別照顧這個被知己侯亮生慧眼看中的小子，欣然道：「不論想到甚麼，小恩有話直說，不要膽怯，更不須有任何避忌。」

蒯恩道：「現在南方分作三條戰線，首先是建康牽涉到司馬氏王權的戰線，在這條戰線上，桓玄現在是佔盡上風，控制了主動，而司馬氏只能採取守勢。這條戰線是我們目前無力兼顧的，亦不宜理會，我們若硬要去管，只會適得其反，至乎兩頭皆空。」

老手點頭道：「小恩說得對，我們是自顧不暇，只能先管這裡的事。」

蒯恩得到老手認同，立即信心大增，道：「另外兩條戰線分別是我們與天師軍在這區域的鬥爭和壽陽的爭奪戰，後者直接牽涉到邊荒集的存亡，更代表著誰能控制淮水的問題，其重要性絕不在另兩條戰線之下。」

屠奉三讚道：「說得好！」

蒯恩感激地看了屠奉三一眼，續道：「假使司馬道子父子不敵桓玄，被桓玄攻佔了建康，那桓玄將把整條大河置於絕對的控制之下，實力驟然倍增。在這樣的情況下，我們唯一擊敗桓玄的辦法，就是逼桓玄打一場兩條戰線的戰爭，令他無法集中力量去殲滅任何一方的敵人。這就是我可以想出來的策略。」

劉裕微笑道：「小恩能縱觀全局，定出長遠的大計，可見是大將之才。」

蒯恩再得劉裕讚賞，嫩臉一紅，神情興奮。

劉裕環視眾人，目光在江文清身上忍不住多逗留了一會兒，方道：「小恩大致上說出了我心中的想法，邊荒集方面我們不用擔心，我們的荒人兄弟既清楚形勢，自有應付的辦法。現在我們雖奈何不了魔門，卻非無計可施，我們愈能掌握魔門的虛實，將來對付起來愈有把握，奉三可否在此事上想辦法？」

屠奉三皺眉道：「我們應否知會司馬元顯有關魔門的事呢？好讓他能有所提防。」

宋悲風道：「讓司馬元顯曉得此事，與直接告知司馬道子無異，會否有反效果呢？」

劉裕道：「司馬道子是老謀深算的人，該有能力對我們的情報作出明智的判斷，關鍵是應選擇在甚麼時候讓他知道。」

江文清道：「當桓玄收拾了楊佺期和殷仲堪的時候，我們直接知會司馬道子如何？」

劉裕欣然道：「就這麼辦！」

陰奇道：「終於暫時解決了這個問題，我們現在又如何？」

劉裕道：「只要能解決通信的問題，便可立即前往海鹽，繼續我們的計畫。」

江文清甜甜一笑道：「這個包在我身上，只須十天光景，我們的信鴿高手可設立一個飛鴿傳書的系統，往返海鹽和永興島之間，保證不會貽誤軍機。」

劉裕大喜道：「如此我們將可大增勝算，今晚我們便到海鹽去，看情況再決定下一步的行動。」

屠奉三道：「那時會稽該已落入謝琰手上，天師軍反擊的行動亦將展開，該是劉爺找劉毅談心的時候了。」

陰奇笑道：「屆時我保證敕牒文書一應俱全，劉毅這未見過眞正聖旨的傢伙肯定難辨眞僞。」

劉裕目光投往江文清，後者亦往他瞧去，眼光相觸，江文清俏臉微紅的把目光移開。

劉裕登時心情大佳，頗有點否極泰來的舒暢感覺，在這一刻，一切負擔再不成包袱，對未來他充滿了信心和希望。燕飛說得對，人不能老是活在仇恨裡，那是任何人都負擔不來的。

第二章　對付影子

向雨田拉開房門，大訝道：「眞的是你燕飛？完全出乎我意料之外，我還以爲今晚決戰前你不會再跟我作任何接觸。該不是來找我去吃午膳吧？這樣似乎太過招搖了。」

燕飛現出一個苦澀的笑容，跨步進房，從讓往一旁的向雨田面前經過，嘆道：「我們有個新的煩惱。」

向雨田把門關上，走到燕飛身旁，大感興趣的道：「能令燕飛認爲是煩惱，肯定是窒礙難行之事，請燕兄指點。」

燕飛透過小廳的側窗，看著外面中園的荷花池，道：「我先要問你一個問題，鬼影認識你師尊有多久呢？」

向雨田劇震道：「我明白了，確實是煩惱。」接著目光灼灼地打量窗外，似怕鬼影正躲在外面某處偷讀他們唇語般的神態，接著移到窗前，隔斷了燕飛望向窗外的目光，道：「聖門之所以派出鬼影來勸我師尊出山，正因在聖門中以鬼影與我師尊最有交情，他們應該認識很久了。以鬼影的眼力，只要燕兄有三、四分酷肖你爹，肯定可認出你來，加上他曾目睹我們暗中往還，像朋友多過像敵人，自然會猜我們因這個特殊的關係而化敵爲友。由於心有定見，當他今晚看到我們在未分勝負生死前休戰，不論我們的表演是如何逼眞，就算我確實盡了全力，仍會認定我們是弄虛作假。只要他向明瑤說出他這個判斷，明瑤一怒之下，一定會把我的寶卷燒掉。唉！這個可能性非常大，因爲明瑤曉得鬼影是聖門裡眼力最佳的人，會信任鬼影的判斷而不疑，卻不知鬼影竟是因心中成見而出現判斷上的偏差。而鬼影當然不會向明瑤透露他看破你是我師尊的兒子，因怕明瑤亦會因此關係與你息止干戈，他並不知道明瑤早清楚你的身分。」

燕飛心中佩服向雨田的聰明才智，只一句話便掌握到自己的心事，而向雨田對人性認識的透徹，更是令人驚嘆，也省去了他不少唇舌。

燕飛的擔心並非無的放矢，墨夷明當年能一眼認出他這個兒子，可見他燕飛的長相有酷肖親娘的地方，說不定也有酷肖墨夷明之處。當日魔門三大高手截擊燕飛，衛娥便曾問他和墨夷明的關係，可知衛娥曾心中起疑。

向雨田沉聲道：「唯一的方法，是在決戰前把鬼影幹掉。唉！他奶奶的！為何我到邊荒後沒有一件事是順利的？」

燕飛打量向雨田，道：「他始終是你師尊多年的朋友，殺了他會否令你感到內疚呢？」

向雨田雙目閃閃生輝的道：「當這變成唯一的選擇時，我是會令自己不內疚的，如我真的錯手殺了你，我也不容心中有任何悔恨的情緒，何況是鬼影？像我對明瑤般，絕不會去想她是如何迷人可愛，和她雙宿雙棲是如何幸福，只會想男女之間只有短暫的激情，一旦熱情冷卻，便嚼之無味，根本不值得犧牲自己的理想，更不是我要追求的東西。明白嗎？這是一個心之所向的問題，這方面我有很深的經驗。」

燕飛愕然道：「這麼說，你捨棄明瑤，其實吃了很多苦頭？」

向雨田頹然道：「不要說這麼令人洩氣的話哩！我是有苦自知，不過既然作出了選擇，當然須積極面對。眼前當務之急，是要殺掉鬼影。讓我給你一個忠告，你老哥已成了聖門最大的敵人，而應付聖門的唯一辦法，就是要比他們更狠、更無情，跟他們說道理是浪費時間，只有見一個殺一個，見一對殺一雙，方為上策。」

燕飛道：「向兄有沒有想過，如你殺死鬼影，等於背叛聖門？」

向雨田回復從容，淡淡道：「殺鬼影是沒有選擇下的唯一選擇，在這樣的情況下，鬼影對我來說只是一個人，一個威脅到我畢生致力追尋目標理想的一個人，是否屬於聖門對我已無關重要，也不存在我是不是背叛聖門的問題，因為我對聖門從來沒有歸屬感，如我們手腳乾淨點當然更理想，可免去我很多不必要的煩惱。」

燕飛點頭表示明白，道：「你有沒有辦法聯絡鬼影呢？」

向雨田搖頭道：「像鬼影那種人，永遠不會相信任何人，包括聖門的人在內。所以只有他找人，沒人知道如何去找他。不知你有沒深思過你爹說的那句話，就是鬼影乃天下間唯一他沒有把握殺死的人，現在我們要完成的目標，是近乎不可能的事。」

燕飛信心十足的道：「只要他仍在邊荒集，我便有辦法。」

向雨田道：「他一定仍在集內，鬼影在聖門裡是出名有耐性和謹慎，他不會在未知我們決戰的結果前便匆匆去找明瑤，這絕不是他的作風。」

燕飛訝道：「你對鬼影的認識很深。」

向雨田道：「因為鬼影是我除你爹外唯一接觸過的聖門高手，故對他特別感興趣，我師尊亦肯滿足我的好奇心。」

接著皺眉道：「你說你有辦法，但我卻怕你的辦法根本行不通。」

燕飛愕然道：「你尚未聽我說出來，怎知道行不通呢？」

向雨田嘆道：「我知道你們荒人中有能憑嗅覺追蹤目標的奇人異士，我便是因此差點著了你們的道兒。但這一套在鬼影身上是行不通的，若你曉得鬼影的遁術是甚麼一回事，便知你爹那句話不是胡亂說的。」

燕飛苦笑道：「我開始頭痛了，鬼影的外貌有何特異之處？」

向雨田道：「這是他另一個讓我們頭痛的地方，因爲我眞的不知道。鬼影從來不以眞面目示人，即使當年他來見我師尊，也戴著個鬼面具，昨夜則是從頭到腳以黑布裹著，只露出一雙眼睛。不過若我再見到他，我定可憑眼神認出他來，隔了這麼多年，我仍一眼把他認出來，正因對他的眼神有很深刻的印象。」

燕飛沉吟道：「你敢肯定我們不能憑氣味去搜尋他嗎？」

向雨田道：「你曉得遁術是甚麼一回事嗎？」

燕飛謙虛的道：「請向兄指教。」

向雨田舉步移往廳中坐下，待燕飛在桌子另一邊坐好，道：「可以這麼說，如果今天我們成功幹掉鬼影，那我聖門的遁術將從此失傳，因爲鬼影是聖門內唯一懂得遁術的人，我這番話燕兄可有甚麼聯想呢？」

燕飛想也不想的道：「修煉遁術該是非常艱苦和危險的事。」

向雨田豎起拇指讚道：「燕兄了得！和你說話可以省去很多唇舌。我這個人對廢話很沒耐性，幸好燕兄從來不說廢話。」

然後接下去道：「〈刑遁術〉是《天魔策》十卷裡的其中一卷，〈刑遁術〉分九章，內容只有兩章專論遁術，其他章節講的是各種酷刑和逼供的殘忍手段，比起其他以論述武功心法爲主的冊卷，可算是異類。但勿要小覷遁術，雖然在我們聖門中，視遁術爲小道者大不乏人，但我師尊卻另有看法，他認爲如能把遁術練至登峰造極的境界，就具有鬼神莫測之機，而鬼影正是聖門有史以來唯一能把遁術練至這等境界的人，故能在長安找到囚禁族主的地方。或許他的天生殘疾反使他能忍常人之所不能，排除萬難的練成遁術。」

燕飛道：「既然載諸於貴門經典之中，怎會失傳呢？」

向雨田道：「據我師尊所說，鬼影的心性異於平常人，練成遁術後，竟把載有遁術那兩章撕毀，此事曾惹起軒然大波，但誰能殺死練成了遁術的鬼影？結果此事不了了之。更重要是鬼影是狂熱的聖門信徒，對聖門忠心耿耿，沒有人會懷疑他的忠誠。我師尊猜鬼影之所以毀掉論遁術那兩章，是爲聖門的下一代著想，沒有人比鬼影更明白修煉遁術的困難和風險，鬼影該有說不出來的苦衷，只有鬼影心中明白。唉！誰能明白他呢？」

燕飛聽得倒抽了一口涼氣，對殺死鬼影的信心進一步下挫。

向雨田嘆道：「遁術代表的不單是來無蹤、去無影的功夫，也是一套特別的武功心法，甚麼氣機牽引對他全不起任何作用，所以即使能將他重重圍困，只要有一絲空隙，他仍能安然逸去。鬼影更是人世間我能想到最可怕的探子，他隨時可以改變體型氣質，永不會留下任何氣味，眞的像個影子。你說吧！有甚麼辦法可對付影子呢？」

又苦笑道：「昨晚我實有殺他之意，只是欠缺把握，所以始終沒有動手。」

燕飛沉吟道：「向兄對令師肯透露這麼多有關鬼影的事，不覺得奇怪嗎？」

向雨田道：「是非常奇怪，我師尊極少談及聖門的事，但對鬼影卻是知無不言，言無不盡，還多次提醒我小心他這個人，你道是甚麼道理呢？」

燕飛凝望著他，等他說下去。

向雨田道：「因爲他正是敝門聖規的執行者，凡背叛聖門者，均由他揪出來執法處決。而據我師尊的暗示，鬼影是不滿師尊收我爲徒的，至於原因只有他們清楚。」

燕飛道：「你昨夜該不是首次與鬼影以指畫掌交談吧！」

向雨田點頭道：「想不到燕兄有留心此點。對！我並不是第一次與鬼影直接對話，鬼影在查得族主被囚處時，到沙漠來通知明瑤，便曾找我私下談話，內容我不便透露，可以告訴你的是我拒絕了效力聖門的提議。只是這事我實已犯了聖門的天條，鬼影當時只要我再加考慮，應是看在我師尊分上，故沒有公布我爲叛徒。唉！我終於明白哩！我師尊肯和我說這麼多有關鬼影的事，皆因猜到終有一天會有眼前般的情況出現。不是你殺我，便是我殺你，只是沒想過他自己的兒子會直接牽涉其內。」

接著雙目神光閃爍地打量燕飛，道：「我尚未有機會問你，昨夜你爲何會在鄰房聽我和鬼影的對話，是湊巧碰上嗎？」

燕飛道：「鬼影的遁術並非無懈可擊，他的心靈在某一些情況下會露出破綻，故被我察覺他藏身對岸的箭樓上，當時我已猜到是他鬼影，更猜到他會去找你，遂先一步到你的鄰房去，但卻沒法瞞過你的魔種。」

向雨田一呆道：「聽你的話，你是早曉得鬼影的存在。唉！你愈來愈教我覺得高深莫測，因爲這是不可能的，鬼影是聖門內最神秘的人物，只像個影子般來去無蹤，你怎可能知道有他這麼一號的人物？」

燕飛道：「此事說來話長，簡單來說，是我和孫恩在太湖縹緲峰之戰的消息洩露了出來，你們聖門分別派出三個元老高手在中途伏擊我，又另派鬼影到縹緲峰監察我和孫恩的決戰。當我回到建康，想去找我懷疑是聖門高手的李淑莊麻煩時，偷聽到她和另一聖門高手譙奉先的對話，是她提到鬼影此人。」

向雨田沉聲道：「伏擊你的三人是誰？你可以把他們的打扮樣貌形容出來嗎？」

燕飛道：「不用麻煩了，因爲他們曾向我說出名字，是衛娥、哈遠公和屈星甫。」

向雨田動容道：「燕飛你眞是福大命大，竟能在這三個人的手底下逃生，若不是由你親口說出來，我是不會相信的。」

燕飛苦笑道：「若我告訴你，我當時根本沒有逃走的機會，只好全力反擊，手下不留情，向兄會怎樣想呢？」

向雨田失聲道：「你竟殺了他們三人！」

燕飛道：「正是如此。」

向雨田難以置信地瞧著燕飛，長長吁出一口氣道：「這是不可能的，卻給你辦到了，難怪鬼影指你是聖門的頭號公敵。唉！現在我開始有點相信，今晚即使我全力出手，仍沒法奈你何。他奶奶的，你怎可能如此厲害？你可知他們三人在聖門裡的身分地位？」

燕飛道：「我不想知道。你認識李淑莊嗎？」

向雨田搖頭道：「從未聽過。她有多大年紀？」

燕飛道：「應該不過三十。」

向雨田道：「可能是聖門新一輩的人物，恐怕我師尊也不曉得有她這個人，我自然更未聽過。」

接著苦惱的道：「難怪鬼影如此忌憚你，皆因老哥你戰績彪炳，但有得必有失，鬼影會格外謹慎，以免被你發現。」

燕飛道：「言歸正傳，我們如何向鬼影下手呢？」

向雨田思索道：「鬼影是最難殺的人，既有化身千萬的本領，又有來去無蹤的功夫，他唯一的破綻是天生聾啞，可是在邊荒集這個人氣旺盛的地方，要找這樣的一個人談何容易？」

燕飛道：「我倒有一個辦法，就是在決戰後殺他，當會比在決戰前殺他容易。」

向雨田皺眉的道：「你的意思是在決戰後，我們埋伏在鬼影往北的路線上，待他趕往北方時伏擊他？唉！對一般人來說這確是絕計，但對付鬼影卻行不通，據我師尊所說，懂遁術的高手，是不會以直線的方式到某一個地方去，他只採取迂迴曲折的路線，所以埋伏的結果我們只會是白等一場，而鬼影則是愈去愈遠。你現在該對遁術多點了解了吧？」

然後斷然道：「要殺鬼影，必須在決戰之前，否則將永遠失去殺他的機會。」

燕飛道：「你比我熟悉鬼影，有甚麼好辦法呢？」

向雨田道：「我還未想出妥善的辦法，只知道殺他的機會只有一次，若掌握不好，讓他溜掉，將再沒有下一次。」

燕飛沉吟道：「鬼影對你該仍處於懷疑的階段，還沒弄清楚我們之間的關係。如此他是不會放過監察我們的機會。」

向雨田道：「你是想採取引蛇出洞之計嗎？」

燕飛點頭道：「這是唯一的辦法，只要他露出像昨夜在箭樓上的破綻，我就可以把他辨認出來，而不論他露破綻或絲毫不露破綻，對我來說仍然是破綻，你明白我的意思嗎？」

向雨田微顫道：「明白！」

又嘆道：「你愈來愈教我驚異哩！」

燕飛道：「原則上，盡量由我單獨對付他，只有在無可選擇下，你才可以出手。」

向雨田道：「我還未告訴你，鬼影的遁術有一套卸勁借力的功夫，所以縱然你的武功比他高強，他也可以從容溜走，一旦讓他脫身，誰都沒法跑得比他快。你還有信心可以獨力殺他嗎？」

燕飛微笑道：「若我使出令他卸無可卸、借無可借的劍法又如何呢？」

向雨田一呆道：「世間竟有如此劍法？」

燕飛道：「這正是屈星甫三人飲恨本人劍下的原因，因他們從沒有想過世間會有此劍術。」

向雨田不解道：「那爲何在天穴旁，你不向我施展這種劍術呢？小弟眞是好奇得要命。」

燕飛淡淡道：「因爲那時我身負內傷，故使不出這種極端霸道的劍法。」

向雨田失聲道：「你那時受了傷？」

燕飛苦笑道：「你的好奇心太重了。辦正事要緊，其他事可否先擺在一旁？」

向雨田往後靠到椅背去，微笑道：「我今晚定會全力出手，好拋磚引玉，一窺燕兄能斬殺衛娥等三人的絕世劍法。」

燕飛無言以對。

第三章　金丹魔種

拓跋珪一馬當先，領著二千戰士，穿林過野地朝盛樂的方向疾馳，照他的估計，即使他們的行動落入秘人的探子眼中，也只會以爲是一般的兵力調動，而猜不著他們此行的目的。

以慕容垂一貫的作風，是不會讓秘人曉得他的全盤作戰計畫的，秘人只知道須截斷盛樂和平城、雁門間的聯繫，而茫然不知赫連勃勃將突襲盛樂的陰謀。

就算秘人獲知赫連勃勃即將偷襲盛樂，由於秘人和赫連勃勃之間沒有聯繫，到秘人通知慕容垂，他們正發兵往盛樂去時，赫連勃勃的部隊也早動身前往盛樂，事情的進展已到了無可挽回的田地。

今次與赫連勃勃之戰，決勝的關鍵在於他拓跋珪能否趕在赫連勃勃之前抵達盛樂。赫連勃勃是甚麼料子，拓跋珪比任何人都清楚。在過去的多場戰役中，赫連勃勃沒有一次不吃大虧。

說眞的，拓跋珪很感激慕容垂給他這個機會，可以徹底解決赫連勃勃對根據地盛樂的威脅，令他可以專注地全心全力投入與慕容垂不可避免的決戰去。

他可以想像赫連勃勃偷雞不著的驚惶神色，現在他又另有想法，不想這麼快置赫連勃勃於死地，因爲對他來說，赫連勃勃的存在對他是有利無害。

當然，他最感激的是燕飛，如讓赫連勃勃成功摧毀正在重建中的盛樂，他將是亡國滅族的結局。

唉！燕飛！

他不由生出歉疚的情緒，也有一點點後悔，後悔昨夜和楚無暇合體交歡；後悔接受了自己最好兄弟的敵人。

雖然楚無暇信誓旦旦地保證對燕飛再無恨意，但拓跋珪怎會輕易相信她？而在一般情況下，他拓跋珪更不會接受一個聲名狼藉的女人。只恨這並非一般的情況。以他的精明，仍弄不清楚她是眞情還是假意。可是昨夜的她眞的很迷人，使他享受到從未有過的魚水之歡，令他體會到不知多久沒有過的鬆弛和平靜的動人感覺。

拓跋珪放緩馬速，讓緊追在馬後的楚無暇趕上來與他並騎策馳。

楚無暇那能勾魂攝魄的目光往他飄去，欣然道：「族主有甚麼吩咐呢？」

拓跋珪沉聲道：「我要你爲我殺一個人。」

楚無暇毫不驚異的道：「赫連勃勃！對嗎？」

拓跋珪搖頭道：「是波哈瑪斯，我可以派一批高手讓你差遣，但絕不可讓波哈瑪斯活著離開盛樂。」

楚無暇訝道：「赫連勃勃不是比波哈瑪斯更重要嗎？」

拓跋珪微笑道：「小勃兒對我還有很大的用處，既可使慕容垂多了個敵人，又可以牽制關內的姚萇，令他無法平定關中，我怎捨得讓他死呢？」

楚無暇雙目閃動著崇慕的光芒，問道：「可是赫連勃勃對族主亦是個威脅。」

拓跋珪感到她的目光有種使他冷硬的心軟化的魔力，暗嘆一口氣，道：「今次若小勃兒損兵折將而回，將有一段時間無力再對盛樂用兵，他更怕姚萇乘機向他報復，只敢龜縮在統萬。到小勃兒恢復元氣，盛樂早完成重建，再不怕小勃兒，明白嗎？」

楚無暇嬌笑道：「明白！族主吩咐下來的事，無暇定會爲族主辦妥。」

拓跋珪耳中充滿她令人神魂顛倒的笑聲，想起昨夜她的婉轉承歡，心中一熱，把諸般煩惱心事全拋到腦後，催騎而行。

現在他的腦海中，只有「勝利」兩個字。

天下間再沒有任何力量，可以阻止他復國和統一天下的大計。

劉裕在江文清、屠奉三和蒯恩三人陪同下，巡視海島沿岸戰士的營地，替他們加油打氣，和他們閒聊，慰問他們，與手下們打成一片。

這是劉裕自己的提議，他是從謝玄身上學來的，只有關心手下，讓他們明白你重視他們的生死榮辱，使手下們明白主帥的目標和他們是一致的，他們才肯爲你賣命。

江文清等三人的陪駕，更可凸顯他作爲主帥的身分地位，建立他明確的領袖形象。

與謝玄相處雖只是短短數個月的時間，可是在謝玄的悉心栽培和循循善誘下，劉裕確實得益無窮。

現在海島的兵力只是二千之眾，不是來自大江幫便是振荊會，但他們都是精銳中的精銳，在兩次邊荒集之戰前早已身經百戰，禁得起任何考驗。邊荒之戰後，這批戰士不論信心和士氣，均攀上巔峰的狀態，成爲在任何方面均無懈可擊的勁旅，能在最惡劣的環境下發揮出驚人的韌性和戰力。

他們還有一個共同點，令他們成爲萬眾一心的復仇雄師，就是每一個人都清楚知道，劉裕是他們最後的希望。成者爲王，敗者爲寇。不論是原屬大江幫或振荊會的成員，都經歷了亡幫滅會之恨，被逼流放邊荒集。正是這種「哀兵」心態，他們在劉裕的領導下，展開復仇之戰。如果成功，他們將成爲南方眞主的子弟親兵，成就不世功業，失敗的話，邊荒集也勢將不保，他們縱能保住生命，也再無容身之所，只能苟且偷生，在屈辱的伴隨下度過餘生。

「楚雖三戶，亡秦必楚」的信念，更令他們對劉裕寄以最大的希望，亦深信「一箭沉隱龍」的劉裕是眞命天子，願爲他效死命。

在他們心中，劉裕不但是貨眞價實的眞命天子，更是屢戰屢勝的無敵英雄，是唯一能帶領他們踏上勝利大道的英明統帥。比之謝玄和北府兵的關係，他們和劉裕之間更多出曾歷經生死成敗的同舟共濟關係。

只有劉裕自己才明白，他這個領袖並不如他們深信不疑的那麼完美，他曾多次想過放棄，全賴爲淡眞湔雪恥恨的使命感支撐著他，令他奮鬥至這曙光初現的一刻。

往另一端營地舉步走去的時候，劉裕問道：「糧食方面的供應如何？」

江文清答道：「劉帥可以放心，我們攜帶的糧貨雖只夠應急三天，但海島滿山都是可食用的野果，兼且水產豐富，即使長期蟄伏於此，絕無缺糧之虞。」

劉裕再次興起從此隱居海島的念頭，轉瞬又把這誘人的念頭拋開，道：「兵器箭矢方面又如何？」

蒯恩答道：「我們的兵器箭矢只夠一場大戰之用，不過只要能控制海鹽，武器、馬匹等孔老大會源源送到。」

屠奉三道：「就看劉帥和劉毅的交涉是否有成效了。」

江文清和屠奉三都改稱他爲劉帥而非叫慣的劉爺，令他生出古怪的感覺，亦使他更深切體會到當年謝玄領導北府兵獲得淝水大勝的心情和壓力。

在這一刻，他完全拋開了個人的好惡，一切以大局爲重，無論他如何不喜歡劉毅，如何討厭他，也要說之以利害、動之以情，以威勢懾之，以達到目的。

因爲由此刻起，他任何一步失著，都會令追隨他的兄弟陷於萬劫不復之地。

比起以前，他更沒有選擇。

邊荒集。

午後不久，雪花又如棉如絮的飄飄下降，較遠的景物已變得模糊不清，荒人都禁不住擔心起來，如果持續這般下雪，將會大大影響今夜子時觀賞古鐘樓上觀遠台的決戰。

燕飛此時正站在觀遠台上，縱目四望，將邊荒集和潁水東岸的美景盡收眼底。

大自然景象永遠是最美麗的，不論冬雪春霧，均令人感到與平常不同的迷離境界。像眼前的風吹雪飄，把邊荒集河野轉化爲另一天地，便是大自然妙手的傑作。在如此壯麗的雪景裡，實在很難聯想到人與人間永無休止的鬥爭，一切又是何苦來哉？

站在他身旁的是卓狂生，他正深情地俯瞰遠近的景物，好像可如此看一百世都不會感到枯燥乏味或厭倦。

卓狂生嘆道：「每次我站在這裡欣賞邊荒集的美景，都擁有第一次看到的驚喜。爲甚麼會這樣呢？照我想該是因邊荒集不住在變化，周圍的形勢亦不斷地改變著，所以令我每次看都有新鮮的感覺。就像我的說書般，每一個章節都不同，不停地更新。」

燕飛微笑道：「卓館主開口是說書，閉口還是說書，可說三句不離本行。告訴我，你究竟活在哪一個天地裡？是眞實的生活，還是說書裡的天地，抑或是兩者混淆難分？」

卓狂生欣然道：「大概可以眼前的雪景作個比喻，眞實的是邊荒集，說書的效果便如這場大雪，把景物弄得眞假難分，把原本的邊荒集點綴得有趣多了。嘿！你仍未回答我的問題，爲何不回驛站好好調息，養精蓄銳，以應付今晚的決戰，卻要到這裡來淋雪呢？」

說罷再加一句道：「記著我是你的兄弟，更是未來當邊荒集不存在時唯一的史筆代言人，不要胡亂找話兒來搪塞敷衍我，若讓我發現你又說謊，我是不會放過你的。」

燕飛啞然笑道：「我時常說謊嗎？」

卓狂生正容道：「你不要當我是傻瓜。你有沒有說謊大家心照不宣，不容狡辯。我知道你有很多難言之隱，我這個做兄弟的當然體諒你，可是你也要爲廣大聽書者的好奇心著想，頂多有關你的秘密，我在死前才公開。套用向雨田的慣語，老子說過的話，從來沒有不算數的。」

燕飛從容道：「你的話令我產生一個聯想，正因每一個人都有難言之隱，所以所謂由史筆記載下來的歷史，只能傳達年表，沒有可能完全掌握內裡眞正的是非曲直。這是歷史注定了的宿命。如果執筆的史家加上了自己主觀的看法，就會進一步扭曲了歷史，就像閣下的說書。」

卓狂生笑道：「不要顧左右而言他，想轉移我的注意力嗎？快老老實實地答我，你到觀遠台來幹甚麼？如果不是我湊巧回鐘樓寫書，也不知道你會像頭呆頭鳥般站在這裡。」

燕飛投降道：「好吧！我站在這裡，是要殺一個人。記著說過的話要算數。」

卓狂生愕然道：「殺人？你要殺的人會路過廣場嗎？」

燕飛苦笑道：「要說得清楚很難，不說的話要打發你走更難，你教我如何向你解釋呢？這個人是魔門裡最難對付的人，到此刻我仍沒有分毫把握，且問題在此人是個超級的逃跑高手，你根本無法曉得他在哪裡。就像樹上的鳥兒、水中的游魚，只要觸動他的警覺，他便會上天下水，永遠不讓你再有第二次碰到他的機會。」

卓狂生聽得一頭霧水，道：「你愈說我愈糊塗。首先是天下間竟有你殺不了的人嗎？其次是這般的一個人，絕不會送上門來，你站在這裡除了看雪外，還可以做甚麼呢？」

燕飛苦笑道：「此事實在一言難盡，恐怕直說至今夜子時也說不清楚，你老人家可以放過小弟嗎？」

卓狂生一手抓著他臂膀，笑道：「不說怎麼行？我已被你引起好奇心，你不老老實實說出來，休想我放手。」

燕飛失笑道：「原來你這麼蠻橫。唉！我並非想瞞著自己的兄弟，問題在有些事是不知爲妙，尤其讓你給寫到說書裡去，遺害更大。有些事是不該讓人知道的。」

卓狂生眉開眼笑的道：「你愈說愈含糊，我則是愈感到有興趣。他娘的！只要不是傷天害理的事，有甚麼是不可以說出來的？你燕飛是甚麼人，我最清楚，你怎會做傷天害理的事？既是如此，自然沒有隱瞞的必要。」

燕飛頹然道：「雖然不是傷天害理的事，可是卻能使人懷疑原本深信不疑的現實，這樣的事說出來對人會有益處嗎？」

卓狂生欣然道：「放心吧！不論如何離奇怪誕的事，聽的人自會隨心之所欲去篩選過濾，只會挑願意相信的東西來相信，這是人之常情。你老哥可以放心，絕不會對人有任何不良影響，甚麼怪力亂神，聽書的人只會當是說書者之言，絕不會認眞，聽過後也會忘記不願記著的東西。明白嗎？」

燕飛動容道：「你對來聽書的人非常了解。」

卓狂生傲然道：「不清楚聽者的心如何可以做一個好的說書人？少說廢話，告訴我你站在這裡如何殺人？對方乃魔門高手，並非等閒之輩。」

燕飛有少許衝動想把眞相告訴卓狂生，因爲欺三瞞四確實是很辛苦的一回事，可是到要拋開顧忌說出來，方曉得要向卓狂生交代個清楚明白是多麼困難的一回事，至乎無從說起。

現在他和向雨田正合作對付鬼影。要向卓狂生解釋清楚他和向雨田錯綜複雜的關係，已令他感到非常吃力，且還牽涉他燕飛的身世、他的生父，這都是他不想向任何人公開的。

其次是他和向雨田對付鬼影的本錢，就是他的金丹和向雨田的魔種。這是任何人都無法理解的，包括鬼影在內，所以向雨田才能憑其靈異來搜尋鬼影，再把鬼影逼進絕地，然後由燕飛出手收拾鬼影。

燕飛站在這裡，是要安鬼影之心，因爲只是一個向雨田，要勝鬼影雖是綽有餘裕，但要殺他卻沒有可能。

可是鬼影是天生的探子，當然會在暗中監察兩人的行動，只要鬼影到向雨田的旅館去，肯定瞞不過向雨田超卓的魔種異能，所以當向雨田生出鬼影駕到的感覺，他會向燕飛送出心靈的訊息，然後設法引鬼影隨他離開邊荒集。

鬼影或會以爲向雨田因怯戰而臨陣退縮，就這麼離開邊荒集，不論他有甚麼想法，只要鬼影隨之離開邊荒集，他將會暴露行蹤，而燕飛則會憑感應於途中伏擊鬼影。

鬼影的遁術已非一般武技奈何得了的絕藝，只有金丹和魔種相攜合作，始有一線機會破他的遁術。

試問如此複雜的情況，如何向卓狂生解說呢？

卓狂生不耐煩的道：「你在發甚麼呆呢？有甚麼便說甚麼吧！」

燕飛道：「放開我！」

卓狂生不由鬆開了手。

燕飛道：「我在這裡是等訊息，然後對目標展開追殺的行動，現在沒時間向你解釋哩！因爲剛接收到訊息。記著爲我保守秘密，千萬不可洩露出去。」

卓狂生四顧張望，大奇道：「訊息在哪裡？爲何我沒覺半點異樣？」

燕飛向他微笑，油然指指自己的腦袋，道：「訊息在這裡，你怎會看得見呢？」

說到最後一句，竟就那麼一個觔斗翻往觀遠台外充滿雪花的空間，斜掠而起，落在廣場，再幾個騰躍，消失在雪雨深處。

卓狂生呆立當場，腦海一片空白。

第四章 唯一機會

雪愈下愈大，把穎水西岸的邊荒集籠罩在茫茫雪雨裡，當燕飛來到向雨田身旁時，後者正站在穎水東岸一座小丘上，發呆地看著快要被風雪遮掩的邊荒集。

向雨田苦笑道：「失敗了！」

燕飛道：「只要他沒有離開邊荒集，我們仍有機會。」

向雨田訝道：「你怎知他仍留在邊荒集？」

燕飛道：「因爲他尚未識破你今次忽然離開邊荒集是針對他的行動，只是他生出戒心，所以選擇放棄跟蹤你，返回集內去。」

向雨田雙目生輝地打量他，沉聲道：「你一直追在他身後嗎？」

燕飛笑道：「你是曉得答案的，對嗎？當你的魔種呼喚我的時候，我立即進入陽神主事的境界，鎖定了你魔種的位置，我才不信你沒有感覺。情況有點像我和孫恩之間互生感應的遊戲，當孫恩感覺到我的時候，我也感應到他。」

向雨田嘆道：「那種感覺確實古怪，也非常新鮮刺激，令我到此刻仍回味無窮。不過你和我是非常特殊的情況，對鬼影卻完全是另一回事。我只是憑魔種的靈異，隱隱生出被人跟蹤的天然反應，可是當渡過穎水後，這感覺就消失無蹤，令我曉得鬼影沒有上當。他奶奶的，這傢伙太精明了。」

燕飛道：「這傢伙並不是特別聰明，只是稟承遁術謹慎小心的精神，知道藏身集內最安全，如被引到平野之地，便大增暴露行藏的機會。橫豎你也是要返集，何不以逸待勞，怎都比窮追不捨划算。」

向雨田道：「你尚未回答我先前的問題。」

燕飛道：「我一直感應不到鬼影，可是當他追著你從碼頭區離集北上，我便感應到他。那種感覺很古怪，有點像在山巔之上，遙看著下方平野處一點微僅可察的燈火，時強時弱地移動，但當他沒有隨你渡河，返回邊荒集的時候，我對他的感應立即大幅加強，清楚分明，且顯現出強烈的個性，可知他當時鬆懈下來，從警戒隱藏的狀態轉趨爲開放。」

向雨田苦笑道：「我們像在不斷較量，以另一種形式來進行我們的決戰，現時我是處於絕對的劣勢和下風，因爲你剛才說的感應程度，我仍是力有未逮，自嘆不如。」

旋又興致盎然的問道：「你所說的個性，究竟意何所指呢？」

燕飛道：「那是我感應到他的心靈因而產生出的印象，冰冷而死氣沉沉，完全有異於向兄予我生機澎湃的感覺，鬼影的心靈充塞著仇恨，像是每一個人都欠了他甚麼似的。」

向雨田點頭道：「我很想嘗嘗這種從精神層面去掌握對手的滋味，肯定有用兼有趣。好哩！現在他在哪裡呢？」

燕飛道：「我在這方面的能力仍是非常有限，當他返回邊荒集後，便像水滴回歸汪洋，我對他的感應立即模糊起來，幸好鬼影在我的感應裡，仍處於若隱若現的狀態，沒有完全消失。如果我的感應無誤，此刻他該是在小建康的範圍內。」

向雨田精神一振道：「如果你到小建康去，否會因縮短了距離，比較容易找到他呢？」

燕飛答道：「我不知道，在這方面我沒有經驗，因爲我從未試過這種方法去找一個人。」

兩人都在絞盡腦汁，想找出能殺死鬼影的辦法。因爲他們只有一個機會，一旦錯過，讓鬼影逃離邊荒集，他們將失去殺鬼影的唯一機會，向雨田的寶卷更大有可能因而「灰飛煙滅」。

向雨田思索道：「如果鬼影發覺你離開鐘樓又不知去向，會有甚麼聯想呢？」

燕飛道：「換了是別人也會生出懷疑，何況是習慣了杯弓蛇影的鬼影。幸好他會以爲在集內仍是安全的，他怎猜得到我們能以這種匪夷所思的方法搜尋他？不過如非有今夜子時之戰吸引他，他肯定會立即離開。」

向雨田點頭道：「故而只要我們再有一次失誤，定會嚇得他立即遠遁。唉！如何可以找到他又不讓他警覺，這是沒有可能的，沒有人比鬼影更有警覺性，他的遁術正是能使他永遠處於戒備狀態的功法。」

燕飛苦惱的道：「對！如果我們去小建康找人，由於鬼影在暗我們在明，只會打草驚蛇，更大的問題是我們絕不可擺手露臉，只會引來譁動，而且你很難向明瑤解釋。」

向雨田雙目閃閃生輝的道：「你露臉也不可以，因人人皆認識你，在現時決戰即臨的重要時刻，你到哪裡都會引人注目，將令你更無法安適如常地尋人。」

燕飛心中一動問道：「你是否想到了辦法？」

向雨田點頭道：「我只有一個模糊的念頭，還須與燕兄斟酌。」

燕飛欣然道：「說吧！」

向雨田目光投往如被風雪攻陷了的邊荒集，道：「這場大雪對我們是有利還是有害呢？」

燕飛苦笑道：「很難說。唉！第一個問題已無法給你一個肯定的答案。」

向雨田一雙眼睛閃爍著智慧的光芒，搖頭道：「不！你給的是最正確的答案，可以是有利，也可以是有害，就看我們如何利用這場風雪，把原本不利的因素轉化爲有利。先前高彥之所以能成功潛往北潁口探察敵情，便是他能靈活運用大雪對他有利的因素。」

燕飛沉吟起來。

向雨田續道：「先撇開風雪不談，我們必須清楚一件事，就是絕不能在集內對鬼影動手，更不可由你來出手，否則肯定要賠了夫人又折兵，你明白嗎？」

燕飛沉聲道：「我想過這個問題。集內到處是人，即使我們找到向鬼影下手的機會，只要他以其他人作掩護，例如逃進一間客滿的食舖去，我們在投鼠忌器下，更奈何不了他，且會傷及無辜。至於爲何不可以由我先出手，我仍未能掌握你的意思。」

向雨田微笑道：「這和你剛說出來的一番話有直接的關係。你試想想看，假設鬼影忽然發覺是我向雨田聲勢洶洶的殺至，他會如何反應呢？」

燕飛明白過來，叫絕道：「對！他不會去利用無辜的人作擋箭牌，因爲他清楚這一套在你身上並不管用，反而會阻礙了他的行動。可是你有把握殺他嗎？我不是小看你的能力，而是你自己也表示沒有把握。」

向雨田胸有成竹的道：「暫時不討論這方面的問題，最重要是猜測鬼影的反應。」

燕飛皺眉道：「甚麼反應？我不明白。」

向雨田似因燕飛的大惑不解而感到高興，欣然道：「當然是當鬼影見到我凶神惡煞般出現，會怎麼想和如何應變。」

燕飛明白過來，啞然笑道：「向兄的心情變好哩！所以會因難倒我而欣悅。我明白哩！鬼影會如何反應呢？你比我對他更熟悉，不如由你來告訴我。」

向雨田興奮起來，道：「假設我是鬼影，第一個念頭將是我的娘呵！這是不可能的，憑我鬼影的遁術，怎可能被人找上門來。」

燕飛失笑道：「如果鬼影有說話的能力，大概會說這番話，不過你可要伸出手掌讓他寫出來。」

向雨田的確是心情大佳，陪他笑了一會兒，道：「第二個念頭將是認定我和你燕飛，至乎所有荒人聯合起來坑害他，否則怎能找到他的所在。對嗎？」

燕飛道：「這是非常合理的想法。」

向雨田雙目精芒遽盛，沉聲道：「現在輪到鬼影最後一個念頭，就是該怎麼辦？換言之是該逃到哪裡去？」

燕飛沉吟道：「當然是離開邊荒集愈遠愈好，因爲邊荒集是荒人的勢力範圍，鬼影會忽然發覺正身處天下間最危險的地方。」

向雨田點頭道：「這個我完全同意你的看法，我便曾嘗過其中的滋味，忽然間，每一個荒人都成了我的敵人，正因我有此經驗，所以想得比你更深入。」

燕飛笑道：「你這傢伙確實有很豐富的想像力，完全掌握了鬼影的心態。說吧！不要賣關子了，鬼影會如何應付你的突擊呢？」

向雨田不答反問道：「你道我到邊荒集後，第一件事要幹甚麼呢？」

燕飛道：「當然是先摸清楚邊荒集的狀況、環境，就像統帥必須明白戰場的形勢，否則如何能在戰場上勝出呢？」

向雨田道：「我差點忘記你曾當過刺客，當日在長安碰上你，你正是在勘探長安的形勢。鬼影在這方面更是專家中的專家，而遁術的其中一個大忌，就是讓敵人掌握到逃遁的路線，所以當鬼影發覺我忽然殺至，是絕不會就那麼亡命竄逃，一副希望愈快離集愈好的模樣，因那會有跡可尋，只要你們荒人利用高台指揮的戰術，集外又布有伏兵，即使以鬼影之能，也要陰溝裡翻船。」

燕飛沒有絲毫不耐煩的感覺，因為能否殺死鬼影，就決定在他們這番對話裡，任何疏忽，都會令他們慘嘗失敗的滋味。

對向雨田來說，更是不容有失，這關係到他畢生的夢想。

燕飛和鬼影並沒有私人間的仇恨，不過他卻清楚魔門的手段，絕不講仁義道德，更不管甚麼天理人情，只要認定你是他們的障礙，便會不擇手段的將你除去。對著這樣的一群魔人，有甚麼好說的？正如向雨田的忠告，見一個殺一個，見一雙殺一雙。

向雨田道：「所以鬼影絕不會急急如喪家之犬的朝集外逃，而是利用邊荒集本身的形勢和這場大雪，再憑他變幻莫測的身法，設法撇掉我，當他清楚荒人並沒有因他而動員，他便可以逃之夭夭，去向明瑤哭訴我們欺負他。哈！」

燕飛苦惱的道：「我真不明白為何你仍有開玩笑的心情，鬼影精通遁術，又有大雪掩護，他若和我們在邊荒集玩一個捉迷藏的遊戲，輸的肯定是我們。」

向雨田雙目神光大盛，盯著燕飛一字一句的緩緩道：「假設我有方法令鬼影在一時之間沒法撇掉我又如何呢？」

燕飛一震道：「如果你眞的可以辦到，那鬼影將別無選擇，只好亡命逃離邊荒集。但你可以辦得到嗎？」

向雨田沉聲道：「在一般的情況下我當然辦不到，但只要我施展催發魔種的奇功，可大幅提升速度和靈敏度，那時天下間將沒有人能在短時間內撇掉我，鬼影也不例外。」

燕飛道：「這樣做對你會有損害嗎？」

向雨田傲然道：「魔種潛力無窮，只要我潛修數天，便可功力盡復，不會有甚麼後遺症。屆時我會令鬼影無法得到喘一口氣的空間，盡量消耗他的眞元，逼他亡命竄逃。」

燕飛終於明白他的計畫，點頭道：「我藉著對你的感應，可以掌握你們在集內追逐的位置，再先一步趕往鬼影逃遁的方向去，只要他離集，他的心靈便在我的靈應下無所遁形，而殺他的唯一機會將出現。對嗎？」

向雨田道：「我曾經問過我師尊，鬼影眞的那麼難殺嗎？師尊指出遁術的最高功法叫金蟬脫殼，一旦施展，不論你的攻擊如何凌厲霸道，他也有方法將你的攻擊力轉化成有利他的力量，再借勢遠遁，沒有人可以在那種情況下追上他。」

稍頓後道：「也只有施展金蟬脫殼的絕技，他才有可能撇下我，逃離邊荒集。這種功法非常霸道，鬼影必須採直線逃走，一口氣狂奔數十里，方可化去體內借來的眞氣，只要你能在他遁走時截著他，殺他的機會便在你手上。」

燕飛問道：「在那樣的情況下，他仍可以再施展金蟬脫殼的奇招嗎？」

向雨田道：「這正是令人最頭痛的地方，只要讓鬼影奔出千步之遙，他便可再用此絕技脫身，只是他事後需要更長的時間休養復元。所以如果你那招並非眞的擋無可擋，卸無可卸，我們將會眼睜睜地瞧著他逃之夭夭。」

燕飛道：「令師對遁術有很深的認識。」

向雨田答道：「因爲我師尊是鬼影毀掉兩章〈遁術〉之前，敝門唯一讀過內容的人，他也曾學習遁術，但因過於危險而放棄。唉！令師令師，你仍不肯認師尊爲父嗎？」

燕飛苦笑道：「目下豈是談論這問題的時候？現在又出現另一個問題，我該在甚麼位置守候他呢？」

向雨田道：「你再沒有別的選擇，只能在邊荒集外北面某處埋伏，因爲如給鬼影先一步渡過泗水，我們將沒法奈何他。可是若他留在泗水以南邊荒任何一個角落，我們仍可憑你的感應找到他。」

接著又道：「如我所料不差，當鬼影被逼施展金蟬脫殼後，他會生出立即離開邊荒的念頭，所以他不是往南奔，就是往北跑，因爲兩方向均爲離開邊荒最短的路線。只有離開邊荒，他才會安心下來，覓地修復元氣。」

燕飛點頭道：「明白了！」

向雨田道：「我會盡我的所能，逼他往南逃。」

燕飛笑道：「你眞的很明白人性，當鬼影認爲你在逼他往南走，當然不肯如你所願。」

向雨田道：「好哩！剩下最後一道難題，就是現在如何找到他，好攻他一個措手不及？」

燕飛目光投往白茫茫一片，只勉強見到樓宇輪廓的邊荒集，道：「請讓我再問一個問題，當鬼影施展金蟬脫殼之際，他能不能下水或攀山呢？」

向雨田道：「當他施此逃生奇技之時，體內眞氣將以比平常數倍的高速運轉，最忌有阻滯，否則眞氣會反傷己身，所以他只會找平坦處狂奔疾走，既不可以停下來，更不可以忽然強改體內眞氣的運行。」

燕飛道：「鬼影曉得你這般熟悉他的遁術嗎？」

向雨田搖頭道：「我不能給你一個肯定的答案，只知道我們聖門中人大家互不信任，師尊對鬼影也是如此，明明清楚遁術，亦絕不會告訴鬼影。」

燕飛道：「這就成哩！」

接著雙目爆閃精芒，沉聲道：「鬼影出動哩！他離開了人多的地方，朝北而去。」

向雨田冷笑道：「他在耍手段，看看是不是有人在追蹤他，我們千萬不要上當。」

燕飛淡淡道：「鬼影是命中注定要飮恨於邊荒，的確沒有人能殺死他，可是我們並不是一個人，而是兩個人。」

向雨田道：「且是金丹和魔種的天作之合，他是否越過北集界呢？」

燕飛點頭不語，顯是全神貫注在對鬼影的靈妙感應上。

接著燕飛一震道：「他回來了！」

向雨田道：「他要到哪裡去？」

燕飛道：「他停了下來。」

向雨田雙目殺機大盛，道：「他停留在甚麼地方？」

燕飛閉上眼睛，夢囈似的道：「他的心靈平靜下來，似是進入靜養內藏的斂收狀態，我對他的感應愈來愈模糊了。」

向雨田緊張的問道：「他究竟在哪裡？」

燕飛猛地睜開眼睛，道：「你知道位於集內東北角的梁氏廢院嗎？此刻他正在院內調息，看來到決戰時他才會離開此院。」

燕飛話才說完，向雨田便一言不發地沒入風雪迷茫的深處去了。

第五章　滅影行動

劉裕登上指揮台，正和江文清說話的宋悲風和陰奇都立即找藉口告罪離開，最後只剩下他們兩個人，氣氛登時異樣起來。

老手和一眾兄弟，正做起航前的準備工夫，叱喝呼喊聲此起彼落。

劉裕走到江文清身旁，掃視整個海島被自己的船隊佔據了的壯觀情景。心中不由一陣感觸，想起自己從孑然一身，到今天掌握著足以左右南方形勢發展的聲威和力量，其中的滋味，確實難以向外人盡述，也不知該從何說起，有些事他更是永遠不會吐露。

眼前這一刻，是非常奇妙的一刻，一切都掌握在手裡，前路豁然開朗，就看他怎樣走下去。

海風颳來，吹得他和江文清衣袂飄揚，頗有種忙裡偷閒的動人感覺。

一身勁裝武服的江文清，頭紮男兒的髮髻，英姿颯爽，更突出了她健康的體態、勻稱的身段和漂亮的臉龐。不知為何，此刻他眼中的江文清，確實異乎尋常的美麗，令他不禁屏住了呼吸。

他不知道屠奉三是不是仍堅持他和江文清該保持距離的看法，但一切再不重要，他已不是以前掙扎求存的那個劉裕，而是能創造時勢的人物，只有他才可以決定自己的命運，以至乎天下漢人的命運。

江文清身上傳來淡淡的清香，她輕垂螓首，等待著劉裕說話，她的神情，比千言萬語能表達的還要動人，也更有震撼性，無須任何語言，傳遞了心中的感覺。

劉裕心忖自己縱然真的成了皇帝，又或變成雄視一方的霸主，終究他仍只是一個人，需要好好的生活，而江文清正是他的幸福，那是每天清晨醒來，都有她陪在身邊的幸福。

劉裕心中湧起像眼前大海般澎湃的感情，燕飛所說「人是不能永遠活在仇恨中」的忠告似言猶在耳。對！幸福就在眼前，只要一句話將可以決定他和眼前嬌娘的未來，他會吝嗇這句話嗎？他清楚曉得答案。

他生命中的四個女人，分別是王淡真、任青媞、江文清和謝鍾秀。

關於淡真的不用說，那是他永不能彌補的遺憾，她的死亡改變了他的一生，令他不論在如何困苦艱難的逆境裡，亦永遠不肯放棄。對任青媞則是不住地懷疑和失望，更有點不願想起她，但又知忘不掉她，心情非常矛盾。至於對謝鍾秀的感情卻更複雜了，想起她，也不知是恨多愛少，還是相反的情況。她使他嘗到生平最大的屈辱和挫敗，可是她又是他最敬重的人的女兒，宛如淡真的另一化身。

與江文清則是另一番景況，自經謝玄穿針引線，他和江文清建立了互信互助的關係，他們一起經歷了生命中最灰暗的日子，也一起品嘗勝利的榮耀，到今天她拋下一切，全力來助自己爭天下，那種情深義重的感覺，是他從沒有在其他女子身上得到過的。

當他最需要她的時刻，她不計得失的站在自己身邊。就算他劉裕是最愚蠢的人，在這一刻，也知該如何作出明智的選擇。

可是他愛她嗎？像想得到淡真般需要她嗎？他不知道。與王淡真的熱戀是突如其來的，像天崩地裂般發生，當淡真投身他懷中，哀求他帶她私奔，他忘掉了一切，包括謝玄、江文清至乎甚麼收復河山之志、北府兵的榮辱，只知道要讓懷中的玉人幸福快樂。那種盲目和狂熱，將永遠不能再在他身上重現。俱往矣。

無可否認，江文清一直對他有強大的吸引力，她既有顯赫的家世身分，更是出眾的美女，是屬於那種當他仍爲探子時，想都不敢想去高攀的美女。但他對她的愛慕，明顯與淡眞的情況有異，是緩緩的發展；是細水長流，直至眼前此刻的微妙情況。

他宛如在怒濤洶湧漆黑的情海中浮沉掙扎，直至筋疲力竭，在快要沒頂之時，忽然發現在曙光之中，美麗的陸岸橫亙前方。

那並非虛幻的海市蜃樓，而是實實在在的福地和樂土，是老天爺對他過往所有苦難的補償。

劉裕道：「文清仍認爲我是眞命天子嗎？」

劉裕禁不住暗罵自己，他心中其實有千言萬語，可是到最後吐出來的卻是這句與眼前情景風馬牛不相關的話。如果改爲說「文清認爲我劉裕是你的眞命天子嗎」，將比較切合當前的情況。

不過他明白自己的心事，對江文清他是既內疚又慚愧，不是因爲他對她做過甚麼，而是因他從沒有做過甚麼。他對江文清實在太克制了，這令他懷疑起自己來。他眞的愛江文清嗎？還是因爲江文清已變成他唯一的選擇？他眞的弄不清楚。

江文清仰起俏臉，秀眸凝視天上飄浮的一朵白雲，深吸一口氣，然後朝他瞧去，先前含蓄的羞怯和靦腆一掃而空，打量著他道：「劉帥又怎樣看自己呢？」

劉裕心中湧起自己也不明白的情緒，道：「我一直堅信自己絕非甚麼眞命天子，不過現在已被老天爺弄糊塗了，到此刻站在這艘戰艦的指揮台上，想起以往艱苦的日子，就像作了一場夢。以前我向文清保證爲你雪恥復仇，說得豪氣干雲，但心中總覺得是空言虛語，而今天我卻可以肯定告訴文清，我們正一步一步朝目標邁進。這個想法令我可以昂然在文清面前抬頭挺胸的做個男子漢。」

於劉裕來說，這是他能想出來最恰當的情話，也代表了他的心態。淡眞之死，正因他沒有實力，不能保護自己最心愛的女子。現在時移世易，他手上終於有了兵權，可以隨自己的意思去辦。

江文清柔聲道：「劉帥對今回與天師軍之戰，有多少成把握呢？」

劉裕皺眉道：「對天師軍我是沒有絲毫懼意，但長遠看卻並不樂觀。我們或許能擊倒徐道覆，可是禍亂的根源仍存在著，那是江南民眾和南方本土豪門對朝廷長期倒行逆施的不滿，不是幾場戰爭可以解決的。這須由政策改革上著手，而我們卻欠缺這方面的人才。」

江文清現出深思的神色，好一會兒後道：「你的話令我想起一個人，此人叫劉穆之，是因邊荒遊而來的奇人異士，學富五車，極有謀略，在任何艱難的處境下仍可理出頭緒，想出應付的辦法。他更曾周遊天下，考察各地風土人情，心懷濟世治民之志。若有一個人能解決劉帥的難題，當是此人。」

劉裕登時忘記了一切，大喜道：「我們正需要這樣的一個人。」

江文清欣然道：「不過現在邊荒集比我們更需要他，此事由我負責，當時機適合時，我會安排他前來爲劉帥出力。」

劉裕的心神轉回江文清身上，待要說話，又有點不知該說甚麼才好，屠奉三此時登台而至，道：「一切準備妥當，只要劉帥一聲令下，奇兵號立即啓碇開航。」

江文清像想起某事似的，道：「我要去和老手商量航行的路線，事關重大，我們絕不可讓天師軍發現我們的影蹤。」

說罷含笑而去。

劉裕看著她動人的背影，知道錯失了一個向她示愛的機會。心中同時湧起古怪的感覺。

今次再見到江文清，她在很多方面都與以前不同，變得更獨立、更有自信，辦事審慎周密，眼神回復明亮清澈，予人堅定不移的印象。

江文清再不是以前的江文清。忽然間，他對她的「心意」再不那麼肯定，這個想法令他生出苦澀的感覺。

屠奉三默然不語，當劉裕回過神來，目光投往他時，屠奉三淡淡道：「劉帥想聽我的意見嗎？」

劉裕頹然道：「說吧！」

屠奉三微笑道：「我只有一個意見，就是當劉帥想做任何一件事，都要先想想此事的後果是不是對你統一南方有利，再憑劉帥的判斷決定。」

劉裕點頭道：「我會記著屠兄這番話。」

接著發出起航的命令。

燕飛立在潁水西岸的一個山頭上，凝望下游處的邊荒集，雪愈下愈大，對岸的景物已變得模糊不清，在這樣的情況下，縱然他輕功勝過鬼影，要追上他仍很不容易，何況根本不可能跑得比鬼影快。

此刻他心中全無雜念，鬼影早在他的感應網上消失，可見當鬼影施展他遁術中蟄伏斂藏一類功法時，的確可以避過他精神的搜索。

感覺上向雨田的存在，卻變得更清晰了。

他與向雨田並不能像他與紀千千可透過心靈來說話，燕飛亦沒法透過心靈的感應去掌握向雨田的虛實，例如精神狀態或喜怒哀樂，但他可清楚把握向雨田的位置，感到他在不住地移動。

向雨田忽然停了下來，接著像鬼影般在他的感應網上消失。

燕飛不以爲意，曉得向雨田抵達梁氏廢院附近，正準備發動突襲。鬼影既是精通遁術的高手，自然有種種功法防止敵人偷襲，向雨田正在施展渾身解數，務要在潛至最佳的攻擊位置前，不讓鬼影搶得逃跑的先機。

以燕飛的鎮定功夫，也不由緊張起來。

成敗只是一線之差，如果燕飛的感應出錯，鬼影根本不在廢院內，他們的殺影計畫當然慘淡收場，還要承受苦果。但即使鬼影確實躲在廢院內，可是只要鬼影先一步生出警覺，向雨田將功虧一簣，徒勞無功，結果仍是一樣。

驀地向雨田重現在他的感應網上，且比先前強烈數倍，也和他先前的感應完全不同，清晰濃烈得他幾可透過心靈的連繫，生出身在現場的感覺，那是不能用任何語言去形容的。

燕飛閉上雙目，就在這一刻，他看到一個全身裹著黑布，只露出眼睛的人從地上彈起來，手上提著一把形狀奇怪的彎刀，往他直斬過來。

影像一閃即逝，隨之而來是強大的衝擊力，燕飛生出感同身受的感覺，耳鼓內還似聽到刀劍交擊的清音。

向雨田和鬼影硬拚了一招。

亦在同一刻，鬼影被他感應到了。

燕飛在心中大讚向雨田，他這突襲正在廢屋內盤膝打坐的鬼影的一劍，有強大的吸攝力，令鬼影無法施展拿手卸勁借力的功夫。

另一個景象閃過腦海，鬼影破窗而去，接著是一片白茫。

燕飛感覺到向雨田渾身充滿爆炸性的能量，如果不能加以疏導宣洩，將會反傷自身。就在此時燕飛像給暴雷照頂轟了一下，一時間甚麼都感應不到，全身虛虛蕩蕩，難受得要命。

燕飛猛地睜開眼睛，天地仍是以前那個天地，可是他原本透過靈覺至無限的感覺卻縮窄至眼前能見的空間內，視野所及的地方，就是他的全部。

那現象令他生出窩囊的感覺。

然後他又回復「正常」了，鬼影和向雨田重新出現在他的感應網上，但他與向雨田的心靈連接已告中斷。

燕飛展開內視之法，發覺自己並沒有受傷，心中湧起明悟，曉得這是向雨田催動魔種潛能的後果。由於魔種和金丹天性互不相容，所以當魔種「魔性」大增，便自然而然地排斥他的金丹。

燕飛不知自己的想法是對是錯，但此時已無暇分神去想個明白，因爲向雨田追殺鬼影的行動已到了最關鍵的時刻。

兩人正在你追我逐，躥高躍下，而鬼影始終沒法撇掉向雨田。他們的速度只可以迅雷激電來形容。

這一刻他們仍在集內東北角的廢墟移動，下一刻已到了東南角，顯示向雨田詐作逼鬼影逃往南方的戰略奏效。

倏地兩個本是分隔的個體合而爲一，接著爆發出驚人的能量。

下一刻兩人迅速分開，鬼影移動的速度驀然倍增，迅若流星地沿潁水朝燕飛的方向奔飛而來。向雨田雖仍窮追不捨，但明顯被拋開，兩人的分隔更不住拉遠。

成功了！

向雨田終於逼得鬼影施展金蟬脫殼的遁術奇招，現在就看他燕飛的手段。

燕飛的心神進入無成無敗、不喜不怒、心如無物的至境。

鬼影不住接近，他的心靈亦不住收斂，就像在伸手不見五指的漆黑中，一點火光正逐漸熄滅，如讓鬼影把心靈之光完全斂藏起來，燕飛勢將沒法鎖緊他的心靈，沒法攻出令鬼影魂斷邊荒的一劍，他和向雨田的滅影行動，將完蛋大吉。

就在即將失去對鬼影感應前的剎那，蝶戀花離鞘，燕飛騰空而起，朝潁水河岸斜掠而去。

全身包裹黑布的鬼影鬼魅似的現身在茫茫大雪裡，雙目如電光般往燕飛投去，充滿了仇恨和怨毒，更有驚惶的神色。

雙方像電光般接近，三十多丈的距離倏忽間縮短至十丈。

鬼影厲叱一聲，竟張口噴出一股血箭，朝燕飛面門刺去，人卻往右翻騰，改變了方向，投往潁水去。

此著完全出乎燕飛意料之外，施展金蟬脫殼時，不是不能跳水或攀山嗎？如讓鬼影逃進河水裡，加上他又有能斂閉心靈的異術，恐怕出動全集的荒人兄弟也沒法尋得著他。

此時向雨田出現在後方四十丈許處，目睹了鬼影出人意表的應變逃生法，登時驚駭欲絕。

燕飛無暇多想，倏地移開，避過迎面射至充盈勁氣的血箭。

鬼影此時到了潁水中央處，離燕飛足有三十丈的距離，正筆直往河中跳下去。

燕飛想也不想，兩手持劍，隔空刺向逃生有望的鬼影。

燕飛心中再無他念，只知如不能立即使出小三合的絕藝，他和向雨田都要輸個一敗塗地。

就在此勝敗懸於一線的關鍵時刻，燕飛生出一分爲二的感覺，嚴格來說是半邊身子在發熱，另一邊身體卻是寒氣浸體，然後左邊起自腳心湧泉穴的純陰眞氣，右邊來自頭頂的陽氣，以電光石火的高速先在丹田下氣海處集合，然後兩氣分流沿督脈逆上脊椎，再分左右手注入蝶戀花去。

「錚！」

蝶戀花發出清響。

連燕飛也不相信的事發生了，蝶戀花的尖鋒刺射出一道使人睜目如盲的強烈電光，劃破撕裂了河面上的飄雪，直擊鬼影。

鬼影發出撕心裂肺般的痛苦慘嘶，全身被電光纏繞，自然蜷曲了起來，然後沒入水裡去。

「噹！」

蝶戀花脫手墜地。

燕飛噴出一口鮮血，跌坐地上。

向雨田此時趕到燕飛身旁，亦是全身乏力，呻吟一聲，跪倒地上，全賴以劍支地，這才沒有倒下。

鬼影此時浮上河面，兩人目光投去，看著鬼影屍身被河水帶得流往下游，心中都說不出是何滋味。

第六章　海南之戀

劉裕獨坐房內，心中思潮起伏，想著屠奉三剛才說的話。

屠奉三指出當他想做任何一件事前，都該先想想此事對他意圖統一南方的大業是不是有好處，正點出了他現在的處境。

正如他要去和劉毅做交易，並不是他喜歡劉毅，更不表示他愛和劉毅打交道，只因劉毅成了他唯一的選擇。

事實上自他與司馬道子妥協以來，他一直在這樣的一條路上走著，把個人的好惡拋在一旁，凡事只看利害關係，否則他早已沒命。

這算不算是失去了自我呢？他不知道，更害怕循此路線深思下去。這種爲求成功，須用盡一切手段的行事作風，並不是他一貫的風格，也使他感到衝擊和戰慄。他是有原則和底線的，這個想法令他舒服了一點。

另一個想法在他心中升起。他劉裕再不是孑然一身，他的成敗不但關係到眾多追隨他的兄弟的生死榮辱，更直接影響荒人的命運、北府兵的命運，至乎南方民眾的福祉。在這樣的處境下，個人的好惡得失又算甚麼呢？

他想到江文清。

屠奉三沒有再勸他與江文清保持距離，但他的話卻提醒了他，必須想清楚在如此時刻，是不是仍要分神沉迷於男女關係、兒女私情，這對大局是否有利？

唉！

「篤！篤！」

敲門聲起。

江文清的聲音在門外道：「文清可以進來嗎？」

劉裕再暗嘆一口氣，跳將起來，把房門拉開。

向雨田喘息著道：「我的娘！小三合就是這樣子嗎？難怪你敢說是防無可防，擋無可擋了。」

燕飛仍坐在地上，撿起蝶戀花，苦笑道：「暫時你不用再擔心甚麼小三合，因為鬼影臨死前反震的真氣，令我也受了內傷，沒幾天難以復元。今次我傷得比對付衛娥他們三人時更嚴重。」

向雨田兩頰詭異的紅暈逐漸褪去，代之而起是不健康的蒼白，辛苦的道：「燕飛你在試探我嗎？好看看我向雨田是不是會乘人之危的卑鄙小人。」

雪花密密麻麻地漫天降下，像把他們身處的空間分割開去，變成一個只有他們兩人的孤立天地，既開放又封閉，感覺古怪。

燕飛艱難的笑道：「不要再說這種話了，我早看穿你這傢伙，肯定是聖門的異種，這就是鬼影反對令師收你為徒的理由。哈！我有個問題，一直想問你，卻有點不好意思說出來。」

向雨田索性盤膝坐下，把劍回入鞘內，大感興趣的問道：「竟然有這麼一個問題，說吧，我也想知道呢！」

燕飛道：「並非甚麼大不了的事。你們自稱聖門，可是你們的鎮門寶典大多有一個『魔』字，例如《天魔策》，又或《道心種魔大法》，豈非自認是魔，這該不是讚語而是貶詞，對嗎？」

向雨田道：「換了別的聖門中人，會不知該如何答你，幸好我問過你爹，所以曉得答案。事情是這樣子的，自漢武帝獨尊儒學後，便把其他派系列爲邪魔外道，還要趕盡殺絕，於此水深火熱的時刻，我聖門……嘿！那時仍未有聖門這回事，噢！」

燕飛關心的道：「你沒事吧！」

向雨田閉上雙目，好一會兒後才睜眼搖頭道：「沒有甚麼事，只是催發魔種的後遺症，須潛修數天方可回復過來。我剛才說到哪裡？啊！說到當時聖門尚未存在，被逼害的人仍是一盤散沙，就在這個時候，出現了一個堪稱不世之才的超卓人物，還故意自稱爲魔，以示與儒門對立。這個人就是我們聖門之祖——『天魔』蒼璩，他也是你爹最崇拜的人。蒼璩的確有令人傾倒的地方，他不但智慧絕頂、武功蓋世，更是個書狂，他搜遍天下尋求奇典異籍，最後去蕪存菁，歸納爲《天魔策》十卷，也開出我聖門的兩派六道，至於爲何以『魔』字爲名，燕兄現在該明白了。」

燕飛露出原來如此的神色，道：「向兄眞的當我是朋友，才肯吐露貴門的秘密。」

向雨田苦笑道：「誰教你是我師尊的兒子。唉！我師尊對你是有一番苦心，爲何你始終不肯喚他一聲爹呢？」

燕飛皺眉道：「甚麼苦心？我不明白。」

向雨田道：「就是在狂歡節那一個夜晚，他選了我作繼承人。燕兄有沒有想過爲何他不選你呢？只要他露兩手給你看，保證可令你視他爲神人，心悅誠服的隨他習藝。燕兄可有想過，爲何他挑我而不選你，還任由你離開？」

燕飛道：「或許他是怕對著我時想起有負於我娘吧！」

向雨田道：「你這樣想便大錯特錯。看看我吧！你認爲當聖門之徒是很有趣的事嗎？只能夠鬼鬼祟祟地做人，練功的過程又危險重重，我師兄便是個例子。」

燕飛沉思片刻，道：「假如過去可重來一次，向兄會否拒絕拜師呢？」

大雪仍像永無休止般繼續下著，兩人身上鋪滿雪花，半邊身陷進了雪裡去。

向雨田苦笑道：「我曾問過自己同樣的問題，答案是我仍會毫不猶豫選這條路來走。與其渾渾噩噩地作這人生大夢，不如挑戰人生極限進軍無上武道。現在如果你把魔種從我身上移走，我會有生不如死的感覺。」

燕飛再沉吟片晌，道：「說完閒話，輪到正事了，今晚的決戰該如何處理？」

向雨田啞然失笑道：「爲了殺鬼影，你和我都受了傷，所以即使今夜我們全力出手，也使不出平時三、四成的功力，硬要來一場決戰，只會是個笑話，不如乾脆以大雪作藉口取消決戰，反更爲乾淨俐落。」

燕飛點頭同意道：「這是唯一的處理辦法，可是你如何向明瑤交代？」

向雨田道：「眞的很古怪，我可以告訴明瑤，燕飛竟然是拓跋漢，令我拿不定主意是不是該殺你，所以須向她請示。如此簡單的藉口，爲何我先前想不到呢？這該是我發現你是她的情人拓跋漢最合理的反應。」

燕飛欣然道：「然後你便可以安排我和你當著她面決一生死，因爲決戰權在你手上，我爲了荒人兄弟的承諾，是無法拒絕的。」

向雨田拍腿道：「對！就是這樣子。唉！我怕自己眞的無法向你下殺手，說不定我的魔種可令你形神俱滅，眞的弄死了你，那就糟糕透了。」

燕飛起身拂掉身上的積雪，微笑道：「除非你懂得大三合，否則絕無殺死我的可能。不要想那麼多哩！明瑤方面由你去處理，今晚我會坐船北上，很快大家便可以再碰頭，我會等待你的消息。」

說罷回集去了。

江文清在劉裕身旁走過，直抵窗前，長長吁出一口氣，道：「我很開心。」接著旋風般轉過身來，面向呆立在門旁的劉裕道：「自我爹過世後，我從未這麼開心的。」

一種從內心深處發出來的喜悅，令她更是艷光照人。

劉裕把門掩上，一時不知該如何回應她的話，但整個人放鬆下來，再沒有像先前背負著千斤重擔，有點迷失的感覺。江文清的坦白、熱情和直接，像日出的太陽驅走了黑夜的寂寞和寒冷，令一切回復了生氣。

「劉裕！」

劉裕心中一顫，生出難以形容的感覺。江文清直呼他的名字，使他有一種親切溫馨的醉人感受，似直鑽進他的魂魄裡去。

忽然間，他忘掉了一切，甚麼軍事大計、作戰行動、天下形勢，全被拋到九霄雲外，天地間就只剩下這個小艙房和江文清，此外的一切再不復存。

他的過去和未來也消失了，只餘眼前的這一刻。突如其來的，他模模糊糊地感到自己又戀愛了，只有眞正的愛，才會令人有這般忘我的感受。

江文清走到他身前，正容道：「劉裕啊！文清眞的很感激你，沒有你，大江幫肯定沒有今天。」

她的男裝打扮，落在劉裕眼中，不知如何竟特別有吸引力，劉裕正想把她擁入懷裡，卻因她的表情和提及大江幫，使他壓下了這股衝動。

江文清柔聲道：「我們坐下好嗎？文清有很多話想和你說呢。嘻！你是不是變成啞巴了？」

劉裕心中一熱，探手便想把她摟入懷裡去，豈知她卻像機靈的魚兒，退了開去，到窗旁的椅子坐下，笑臉如花的道：「劉帥請坐！」

一股快樂幸福的暖流湧過劉裕體內每一道血脈，令他終於體會到江文清的魔力，是絕不在王淡眞、謝鍾秀和任青媞之下，且有點像她們的混合體。

江文清的到來，令這場艱巨的戰役轉化成另一回事，增添了動人的色彩。失去了淡眞後，他一直在尋尋覓覓，希望能在絕望中找到失去了的希望，而在這段大海的旅程上，他驀然發現他要找的東西，一直在身旁等候著他。

對江文清的仰慕，他到今次重會前，是理智多於感情，可是現在他卻無須任何理由或分析，便曉得自己想要她。

然後他發覺自己坐入江文清一旁隔了張小几的椅子去，耳中響起江文清嬌柔的聲音道：「文清今次來會你，是下了很大的決心，縱然我們並肩戰死，文清也永不會後悔。」

劉裕聽著她說話，心中湧起奇異的想法。冥冥中似乎有一種力量，把他和江文清分隔開來，而他一直沒法擺脫這股力量，因這股力量控制的不是他的肉體，而是他的心，也令他不知應當怎麼辦。但現在這股力量已消失得無影無蹤，直至剛才他開門的剎那，命運再次把他們撮合起來。

從沒有任何時候，他感到江文清如此可愛迷人，他想觸摸她的身體，在近處看她那雙美眸，在與她溫存時盡傾心中的傷痛和苦難。

此時此刻的動人感覺，是他到這群荒島前從沒有預料過的，在這大戰即臨前的水深火熱時刻，一切是如此自然而然地發生，不用任何人的力量或意圖去催化。

他再也不感到孤單。

江文清嗔道：「劉裕說話呵！你眞的變成啞巴嗎？」

劉裕很想拍拍自己的腿，然後以輕鬆的語氣，要江文清坐到這張更舒服的「椅子」再說話。但當然不可以這麼做，那會破壞此刻溫馨旖旎的氣氛。

由於出身和當了這麼多年北府兵，以前有需要和口袋裡有足夠的銀兩，劉裕會隨北府兵的兄弟到窰子去找娘兒發洩。他自問是個不解溫柔的魯男子，從來不會說情話，可是淡眞卻使他改變了，令他嘗到溫柔的滋味，使他深切感受到美人恩重，也因此格外受不了她承受的恥恨和自盡。

一時間，他仍不知該說甚麼好。

江文清瞪著他怪責的道：「劉裕！」

劉裕迎上她的目光，誠懇的道：「感激的該是我。嘿！文清……我……」

江文清出奇地沒有避開他的目光，平靜的道：「在邊荒集的時候，不論集內有甚麼大事發生，但文清最關心的就是劉帥你的消息，當聽到你被派到鹽城去應付焦烈武，人家擔心得晚上無法安眠，到你再展神威，大破焦烈武的海賊黨，我便知道沒有人可以擋著你前進。你在建康的成績大家更是有目共睹，也完全出乎所有人意料之外。你剛才問我怎樣看你這個眞命天子，現在告訴你吧！從第一次在玄帥的書齋見你，我便曉得你非池中之物，那並不是因玄帥看中你，而是一個小女子的直覺，不需要任何的理由。『一箭沉隱龍』是否眞實並不重要，最重要是我對你的看法。劉帥明白嗎？」

劉裕再次說不出話來。

江文清移開目光，道：「當邊荒集第二次失陷，我們的船隊在潁水遇伏，我還以爲已失去了一切，忽然間燕飛斬殺竺法慶，把形勢扭轉了過來。但若沒有劉帥的英明領導，先大破荊州和兩湖的聯軍，又成功反攻邊荒集，今天的成就仍是不可能的。所以我感到很開心，將來的成敗再不重要。」

劉裕終於找到話來說，道：「我可以向文清保證，前路雖然漫長而艱困，可是我們會披荊斬棘的往目標邁進。文清信任我，我們將來定會有好的日子過。」

江文清「噗哧」嬌笑，横了他一眼，欣然道：「劉帥對文清說話是不用一本正經的，輕鬆點嘛！這裡又沒有其他人。」

劉裕整個人飄飄然起來，這就是美女的魔力了，他發覺江文清說的每一句話，每一個表情，都深深吸引著他，她嬌柔的神態和迷人的風情，更是令他百看不厭。他不明白爲何以前雖是覺得她長得漂亮，但卻對她這些動人處視而不見。

究竟是怎麼一回事呢？爲何自己會有如此大的轉變？彷似到這一刻，他才眞正從謝鍾秀給他的打擊回復過來。

事實上他是清楚原因的，因爲現在江文清不同了，她回復了失去已久的信心，故對自己的態度也與以前大有分別，像在和自己玩一個愛情的遊戲，舒緩了他緊綳的神經，令他感受到陰謀鬥爭外的另一面，感受到生命的樂趣。

正如燕飛所說的，人是不能永遠活在仇恨之中。

劉裕有心花怒放的感覺，笑道：「我是不是喜歡說甚麼便可以說甚麼，愛做甚麼便可以做甚麼，而且不論我說甚麼或做甚麼，文清都不會怪我？」

江文清雙頰各飛起一朵紅暈，使她更爲明麗照人，嬌艷欲滴，含羞垂首輕輕道：「劉帥開始不老實哩！」

劉裕衷心的感到樂在其中，似是以前的所有苦難都遠離他，至少在這一刻他的感覺是如此。他比以前更充滿必勝的信心，有更強大的鬥志，再沒有任何懼怕。

想到可對這身分特殊的嬌貴美女做任何事、說任何話，他便有如身在雲端的感覺，再不會責怪老天爺的安排。

由在廣陵的謝玄書齋開始，到這一刻在汪洋上秘密旅航，中間經歷了多少事，想想都教人心生異樣。

他和身旁這美女的感情並不是一朝一夕就建立起來的，而是經歷了無數的苦難和考驗。想到這裡，他感到慚愧。

江文清一顆芳心始終不離不棄地繫在他身上，而他……唉！

江文清道：「又變啞巴哩！」

劉裕正要說話，外面傳來宋悲風的聲音道：「小裕、文清，我們發現了敵人的戰船。」

第七章　時機成熟

東大街。老王饅頭舖內燈火通明。

裡面擠滿了人，慕容戰、姬別、紅子春、呼雷方、費二撇、程蒼古、拓跋儀、姚猛等議會成員全在座，還有王鎮惡、劉穆之、方鴻生、龐義、小軻和十多名夜窩族的兄弟。

此時卓狂生和高彥出現在風雪漫空的大街上，推門而入，風雪寒氣隨之颼進舖內，登時惹得好事者揚聲笑罵。

高彥發著抖匆匆把門關上。

姬別皺眉道：「仍沒有他們兩人的消息嗎？」

卓狂生咕噥道：「鬼影也沒見到半個。他們爲何會忽然失蹤呢？」

姚猛以發愁的眼神瞪著街上的暴風雪，嘆道：「看來今晚是打不成的了，他奶奶的，眞想看到燕飛打得那小子跪地求饒的情景，那比和紅老闆手上最紅的姑娘結一場雲雨緣更讓人期盼。」

姬別道：「不是打不成，而是沒得看，邊荒集很多年沒有見過這麼厲害的風雪了，好像專爲他們而下似的。」

高彥和卓狂生坐了下來，接過遞上去的熱茶，前者道：「燕飛今次回來古古怪怪的，不時心神恍惚，若有所思，都不知道他的魂魄溜到哪裡去了。」

慕容戰點頭道：「他和向雨田的關係才奇怪，一時像勢不兩立的死敵，一時又像知己好友，教人弄不清楚。」

紅子春道：「你們猜會否是向雨田改變了主意，找了燕飛到集外某處決戰呢？這是唯一兩人同時失去蹤影最合理的解釋。」

程蒼古嘆道：「這個很難說，不過他們失蹤已有三個時辰，即使從天亮打到天黑，現在也該有結果，爲何仍不見小飛回來？」

費二撇道：「或許小飛雖勝卻受了傷，必須就地療治，所以到現在仍坐在向雨田的屍身旁，沒法站起來走路。」

高彥哂道：「老向哪有那麼厲害，怎傷得了小飛？」

王鎮惡忽然道：「卓館主沒有話說嗎？」

眾人給王鎮惡提醒，均感奇怪，卓狂生在聚會中，一向盡領風騷，很少這般沉默的。

卓狂生把手上的熱茶喝掉，苦笑道：「照我猜他們並沒有私下去打生打死，至於原因，我不想胡亂猜測，小飛回來後，你們問他好了。」

呼雷方皺眉道：「老卓你分明知道得比我們多，你究竟是不是我們的兄弟，還不把知道的說出來？」

卓狂生嘆道：「我也有今天哩！平時只有我去逼人說話，現在卻輪到你們來逼我。告訴你們吧！我眞的甚麼都不知道。」

紅子春道：「誰教你是最後見到小飛的人，不要隱瞞了，你是不是在爲小飛保守秘密？快從實招來，否則大刑伺候。」

拓跋儀道：「看！風雪轉弱哩！」

眾人往黑暗的街道瞧去，本來拳頭般大的雪花團，已被羽毛般的雪絮代替，風勢更明顯轉緩。

驀地一道人影出現門外，且推門入鋪，赫然是燕飛。

眾人轟然起鬨，紛紛跳了起來，往燕飛迎去。

劉裕、屠奉三、江文清、宋悲風和老手四人站在指揮台上，遙觀星夜下遼闊無邊的海域。

劉裕問道：「敵人發現了我們嗎？」

老手信心十足的道：「肯定沒有。得大小姐提醒後，我們做足工夫，守在主桅望台的兄弟首先發現四艘敵艦，我們立即轉舵避開，加上我們沒有點燈，任對方眼力如何好，在那樣的距離下也不可能看得到我們。」

宋悲風道：「這裡離我們的基地只有三個時辰的海程，這批敵艦會否是到那裡去呢？」

老手搖頭道：「敵艦朝西北方向駛去，目的地該是海鹽所在的區域。」

屠奉三舒一口氣道：「我們今次避敵之舉，該已取得成效，徐道覆再無法掌握我們的行蹤。」

江文清淡淡道：「劉爺有甚麼看法？」

劉裕微笑反問道：「文清又如何看呢？」

江文清白他一眼，道：「徐道覆絕對想不到我們會躲到那麼遍遠的海島去，因為如果我們遠離大陸，他根本不用將我們放在心上，卻不知我們已對他的秘密基地嚴密監視，不會延誤軍機。」

劉裕斷然道：「正是這一著之差，徐道覆將會輸掉這場戰爭。現在只要我們能避過天師軍的耳目，安然抵達海鹽，這場仗的勝利者，將會是我們。」

眾人轟然應諾。

燕飛坐在正中的一桌，同桌者多是議會成員，只有劉穆之和王鎮惡兩人不是。其他人團團圍著他們，好方便聽燕飛說話。

慕容戰攤手道：「究竟發生了甚麼事？」

燕飛好整以暇的掃視眾人，輕鬆的道：「今晚的決戰取消了。」

呼雷方問道：「那改在何時舉行？」

燕飛目光投往坐在對面的拓跋儀，笑道：「不用擔心，今晚我們的船依時起航，因為決戰將要無限期的壓後，直至我接到向雨田的通知。」

眾皆愕然。

紅子春皺眉道：「那傢伙到哪裡去了？」

燕飛道：「向雨田有急事返回北方去了，所以未來的決戰，該不會在我們集內發生。」

程蒼古問出了眾人的心聲，道：「小飛你坦白點告訴我們，你和向雨田現在究竟是怎樣的關係？」

燕飛聳肩道：「我們曾經是朋友，現在也不是敵人，只因為向雨田欠著對秘族的承諾，所以他與我的一戰將無可避免，這是壞消息。但也有好的消息，就是向雨田絕不會與秘人聯手來對付我們，他的唯一任務是殺死我。」

姚猛吁一口氣道：「那可就他奶奶的謝天謝地，我們荒人可再過安樂的日子了。」

他的話引起哄堂笑聲，眾人的情緒開始高漲。

卓狂生舉手要眾人靜下來，道：「時間無多，我們就在這裡舉行會議如何？來人，替我把守前後門。」

四名夜窩族兄弟應命去了。

劉穆之道：「今夜人人期待的一戰，忽然取消，會令所有人失望，如果雪停了，會更不得了，我們最好先一步派人通告全集，就說因大雪取消決戰。」說罷向小軻使個眼色。

小軻明白過來，率領所有沒有資格列席會議的夜窩族兄弟離開。

卓狂生撚鬚笑道：「劉先生確實有手段。」

眾人無不同意卓狂生對劉穆之的讚語。要知議會談論的全屬機密，愈少人知道愈好。但如果要夜窩族的兄弟立即離場，會令被逐的人心中不舒服，而劉穆之來一著連消帶打，人人感覺自然，不會生出反感。

慕容戰向王鎮惡道：「鎮惡有何建議？」

他曾著王鎮惡擬定決戰後邊荒集的策略，現在決戰取消了，但荒人仍須爲未來努力，所以有此一問。

王鎮惡在眾人注視下沉吟片晌，道：「我們早已決定了整體行動的方向，就是南要保住壽陽，北要保著北穎口，本集則全力整軍備戰。劉先生對此有補充嗎？」

劉穆之微笑道：「現在我們萬事俱備，只欠一筆軍費，如果能盡早把五車黃金運來，我們就有和敵人周旋的實力。」

王鎮惡露出佩服的神色，道：「劉先生寥寥數語，把我心中的想法勾畫出來。現在我們最迫切的事，是把五車黃金從平城運來本集，同時把秘人引出來，將他們的威脅徹底解除，否則明年春天，將是我們的死期。」

眾人目光不由集中到燕飛身上，看他有甚麼話要說。

燕飛道：「五車黃金和秘人全交給我去處理，且不須動用邊荒集的人力物力，你們只要緊守著邊荒集和對外的交通線便成。」

說罷離桌而起，向拓跋儀道：「是起程的時間了！」

宜都、桓府。

譙奉先進入書齋，向桓玄施禮，依桓玄指示跪坐一旁。

桓玄從容道：「南征平亂軍攻入會稽城了。」

譙奉先搖頭嘆道：「實在太快了，謝琰難道沒有絲毫不妥當的感覺嗎？」

桓玄道：「南征平亂軍攻佔海鹽後，兵分兩路，謝琰率三萬兵沿運河而下，攻打會稽。劉牢之則從海鹽渡海，突襲上虞和餘姚，令這三個沿海的城市無法互相支援。哈！上虞只兩天便被劉牢之攻破了，會稽的天師軍守兵立即棄城。兩城的敗軍均逃往餘姚，由徐道覆手下頭號大將張猛重整陣容，守得餘姚堅如銅牆鐵壁，又得句章在後支援，照我看南征平亂軍的戰績只止於此，接著將是連場敗仗，到最後來個全面的崩潰。」

譙奉先點頭道：「想不到謝安竟會出了這麼一個傻瓜兒子，明眼人都看出這是徐道覆精心布下的陷阱，等著他們踩進去。現在主動權已落入徐道覆手上，只要他能截其後路，斷其糧道，南征平亂軍將陷於苦戰的劣局，誰都無法幫忙，包括劉裕那小子。」

桓玄道：「我吩咐你的事，辦妥了嗎？」

譙奉先微笑道：「奉先怎敢有負南郡公所託？徐道覆現在該對劉裕的奸謀一清二楚，說不定早派人迎頭痛擊大江幫的戰船隊。劉裕根本是不自量力，自取滅亡，如果他肯龜縮在邊荒集，還可苟延殘喘一段時日。」

提起劉裕，桓玄雙目立即凶光四射，冷狠的道：「不能親手誅殺此獠，讓他嘗嘗我斷玉寒的滋味，始終是件憾事。」

譙奉先道：「南郡公未必沒有這個機會，如果他能保命逃返建康，我可以保證南郡公可親手殺他。」

桓玄唇角露出一絲殘忍的笑意，沉醉的道：「我會從他身上逐塊肉剮下來送酒。」

接著沉聲道：「謝琰或許不知兵，可是他麾下不乏曾隨謝玄征戰的將領，怎會看不穿這是個陷阱？」

譙奉先從容道：「謝琰若肯聽別人的話，就不是謝琰了。謝琰的問題是高估了自己，卻低估了徐道覆。在進軍海鹽前，謝琰忽然小心起來，派人遍搜吳郡和嘉興一帶，看天師軍是否布有伏兵，這才攻打海鹽。徐道覆亦是了得，苦守海鹽，消耗了南征平亂軍大量兵力，然後在謝軍和劉軍合圍前，從容撤走，乘船出海，溜個無影無蹤。」

稍頓續道：「謝琰和劉牢之會師海鹽後，連場的勝仗把謝琰的腦袋沖昏了，而劉牢之則是別有用心。在這樣的情況下，謝琰還以爲自己勝過謝玄，怎聽得進逆耳的忠言？遂不理手下諸將勸阻，立即率軍南下，對會稽用兵，終於陷入目前進退兩難之局。」

桓玄皺眉道：「爲何是進退兩難呢？」

譙奉先解釋道：「要保著運河的交通，必須分別於吳郡、嘉興和海鹽三城屯駐重兵，因而令兵力分散，如無援兵，如何可以擴大戰果？這叫進不得。」

桓玄笑道：「退當然更不可能，眼看成功在望，難道放棄會稽和上虞，掉頭回嘉興嗎？對！你說得對。」

接著露出思索的神色，好一會兒後道：「你猜司馬道子會否派兵救援呢？」

譙奉先道：「那就要看我們了！」

桓玄目光遽盛，凝視譙奉先。

譙奉先和他對視片刻，接著兩人同時放聲大笑。

桓玄笑著點頭道：「好主意！該是我們有所表現的時候哩！」

譙奉先道：「我早爲南郡公擬出周詳的計畫，保證萬無一失。」

桓玄欣然道：「請先生指點。」

譙奉先謙虛恭敬的道：「在下怎敢指點南郡公？只是說出愚見，讓南郡公參考吧！」

桓玄笑道：「我在聽著呢。」

譙奉先道：「我們眞正的硬仗，會在攻打建康時發生，所以對付殷仲堪和楊佺期兩人，必須鬥智不鬥力。要收拾殷仲堪，是手到擒來的事，但楊佺期卻不是那麼容易對付，如果強攻其據地，我們縱能取勝，亦會勝得很慘，說不定更影響我們攻打建康的大計。」

桓玄冷哼道：「江陵是我桓家的地頭，只要我動個指頭，殷仲堪便要死無葬身之所。」

譙奉先道：「這正是殷仲堪不敢開罪南郡公的原因。像殷仲堪這種空心大老官，比任何人更貪生怕死，但又捨不得功名富貴，故暗中與楊佺期勾結，希望能以楊佺期牽制南郡公。」

桓玄現出一個莫測高深的笑容，道：「先生可知我既然可以輕易收拾殷仲堪，爲何直至今天仍容忍他？」

譙奉先心中微懍，曉得桓玄並不只是詢問他那麼簡單，而是藉此測探他智慧的深淺，他若表現太過高明，鋒芒畢露，會令桓玄對他生出顧忌；但如表現窩囊，桓玄會看不起他。如何拿捏得恰到好處，頗考功夫。

故意沉吟片刻，道：「南郡公肯容忍殷仲堪，皆因時辰未到，一旦去掉殷仲堪，與楊佺期和朝廷便沒有轉圜的餘地，是智者所不爲。」

桓玄得意的道：「先生只猜到了一半，我肯容忍殷仲堪與楊佺期暗中往還，私心藏奸，正是要他們在生死存亡的威脅下，關係愈趨親密。先生明白了嗎？」

譙奉先心中暗笑，表面則故作驚訝的道：「今次我是在魯班面前舞大斧，獻醜了，原來南郡公早有引蛇出洞之計，南郡公的高瞻遠矚，奉先眞是佩服得五體投地。」

桓玄倏地起立，在書齋負手踱步，傲然道：「我桓玄體內流的是先父桓溫遺存的血液，想先父在世之時，論軍事才能，天下何人能出其右，何人不懼怕他？我桓玄自懂事以來，便以統一天下爲己任，我一直在等待，今天時機終於來臨了。」

走到了大門處，旋風般轉過身來，雙目精芒電射，向跪坐地上的譙奉先喝道：「說出你的計畫來。」

譙奉先跪伏地上，朗聲道：「只要南郡公調動兵員，作出全面攻打江陵的姿態，殷仲堪必驚慌失措，向楊佺期求援，如楊佺期應召而來，我們大勝可期。」

桓玄負手卓立，沉聲道：「楊佺期會來嗎？」

譙奉先答道：「脣亡齒寒，楊佺期怎能不來？且楊佺期一向以名士世家的身分自重，豈願負上不義之名？」

桓玄微笑道：「奉先說得不錯，楊佺期一定會中計，而殷仲堪更會大力幫忙。我太清楚殷仲堪這個人，他會把事實扭曲，報喜而不報憂，只爲了要誆楊佺期來與他一起送死。」

接著柔聲道：「在這樣的情況下，司馬道子還敢派兵支援南征平亂軍嗎？」

第八章　平城之行

燕飛離開船艙，走到船尾處，天上仍斷斷續續下著綿綿雪絮，倍添夜航淒迷的氣氛。他心中湧起無以名之的強烈喜悅，因爲他終於收到了紀千千自遠方來的召喚，所以立即走出甲板去，好能獨自專注的和千千互通心曲。

「燕郎呵！千千很開心！從來沒想過生命可以這麼奇妙動人。」

燕飛的心靈往無限的遠處延伸，與紀千千的心靈結合爲一，感受著紀千千發自內心深處的喜悅。自從能與紀千千作心靈的遙距傳感和通信後，他還是首次感覺到紀千千如此心花怒放，沒有絲毫疑慮、無奈或不安。她的樂觀情緒直接感染了他，令他剎那間提升至忘憂無慮的境地。

忽然間正逆流北上的船隻消失了，穎水和雪花也沒有了，整個世界沒入茫茫的虛無裡，只剩下他和紀千千兩顆渾融爲一、火熱愛戀著的心，沒有任何隔閡。

「千千！千千！沒事了嗎？」

「燕郎！事情眞的很奇妙。蝶戀花的叫聲，彷彿暮鼓晨鐘，把我失去了的力量召了回來。所有焦慮、擔心和失落均不翼而飛，接著我進入最深沉的睡眠，醒來後我感到精神力量比以前更強大，整個人有煥然一新的感覺。噢！美妙的事並不止於此，忽然間一切都充滿了意義，不論一桌一椅，又或花草樹木，都充滿了不尋常的感覺。我思考燕郎告訴我有關這天地的眞相，感覺更是奇怪，千千似乎能完全的抽離世間萬物，又更能與周遭的環境和物體融合在一起，至乎成了他們的一部分。再沒有絲毫沉悶的折磨，等待和期望化爲樂趣。千千還隱隱感覺到燕郎對千千的熱愛，有種心滿意足、不作他想的安寧超脫。這不是非常奇妙嗎？外面正颳著寒風，原來風的吹拂聲竟然可以這麼動聽的。」

燕飛還是首次聽到紀千千一下子傳達這麼長的心靈密語，完全感受和分享到紀千千的快樂和滿足。他們的心靈匯結成一股莫以名之的奇妙力量，把他們帶到另一超越了一切、怡然自得的天地，體驗從未嘗過的迷人滋味。

他向她送出熾熱的愛，燃燒她的靈魂，溫柔的道：「如果我沒有猜錯，千千的精神正處於微妙神奇的變化中，陽神正在逐漸成形的初步階段，千千定要保持樂觀的情緒和不屈的鬥志，迎戰陽神成形不能避免的起與落，你還有其他方面的變化嗎？」

紀千千應道：「變化多著哩！聽覺、視覺、味覺和嗅覺都變得多姿多采起來，今天我看一張椅子，愈看愈覺得有意思，人家從未試過這麼專注的去看東西，小詩還以爲我變成呆子。」

紀千千提起小詩，燕飛立即想到龐義，忙道：「小詩好嗎？」

紀千千在心靈裡嘆息道：「我最擔心的是她，她最擔心的是我，這是怎麼一回事呢？噢！差點忘記告訴你，風娘眞的對我們很好，還暗中幫我們忙呢！」

燕飛感到紀千千的精神力量開始減弱，不敢將話題岔往別的地方去，道：「依千千的觀察，小詩心中牽掛的是誰呢？」

紀千千何等冰雪聰明，聞弦歌知雅意，欣然道：「我只聽她提過高公子，你說她心中的人是誰呢？」

燕嘆道：「這就糟糕了！高彥這小子現在正和小白雁打得火熱，早把小詩拋到九霄雲外。」

接著簡略說出高彥的情況。

紀千千擔心的道：「怎辦好呢？」

燕飛道：「幸好高小子從沒有答應過小詩甚麼，他們也沒有眞的相愛，所以高小子並不算移情別戀，沒有變成負心漢。」

紀千千憂心忡忡的道：「燕郎不會明白的，在這裡日子並不好過，閒著無聊時更會胡思亂想，我最怕小詩誤會了，變成一廂情願。」

燕飛苦笑道：「我還有另一個頭痛的問題，就是另有他人對小詩癡心一片，唉！我該怎麼說呢？」

紀千千沉默下去，忽然道：「那個人是否龐大哥？」

燕飛訝道：「千千怎一猜便中？」

紀千千輕柔的道：「我早注意到龐大哥對小詩與眾不同，不是因他對小詩特別殷勤，反因爲他有意無意的避開小詩，接觸時又一副手足無措的怪模怪樣。唉！高公子的性情能分點給他就好了，現在我們也不用爲此心煩。」

燕飛道：「有辦法嗎？」

紀千千道：「讓我想想吧！噢！人家要走哩！千千永遠愛你。」

燕飛回到迷茫的雪夜裡，寒風颳起，戰船繼續北上的航程。

拓跋珪、楚無暇和二千戰士，經多日兼程趕路，終於無驚無險地抵達盛樂，完成秘密調軍的重要行動。

負責把守和重建盛樂的兩名大將長孫嵩和叔孫普洛，聞風出迎於離盛樂三十里處，三人並騎馳返盛樂，順道在馬背上商議大事，楚無暇和眾戰士跟在後方。沿途高處均有拓跋族戰士站崗放哨，以保路途安全，益顯拓跋族正如日中天的氣勢。

拓跋珪道：「赫連勃勃方面可有異動？」

直至此刻，長孫嵩和叔孫普洛仍未曉得拓跋珪因何事急趕回來，且要到離盛樂半天馬程時，方遣快騎知會他們，一副神秘兮兮的姿態。

長孫嵩愕然道：「我們一直沒有放鬆對赫連勃勃的監視，並派有探子長駐統萬，但到今天仍沒有收到任何特別的消息。」

拓跋珪問道：「最後的情報是多久以前的事呢？」

叔孫普洛答道：「已是十天前的事，只是例行的報告，每月兩次，我們在統萬的人把情報埋在統萬城外的指定地點，再由我們派人去收取，遇有特別情況，我們的人會親自趕回來報告。」

長孫嵩忍不住道：「赫連勃勃現在與姚萇勢成水火，自顧不暇，還敢插手管我們的事嗎？換了我是他，樂得隔山觀虎鬥。」

拓跋珪心忖如何向他們解釋呢？沉聲道：「我們在統萬的人大有可能已遇害。如果我所料無誤，赫連勃勃將於我們去取下一個情報前突襲盛樂。」

長孫嵩和叔孫普洛同時現出懷疑的神色。

拓跋珪微笑道：「此事在五天內自見分曉，我的猜測肯定準確無誤，今回我只須狠狠教訓小勃兒一頓，教他不敢再對我們妄動干戈。」

叔孫普洛大訝道：「如赫連勃勃果眞來犯，他們是勞師遠征，飽受風雪之苦，我方則以逸待勞，準備充足，大可令他全軍覆沒，乘機去此禍患，爲何卻要錯過此天賜良機？」

拓跋珪從容道：「我是爲大局著想。我早看穿小勃兒這個人，凶殘暴虐，成事不足，敗事有餘，留下他足可牽制關中群雄，更重要是令姚萇沒法放手蕩平其他對手，待我們收拾慕容垂後，便可進軍關中。所以關中是愈亂愈好，留下小勃兒對我們實是有利無害。」

接著道：「盛樂情況如何？」

長孫嵩苦笑道：「連場大雪的影響下，重建的工作停頓下來，看來要到明年春暖之時，我們方能大興土木。」

拓跋珪早料到有此情況，絲毫不以爲意，道：「擴軍方面可有發展？」

長孫嵩立即興奮起來，欣然道：「參合陂一戰，令我族威名大振，各部爭相歸附，加上我們銀根充足，兵力由三千迅速增長至一萬五千餘人，只要加以訓練，定可與慕容垂一爭短長。」

拓跋珪雙目異采閃動，笑道：「我有點迫不及待哩！」

馬鞭抽打馬股，催馬加速，眾將兵慌忙跟隨，騎隊像長風掠過雪原，朝盛樂的方向飈去。

燕飛於兩個時辰前離開崔家堡，夕陽剛消沒在地平線下，較明亮的星星開始在轉暗的天空裡若隱若現。

今晚該是個星光燦爛的晴夜。

他很享受這種只有單獨一個人縱情奔馳時才有的感覺，因為會讓他有更接近紀千千的感覺，彷彿像聽到她的心跳聲。

但他亦曉得比之以往任何一次，今次他很不專心，影響他的是萬俟明瑤。

他仍愛她嗎？

答案是肯定的，他仍在乎她，不想她受到傷害，不論她如何恨他，他仍是會對她好。但他和她永遠不可能回到以前的那種關係，因為燕飛已非當日的燕飛。

向雨田說得對，他已從拓跋漢蛻變為燕飛，對很多事的看法也已經改變了。當夜他離開萬俟明瑤，是他自母親過世後最痛苦難忘的一夜，也是在那一晚，他下定了決心，要和萬俟明瑤來個一刀兩斷，因為她傷得他太深太重了，至乎無法忍受下去。

萬俟明瑤對他來說是個感情的囚籠，而他則等若被關在籠中的困獸。無可否認，萬俟明瑤的確魅力十足，能迷倒任何男人。她比任何人更懂得玩這個叫愛情的遊戲，懂得如何令人快樂，也懂得如何折磨人。

當時他並不明白她，不明白她為何要把樂事變成恨事，親手糟蹋來到手上的幸福，直至他發覺她和向雨田的關係。

萬俟明瑤心中的人並不是他燕飛，而是向雨田。

在那一刻，他像從一個不知何時開始，不可能有終結的噩夢甦醒過來。他的情緒墜入絕望的深淵，意志卻無比堅定，支持他的是為娘復仇的誓言和心願。他不能讓萬俟明瑤毀掉他，就那樣永遠沉淪下去。

那是一個美麗的黃昏，西邊天際鋪滿了絢爛的晚霞，浮雲在金色的蒼穹輕柔地悠蕩著。燕飛坐在園子裡的涼亭中，腦袋一片空白。

萬俟明瑤的歌舞團在長安的宿處，是由苻堅提供接近皇城的華宅，有一個廣闊的中庭，花樹繁茂，幽深寧謐。

從宅前傳來的車馬聲音，告知他萬俟明瑤等人回來了，換作平時，他會到廣場去迎接她，但那天他卻完全沒有了衝動。早上萬俟明瑤離開前說過的話，他仍一字不漏地牢記著，每個字都像利箭般命中他的心。

他並不憤怒，或許他早已失去怒火，征服他的是一股奇怪的痳木感覺，一種不知爲何仍然活著的失落和沮喪。油然而生的是席捲他全副心神的厭倦，對眼前一切的厭倦，至乎有點憎恨自己。

他再不想做一個向萬俟明瑤搖尾乞憐的可憐蟲，縱使他向她下跪，換來的只不過是她向狗兒輕摸幾下的安撫。她心情好點時或會說幾句抱歉的安慰話兒，可是那有甚麼分別呢？

萬俟明瑤出現在碎石路上，儘管如花玉容沒有半點表情，她仍是那麼美麗驕傲和高高在上，彷彿天下眾生都要拜倒在她的腳下。

直至她在石桌的對面坐下，燕飛沒有說過半句話。

萬俟明瑤顯然察覺他異樣的神情，細看他好半晌，柔聲道：「你在發甚麼呆呢？不是對我今早說的話仍耿耿於懷吧！只是我一時的氣話嘛，都是你不好，激怒了我。唉！我的脾氣愈來愈差了，你該清楚原因。」

燕飛很想問那只是氣話嗎？可是心疲力盡的感覺，使他不願開始另一場爭拗。他可以忍受任何責備，但絕不可以觸及他娘親，而萬俟明瑤卻挑戰他的禁忌和極限。

她愛自己嗎？

他不知道，但肯定她對他的愛及不上他付出的，否則她不會不爲他著想。

燕飛目光投往她那雙令他心神顛倒迷醉的眼睛，在烏黑發亮的秀髮襯托下，她眸神中熾熱的火團，可將任何人的心灼熱，可令任何人生出無法抵禦的感覺。從第一次在沙漠相遇時，她的眼睛立即攻陷了他的心。

燕飛出奇的平靜，淡淡道：「很棘手嗎？」

萬俟明瑤沒好氣的道：「還用問嗎？苻堅那奸賊委任了你的大仇人慕容文作宮廷的禁衛長，慕容文爲了有所表現，從親族裡調派了大批高手駐守皇宮，對宮內的天牢更是加強防備。我今早說的話沒有錯，如果你執迷不悟，輕舉妄動，引起苻堅的警覺，我們更沒有可能成事。」

燕飛的心再沒有半點波盪，因爲他的心早已死去，平靜的道：「假如我能殺死慕容文，對你的事會有幫助。」

萬俟明瑤美麗的眼睛慢慢地現出燕飛最不能忍受的輕蔑神色，以帶點不屑的語氣又是那般漫不經意、絲毫不上心的態度道：「還要我說多少遍呢？這只是你一廂情願的想法，根本沒有可能辦到。換了我和向雨田也不行，何況是你呢？你是甚麼斤兩我最清楚。」

燕飛並沒有動氣，道：「不嘗試怎會有成功的機會？我在刺殺慕容文的行動上下了很多工夫，是鬥智而非鬥力，即使不成功，大不了是力戰而死。」

萬俟明瑤雙目一寒，沉聲道：「我說了這麼多話，你仍要一意孤行嗎？你要去送死沒人阻止你，但卻不可以影響我，壞了我的大事。」

燕飛沉默下來。

萬俟明瑤雙目寒芒電射地怒瞪著他，好一會兒後眼神轉柔，嘆道：「對不起！我的話說重了，但我的心並不是這樣的。唉！我們不要再談這方面的事好嗎？我的心情太壞了。」

燕飛也嘆了一口氣，無言以對。

萬俟明瑤忽然道：「你明白今早我到皇宮前，爲何會這麼生氣嗎？」

燕飛心忖你的心情就像變幻莫測的天氣，我怎知何時天晴？何時來場暴風雨呢？只好搖頭。

晚霞此時消失了，代之的是把天地轉暗的暮色，眉痕的新月，隱現在雲隙之後，沉厚無邊的夜空籠罩大地。

萬俟明瑤的目光從他身上移開，仰觀星空，神色自若的道：「向雨田昨夜爲何會忽然找你去喝酒呢？」

燕飛愕然道：「你竟爲此事生氣？這算哪門子的道理？」

萬俟明瑤平靜的道：「我是第一次見到拓跋漢生氣。對嗎？」

燕飛從容道：「我沒有生氣，而是奇怪，明白嗎？你尚未回答我的問題。」

萬俟明瑤目光回到他身上，燕飛毫不相讓地與她對視著。

萬俟明瑤忽然「噗哧」嬌笑，又忙著掩嘴，面容立即如鮮花怒放，令燕飛眼前一亮，她盡顯千嬌百媚的美態，白他一眼道：「如果眼神可以殺人，那我們現在其中不敵的一個，該已傷重身亡，是嗎？」

直到現在此刻，在奔赴平城的旅途上，他仍無法忘記她那能勾魂攝魄的一眼。

「唉！我的老天爺。」燕飛心中嘆息。

萬俟明瑤是他最不想見的人，最害怕去見的人，而此行偏是要去見她。她想不見他也不成，他會用盡一切方法把她逼出來。

爲了紀千千，他再沒有別的選擇。

第九章　費盡唇舌

南征平亂軍攻陷會稽和上虞的十五天後，南方的形勢起了急遽的變化。

劉牢之的水師船隊和三萬名系內的北府兵，三天前從水路撤返廣陵。劉牢之只象徵式的以奏章知會朝廷，不待朝廷指示，便自行其是，將收復失地後的固守重任交予謝琰，完全不把司馬氏王朝放在眼裡。

劉牢之這邊廂離開，天師軍立即發動全面的反攻，從海陸兩路狂攻吳郡和嘉興兩城。又另派兵佯攻無錫、海鹽、會稽和上虞諸城，牽制謝琰的部隊，使南征平亂軍陷於被動的劣勢，被天師軍揪著來打。

建康的情況亦好不了多少，最令司馬道子頭痛的是劉牢之公然違抗朝廷軍令，意向難測，偏在現時的形勢下，根本拿劉牢之沒轍。

桓玄亦調動荊州軍，擺出攻打江陵殷仲堪的姿態，把殷仲堪嚇得魂不附體，告急文書雪片般送往襄陽予楊佺期，著他派兵救援。

聶天還的兩湖幫戰船隊，則在洞庭湖集結，蓄勢待發，令形勢更趨複雜。

自淝水大勝後南方虛幻短暫的和平盛世終於結束，一場牽連到南方各大勢力的決戰，已成離弦之箭，無可改變。

就是在這樣的時機下，劉裕的奇兵號在清晨時分抵達海鹽城南面的碼頭，等候他的除了劉毅之外，還有宋悲風。

昨夜宋悲風以代表劉裕的身分，攜帶陰奇假造的聖旨去見劉毅，劉毅雖然不滿，卻沒有懷疑，只是堅持必須得謝琰點頭，方肯交出海鹽城的管治權。宋悲風依劉裕的指示，向劉毅痛陳利害，費盡唇舌始說服劉毅先和劉裕見上一面。

爲了安劉毅的心，屠奉三和江文清都沒有入城，宋悲風亦留在船上，只劉裕孤身一人隨劉毅入城。一路上兩人沒有交談，劉毅滿臉陰霾，直至抵達太守府，進入大堂，劉毅遣走下人，剩下他們兩個人時，劉毅沉著臉發難道：「這算甚麼一回事？當我劉毅是呼之則來揮之即去的奴才嗎？況且這樣做絕對不符軍中的規矩，朝廷有甚麼指示，可直接下達會稽給琰帥，再由他頒布行事的軍令，哪有這般把聖旨送到我這裡來的？宗兄並非剛參軍的雛兒，你來告訴我究竟是怎麼一回事？」

劉裕按下心中怒火，見他毫無要自己坐下的意思，只好陪他站在堂中，擠出點笑容道：「道理很簡單，琰帥是根本不會理會這道聖旨的。將在外，君命有所不受，誰都難責怪琰帥。」

他的答案顯然大出劉毅的意料之外，容色稍霽後，劉毅說道：「既然如此，你爲甚麼還來見我？你不曉得我只聽琰帥的指示嗎？」

劉裕從容道：「我來見你，是要和你打個商量，宗兄可知你現在正身處險境？不是我危言聳聽，如果依照現時的情況發展，你們大有可能沒有一個人能活著回去。縱然能僥倖逃生，回建康後仍是死路一條。」

劉毅面露不以爲然的神色，悶哼道：「行軍打仗的事，我自有分寸，不是我事後聰明，而是早在進攻會稽前，我們已預估到有眼前的情況，所以做好了準備。現在亂兵反擊的聲勢似乎浩大，但只是回光返照，難以改變敗局。」

劉裕心知劉毅沒有直截了當地對他的話「嗤之以鼻」，又或坦言「你憑甚麼來教我」，已算是非常克制。皆因他們從未撕破臉，故仍能保持表面上的客氣和尊重。

兩人就這麼站著對話，互相瞪視，火藥味愈來愈濃，眼看一言不合，不是一方逐客，便是另一方拂袖而去。

劉裕心中暗笑，只看劉毅憔悴的面容，便知他是外強中乾，勉強在撐著。事實上從劉毅肯見他劉裕，即可推測劉毅內心虛怯，所以想聽他劉裕有甚麼話說。

劉裕嘆了口氣，朝前踏步，繞過劉毅走到他背後，輕輕道：「宗兄還記得嗎？那晚我登上何大將軍的船，勸他千萬不要到建康去，何大將軍卻忠言逆耳，一意孤行，結果在到建康途中慘遭人所害。」

這不但是動之以情，更暗含警告之意，勸劉毅不可把他的話當耳邊風，否則勢將重蹈何謙覆轍。

劉毅沉吟片刻，也嘆了一口氣，道：「我怎會忘記此事？亦正因如此，令我和很多兄弟無法接受宗兄向司馬道子投誠的事實。宗兄可以告訴我，爲何要這麼做呢？你劉裕再不是以前的劉裕了，教我如何敢信任你？」

劉裕走了開去，直抵可眺望外面園景的窗，緩緩道：「宗兄弄錯了，我並不是向司馬道子投誠，甘願做他的走狗，而是爲朝廷效命。」

劉毅轉過身來，瞪著他的寬肩厚背忿然道：「這有分別嗎？」

劉裕好整以暇的道：「當然大有分別。一天我們沒有人起兵造反，上至謝琰，下至宗兄，誰不是爲朝廷效命？如果司馬道子等同朝廷，那宗兄和我並沒有分別，對嗎？」

劉毅爲之語塞，說不出話來。

劉裕原地轉過身去，面向劉毅，喝道：「最後的機會就在眼前，我絕不是虛言恫嚇，吳郡和嘉興兩城之一，絕捱不到明天太陽昇起之時，只要一城失守，另一城勢將難保，然後輪到海鹽，琰帥的部隊會變成缺糧缺援的孤軍，後果如何，不用我說出來宗兄也該清楚。」

劉毅沉聲道：「宗兄勿要危言聳聽，有甚麼事實可以支持你這個看法呢？」

劉裕曉得劉毅已被他打動，兼之記起當日何謙不聽他劉裕逆耳忠言的悲慘後果，終於忍不住問個究竟。

微笑道：「你可知徐道覆的主力大軍尚未出動呢？」

劉毅皺眉道：「主力大軍？」

劉裕道：「徐道覆的主力攻城部隊，一直隱伏於吳郡和嘉興以東的滬瀆壘，兵力達五萬之眾，是天師軍的精銳，不但攻城的預備工夫做得十分周全，且是蓄勢行事，其鋒銳實非久戰力疲的吳郡、嘉興守軍可以抗禦。加上兩城民賊難分，當這支攻城奇兵大舉進攻，蟄伏城內的亂兵來個裡應外合，你說兩城能守多久呢？當日大小姐的夫君就是這般失去了會稽，還賠上了性命。同樣的歷史會重演，吳郡和嘉興如是，宗兄的海鹽亦無法倖免。」

劉毅色變道：「滬瀆壘？」

劉裕看他的表情，知道他從未聽過「滬瀆壘」三個字，而他也是在五天前，才曉得這麼一個地名。沉聲道：「滬瀆壘是東吳孫權時代的水師基地，廢棄多年，最近才被天師軍重建，以作藏兵之所。五天前天師軍的這支反攻部隊，離開藏處，朝吳郡進軍，至遲昨夜已推進至吳郡城外，我所說的無一字虛言，宗兄將可在今天收到吳郡告急求援的信息。」

劉毅臉上血色盡褪，呆看劉裕好半晌後，道：「我要立即通知琰帥。」

劉裕淡淡道：「有用嗎？」

劉毅欲語無言。

劉裕道：「琰帥是甚麼料子，我們北府兵的兄弟人人心中清楚，如此急速擴展，已犯了兵家大忌。看現在是怎樣的局面，原本氣勢如虹的南征平亂軍，現在變得七零八落，部隊與部隊間完全發揮不出互相支援作用。一旦吳郡、嘉興兩城失陷，再被截斷糧道和後路，即變成各自爲戰的劣局。宗兄以爲憑現在海鹽區區三千守軍，可以撐多久呢？海鹽是個臨海的城池，只要天師軍規模龐大的戰船隊殺至，截斷海鹽和會稽、上虞的海上交通，海鹽將變成孤城一座，守無可守，逃無可逃。宗兄現正處生死存亡之際，能否化凶爲吉，就在宗兄一念之間。」

劉毅像崩潰了似的兩唇輕顫，好一會兒才能回復說話的能力，道：「我還可以幹甚麼呢？」

劉裕心忖哪由得你這個自大自負又貪生怕死的傢伙不屈服，但當然要保著他的面子，誠懇的道：「眼前唯一生路，就是我們和衷共濟，並肩作戰，力圖絕處逢生。大家終究是兄弟，過去的事便讓他過去好了。」

最後兩句是劉裕最不願向劉毅說出來的話，但他終於說了，如果劉毅能從此效忠於他，劉裕會重新視他爲兄弟，永不離棄，但當然須看劉毅日後的表現。

劉毅現出猶豫的神色，就在此時，堂外傳來急促的足音，接著兵衛喝道：「稟告劉將軍，急信到！」

劉毅渾身一顫，望向劉裕。

劉裕點頭示意，劉毅一言不發的朝大門走去，半盞熱茶的工夫才回來，臉色難看至極點。經過劉裕身旁時，低聲道：「宗兄請隨我來。」

劉裕跟著他直入內堂，隨他在一旁的几蓆坐下，靜待他發言。

劉毅雙眼直愣愣地看著前方，神情呆滯，顯然剛才的急信予他很大的衝擊和震撼。劉裕敢肯定他接到的訊息是最壞的消息。

雖然說不得不與劉毅合作，但劉裕確實是以德報怨，不然劉毅肯定命喪海鹽，死了仍不知在甚麼地方犯錯。

劉毅有點自言自語的道：「吳郡陷落了，我接到的是嘉興守將陳彥的求援信。唉！怎會這樣子呢？連一天都撐不了。」

劉裕也暗吃一驚，如果消息屬實，吳郡的守兵只捱了幾個時辰，便給擊垮。

劉毅忽然罵起來道：「劉牢之分明是要害我們，他好像早曉得會發生這樣的情況，在我們最需要他的水師船隊時撤返廣陵。」

劉裕平靜的道：「琰帥不是也想置劉牢之於死地嗎？爲何宗兄認爲劉牢之會和你們衷誠合作？」

劉毅立告啞口無言，更可能心中有愧，又或作賊心虛，記起當日正是由他提議讓劉裕去行刺劉牢之。

劉裕有點不耐煩的道：「嘉興之後，就是海鹽，現在是瞬息必爭的時候，宗兄仍拿不定主意嗎？」

劉毅道：「你要我怎樣做呢？」

劉裕並沒有如釋重負的感覺，因爲天師軍顯示出來的反攻實力，比他預料的還要強大，如此看，會稽和上虞將於短期內失守，他們雖有全盤的計畫，但能否奏功，仍屬未知之數。

現在他最想說的是，你劉毅立即把海鹽的指揮權交出來，一切聽老子的。可是當然不能這麼直截了當，眼前自以爲才能勝過他劉裕的這個傢伙，肯定消受不了。

劉裕道：「只要我們能守穩海鹽，這場仗我們就有可能逆轉勝敗，贏取最後的勝利。」

劉毅朝他望去，臉色蒼白如死人，搖頭道：「我們絕守不住海鹽，即使我們有足夠的兵力，一旦被截斷糧線，城內的軍糧將捱不過半個月。」

劉裕淡淡道：「如我可保你糧資無缺又如何呢？」

劉毅不能置信的道：「你怎可能辦到？」

劉裕胸有成竹的道：「天師軍現在有南方最龐大的戰船隊，我們卻有南方最優秀的戰船隊，連雄霸兩湖的兩湖幫戰船也曾在我們手上吃大虧。我們根本不怕與天師軍在海上會戰，戰船多寡不是決定海戰勝敗的唯一因素，還要看戰船的性能、操舟的技術和水戰的策略。何況我們不用在水上和天師軍硬撼，只要突破他們海上的封鎖，便可源源不絕地將糧資送抵海鹽，讓我們有本錢與天師軍長期周旋。」

劉毅仍是一臉懷疑的神色，問道：「糧資從何而來？」

劉裕答道：「由孔老大和支遁負責供應。」

劉毅微一錯愕，一時說不出話來。

劉裕語重心長的道：「今回我並非見形勢危急，到這裡來混水摸魚，好撈點好處。事實上在南征平亂軍出發之前，我早預估到眼前的局面，所以一直在部署預備。如果宗兄不信任我，只要說一句話，我立即離開。」

劉毅疑惑的道：「司馬道子曉得你在幹甚麼嗎？」

劉裕道：「可以這麼說，也不可以這麼說。確實的情況是司馬道子對我的預測是半信半疑，但因我有供他利用的好處，所以他暫時接納我。假如我能成功蕩平天師軍之亂，而司馬道子則鏟除了桓玄和劉牢之的威脅，司馬道子第一個要殺的人，肯定是我劉裕。」

劉毅皺眉道：「聽你的語氣，似乎把桓玄和劉牢之視爲一黨。」

劉裕想起這兩個人，一時舊恨新仇湧上心頭，冷哼道：「劉牢之早晚會投向桓玄，不是他認爲桓玄會厚待他，而是他憎恨朝廷，憎恨建康的高門大族，故讓桓玄蹂躪建康，然後再以解危者的姿態收拾殘局，當皇帝過癮兒。劉牢之是個有野心的人，但他有一個大弱點，就是高估自己，低估別人，爲了這方面的誤失，他會賠上自己的性命。」

這番話表面上是數劉牢之的不是，暗裡卻針對劉毅，因劉毅正是同類的人。

劉毅沉吟片晌，頹然道：「即使我們能從海上運來糧資，仍無法抵受天師軍從水陸兩路而來的強攻。」

劉裕搖頭道：「不要低估海鹽的防守力，你們當日盡全力攻打海鹽，損折嚴重，仍無法拿下海鹽。如非徐道覆別有居心，詐作敗走，恐怕還能撐個數月至半年的時光。」

劉毅搖頭道：「攻打海鹽的情況我比你清楚。徐道覆之所以能守得海鹽固若金湯，皆因全城皆兵，軍民上下一心。但現在海鹽只剩下一座空城，你那一方有多少人？如只是數千之眾，根本無法抵擋得住天師軍日夜不停的輪番猛攻。」

劉裕道：「這並不是一場單純的攻城戰，我們已擬好全盤的作戰計畫，利用水道的方便，我們可對天師軍進行突擊、伏擊、截擊的靈活戰略。只要我們守得穩海鹽城，天師軍只好把力量集中去攻打會稽和上虞，我們便可收編從兩城逃出來的北府兵兄弟，增加我們的實力，再全力反撲天師軍。」

劉毅搖頭道：「敗軍之將，何足言勇？既成逃兵，怎肯重返戰場？何況是我們這座陷身敵人勢力範圍的孤城？」

劉裕淡然道：「那就要看我劉裕在北府兵兄弟心中的分量，看我對他們的號召力了。」

劉毅登時發起呆來。

劉裕知道到了最關鍵的時刻，成與敗就看劉毅這刻的反應。

劉毅回過神來，道：「如果琰帥有令傳來，命我棄守海鹽，到會稽助他守城，我可以違抗他的命令嗎？我清楚琰帥，他會作出這樣的決定的。」

劉裕苦候良久，就是等他這番話，淡淡的道：「如果宗兄再不是海鹽的太守，這根本不是問題。」

劉毅全身一震，呆看著他。

劉裕一字一句的道：「琰帥是甚麼料子，你該比我更清楚。你到會稽去，只是陪葬，不會出現另一個結果。現在請宗兄下決定，你選擇站在琰帥那一方，還是和我合作？」

劉毅嘴唇顫動，好一會兒後，頹然垂首道：「宗兄怎麼說就怎麼辦吧！」

第十章　海鹽太守

燕飛、崔宏、長孫道生三人圍桌而坐，商量明天運黃金到邊荒的路線。

燕飛今早抵達平城，弄清楚情況後，決定事不宜遲，立即上路。事情確已到了不可拖延的階段，秘人把平城和雁門的交通完全截斷，天氣對他們似乎完全不構成影響，神出鬼沒，來去如風，且不時偷入城內進行擾亂破壞，弄得兩城人心惶惶，戰士們則杯弓蛇影，疲於奔命。如果任由情況如此發展下去，不待慕容垂來攻，兩城早已不戰而潰。

崔宏和長孫道生提議了幾條路線，燕飛仍是搖頭。

長孫道生皺眉道：「燕大哥心中有甚麼打算呢？」

燕飛道：「我們有兩個弱點，如果無法解決，不但會失去五車黃金，動輒還要弄個全軍覆沒。」

崔宏點頭道：「所以我們才要在路線上下工夫，用上惑敵、誤敵之計，故布疑陣，令秘人無法集中全力對付我們。」

長孫道生可沒有崔宏的本事，不用燕飛說出是哪個弱點，便清楚明白，忍不住問道：「我們有甚麼弱點呢？」

崔宏代燕飛解釋道：「我們最大的問題是因載重的關係致行軍緩慢，因而完全失去了主動，變成敵在暗我在明，形成被人揪住痛揍的局勢。另一個問題是人數不能太多，若是數千人浩浩蕩蕩的上路，首尾難顧，會重演當日慕容寶從五原逃往參合陂的情況，我方以區區兵力，便可利用地勢環境對他造成嚴重的傷害，致敵軍有參合陂的慘敗。」

長孫道生明白過來，如秘人有過千之眾，只要戰略高明，集中力量對運金隊進行突擊，確有以寡勝眾的能力。

長孫道生苦笑道：「我還以為有燕大哥助陣，今仗是十拿九穩，且可輕易生擒萬俟明瑤，卻沒想過還有這麼多難處。」

燕飛道：「想生擒萬俟明瑤談何容易？秘人絕不容這種事再一次發生在萬俟明瑤身上。秘族高手如雲，如果人人不顧生死的來拚命，我們即使勝了也要損失慘重。不要小覷秘人的戰鬥力，一千秘人足可抵得住一個萬人組成的軍團，這還是在公開決戰的情況下。而秘人是絕不會以這樣的方式和我們正面對撼的，只會採取游擊的戰略，令我們無法休息，提心吊膽，到時機成熟方會予我們致命的一擊。」

崔宏苦思片刻，嘆道：「我頗有計窮力竭的感覺，燕兄有辦法嗎？」

燕飛微笑道：「我要逼萬俟明瑤來一場決戰。」

兩人均大感愕然。

正如崔宏剛才的分析，主動權操控在秘人手上，哪輪得到他們作主張？秘人只會採取敵進我退、避重就輕的游擊戰術，怎肯和他們決戰硬撼。

燕飛欣然道：「我之所以比你們兩人有辦法，不是因為我比你們聰明，而是因我和秘人有微妙的關係。」

長孫道生是小他幾歲的兒時玩伴，說話不用有顧忌，訝道：「原來傳言是真的。當時我只有十二歲，燕大哥和族主失蹤了十多天，回來時族主還戴著一個有秘族標誌的手鐲。族主雖然不肯承認曾遇上秘人，只說是在沙漠的邊緣區拾回來的，但已有人猜你們曾到過秘人的地方去，當時你們爲何不肯承認呢？」

燕飛心中湧起對娘親的悔疚。當年他少不更事，整天往外闖，害得娘親爲他擔心垂淚，他卻依然故我。那次連續十多天沒有返回營地，令娘親傷心欲絕，他還要隱瞞曾到過哪裡去，皆因他和拓跋珪曾向秘族之主立下誓言，不把秘族的事洩露出去。唉！假如可以回到過去，他定會盡心事娘，不會令她不快樂。只恨過去了的再無法挽回。

燕飛心情沉重的道：「這是題外話，且是一言難盡。現在我們必須營造出一種特殊的形勢，使秘人感到對我們無計可施，那我們便可把主動權爭回手上來。」

崔宏大感興趣的道：「燕兄快說出來！」

燕飛道：「陸路肯定行不通，正如崔兄所說的，是被秘人揪著來揍。但水路又如何呢？」

長孫道生皺眉道：「走水路當然最理想，在寬闊的大河上，秘人根本無所施其技，何況船上有燕大哥和崔兄坐鎮，而秘人只有坐船明攻一法。但問題在我們沒有性能優越的戰船，只能強徵普通河船應急，而走水路會經燕人的勢力範圍，以普通的河船闖關，和送死沒有任何分別。」

崔宏也道：「我可以從敝堡調一艘船來，但至少要十多天的時間，際此與光陰競賽的當兒，我們實負擔不起時間上的損失。」

燕飛輕鬆的道：「我們並不眞的需要一條船，只要裝出姿態，讓秘人認爲我們是走水路便成。」

崔宏明白過來，點頭道：「的確是絕計。哈！爲甚麼這麼簡單的事我偏想不到？」

長孫道生仍未想通，眉頭大皺道：「我們可以擺出甚麼姿態呢？」

燕飛道：「由這裡朝西走至抵達大河，只是兩天的車程，我們可以煞有介事的大規模行軍，沿途設哨站，令秘人無法施襲，在這樣的情況下，秘人只有一個選擇，就是派出向雨田向我挑戰，而這正是我渴望和期待著的事。」

接著扼要的說明向雨田是何方神聖，以及荒人代他燕飛許下由向雨田決定決鬥的時間和地點的承諾。當然隱瞞了他和向雨田眞正的關係。

兩人聽後均感峰迴路轉，出人意表。

崔宏沉吟道：「假如秘人看穿這是個陷阱，按兵不動又如何呢？我眞的想不出秘人非動手不可的理由。」

長孫道生也點頭道：「秘人雖曾於盛樂來平城的路途上截擊運金車隊，但大有可能仍不知道車內運載的是黃金，也因而不清楚今次把金子運往邊荒對我們的重要性。」

燕飛道：「關鍵處在赫連勃勃，他是竺法慶的長徒，亦是另一個曉得有佛藏存在的人，且又一直秘密監視我族的動靜。運金子的事可以瞞過別人，但肯定瞞不住他，亦正因佛藏，赫連勃勃才會聽慕容垂的話偷襲盛樂。我敢肯定秘人已猜到那五輛車與佛藏有關，現在我親自來平城把五輛車押回去，更堅定了秘人的看法。」

崔宏拍腿道：「我終於明白了，難怪族主認定赫連勃勃會偷襲盛樂，原來是被佛藏吸引。」

燕飛心忖任你智比天高，也想不到眞正的原因，當然不會說破。道：「事情就這麼辦。明早我們在西門集合，於天亮時出發，如果今晚你們發覺我失去影蹤，勿要奇怪，我該是見萬俟明瑤去了。」

兩人愕然瞧著他。

燕飛起立道：「我知道她會來找我的，一定會。」

盛樂。大雪。

城內所有重建工程均因下大雪而停止，眼前所見烏燈黑火，烏沉沉一片，只有位於城東、城西外的營地亮起燈火，有種淒涼清冷的蕭條感覺。

拓跋珪立在城頭暗黑處，陪伴在他兩旁是大將長孫嵩和叔孫普洛，他們正耐心等候敵人的來臨。

赫連勃勃匈奴鐵弗部的先鋒部隊，五個時辰前出現在黃河北岸，探子忙飛報拓跋珪，盛樂立即進入全面戒備的狀態，但一切都在暗中進行，表面上一切如常，不會引起敵人的警覺。

叔孫普洛道：「敵人會否等雪停後才進攻呢？」

長孫嵩道：「赫連勃勃此人不可以常理測度，他最愛做出人意表、標新立異的事。雪降時當然利守不利攻，可是選這時候偷襲卻可收奇兵之效，何況他認定我們全無防備之心，根本沒想過我們布下天羅地網待他來上鉤，我相信他現在正朝我們推進。」

拓跋珪不置可否地微笑，然後道：「收拾小勃兒後，我要你們停止重建盛樂的行動。」

長孫嵩和叔孫普洛聽得你看我，我看你，不明白拓跋珪想些甚麼。不過他們亦不以爲異，因爲早習慣了拓跋珪這個作風，沒有人知道他腦中在轉著甚麼念頭。

拓跋珪目光投往城外遠處，沉聲道：「我要你們退往陰山，好好練兵，做好與燕人大戰的準備。」

長孫嵩不解道：「族主不需要我們到平城和雁門對抗慕容垂嗎？」
拓跋珪從容道：「我要慕容垂重蹈他兒子的覆轍。」
叔孫普洛暗吃一驚，道：「慕容垂老謀深算，從來只有他把敵人玩弄於股掌之上，像今次他煽動赫連勃勃來犯我們，便是高明的一著，幸好給族主看破了，否則後果不堪設想。慕容垂實非慕容寶可比，族主請三思。」
拓跋珪雙目奇光閃動，魂魄像到了別處去，露出馳想的神色，緩緩道：「試想這座是平城而非盛樂，來的是慕容垂所謂的奇兵而非赫連勃勃的匈奴兵，現在我忽然撤走，讓慕容垂撲了個空，會有怎樣的後果呢？」
長孫嵩肅容道：「慕容垂善用奇兵，故戰無不勝，慕容永兄弟就是這樣栽在他手上。以慕容垂一貫的作風，恐怕他兵抵平城，我們方曉得是怎麼一回事。」
叔孫普洛點頭道：「更何況平城的情況與盛樂不同，假如我們拱手相讓，慕容垂等若收復失地。待站穩陣腳後，再攻打盛樂，那時我們長城內外據地盡失，辛苦得來的一點成果，會化爲烏有。」
拓跋珪淡淡道：「如果平城和雁門變成兩座破城又如何呢？」
長孫嵩和叔孫普洛爲之愕然，一時乏言以對。
拓跋珪凝望遠方，夢囈般道：「城破了，可以再建立起來，仗輸了，可能永遠無法翻身。爲了打敗慕容垂，我願意付出任何代價。」
接著一震道：「來了！」

海鹽城外的碼頭上，劉裕、江文清和宋悲風站在登上「奇兵號」的跳板前，一一話別。

宋悲風向劉裕道：「小心點！劉毅是反覆難靠的小人，在任何情況下都要防他一手。」

屠奉三顯然心情很好，笑道：「小心點是必須的。我反不擔心劉毅，因爲他除了是小人外，還是貪生怕死的人，對他來說沒有其他東西比他的生命更重要。只要劉帥好好利用他這個弱點，便不用擔心他。」

劉裕向屠奉三感激的道：「屠兄也要小心點。我多麼希能與屠兄並肩作戰，可是卻不得不留在海鹽。」

屠奉三拍拍他肩頭道：「大家兄弟，客氣話不用說了。此仗成敗的關鍵，繫於劉帥能否控制海鹽，令海鹽成爲南征平亂軍唯一的生機，然後我們才能大展拳腳，逐步進行我們的反擊大計。我屠奉三敢立下軍令狀，必取滬瀆壘，把天師軍的大批藏糧和物資據爲己有，彼消此長下，何愁大事不成？我和宋大哥先上船去，劉帥和大小姐多說兩句心腹話兒吧！」

江文清俏臉微紅，嗔道：「屠當家！」

屠奉三大笑登船去了。

宋悲風也拍拍劉裕肩頭，正容道：「我會看著文清的，小裕放心。」追著屠奉三身後上船而去。

剩下劉裕和江文清兩人，四目交投，後者垂下螓首。

劉裕正要拉起她一雙柔荑，好好撫慰，江文清兩手縮後，輕柔的道：「很多人偷偷看著我們呢！劉帥現在身分不同，人人唯你馬首是瞻，不宜讓他們看到劉帥兒女情長之態。好好保重！」

說畢也登上「奇兵號」。

「奇兵號」隨即啓碇開航，揚帆冒黑出海，等到「奇兵號」去遠了，劉裕收拾心情，返回城內。甫進南門，遇上劉毅和十多個北府兵將領，人人神色凝重，顯然有大事發生了，所以迫不及待地來找他。

劉毅道：「嘉興也失陷了。」

一天內，南征平亂軍連續失去兩座城池，它們不但是軍事重鎮，且在戰略上有關鍵性的作用，北接建康，南連會稽，現在南征平亂軍與北面的聯繫已被切斷，頓令海鹽、會稽和上虞成了孤城，糧草物資更是無以爲繼。

劉裕心中出奇的平靜，一切都在意料之中，而他們更有應付之計。

十多雙目光全集中在他身上，等待他的指示，就在此刻，劉裕確切地感覺到海鹽的指揮權落入他手上。

他在他們身上看到對自己的信心，但也看到懷疑和惶恐。現在的形勢已被徐道覆完全扭轉過來，勝利絕對地靠向敵人，死亡的陰影籠罩著海鹽的將兵，致士氣低落，人人無心戀戰，如果他不能激勵士氣，振奮人心，不待天師軍殺到，海鹽將會崩潰。

劉裕首次發覺自己正身處謝玄的位置上，但又與淝水之戰完全是兩回事，當時由上至下沒有人懷疑謝玄會帶領他們去打一場敗仗，而現在只要他說錯幾句話，眼前正等待他指示的將領會立即離棄他。

劉裕從容一笑，道：「我還當徐道覆是甚麼人物，原來不過爾爾。求勝心切，乃兵家大忌，想不到徐道覆竟會犯上這個大錯誤。」

一名年輕將領道：「徐道覆攻陷吳郡和嘉興後，下一個將輪到海鹽，我們只有三千人，如何抵擋得住數以十萬計的亂兵？」

劉裕認得這是劉毅倚重的副將申永，是劉毅手下諸將中最有權力的將領。微笑道：「知己知彼，百戰不殆。徐道覆難道能與當年的苻堅相比嗎？天師軍號稱三十萬大軍，實質上稱得上是精銳的不過五萬人，其他只是各地豪強、幫會和亂民倉卒集合而成，怎及我北府兵訓練精良？更重要的是我會教徐道覆無法全力攻打海鹽。而只要我們守得住海鹽，我們便可以爲被害的北府兵兄弟討還血債，取得最後的勝利。」

另一將領劉藩道：「小劉爺有甚麼辦法令徐道覆無法集中力量攻打我們呢？」

劉藩是劉毅的堂弟，與劉裕分屬同鄉，他說出了所有將領心中的疑問。

劉裕曉得自己強大的信念，感染了眾人，穩定了他們的情緒。而他鏗鏘有力的聲線語調，更大幅增加了他們的信心。這都是他從謝玄身上學來的。道：「今次徐道覆之所以能在一天之內攻陷兩城，皆因準備充足，又出奇不意，故能取得如此輝煌戰果。」

稍頓續道：「我們絕不可被他唬倒。徐道覆無疑是聲威大振，卻是外強中乾，只要我們能把握他致命的弱點，定可癱瘓他對海鹽的攻勢。」

劉毅道：「徐道覆的弱點在哪裡呢？」

劉裕信心十足的道：「要明白徐道覆的弱點，首先要掌握他今次能反擊成功的原因，關鍵處在於他設置了一個可瞞過我們的秘密基地。」

申永道：「是滬瀆壘。」

劉裕曉得劉毅已把有關滬瀆壘的事告訴諸將，省去了他一番唇舌。點頭道：「這叫成也滬瀆壘，敗也滬瀆壘。今次徐道覆能忽然發動如此猛烈的反攻，皆因滬瀆壘不單藏有天師軍最精銳的部隊，囤積了大量糧資，且建造了大批攻城器械，遂能突破我們的防守，一日之內連取兩城，逆轉了局勢。可是現在的形勢已改變過來，由敵暗我明變成我暗敵明，天師軍已顯露形跡，令我們可輕易掌握他們的戰略和部署。反之他們對我們眞正的實力和策略則是一知半解。最重要是他們並不知道滬瀆壘再不是甚麼秘密基地。」

眾將均同意點頭，雖然他們仍不清楚劉裕有甚麼致勝的手段，但劉裕以事論事，見解精闢的分析，使他們頗有撥開迷霧見青天的感覺，再不像乍聞嘉興繼吳郡在同一天內失陷時的惶惑無依。

此時南門聚集了大批北府兵，牆頭上的守軍、把門的兵衛，以及在附近工作的工事兵，雖聽不到他們之間的對話，但見劉裕威風凜凜，胸有成竹的與眾將說話，都安定下來，注視他們。

劉裕續道：「可以想像攻打吳郡和嘉興兩城時，天師軍必從滬瀆壘傾巢而出，帶走大部分攻城器械，留下的便用作攻打我們海鹽之用。如果我們沒及早發現滬瀆壘的存在，囤積在壘內的糧資兵矢，將會被送往吳郡和嘉興兩城，以支援天師軍方興未艾的軍事行動。」

眾人無不聚精會神地聽著，他們都是作戰經驗豐富的將領，開始看到由劉裕描繪出來的美麗圖畫。

正因劉裕所說的沒有一句話離開事實，也令他們掌握到實際的情況。

在現時人心惶惶之際，只有事實方可以安穩他們的心。

劉裕微笑道：「想想吧！在這天師軍青黃不接的時刻，我以奇兵突襲滬瀆壘，把天師軍留下用來作長期大規模軍事行動的糧資兵矢，一古腦兒全奪在手上，會有甚麼後果呢？」

申永首先叫道：「我們有救了！」

眾將人人精神一振。

劉毅道：「小劉爺！我們應否立即行動呢？」

這還是劉毅首次稱他爲小劉爺，可見他至少在喚這個稱謂時是心悅誠服的。而直至此刻，劉裕仍沒有告訴劉毅戰船隊的所在，皆因此事絕不可洩露出去，誰敢擔保北府兵內沒有天師軍的奸細。

此時說出來，即使聽進天師軍的奸細耳中，亦改變不了即將發生的事，因爲戰船隊早於七天前離開藏身的島嶼，進入可偷襲滬瀆壘的位置，剛才開出的「奇兵號」，正是前往與戰船隊會合，於黎明前進攻這個牽涉到整場戰役成敗的天師軍基地。

一切均在算計中，由此可知先前能否說服劉毅，實爲關鍵所在。一旦解決這個問題，劉裕已踏足勝利之路，雖然未來仍須面對艱困的戰鬥。

劉裕好整以暇的道：「或許是明天，或許是後天，徐道覆會把精銳之師從吳郡和嘉興開出，兵分兩路，一路沿運河南下，攻打會稽和上虞，另一路則兵壓我們海鹽城。南下的天師軍不用我們去理會，也不用我們去管。我們目前的首要之務，是守穩海鹽。哈哈！我眞想看看徐道覆驚聞滬瀆壘失陷時的表情，看他還憑甚麼攻打我們。」

另一將領叫道：「小劉爺！滬……」

劉裕欣然道：「你想問我憑甚麼取滬瀆壘嗎？爲何我視滬瀆壘如囊中之物？讓我告訴你吧！因爲滬瀆壘的兵力布置，全被我摸通摸透。現在留在滬瀆壘的天師軍不到四千人，且只有五百人是可戰之兵，其他全是工匠。而我的親兵足有二千人，無一不是身經百戰的勇士，更是曾參與兩次反攻邊荒集的戰士，由屠奉三和江文清率領，你們說滬濆壘是否手到擒來？明天你們將會聽到好消息。」

接著雙目精芒遽盛，高喊道：「你們可以把我剛才述說的情況傳播開去，讓人人曉得勝利並非掌握在徐道覆手上，而是在我劉裕之手。滬濆壘將會變成我們在這場戰爭中，起著關鍵作用的水師基地，憑我們性能優越的雙頭戰艦，憑著能打敗南方任何船隊的水師，將滬濆壘和海鹽連成一氣，互相支援。我們是不會失敗的，就像當年玄帥帶領我們以弱制強，以寡敵眾，我們北府兵是不會輸的。」

這番話他以內功逼出，遠近皆聞，回響於牆頭城門，說得豪氣萬丈，慷慨激昂，登時引得眾兵齊聲吶喊，高呼小劉爺之名。

劉裕自己亦熱血上湧，腦海浮現謝玄那天從八公山的落山斜坡，馳往淝水東岸的動人情景，當時對岸是數以十萬計的秦軍。

劉毅等諸將齊聽得熱血沸騰，全體拔出佩劍，高指夜空，發喊道：「我等誓向小劉爺效忠，決意拚死力戰，永不投降。」

他們的誓言又引起牆上牆下眾兵更激烈的反應，人人高舉兵器，發喊歡叫。

劉裕反平靜下來，心中充滿感觸。

這是決定性的一刻，他再不是北府兵內只得虛名的英雄，而是掌握了實權的主帥，不但成了北府兵最後的希望，也代替了謝玄在北府兵內的位置。

玄帥呵玄帥！如你在天有靈，請保佑我劉裕，不會丟失你的威名。

第十一章　盛樂之戰

於平城北面三十多里處的一座小丘上，燕飛點燃攜來的火把。

火把被綁在一根樹幹上，插入雪土，令火燄在丈許的高處擴散紅光，在周遭滿鋪積雪的原野襯托下，觸目而帶著說不出其詭異淒迷的氣氛。

燕飛靜立在接近火炬之處，心中思潮澎湃，因爲他曉得即將見到萬俟明瑤。

這個召喚秘人的火光，勢會驚動萬俟明瑤，當她曉得燕飛是要見她，她會有何反應呢？

萬俟明瑤有很強的個性，永不肯向任何人屈服，燕飛甚至懷疑，如果向雨田沒有拒絕她的愛，她會否仍對向雨田如此念念不忘，如此「癡情」。

萬俟明瑤是不會因任何人而改變的，她若形成了某種看法，會堅持下去。在她眼中，燕飛的武功雖然不錯，但至少遜她兩籌，是她的手下敗將，雖然燕飛因擊殺竺法慶而聲名大噪，但萬俟明瑤該仍認爲她自己可穩勝燕飛。現在燕飛「送上門來」。她會以甚麼態度和手段回應呢？

燕飛很想知道。

假如萬俟明瑤立即動員可用的人手，全力攻擊燕飛，一意殺他，情況將由複雜變爲簡單，雖然大傷他的心，但卻是他所期待的。

當發展到這個情況，他只須讓萬俟明瑤看清楚他的本領，證明燕飛再不是以前的拓跋漢，現在的燕飛是她奈何不了的，她便不得不祭出她最後一道殺手鐧——向雨田。

這是他今晚要見最不希望見到的人的原因，他希望停止無謂的殺戮。

就在此時，一道白影出現在雪原的遠處。

燕飛仰望夜空，今夜雖然寒氣徹骨，天空卻是清朗無雲，繁星密布，令人嘆爲觀止。

燕飛深吸一口氣，曉得會於此一美麗星夜，見到曾傷透了他的心的舊愛。

戰事如火如荼地進行著，盛樂城裡城外變成地獄般的恐怖世界，雪花仍漠視一切的從天降下。

拓跋珪清楚他這一方已控制了整個戰場。一如過去在他指揮中的每一場戰爭般，沒有人能在戰場上擊敗他。

他不知道自己是否天生的統帥，但只有在殺戮的戰場上，他才可以平靜下來，冰雪般的冷靜。他不會錯過敵人的破綻弱點，每每能在最適當的時機予敵人最致命的一擊。

今仗來犯的鐵弗部戰士達一萬五千之眾，兵分兩路，主力軍一萬人，分三隊冒雪正面強攻盛樂，一隊直衝城內，另兩隊分攻布於左右的營地。

另一路兵有五千人，則繞往盛樂後方，從北面攻城。

由於盛樂城牆、城門尚未修復，缺口處處，前後衝至的敵騎幾乎是長驅直入，他們同時點起火把，再將火把投往營帳和房屋裡去，登時火頭四起，卻聽不到慘呼的聲音，也見不到有人從營地房舍奔出來逃命。

到敵軍曉得中計時，一切都遲了。

埋伏在城牆上拓跋族戰士在反擊的號角聲響起下現身，數以千計的勁箭驟雨般朝敵人灑下去，射得敵騎人仰馬翻，狼奔鼠竄，陣腳大亂。

埋伏四角房舍裡的戰士衝將出來，以二十人爲一組，二百組合共四千人，人人徒步持矛，有組織具規模地走進橫街長巷，在他們熟悉的城池以長矛專攻馬背上的敵人，卻放過敵人座下的馬兒。立即把敵人逼得退往貫通南北的主大街去，只剩下失去主人的空騎受驚奔跑。

此時埋伏在城後雪林的二千騎兵從北門掩至，殺入北門裡，衝得敵人四散奔逃，各自爲戰，又不能逃進被拓跋族步軍控制了的橫街，只好向唯一的出路南門逃去。

牆頭上的箭手改爲專對付攻打左右空營的敵人，居高臨下以強弓勁箭，毫不留情地射殺敵人。營帳陷於火海之中，火光染紅了雪地，也照得敵人纖毫畢露，更難避過奪命箭矢貫體之危。

立在南牆城樓的拓跋珪冷然注視一切，無喜無怒。

在坑殺了慕容寶的大批降兵後，他對殺人已感到痲木，不會有絲毫情緒的波盪，至少當身處殘酷戰場上，勝敗每每決定於他一念的時刻。

一隊人馬從南面衝出，往城外逃去，人數只有數百，但拓跋珪看到赫連勃勃正是其中之一，緊隨他身旁的是波哈瑪斯。

拓跋珪一直在等待這個機會，提起手上大弓，搭上箭矢，再把強弓拉成滿月，身旁左右五十多個親兵紛紛仿效，同時彎弓搭箭。

「放箭！」

一聲令下，箭矢蝗蟲般從牆頭射下去，索命鬼般追上正逃走的敵人。

慘叫聲應箭響起。

十多個人從馬上墜下來，伏屍城外雪地上，餘下的敵騎和十多匹空馬，迅速去遠。

「蓬！」

拓跋珪在親兵點燃煙花火箭後，擲上高空，在雪花裡爆開一朵詭異的紅色光花。

他曉得波哈瑪斯今次死定了，因爲等待他的是武功高強，不在他之下的楚無暇。若楚無暇力有不逮，尚有從他親兵挑選出來的二百精銳一同出手。

剛才的一箭，他放過了宿敵赫連勃勃，射向波哈瑪斯，這波斯高手也是了得，避開了背心要害，只讓箭貫入他右肩。

拓跋珪清楚此箭的威力，貫滿了真氣，不單廢了他的右手，還傷及他的內臟。沒有了波哈瑪斯，赫連勃勃除了可以擾亂姚萇的大計外，再難有甚麼大作爲。

燕飛在雪地飛馳，追在前方體型健美的秘族女高手後方，朝東北方走，好一會兒抵達山區，兩人一先一後穿林過丘，忽然豁然開闊，原來到了個小山谷。

谷的另一邊隱隱傳來瀑布的聲音，一道溪流蜿蜒而來，流往谷外去。四周的山丘擋著吹來的西北風，雖然放眼所見均是皚皚白雪，但仍有一絲溫暖的感覺。

秘族女高手以秘語道：「族主要你在這裡等候她，千萬不要離開，你該明白族主的脾性。」

燕飛點頭答應後，這位把全身裹在白布裡，只露出一雙眼睛的秘族女高手，迅速離谷而去，剩下他一個人。

燕飛暗嘆一口氣，到小溪旁找了一塊平坦的大石，撥掉上面的積雪坐了下來。

帶他到這個地方來，肯定是不懷好意，只要萬俟明瑤遣人把守谷口，又派人在谷頂四周的山頭居高臨下守以強弓勁箭，一般好手將陷於插翅難飛的絕境。

但當然難不倒他，這樣的形勢對他是有利無害，他還可利用形勢使秘人無法形成合圍之勢。他的想法並不是沒有道理的。

由於事起突然，萬俟明瑤一時間召喚不到足夠的高手，所以拖延時間，先派人帶他到這裡來，好讓她能從容部署。

燕飛再嘆一口氣，把雜念排出腦海之外，進入無人無我的境界。

「吳郡守將王康，參見小劉爺。」

劉裕安坐太守府大堂主位，看著拜伏身前容顏疲倦的將領，心中升起古怪的感覺。自己這個太守可說是騙回來的，但人人二話不說地便接受了，可見自己在北府兵心中，確實佔有奇異獨特的位置。

王康在半個時辰前率領千餘敗軍抵達海鹽，當時他渾身血污，身上有多處傷口，經包紮後到大堂來見他。其他兵將均得到良好的照顧，被安頓到城內的民居休息。

劉裕搶前把他扶起，道：「大家兄弟，無須多禮。」

坐在旁邊的劉毅也道：「小劉爺作風似玄帥，最怕無謂的禮數。」

聽劉毅這麼說，劉裕登時曉得謝琰必是規矩多多，講究禮節，所以王康縱然身帶創傷，仍不敢禮數不周。

坐好後，王康嘆道：「小劉爺得朝廷派來主持大局，實在太好了！」

劉裕暗叫慚愧，岔開道：「王將軍怎會逃來海鹽呢？」

劉毅聽得眉頭大皺，心想不來海鹽該到甚麼地方去？

王康道：「若我曉得小劉爺在海鹽主事，我定會領人到海鹽來，不過我並不知道，所以城破後一心往無錫去，卻被天師軍封鎖了逃路，只好往海鹽來試試看。」

劉裕拍腿道：「好一個徐道覆，此計果然惡毒。」

劉毅和王康不解地瞧著他。

劉裕心忖若聽的是屠奉三，肯定明白自己的想法。從容道：「徐道覆是故意把逃出吳郡和嘉興兩城的兄弟逼到海鹽來，一方面可弄得海鹽人心惶惶，另一方面可加重我們在糧草物資方面的負擔，此爲一石二鳥之計。」

王康有點尷尬的道：「如此……嘿！如此我們不是拖累了小劉爺？」

劉裕出自眞心的道：「恰恰相反，我對徐道覆這麼做非常感激才眞。糧草物資方面我們絕無問題，兩艘從建康來的糧船會於午夜時分抵達海鹽。哼！徐道覆今次是弄巧反拙。」

王康露出釋然的神色。

劉裕向劉毅道：「今晚將會有大批兄弟從吳郡和嘉興來，請宗兄好好招待他們。」

劉毅點頭應諾，接受了劉裕向他下的首個命令。

劉裕又向王康道：「今次吳郡失陷，罪責絕不在王將軍身上，王將軍好好休息，勿要胡思亂想。」

兩人去後，劉裕心想自己難道確實是眞命天子，否則徐道覆怎會這麼便宜自己呢？

第十二章　舊歡如夢

燕飛睜開眼睛，萬俟明瑤出現在小溪對岸，她的打扮與剛才領路的秘族女高手沒有任何分別，全身裹在雪般純白的勁裝裡，可是不知如何，或許是她的腿長了一點，腰身細了些許，身材苗條上幾分，又比那健美的秘族女高手要高出二、三寸，竟予人有天壤之差的分別。彷彿天地初開時誕生的美麗神物；她那生動活潑的體型和線條，像造化般無可挑剔之處。

第一次看到萬俟明瑤的時候，那時她還只是個少女，便已驚人地吸引著他。直至今天，她的吸引力仍沒有絲毫減退。每一次看她，他都會有新的發現、新的驚喜，就像初次見到她一般，心情波動不已。

她那雙細而長的鳳目更是變化多端，可以是冷漠和神秘，更可以充滿妖媚、挑逗，熱烈如火燄，教任何男人感到能征服她是最了不起的本事，老天爺在人世間最大的恩賜。

但燕飛亦知道萬俟明瑤是永不會被人征服的，這是經過最痛苦的經驗後深切體會的事實。

事實上他從未想過要征服萬俟明瑤，只希望她愛他如同他愛她般深。但最終他失敗了，且是最徹底的失敗。有時他會想，她根本從未真的愛過他。他燕飛只是她解悶兒的玩物。

「漢！」

她熟悉的聲音傳進燕飛耳中，是那麼低沉悅耳、性感迷人，勾起他早被深深埋葬的某種令人意亂神搖的動人感覺。

醉。

夜半無人，枕邊私語，天地間彷彿只剩下她和他，她的一顰一笑，是那樣無可抵禦的令他顛倒迷

當她動人的身體在他懷裡顫抖著，一遍又一遍像此刻般呼喚他以前的名字，他的心中只有一個她，再容納不下其他的東西。他從沒想過黑夜會是如此美麗，如此和平，如斯激烈。一次他們在歡娛平靜的氣氛中躺在一起，她對他說：「女人在戀愛時，是不講規矩，不會害羞，無法無天的。」

這句話仍言猶在耳，像是昨夜才說的，但燕飛卻清楚過去和她的一切俱往矣，就如大河長江氾濫的洪水，把一切沖走，永不回來。

他愛過她，也恨過她，然後是徹底的失望，是愛是恨再不重要。

那是他生命中一段最不想記起的回憶，也是最深刻難忘的奇遇和經歷。

燕飛嘆了一口氣。

萬俟明瑤舉起纖手，抓著頭罩的下幅，把整個頭罩掀起來，納入腰囊，露出能傾倒天下男人的絕世花容，烏黑閃亮的秀髮如瀑布般自由寫意的傾瀉而下，益發顯得她雪白的臉肌晶瑩剔透，超乎凡間任何玉石之上，寶石般的明眸在長而媚的秀目內閃閃生輝，一眨不眨深情專注地凝望著他。

她還是那麼驚心動魄的奪目美麗。

「爲甚麼要嘆氣呢？你不再愛我了嗎？」

燕飛心中苦笑。

當年在長安，他沒法離開她，爲的正是她此刻柔情似水的姿態模樣，在她愛著他時，她如火的熱情完全把他融化，令他忘掉一切因她而起，種種噬心的折磨和痛苦，直至燕飛心死。

萬俟明瑤輕躍過小溪，來到他前方，蹲下拉起他的雙手緊握著，然後仰起擁有能奪天地造化精華的美麗線條的輪廓，豐潤的香唇露出一絲似能破開烏雲的陽光般的笑意，輕柔的道：「讓我們重新開始，好嗎？明瑤今回是破題兒第一遭求人哩！」

秘語從她口中說出來，有種難以形容的溫柔和動人心弦，充盈輕重緩急的節奏感，不單是迷人的語言，更是能觸動人心的天籟樂章。

想起過往親密至無分彼此的關係，燕飛有點不由自主地輕輕反握著她一雙玉手，雖然同時想到這雙手可毫不留情地殺人，也無法忘懷她溫柔多情的觸摸。

在等候萬俟明瑤來臨前，任燕飛千想萬想，仍沒想過萬俟明瑤會以這樣的態度對他，問他這幾句話，宛如一切事情從沒有發生過，長安的熱戀仍像一發不可收拾的林火般在焚燒蔓延。

她是否在耍手段騙他呢？

明知拓跋漢就是燕飛，仍要逼向雨田來殺他，只是爲傷害向雨田，對向雨田的拒愛作出最嚴酷殘忍的報復，由此已可見他以前的看法沒錯，萬俟明瑤心中始終只有向雨田一個人，對他燕飛不過是逢場作戲。

萬俟明瑤細審他的面容，道：「漢！你變了很多，整個人的氣質都改變了，像變成了另一個人。不過在我心中，你永遠是在沙海裡迷了路的那個小子拓跋漢，也是在長安和我重逢的拓跋漢。」

又凝望他的眼睛，柔聲道：「你的眼中多了很多東西，我無法形容那是甚麼。我像熟悉你的眼睛，但又感到很陌生。你在想甚麼呢？只要你願意，我們可以有個美滿的將來，正如你曾承諾的，我們可以做世上最美好的一對愛侶。你改變了，但我也改變了。我一直不相信有人能改變我，但我的確被你改變了。」

燕飛心中沒有半點憤怒，只有無盡的悲哀。於萬俟明瑤來說，沒有任何人或事比秘族的傳承和榮譽更重要，那是自小由她爹灌輸給她的想法，根深柢固，不是任何人能改變，更絕不會因他燕飛而改變。

燕飛感覺著夜空燦爛的星光灑在他們身上，他和她此刻表面上非常親近，但他卻清楚兩顆心像是隔著萬水千山般遙遠。心中不由浮現紀千千的如花玉容，縱然他們一個在天之涯，一個在地之角，但兩顆心之間卻沒有距離。

他的確變了，竟可在與萬俟明瑤一起時，思念另一個女子。

萬俟明瑤輕輕地把一雙柔荑從他手中抽出來，接著伸展動人的身體，投入他懷裡去，雙手水蛇般纏上他的頸項，香唇湊到他耳旁喘息著道：「漢！擁抱我！像你以前般緊緊的擁抱我。」

燕飛沒有依她的話，似變成一座不動如山的石像般，嘆道：「你愛我嗎？」

萬俟明瑤微嗔道：「又說蠢話了，你有一點沒有變，仍是以前那個既愛懷疑又固執的傻瓜。」

嗅著她的髮香，鼻中充滿她健康的氣息，感受著軟玉溫香在懷中的迷醉滋味，燕飛卻是心靜如止水，沒有半絲波盪，因爲他曉得當他沒有依言擁抱她的一刻，萬俟明瑤生出殺機，在這樣親密的接觸下，她的意念瞞不過他的靈覺。

燕飛沉聲道：「你所謂對我的愛，並不是我要求的那種愛。當年在長安時，縱使我和你有最親密的行爲，但我仍不時有孤獨的感覺，那是一種空虛的窒息感，讓人沒法掌握幸福。我一直想不通爲何在理該最快樂的時刻，卻有那種不愉快的感覺，當時我還以爲是因不了解你，但我終於明白了，在離開你之後，腦子醒過來的時候，我明白了。因爲你的心中有另一個人，當你和我說話，甚至和我歡好的時候，你卻在想另一個人。」

萬俟明瑤一陣風般離開他懷裡，退往丈許外的地方，秀髮飄揚，傲然挺立，鳳目射出閃閃電芒，配合背掛從香肩斜伸出來的長劍，登時由千嬌百媚的多情女子，化身爲可奪命的勾魂艷使。語氣出奇地平靜道：「拓跋漢你何不坦白告訴我，你已移情別戀，不用再口出污言，侮辱我萬俟明瑤。」

燕飛淡淡道：「我並沒有移情別戀。還記得在我離開的同一個晚上，你對我說的一番話嗎？你親口向我說你對一個男人傾情專注的時代早過去了，男女之情更不是你的人生目標。你有過很多男人，我只不過是其中之一，若我認爲自己是你生命中最重要的人，便是不自量力。你說出這番話的時候，我們的所謂戀情立告終結。你可以當我是可呼之即至揮之即去的人，但我卻清楚自己不是這種人。」

萬俟明瑤臉上現出溫柔之色，代替了凌厲的眼神，她走近燕飛兩步，把他們之間的距離拉近至半丈，苦笑道：「你眞的是傻瓜。我一時的氣話，怎可以當眞呢？明瑤只是氣不過你堅持要去行刺慕容文，所以故意挫折你、侮辱你，向你澆冷水吧！事實證明了你是對的而我錯了。你不但成功刺殺慕容文，轟動長安，還奇蹟地脫身逃走，引得慕容文家族的高手傾巢而出，爲我們製造了一個千載難逢的機會，才能把我爹救回去。我承認低估了你，但我也付出了沉重的代價，思念你是椎心的折磨。現在一切已成爲過去，只要你願意，我可以拋開一切，與你立即返回沙漠中最美麗的綠洲，再不理世間的任何事。」

燕飛曉得她所說的甜言蜜語沒有一句是眞的，她正進入最佳的攻擊位置，可讓她名爲「漠柔」的鋒利軟劍發揮最可怕的威力，搶佔先機。

她說的雖然是迷人的情話，但燕飛卻感應到她心裡的奧秘，明白她爲何要費這麼多唇舌。

萬俟明瑤是不服氣，她不服的是燕飛離開她，而非她拋棄燕飛。同時她雖發覺燕飛在武功上大有長進，但認爲燕飛仍不是她的對手。

當燕飛再一次被她迷倒，答應隨她返回沙漠雙宿雙棲，她會毫不猶豫的出手，取燕飛之命。

自從被向雨田拒愛後，她已失去愛別人的能力。正如向雨田說的，她對燕飛僅存的一點愛意，已因燕飛主動離開她，一去不回頭，而轉變爲恨。

當她討回失去的驕傲和尊嚴後，他燕飛在她心中再沒有任何價值，殺掉他便完成了她對慕容垂的諾言，不用留在這裡與拓跋珪周旋冒險，是對她族人最有利的事。

至於她眞正愛的向雨田，將因無法完成任務被逼永遠留在她身邊。

這就是萬俟明瑤好強的性格，燕飛了解她，也心生憐惜。

說到底，他們曾是纏綣難捨的愛侶。

縱然他武功已達上窺天道的層次，由於無法向她施展「仙門劍訣」，燕飛對她的「漠柔」仍是非常顧忌。

萬俟明瑤學武的天分絕不在向雨田之下，使用軟劍的技術已臻鬼神莫測的層次，可硬可軟，教人防不勝防。

在無法盡全力下，他並不是穩操勝算的。

燕飛語重心長的緩緩道：「明瑤你再想想吧！仔細和平心靜氣地想一想我們當年在長安的情況，那就叫愛嗎？眞正的愛從來是不會計較的，它會令人不顧一切；更是無私的，絕不會蓄意去傷害對方，令對方難受。偶爾我們間生出愛的火花，隨即又煙消雲散，因爲你仍無法把心中的愛寄託在我身上。你知道我講的是眞話，更曉得我從來沒向你說謊。自那晚離開後，我們之間的關係亦告結束，雖然我從沒有忘記我們曾經擁有過的一切，分不清楚那是苦還是甜的往事。」

萬俟明瑤雙目亮起異芒，那是她展開秘族最玄奇深奧武功「破雲奪日功」的必然現象，顯示她隨時出手。

兩人目光交擊。

萬俟明瑤一字一句的道：「你眞的不會騙我嗎？那就坦白告訴我，你是不是愛上了紀千千？」

燕飛淡然道：「我從來沒有打算在此事上瞞你，亦知瞞不過你，現在對我最重要的事，是如何把千千從慕容垂的手上救出來。」

這番話是燕飛最不願向萬俟明瑤說的，卻又不得不說。只有這樣，才可令萬俟明瑤非殺他不可，而她做不到時，只好請向雨田出馬。如此她將處於穩勝的局面，不論何人敗陣身亡，她仍可令生存下來的一方痛苦自責。

萬俟明瑤悽然一笑，目泛淚光，道：「燕飛你是否敢作敢爲的男子漢大丈夫，何不直截了當答我的問題，你是不是愛上了紀千千？答我吧！我要一個不含糊的答案。」

燕飛太清楚她的脾性了，萬俟明瑤從來不是個軟弱的人，怎會有這種小女子的情態？說到底這是她的一種手段，因爲直至此刻他仍沒有露出任何弱點破綻，而萬俟明瑤則力圖在他無懈可擊的心神打開一個缺口，只要他心神稍有波動，凌厲的殺著會如黃河長江之水般滔滔而來，直至他伏屍小谷。

他明白萬俟明瑤，萬俟明瑤也了解他，清楚昔日的燕飛是怎樣的一個人。

現在的燕飛在本質上並沒有改變，可是對這世界的看法已有了天翻地覆的變化，追尋的東西再不相同。而他與紀千千超越物質、距離的奇異戀愛，更遠超過當年他和萬俟明瑤曾擁有過的一切。

如果他和萬俟明瑤相戀時是患上愛的絕症，那他現在已完全痊癒，得到了新的生命。

他和萬俟明瑤的愛或許只是一種虛假的幻覺，加上主觀的投射和期望；但和紀千千熾熱的愛戀，卻不用有絲毫懷疑，中間沒有任何阻隔，是心與心的直接對話，完全沒有疏離或隔閡的感觸。

燕飛仰望壯麗的星空，感到心靈打開了，與星空結合爲一，原本渺小的自己，變成與天地相依共存，他再不渺小。

這種突然而來，美妙難言的感覺是有因果的，因爲就在這一刻，他悟通了愛的眞諦，也從與萬俟明瑤愛的夢魘裡脫身出來。

人與人之間的愛，是有局限的，我們從不能眞的了解別人，每一個人都是孤獨的活著，隔離在他們各自的天地裡，各有各的立場，各有各的想法。他曾因萬俟明瑤飽嘗其中之苦。他和萬俟明瑤雖然曾在一起，有著男女間最親密的行爲和動作，但他們眞的是在一起嗎？心與心之間的鴻溝是無法跨越的，直至眼前這一刻。

他明白了！

他也得到了自由，心中充滿了對紀千千的愛，那是一種深沉和超越的愛，沒有任何保留，也沒有止境。他更對眼前曾使他難以自拔的嬌娘生出最沉痛的惋惜。他和萬俟明瑤，永遠再無法回到昔日的光景。

燕飛道：「這是何苦來哉？我怎忍心對明瑤說出這句話呢？聽我的話好嗎？立即率族人返回沙漠

去，慕容垂的奸計是注定行不通的。你或許以爲我說的只是空口白話，但我可向你保證這是我的肺腑之言。走吧！」

一顆淚珠從萬俟明瑤眼角流下來，接著她雙目淚光消斂，回復冰雪的冷靜，盯著燕飛道：「你曉得甚麼呢？憑你和拓跋珪那小子怎會是慕容垂的對手？在任何一方面你都差遠了。」

她說話的內容聲調，令他想起在長安時，她反對他去行刺慕容文的情景，充滿了蔑視和不屑。當時當然對他造成極大的傷害，現在則只有憐惜和心酸。

老天爺爲何要把他們放在如此勢不兩立的位置上呢，他眞的不明白，祂有同情心嗎？

燕飛淡淡道：「明瑤是否指慕容垂煽動赫連勃勃去偷襲盛樂的事呢？」

萬俟明瑤難掩驚訝之色地嬌軀微顫，瞪著他沉聲道：「拓跋珪那小子是否偷偷返盛樂去了？」

燕飛心忖萬俟明瑤仍是那麼冰雪聰明、思想敏捷，憑自己一句話推斷出拓跋珪久未露面的原因。

萬俟明瑤說這番話時雙目異芒大盛，光采尤勝從前，令燕飛曉得她這些年來並沒有閒著，比之長安時功力火候又有精進。

燕飛答道：「如果我沒有猜錯，赫連勃勃今回能保命返回統萬，已算非常萬幸。」

萬俟明瑤美目異芒更盛，沒有說話，顯示隨時會出手強攻。

燕飛心神往四外延伸，稍鬆一口氣，因爲他並沒有發覺其他秘人。

萬俟明瑤肯孤身一人來會他，或許是對他猶有餘情，又或是認爲只憑她手中的「漠柔」，足夠殺他有餘。

不論如何，這點對他非常有利，他實在不願傷害任何一個秘人。

燕飛盡最後的努力道：「對拓跋珪來說，沒有任何事比復國更重要，當他回來時，他會用盡一切辦法打擊你們。慕容垂把你們捲入此事內，是不安好心，因爲他顧忌柔然的威脅，而你們則是柔然人的盟友。慕容垂希望我們和你拚個兩敗俱傷，他可坐收其利。慕容垂對赫連勃勃亦抱有同樣心態，明瑤是聰明人，該知道如何作出明智的選擇。」

萬俟明瑤嬌叱道：「我不用你來教我怎麼做。」

燕飛搖頭嘆道：「明瑤動氣了！我……」

萬俟明瑤忽然轉怒爲笑，柔聲道：「你是不會向我說謊的，對嗎？那便告訴我吧！此刻在平城是否有一批待運的黃金呢？」

燕飛心叫問得好，點頭道：「明瑤很有本事。對！我今次來，就是要把這批黃金運返邊荒。」

萬俟明瑤白他一眼，欣然道：「算你哩！總算還念著點舊情。告訴你吧！這批黃金將永遠到不了邊荒集，明年春暖花開之時，就是你們拓跋族亡國滅族的日子。甚麼復國大計，只是你們的癡心妄想。」

燕飛好整以暇的道：「明瑤敢不敢和我立個賭約？」

萬俟明瑤皺眉道：「甚麼賭約？」

燕飛聳肩灑然道：「賭的當然是能否把黃金運返邊荒集去，如果我贏了，明瑤就乖乖地和族人回沙漠去，再不理會我們拓跋族和燕人之間的事。」

萬俟明瑤無可無不可地隨口詢問道：「給我們搶了又如何呢？」

燕飛若無其事的道：「我便在你面前橫劍自刎。」

萬俟明瑤「噗哧」一聲嬌笑起來，就像聽到世間最可笑的事，橫他千嬌百媚的一眼，喘息著道：「我的漢郎呵！難道你認爲我會讓你活著離開這裡嗎？」

燕飛微笑道：「我可以活著離開又如何呢？」

萬俟明瑤冷笑道：「先問我的劍吧！」

「鏘！」

漠柔劍離鞘而出，先在空中像蛇信般顫動，然後抖個筆直，劍鋒化爲一點電芒，橫過半丈的空間，朝燕飛咽喉要害以驚人的速度刺去。

第十三章　穩定軍心

劉裕登上西牆，遙望遠方的動靜，雙腿雖有點疲累，但精神仍相當旺盛。

他自己也有點佩服自己過人的體格和精力。過去的兩個時辰他走遍了海鹽每一個角落，與手下兵將親切和沒有階級分野地接觸與交談，關心他們、了解他們，更爲他們打氣。

這都是他從謝玄身上活學回來的東西，在手下心中建立英雄和領袖的典範，讓手下感覺到他是爲他們著想的，大家的目標和理念均是一致的。

任何人都可以軟弱，唯獨他不可以。

他可以害怕，但只可以在無人看到他時顯露心中的恐懼。處於這個位置，便要做在這個位置該做的事。

劉裕深吸一口氣，吹拂過牆頭的寒風讓他精神大振。

眼前的一切是多麼的難以想像，他不但擁有自己的部隊，還有自己的城池，等待著他的是可決定南方誰屬的連場大戰。同時他深切體會到成功的反面就是失敗。正因他追求在戰場的成功，他隨時會面對失敗。再不像以前般一個人獨來獨往，跌倒了可以爬起來。

兵敗如山倒，他現在兵微將寡，又沒有後援，一場敗仗即可賠盡他的聲譽威名，戳破他「一箭沉隱龍」的神話。

失掉一場仗對徐道覆或桓玄可能無關痛癢，但卻是他不能消受的。

成功的另一邊就是失敗，在這刻，他對此有最深切的體會。

從吳郡和嘉興逃出來的敗軍不住擁到海鹽來，到二更時分來投效者已超過二千五百人，且還陸續有之。

劉毅此時來到他身旁，欣然道：「兩艘糧船來了，貨物正送往城內。送來的糧貨雖然不多，卻可解燃眉之急，尤為重要的是對人心士氣的激勵。人人都追問下一批糧貨何時運至。」

劉裕探手搭著他肩頭，走到一旁無人處低聲道：「告訴宗兄一個秘密，再不會有第二批糧貨，我們能張羅的就是這麼多。」

劉毅失聲道：「甚麼？」

劉裕輕鬆的道：「不要張揚，此事你我知道就好了，因為我不想再瞞你。司馬道子那混蛋為怕桓玄封鎖大江，所以管制糧貨物資，能收集這批糧貨已費盡孔老大和支遁大師九牛二虎之力。我故意安排這兩艘船今夜到海鹽來，作用是穩定人心，否則明天城內恐怕跑掉了一半人。明白嗎？」

劉毅發呆片刻，垂頭道：「明白了！感謝宗兄告訴我實情。」

劉裕收回搭在他肩膀的手，微笑道：「宗兄不生我氣嗎？」

劉毅嘆道：「若沒有你小劉爺在此主持大局，海鹽不知會變成甚麼樣子。最令我感動的是當兩城的敗軍撤到這裡來，聽到是小劉爺坐鎮此城，沒有人不額手稱慶，一洗敗軍頹氣。縱使你剛才對我說假話，我也被騙得心服口服。唉！滬瀆壘……」

劉裕微笑道：「你是否想問滬瀆壘是否子虛烏有的呢？」

劉毅惴惴不安地點頭。

劉裕道：「我以人格作擔保，有關滬瀆壘一事是千眞萬確，絕非妄語。」

又把目光投往遠方，沉聲道：「假若明天沒有攻陷滬瀆壘的好消息傳來，我們將陷身絕境，那時我會開誠公布，誰想離開，我絕不會阻止。」

劉毅忍不住問道：「小劉爺本身又有甚麼打算？」

劉裕現出一個堅決的笑容，道：「我會戰至最後一兵一卒，直至城破人亡。」

又望著他道：「因爲我想不出有更好的地方可以去。」

劉毅一時說不出話來。

劉裕嘆道：「假設滬瀆壘眞的落入我們手上，宗兄又有甚麼好提議？」

劉毅呆了一呆，仍然說不出話來，因爲腦袋一片空白。

劉裕道：「此事必須由你去辦，就是設法通知在會稽和上虞的好兄弟，若城破之時，海鹽將是他們唯一的生路。我們的戰船隊會從海鹽渡峽前往接應他們，不會看著他們被亂民宰殺。」

劉毅現出心悅誠服的神色，大聲應諾。

第十四章　恩怨情仇

「鏘！」

蝶戀花發出響徹小谷的清脆鳴叫，不明所以的萬俟明瑤嚇得半途暫退，且她是不得不撤，因爲劍鳴聲直貫進她兩邊的耳鼓穴去，震盪著她的心神，令她有如觸電。

她直退往兩丈之外，俏臉現出驚疑不定的神色，那是燕飛從未在她的絕世花容看見過的表情。自從當初赴紀千千雨枰台之會的船程上，因盧循由水中偷襲，蝶戀花第一次示警鳴響後，直至剛才於面對舊愛狠辣無情的致命一擊，他一直不明白發生了甚麼一回事。

此時此刻燕飛終於明白了，他作出了劍道上大有可能是空古絕今的突破，這一招該可名之爲「仙凡合一」。

萬俟明瑤的漠柔劍遙指著他，嬌叱道：「這是甚麼妖術？」

燕飛心忖這並不是妖術，嚴格來說也不屬劍法的一種。他的蝶戀花，就是陽神與他的連繫，當他全神全靈將精神貫注到蝶戀花去，他的陽神和肉體的陰神陰陽合併，二合爲一，蝶戀花遂產生天然鳴響，一切純出於自然，就像閃電雷鳴。

「仙凡合一」並非劍法，卻是劍道至高無上的心法。當陽神、陰神結合爲一，他整個精神全面的提升。那種感覺奇妙至極點，首先是萬俟明瑤迅如激電的攻擊動作似緩慢了些，那當然不是這美女故意減速，而是因燕飛的速度感應提升了，令他能完全掌握萬俟明瑤的劍路和眞氣。

其次是他感到可完全絕對的控制體內至陽至陰之氣，不用進陽火或退陰符，即可如臂使指的操控體內眞氣的運動。

這是他從未夢想過的境界。

燕飛仍安坐在小溪旁的大石上，雙目一眨也不眨的凝視舊愛，柔聲道：「明瑤放手吧！你是無法殺死我的。即使你出動全族的人，我仍有辦法安然脫身，返回平城。明早我們會調動大批兵馬，護送五車黃金直抵大河，然後我們會把黃金運上一艘在那裡等待著的、性能優越的戰船去，送返邊荒。不用我說，當戰船順流而下，你將失去劫奪黃金的機會，任你們如何人強馬壯也辦不到。」

萬俟明瑤雙眸殺機更盛，沉聲道：「燕飛！你嚇不倒我的。」

燕飛搖頭嘆道：「我不是嚇唬你，而是向你提出忠告。我不想傷害任何一個秘人，更不願傷害你。」

接著仰首望天，有感而發的道：「你看看星空是多麼的神秘美麗，這世上還有無數美麗的事物，等待我們去發掘、探索和感受，爲何要計較一時一地的得失成敗，而錯過了其他呢？」

萬俟明瑤的漠柔劍倏地爆起漫天光影，如烈燄似地閃跳呑吐、游移不定，正是她的拿手本領——烈燄狂沙。

陣陣灼熱得令人窒息的驚人劍氣，隨漠柔劍爆出一團團的光燄，好像忽然間到了死氣沉沉的沙漠，熱浪滾滾而來。

對此燕飛早有經驗，在以前他會毫無辦法，只好以己身眞氣力抗和忍受。當萬俟明瑤把劍氣的威脅力推上巔峰，發動不停的攻擊，他便剩下挨打的分兒。

但今時再不同往日，燕飛露出一個微笑，嘆道：「明瑤！今天行不通哩！」

驀地漠柔劍鋒芒遽盛，化爲一圈圈光芒，以鋪天蓋地的威勢罩擊燕飛而去。

一時間眼前全是劍影熱浪，萬俟明瑤不顧一切地全力出手。

燕飛霍地站起，劍仍在鞘內。

一個由至純至陰的眞氣形成，令方圓二丈之地凹陷下去的氣場，立即出現，以燕飛爲核心，包圍著他，消沒了萬俟明瑤的劍氣熱浪，再不能借劍氣鎖緊他的氣機。

萬俟明瑤登時威勢全消，漠柔劍像變成一把普通的凡劍，還生出被燕飛硬扯過去的駭人感覺。

萬俟明瑤嬌叱一聲，二度不戰而退。

燕飛兩手下垂，盯著萬俟明瑤，心中百感交集。如果可以有別的選擇，他絕不願挫折萬俟明瑤，使她難堪。可惜他沒有選擇。只有當萬俟明瑤曉得他的本領，無計可施下，才會打出向雨田這張牌。

萬俟明瑤花容慘淡，於兩丈外有點狼狽地瞧著燕飛，喝道：「燕飛！算你行！」

「鏘！」

蝶戀花出鞘。

燕飛太熟悉萬俟明瑤，明白她不會這麼輕易認輸，何況她尙有奇功秘藝，怎肯尙未盡展所長便罷休。

果然他的劍剛離鞘，萬俟明瑤似化作一縷清煙，以鬼魅般的高速移到他左側劍勢難及處，漠柔劍閃電般掃向他腰脅。

這是萬俟明瑤名之爲「沙影三十八劍」的自創劍法，純憑一注眞氣連攻三十八劍，由此可推想劍速的驚人，但最難防的是她的劍可軟可硬、可剛可柔，當她把軟劍的特性發揮至極限時，確有鬼神莫測之機。

當年在長安，燕飛作她練功的對手時，便曾嘗過其中的滋味，那回他擋到三十二劍便撐不住，被她劃破背上的衣服，今回又如何呢？

燕飛橫移一步，轉身運劍，把萬俟明瑤的漠柔劍擋個正著，豈知兩劍相觸，漠柔劍忽然變軟，蝶戀花竟擋她不著，給漠柔劍從劍底泥鰍般滑溜過去，疾點往他右腿。

燕飛早曉得會有此事發生，運劍下壓。

「鏘！」

萬俟明瑤冷笑一聲，氣貫長劍，本呈彎曲狀的軟劍忽然伸個筆直，硬把蝶戀花彈起，原式不變地刺向燕飛。

幸好燕飛用的是柔勁，雖然蝶戀花被彈至跳起，仍對漠柔劍生出吸攝之力，令萬俟明瑤劍勢出現不該有的略一緩滯。

就是這點空隙，令燕飛回天有術。

「叮！」

萬俟明瑤只覺眼前人影一閃，不知如何漠柔劍的劍鋒，像被重逾千斤的大石砸了一記，原來是燕飛撮指成刀，狠劈向劍尖去。

萬俟明瑤嬌呼一聲，退了開去。自練成這種劍法後，她還是首次無法連續施展劍式，駭然收劍後撤。

只有燕飛清楚原因，因爲他比萬俟明瑤更快。當陽神和陰神結合後，他超越了原本精神和體能的限制，成爲介乎「人」和「仙」之間的混合體。

「燕飛！」

這是萬俟明瑤第二次呼喚他的名字，今回是徹底的震撼。

看著萬俟明瑤充滿難以置信神情的眸神，燕飛還劍鞘內，心中感慨。燕飛再非以前在萬俟明瑤劍下屢受折辱的燕飛，蝶戀花更非以前的蝶戀花。

萬俟明瑤呆瞪著他，說不出話來。

燕飛心忖萬俟明瑤以前的遺憾，就是他既及不上她，更遠不能跟向雨田比較，但現在自己在任何一方面均能壓制她，她是更愛還是更恨他燕飛呢？

萬俟明瑤猛一咬牙，忽又挺劍進攻，漠柔劍化作虛虛實實的十多道劍影，以排山倒海的姿態狂罩過去，劍勁嗤嗤，長劍忽軟忽硬，似若毒蛇吐信。

燕飛知道這是緊要關頭，只從萬俟明瑤雙目射出的堅決神色，便知她下了拚死搏命之心，要施盡渾身解數，即使兩敗俱亡，也絕不肯罷休。此正爲萬俟明瑤的性格。

他的爲難處是只能守不能攻，又不可施展小三合的招數，變得只能憑小三合以外的功夫化解她狂風暴雨般的攻勢。即使他的劍比她更快，若不能以攻對攻，也佔不了多少便宜，動輒有落敗之險。雖說萬俟明瑤殺不了他，可是「佯死」一法只可用一次，如果今回被她「殺了」，旋即又「復活」過來，下次便不靈光。

燕飛飛退尋丈，邊退邊以蝶戀花劃出一個完整無缺的大圓圈。

出乎兩人意料之外，萬俟明瑤在氣機牽引下如影隨形、追擊而至的劍氣劍光，竟如石投深海般消失得無影無蹤，變成徒具形式而欠缺威脅力的劍招。

萬俟明瑤俏臉現出驚駭欲絕的神色時，「日月麗天大法」全面展開，蝶戀花劍勢擴展，把萬俟明瑤捲入有如千重巨浪的劍影內去。

萬俟明瑤根本別無選擇，想停手也沒有法子，只好使出看家本領，朝燕飛強攻猛撼。

「鏗鏘」之聲不絕於耳，在電光石火的高速下，萬俟明瑤使出「沙影劍法」，從不同的角度位置，漠柔劍軟硬無常的向燕飛連攻三十八劍。

燕飛曉得自己的策略成功，他以純陰之氣，首次以劍招製造出一個渾圓的凹陷力場，化去了萬俟明瑤拋開生死、執意亡命攻擊的劍意殺氣，再逼她毫無轉圜餘地的正面硬撼。不過他仍是以守為主，更守得險至極點，艱苦至極點，至乎想放棄。

「噹！」

燕飛以至陽之氣，震得萬俟明瑤往他割頸而去的第三十八劍橫盪開去，所有後著再無以為繼，只好拖劍退後。

兩人再成對峙之局。

萬俟明瑤俏臉再沒有半點血色，失神地微喘著氣，但持劍的手仍是那麼穩定。

燕飛回劍鞘內去，苦笑道：「這是何苦來哉？我們竟有如此兵刃相對的一刻？這是為了甚麼呢？」

萬俟明瑤緩緩把劍歸還鞘內，輕搖螓首，垂頭似不願燕飛看到她眼中神色，接著仰起如花玉容，回復溫柔的神情，首次改用漢語輕輕道：「漢！你還愛明瑤嗎？」

燕飛心神劇震，曉得萬俟明瑤心中已狠下決心，只要他的答話偏離她的意願，她便會抱著玉石俱焚之心，既要毀掉他，更要毀掉向雨田，因爲他們都是她心中恨之入骨的負心漢。

燕飛看了她好半晌後，以漢語平靜的道：「你仍不明白嗎？我和你之間的事已是過去了的事，就在那晚我離開時，拓跋漢已死掉，走的是燕飛。成功刺殺慕容文，令我在武功上有所突破，但我心中的創傷卻一直沒法彌補，所以我到邊荒集後，變成一個不思進取的人，終日沉迷酒鄉。若這不算是愛，甚麼才算是愛呢？萬俟明瑤，你來告訴我吧！」

萬俟明瑤雙目異芒閃閃，令她更是艷光四射，不可方物。她繼續以漢語柔聲道：「既然你沒有忘記我，爲何又移情別戀，勾搭上紀千千呢？」

燕飛苦笑道：「你眞懂得傷人之道，爲何要用『勾搭』這種字眼呢？你可以尊重別人一些嗎？你愛過我嗎？你肯爲我犧牲嗎？但我卻肯爲你做任何事，包括死亡在內。那時刺殺慕容文的時機尚未成熟，或許該說是我的準備尚未夠充足，可是我卻曉得你已失去耐性了，且想冒險行動，於是我只有一個選擇，就是殺死慕容文，好令皇宮的防衛出現平時絕不會有的破綻，爲你們製造一個機會。」

萬俟明瑤默默聽著，沒有插口打斷他的話，雙眸代之而起是帶點茫然的神色。

燕飛說了這麼多話，是要點醒她，希望她能放棄對他燕飛和向雨田的恨，解開她和他們之間的死結，大家和氣收場，那他和向雨田便不用一起來欺騙她。

坦白說，如果不用「死」，誰願意去冒這不測之險，包括他——擁有殺不死陽神的燕飛在內。那種事的後果是誰也不能預料的。

燕飛嘆道：「當我進行刺殺大計的一刻，我自忖必死，根本沒有想過能於事後溜掉。那時我心中更有另一個想法，就是無論刺殺成功與否，我燕飛前生欠下你萬俟明瑤的情仇，又或今生與你結下的孽債，都該還清了，我燕飛再沒有虧欠你分毫。你明白我當時的心情嗎？」

萬俟明瑤輕柔的道：「我這麼惹你討厭嗎？逃離長安後你從沒有回頭，像避開瘟神似的，難道你不曉得我對你是另眼相看嗎？我承認我當時錯估了你，但畢竟是爲你著想，不願你去涉險。」

燕飛頹然道：「眞的是這樣子嗎？我們彼此心裡明白。當我逃出長安城的一刻，我清楚知道已把與你苦戀的拓跋漢永遠留在長安，離開的是另一個人，一個叫燕飛的人——一個全新的人。以前的拓跋漢再不存在，我再不願癡戀一個心中只有別人而沒有我的女人，那實在太痛苦了。」

萬俟明瑤趨前數步，直抵他身前三尺許處，用神的審視他，輕輕道：「我該怎麼說呢？我眞的沒有蓄意玩弄你的感情，我對你是眞心的，在你之前，我從沒有和其他人相處這麼長的一段日子，不要再提我和向雨田之間的事好嗎？那對我來說只像前世輪迴中發生的事。」

燕飛細看她曾令他神魂顛倒的玉容，但心中再沒有以前的感覺，因爲曉得她仍在騙他，如果她不再在乎向雨田，是不會要向雨田來殺他燕飛的。

他太明白她了。

燕飛苦笑道：「或許你眞的對我有點意動，但肯定那並不夠，愛該是包括犧牲、體諒和了解的。可是你從來不會對我作任何讓步，更從來不曾試著了解我的心事。坦白說，我是受夠哩！在邊荒集沉醉酒鄉的日子，雖然痛苦，但我亦有解脫和痛快的感覺。我們的事已在我離開長安的一刻結束，我們永不可能回復到先前的那種關係。」

萬俟明瑤雙目厲芒漸盛，語氣卻仍保持平靜，沉聲道：「說到底，就是你不再喜歡我了，那大家還有甚麼好談的？你說了這麼多話，就是要我萬俟明瑤做個背信棄諾的人，令我族蒙羞。」

燕飛道：「我絕沒有這個意思，只是勸你得放手時且放手，否則對你對我均沒有好處。」

萬俟明瑤倏地嬌笑起來，完全回復平時的風采，盡顯其百媚千嬌的動人美態，然後神情轉冷，盯著燕飛一字一句的緩緩道：「聽說你答應了與向雨田決戰，時間地點任他選擇。是不是有這回事呢？」

燕飛一顆心直沉下去，生出沮喪的情緒。他費了這麼多唇舌，最後的結果仍是如此，她沒有因此而絲毫改變，仍是不肯放過他，更不肯放過向雨田。

嘆道：「確有這麼一回事。明瑤你有甚麼提議呢？」

萬俟明瑤道：「明天日落時，向雨田會在平城東北面的候鳥湖，恭候你燕公子的大駕，你只可以一個人來，我希望能徹底解決我們的事。」

燕飛還有甚麼好說的，點頭道：「我定會準時赴會。」

萬俟明瑤現出一絲苦澀的神色，道：「現在的你和向雨田都是我無法殺死的人，我很想知道若你們作生死決戰，會有甚麼結果。只要你勝了，我萬俟明瑤立即和族人撤回沙海，從此再不管慕容垂的事。」

說罷掉頭離開。

燕飛看著她的背影消失在谷外，嘆了一口氣，收拾心情，返平城去了。

第十五章　騎虎難下

在午後冬陽的照射下，「奇兵號」帶頭靠向海鹽南面的臨海碼頭，出奇地除了隨行的八艘雙頭艦外，尚有五艘專走海路的樓船，觀其吃水深達兩丈，便知船上滿載貨物。

劉裕聞訊，和一眾將兵蜂擁出城迎接，此時岸上早聚集了數百名北府兵，人人神色興奮，看著壯觀的船隊泊往大小碼頭。

屠奉三不待「奇兵號」靠岸，從船上躍下碼頭，以內功貫注聲音大喝道：「報告劉帥，奉三和文清幸不辱命，已攻克滬瀆壘，並奪得敵人大批糧資和攻城的工具。」

劉裕尚未有機會回應，聚集在碼頭的兵將爆起轟天叫好喝采聲，就像久旱的受苦災民，看到天上降下甘霖的激動情況。

劉裕心中叫好。

屠奉三這一手耍得非常漂亮，可見他深識人性。他於攻陷滬瀆壘後，毫不停留的率船隊趕回來，爲的便是要報上好消息，振奮海鹽部隊的士氣。

沒有了專用來攻打海鹽的器械工具，天師軍暫時對海鹽是無計可施，讓海鹽的部隊有喘息的時間和空間。

城門和城牆上的守軍聽到這邊的歡叫，立即知道發生了甚麼事，同時吶喊助威響應，一時間城裡城外，充滿令人熱血沸騰的叫喊聲。

屠奉三直抵劉裕和劉毅等將領身前，從容道：「我們於丑寅之交對滬瀆壘發動攻擊，敵人在猝不及防下全無還擊之力，倉皇四散奔逃，到天明時全壘落入我們手上。不知是否老天爺關照，五艘天師軍的貨船仍懵然不知地駛到滬瀆壘來，上載大批糧貨、藥物、衣服和日用品，我們當仁不讓，一切照單全收。看！我們把戰利品帶來了，請劉帥過目點收。」

由於他說得既輕鬆又有趣，引起眾將兵發自眞心的爆笑。而這五艘大型海船，在眾人注視下靠往岸邊，比甚麼都更能有力地激勵士氣。

劉裕打心底感激屠奉三，目前北府兵最欠缺的正是糧貨和信心，最巧妙是屠奉三提起老天爺，繞了一個彎子提醒眾人他劉裕是眞命天子，登時令眾人精神振奮。

劉裕微笑道：「宗兄！麻煩你點收戰利品，再把貨運進城裡去。」

劉毅振臂一呼，左右人等全追在他身後辦事去了。

此時八艘雙頭艦耀武揚威的在碼頭外的海域往來巡弋，益增海鹽城守軍振起了的氣勢。

屠奉三來到他身邊，嘆道：「我們沒有看錯蒯恩，此人乃不世將才，攻打滬瀆壘的計畫由他一手策畫，故能在傷亡不足百人下建立奇功。我們要好好的擢用他。」

劉裕道：「大小姐和宋大哥呢？」

屠奉三道：「我們接到邊荒來的消息，北穎口的敵人已被擊退，還擊殺主帥宗政良和副帥胡沛。高小子當然安然無恙，似乎還贏得小白雁的歡心。燕飛現已往平城去，五車黃金可望於短期內運抵邊荒。正因邊荒集之危已解，所以我們的荒人兄弟把二千頭上等戰馬送交孔老大，再由他派船運到海鹽來，大小姐和宋大哥率船於中途接應，以免被天師軍攔途截劫。」

劉裕大喜道：「我們交運了，好消息竟一個一個的接踵而來。」

屠奉三道：「這或許是否極泰來。事實上自我們智取海鹽城後，命運已掌握在我們手上，再不是由人擺布。現在情況如何呢？」

劉裕道：「昨天一日之內，吳郡、嘉興相繼陷落，天師軍竟封鎖到無錫之路，逼得兩城敗軍朝海鹽逃來，現在我們在海鹽的兵力已增至八千人，徐道覆真懂得幫忙。」

屠奉三嘆道：「這叫天助我也。只從吳郡和嘉興失陷之速，可看出北府兵士毫無鬥志。事實上謝琰的部隊已到了山窮水盡的絕境，全賴我們奇兵突起、挽狂瀾於既倒。有沒有天師軍的情報？」

劉裕看著五艘海船的貨物，在眾人興高采烈下被搬運到岸上，再由騾車運進城內，心中湧起滿足和歡慰的感覺。答道：「據剛接到的消息，天師軍的主力已沿運河南下，攻打會稽和上虞將是十天或八天內的事。至於該來攻打海鹽的天師軍部隊，仍未見蹤影。真奇怪！」

屠奉三笑道：「有甚麼好奇怪的，這支部隊現該在赴滬瀆壘的途中，不過當他們遇上從滬瀆壘逃出來的敗軍，只好退返吳郡和嘉興，再請求徐道覆的指示。」

劉裕欣然道：「理該如此！」又沉吟道：「徐道覆會有何反應呢？」

屠奉三掃視海面的情況，沉聲道：「如我所料不差，天師軍的艦隊會出現在海面上，摧毀我們停靠碼頭的所有船隻，封鎖我們的海上交通，使我們無法支援海峽對面的會稽和上虞，同時孤立海鹽，使我們不能從海路運來物資。」

劉裕雙目精芒乍閃，平靜的道：「那就讓天師軍的戰船隊，見識一下我們雙頭艦能以少勝多的戰術。我們尚有一個優點，就是從岸上支援我們的艦隊，只要捱過此關，海鹽將變成在怒海中屹立不倒的巨岩，我們大敗天師軍的日子亦為期不遠了。」

聶天還坐在廂房內臨窗的桌子，從酒家二樓俯瞰風雨迷濛裡洞庭湖的風光。此時把門的手下來報，任青媞到了。

聶天還吩咐手下請她進來，到任青媞在桌子另一邊坐下，廂房門關上後，聶天還道：「任后是否靜極思動呢？」

任青媞微笑為他斟酒，柔聲道：「我是放心不下，所以趁聶幫主尚在巴陵，趕來見你。」

聶天還用神地打量她，似是有所發現。訝道：「任后竟在擔心聶某人？」

任青媞淡淡道：「正因聶幫主認為我不用擔心你，這卻正是我擔心你的由來。」

聶天還皺眉道：「任后是否暗示桓玄會害我呢？」

任青媞嘆道：「我對桓玄確有恨意，但仍不會下作至幹挑撥離間的事，但有些話是不吐不快，就當是報答聶幫主收留我的情義吧！」

聶天還微笑道：「狡兔既然未死，我聶天還應該尚有被利用的價值，桓玄怎捨得害我？」

任青媞幽幽的道：「奴家就是擔心幫主有這種自以為是的想法。幫主認為要殺你是一件易事嗎？當幫主全力提防時，任何人要對付幫主，都要付出沉重慘痛的代價，動輒還惹來焚身之禍。故若我是桓玄，會選擇在幫主最意想不到的時候，攻幫主的不備，以除去楊佺期和殷仲堪之外另一個心腹大患。」

聶天還冷哼道：「任后當我第一天出來混嗎？我怎會不防桓玄一手，他的部隊全在我的監視下，他動半個指頭都瞞不過我。桓玄想暗算我，會是自討苦吃。」

任青媞苦笑道：「幫主動氣了，我是否該閉嘴滾蛋呢？」

聶天還瞪了她好半晌後，搖頭道：「我沒有生氣，只是想告訴你，我一直都在提防桓玄，我和他的結盟是互相利用，根本沒有道義可言。但若沒有這個盟約，我到今天仍只能在兩湖稱霸，坐看大江幫耀武揚威。」

任青媞欲言又止，終於沒有說話。聶天還道：「請說下去。」

任青媞道：「在一般的情況下，的確誰都難以對付幫主。可是當幫主傾巢而出，一旦被截斷返回兩湖之路，勢必變成被犬欺的平陽之虎。幫主明白我的意思嗎？」

聶天還從容道：「這個情況或許有一天會發生，但絕不在攻陷建康之前，這方面我自有打算。」

任青媞冷靜的道：「幫主雄才大略，心中當然有全盤計畫，容許我猜測嗎？」

聶天還露出不自然的神色，皺眉道：「說吧！」

任青媞微聳香肩道：「當桓玄全力攻打建康之際，幫主將攻取荊州，變成另一個桓玄，那時就算桓玄成功攻奪建康，但已失去上游之利。對嗎？」

聶天還沉聲道：「這是桓玄的看法，還是你的猜測？」

任青媞目光投往煙雨中的洞庭湖，輕輕的道：「不論大江幫，又或兩湖幫，都是桓玄的心中刺、眼中釘。桓玄並非一個有勇無謀的人，他借幫主之手除掉江海流，實爲高明的一著。可是他有兩大缺點——第一個缺點是好色；另一個缺點是疑心重。」

接著秀眸朝他瞧去，平靜的道：「天下誰不曉得幫主是不甘臣服於人下的霸主豪強，以桓玄這麼一個疑心重的人，絕不會讓幫主坐收漁人之利。如果青媞所料無誤，在毀滅兩湖幫前，桓玄只會封鎖大江，而不會直接攻打建康。」

聶天還冷然道：「你是指今次桓玄邀我攻打江都，只是要覆亡我兩湖幫、引蛇出洞的奸計。哈！若是如此，我會教桓玄後悔。」

任青媞從容道：「我剛才說過，在幫主全力提防的當兒，攻擊你的人肯定是蠢材。攻打江都，幫主處於進可攻退可守的優勢，桓玄怎敢在這種時刻打幫主的歪主意。事情會發生在殲滅了楊佺期和殷仲堪之後至進犯建康這段期間內。」

稍頓續道：「幫主雖然對桓玄的兵力部署瞭如指掌，可是對巴蜀的譙縱又如何呢？此人能獨霸巴蜀，大不簡單，其出身來歷，更是神秘。譙家的崛起只是十多年間的事，看看以乾歸這等人才，亦甘爲他所用，便知譙縱不只是一般世家大族。」

聶天還苦笑道：「你以爲我會忽略譙縱嗎？」

任青媞道：「幫主當然不會有此疏忽，但肯定感受上沒有我這般深刻。譙嫩玉可說是從我手上把桓玄硬生生奪去，且是在乾歸飲恨建康的消息剛傳入桓玄耳中的當兒，由此可見此女應變之速，不擇手段的厲害，哪有半點像世族人家的正經女兒？且如果不是荒人故意洩露譙嫩玉行刺高彥的事，到今天幫主恐怕仍未對譙家生出警覺。」

聶天還現出深思的神色，好一會兒後點頭道：「任后所言，全是實情。」

任青媞喜孜孜的道：「幫主終於聽得入耳哩！」

聶天還訝然瞥她一眼，皺眉道：「你對譙家還有甚麼看法呢？」

任青媞嘆道：「先兄在世之時，一直留意著南方的情況，下了不少工夫，當時毛家的勢力比譙家大得多，所以我們不大留意譙縱，誰想得到譙縱竟能於一夜之間把情況扭轉過來，由此可見萬不可輕視譙縱，否則將重蹈毛家的覆轍。」

聶天還拿起酒杯，一飲而盡。

任青媞默默的看著他，等他放下酒杯，柔聲道：「你聽過李淑莊這個人嗎？」

聶天還愕然道：「當然聽過，她不但是淮月樓的大老闆，且是建康五石散的主要供應者，是建康最富有的女人。」

任青媞秀眉輕揚，像在自言自語般道：「我爲何要提起她呢？因爲先兄曾和她有一段情。一直以來，我們只當她是一個有辦法的女人，從沒有想過她在名利權勢外尚另有野心，不過我已改變這個想法了。」

聶天還訝道：「甚麼事令你改變對她的看法？」

任青媞道：「當然與乾歸葬身淮月樓有關係，沒有李淑莊的準確情報，乾歸如何能掌握劉裕赴淮月樓夜宴的事？照我猜李淑莊未必直接和乾歸有交情，但卻與譙家有密切的關係。」

聶天還一呆道：「你這猜測非常管用，我的確是低估了譙家的實力。」

接著苦笑道：「聽你說得我有點心神不定，我很久沒有這種危機四伏的感覺。任后對我有甚麼忠告呢？」

任青媞一字一句的緩緩道：「如果我是幫主你，就拒絕出兵，隨便找個藉口，例如尚未準備充足，請桓玄把攻擊殷、楊兩人的行動，推遲半年。」

聶天還雙目神光遽盛，盯著任青媞。

任青媞垂首道：「青媞要說的話說完哩！一切由幫主定奪。」

聶天還仍默不作聲。

任青媞起立施禮，一聲告罪，退出廂房去。

她剛離開，郝長亨進入房內，走到他對面坐下，以詢問的目光看著他。

聶天還道：「有甚麼事？」

郝長亨道：「楊佺期中計了。剛接到桓玄傳過來的消息，楊佺期的船隊離開襄陽，趕往江都。」

聶天還訝道：「楊佺期難道不曉得前一陣子江都因連場大雨，浸壞了農田，影響今個秋天的收成嗎？」

郝長亨嘲笑道：「殷仲堪肯定會向楊佺期隱瞞此事，好騙楊佺期陪葬。這些所謂的名士，徹頭徹尾是無行的文人。」

聶天還沉吟半晌，苦笑道：「長亨！你來幫我想想，如果我把與桓玄的約定置之不理，按兵不動，會有甚麼後果呢？」

郝長亨劇震一下，瞪著聶天還，一時說不出話來。

聶天還正容道：「我是認眞的。」

郝長亨用心想了片刻，道：「首先我們會打回原形，從此勢力難伸出兩湖半步，失去了沿江所有新打下的地盤。而桓玄亦難圓他的帝王夢。」

聶天還點頭道：「你說出了我心中的想法。現時我們的情況，就如逆水行舟，不進則退。說不定大江幫還會趁此機會由衰復盛，皆因有荒人作大江幫的後盾。」

郝長亨道：「幫主不是眞有這樣的打算吧？」

聶天還嘆道：「只是想想而已。自擊殺江海流後，我們事實上已騎上了虎背，只有堅持下去，方有守得雲開見月明的一天。」

郝長亨關切的道：「幫主在擔心甚麼呢？是否聽到有關桓玄的事？」

聶天還道：「說來好笑，我擔心的是一個我不了解的人，亦正因我不了解他，才感到憂慮。桓玄嘛！仍不被我放在眼裡，否則我豈肯犯上與虎謀皮的大錯。」

郝長亨不解道：「令幫主生出憂心的人究竟是何方神聖？」

聶天還道：「就是譙嫩玉的爹譙縱。」

郝長亨鬆一口氣道：「竟然是他。」

聶天還苦笑道：「只看你根本不當譙縱是一回事，便知道譙縱掩人耳目的功夫如何成功。若不是得任青媞提醒，我仍是如在夢中。一切依原定計畫進行，但我們必須防桓玄和譙縱一手，否則將會陰溝裡翻船，遇上不測之禍。」

郝長亨點頭領命。

聶天還又道：「清雅有甚麼動靜？」

郝長亨笑道：「她最近又乖又聽話，心情也很好，且出奇地一直留在別院裡，很少見她外出。」

聶天還欣然道：「你派人去找她立即來見我，我有事要問她。」

郝長亨應命去了。

第十六章　佳偶天成

海鹽城外大興土木，於城南碼頭區設立臨海的箭樓和木壘，大幅加強防守的力量。由於不斷有敗軍逃來海鹽，兵力一直在增加，劉裕和屠奉三決定把防守的範圍擴展到整個碼頭區，以背靠堅城的優勢，在兩邊各挖出三道箭壕和陷馬坑，只留下狹窄的通道，敵人來時只須守以強弓勁箭，便可穩如鐵桶，使無左憂。原本部署在城牆的百多座投石機，半數被推至城南外，以加強岸陣的防禦力。

五艘運載糧資的貨船於卸貨後立即開走，返回滬瀆壘去，由四艘雙頭艦護送一程，餘下的四艘雙頭艦仍泊在碼頭處。

海鹽城的北府兵人人曉得眼前正是生死關頭，兼之城內糧資充足，又對劉裕有十足的信心，故只要能走動的人，都全力投入諸般防禦工事。每建起一座箭樓，大家齊聲歡呼，士氣高昂，團結一致。

劉裕和屠奉三坐上帥艦「奇兵號」在海面巡弋，視察海鹽一帶水域和沿岸的形勢，以擬定作戰的策略。

在指揮台上，屠奉三仰觀天色，道：「這幾天天氣頗不穩定，隨時會下一場雨。」

劉裕點頭同意，道：「這於我們有利亦有害，利於防守，卻不利我們渡過海峽去接應會稽和上虞的兄弟。」

屠奉三笑道：「我卻認爲利多於弊。風浪是對戰船的挑戰，愈惡劣的天氣，愈能顯示戰船的性能和駕舟者的本事，在這兩方面，天師軍是無法和我們相比的。」

劉裕掃視海峽另一邊的海域，沉聲道：「敵人的戰船隊雖是良莠不齊，可是在數量上卻佔了壓倒性的優勢，我們可是每失去一條船都會對戰鬥力生出影響，形勢並不樂觀。」

老手的聲音在後方響起道：「小劉爺有海戰的經驗嗎？」

劉裕坦言道：「沒有試過。」

老手來到他另一邊，深吸一口寒涼海風，信心十足的道：「海戰和河戰根本是兩回事。在海面作戰，既沒有順流逆流之分，甚麼鐵鏈鎖江、水中木柵、連船攔江、起浮橋、鬥樓、立欑樁那一套全派不上用場。海戰講的是風向、海流和潮汐漲退。在現今的情況下，我們根本不用怕敵人船多，皆因我有泊地而對方沒有，只是這點，已令敵人不敢久戰。在這樣的形勢下，決定勝敗不在船隻的多寡，而是對開戰水域情勢的掌握、戰船性能的優異。在廣闊無邊、風高浪急的海戰場上，我有把握只憑『奇兵號』和沿岸軍陣的助力，已可令敵人狼狽不堪，何況尚有八艘戰力強大的雙頭艦助戰。」

只聽老手的語氣鏗鏘有力，便知他對海戰有必勝的把握。

屠奉三欣然道：「我完全同意老手的看法，那等於高手與低才之別，『奇兵號』就像燕飛，只要敵人無法形成合圍之勢，試問誰奈何得了燕飛呢？」

老手傲然道：「天師軍的所謂戰船隊，連低手的資格都稱不上，只是一群毫無水戰經驗的菜鳥，但我絕不會輕敵，只要他們敢來犯我，我老手會全力與他們周旋。」

劉裕聽得輕鬆起來，問道：「假設敵人以戰船封鎖海峽對岸，我們又有甚麼辦法呢？」

老手欣然道：「這麼寬廣的海峽，敵人是沒法封鎖的，只要我們猛烈攻擊，肯定可殺得敵人船翻人淹。海戰以戰船爲重，天師軍的戰船隊中稱得上戰船的只屬少數，其他是由貨船、漁舟湊合而成，且欠缺水戰經驗，小劉爺實不用爲此憂心。」

屠奉三點頭道：「敵人唯一的優點，就是船數在我們百倍以上，但這也是他們最大的缺點，一旦失利，將會亂作一團，而我們則如虎入羊群，愛噬哪一頭，哪一頭羊便要遭殃，全無僥倖可言。」

接著沉聲道：「如果我所料不差，短期內天師軍的戰船必大舉來攻，先以戰船運兵和攻城工具，準備於城的兩邊登岸，從陸路進攻我們碼頭陣地，再以戰船從海路正面硬撼我們，只要我們能定下針對性的反擊策略，必可重創敵人。」

老手道：「小的有一個提議。」

對這水戰高手的看法，兩人都不敢不重視。

劉裕欣然道：「請老哥你直言無忌。」

老手歡喜的道：「劉爺眞的沒有架子，以前我在北府兵，很多事情看不順眼，都是敢怒而不敢言。至於要說出心中的看法，更是想也沒想過。哈！」

接著目光投往海峽出口處，道：「天師軍不但船多，而且兵多，一旦讓他們同時由水陸兩路攻打我們，會令我們應接不暇。最好的方法，是不讓他們有靠岸的機會。」

屠奉三鼓掌道：「說得好！我也有這個想法，只是怕力有未逮，弄巧成拙。」

老手一副當行出色的專家神態，道：「由於海鹽有我們小劉爺助陣，徐道覆定會親率船隊來攻。以我的愚見，徐道覆乃智勇雙全的人物，必先以船隊牽制我們的戰艦，令我們無法分身，才會把到陸上作戰的部隊送上岸。如果我們陷入敵人這種戰術裡，將會處於完全的被動，極可能輸掉此戰。敵人當然不能在一時三刻之內攻下海鹽，卻可以破去我們在碼頭區的陣地，孤立海鹽，斷絕我們的海上交通，如此我們等若輸掉這場仗。」

劉裕和屠奉三同時動容，想不到老手能說出這麼有見地的一番話。

老手神氣的續道：「我們擁有的優勢，就是可以隨時靠岸補給，敵人則一旦用盡矢石，便將無以爲繼，所以只要我們把九艘戰艦分成兩組，互相配合下利用廣闊的海域，以游鬥的方式對付敵人，即可盡展我方艦隊的靈活性，消耗對方的矢石。當我們從對方船艦的吃水深度得知何爲運送兵員和輜重的船隊，便可擇肥而噬之，保證可狠挫敵人的威風，令徐道覆難在海上稱雄。」

劉裕和屠奉三齊聲讚好，事情就這麼決定下來，細節則由屠奉三和老手作更詳盡的考慮和磋商。

尹清雅開開心心地坐到聶天還身旁，道：「師父有要事告訴雅兒嗎？」

聶天還愛憐的道：「你不來找我這個師父，師父只好叫人去找你。爲何近來深居簡出，竟沒有踏出別院半步。是不是生師父的氣，遂以此作無聲抗議？你以前不是最愛往外闖的嗎？」

尹清雅現出不依的神情，秀眉輕蹙的道：「師父錯怪徒兒哩！雅兒怎敢生師父的氣。我只是對出去走走提不起勁罷了！眞奇怪，在邊荒當我遇到危險時，都會特別掛念著師父和別院的生活，所以回來後，我眞的想好好的休息。而甚麼都不做，正是一種幸福。去趟邊荒差點把我累死了。」

往日聶天還最愛看尹清雅向他撒嬌，不知爲何今天卻有點心酸的感覺。給任青媞提醒後，他比任何人都清楚，他犯了一個非常嚴重的錯誤——就是殺死宿敵江海流。

沒有了江海流對桓玄的制衡，他兩湖幫對桓玄的利用價値急降下去，而更大的問題是大江幫在邊荒得到重生，與他聶天還變成誓不兩立的死敵。

自成爲兩湖幫的大龍頭後，他從來沒有出過大岔子，當初答應與桓玄結盟，不是沒想過兔死狐悲的情況，而是他根本不把桓玄這種世家出身的人放在眼裡，致錯估了他。

更想不到的是譙縱的出現，令他陣腳大亂，變成目前進退兩難的局面。

如何才可以打破僵局呢？

尹清雅訝道：「師父有甚麼心事呢？爲何以這種奇怪的眼光看雅兒？」

聶天還勉強擠出一點笑容，道：「因爲我捨不得雅兒。」

尹清雅探手抓著他臂膀，搖晃道：「師父說到哪裡去哩！雅兒怎會離開師父呢？師父要南征北討，雅兒便隨師父出生入死，貼身保衛師父，作師父最忠心的小親兵。雅兒再不是昔日的尹清雅，我曾和最厲害的人物交過手，甚麼燕飛、向雨田，統統不害怕。若再遇上楚無暇，肯定可殺得她棄甲拋戈而逃。我可不是誇口，不信放馬過來，試試雅兒的功夫。」

聶天還一顆鋼鐵般堅硬的心，被尹清雅的小女兒情態融化了，啞然笑道：「你不再害怕殺人了嗎？」

尹清雅打了個哆嗦，仍然強撐下去道：「爲了師父，雅兒甚麼都不怕。」

聶天還雙目射出愛憐的神色，輕輕擺脫被她抓著的臂膀，探手撫著她頭頂，慈祥的道：「可是雅兒終有一天要嫁人，嫁了人後怎還可以留在師父身邊呢？」

尹清雅不知如何俏臉飛紅，欣然道：「那雅兒不嫁人好哩！」

聶天還捏了她臉蛋一下，然後把手收回。這是當尹清雅仍是孩童時他最喜歡的動作，自她長大後，已沒有這麼做，想不到今天一時感觸，又捏她可愛的臉蛋，就像往昔歡樂的時光，倒流回來。嘆道：「你這個丫頭，想瞞過師父嗎？你想當一輩子老姑娘，師父第一個不允許。坦白告訴師父，你是不是看上高彥那小子？」

尹清雅連耳根都紅透，垂首嗔道：「師父是壞人，怎可以問雅兒這般羞人的事？」

聶天還坦然道：「因爲我再沒有時間。」

尹清雅嬌軀劇顫，抬頭朝他瞧去，失聲道：「師父！」

聶天還像不曉得她在看他，目光投往窗外煙雨濛濛的洞庭湖，道：「你到邊荒去之後，令我想到很多以前沒想過的事。雅兒終於長大了，還爲了情郎離開我。」

尹清雅聽得差點哭出來，大嗔道：「人家只是出去散心解悶，最後不是回來了嗎？高彥那小子……那小子也不是我的情郎，他……他只是朋友嘛！」

聶天還呵護地探手摟著她香肩，陪笑道：「師父沒有絲毫怪責雅兒之意。姻緣這種事非常奇妙，不是人力所能左右。坦白說，我對高彥一向沒有好感，可是自得知譙嫩玉在精心布局下仍沒法奈何高彥，想法便改變了。說到底，嫁他的人又不是師父，哪輪得到師父來評定他是否好夫婿。我聶天還只是草莽之雄，並非世家之主，爲徒兒挑婿絕不用講甚麼門當戶對，只要雅兒喜歡便成，雅兒的眼光肯定錯不到哪裡去。」

尹清雅以難以置信的神色呆看著聶天還，試探的道：「師父的意思是……」

聶天還斷然道：「我的意思是雅兒愛嫁誰便嫁誰，即使那個人就是高小子，我聶天還也不會反對。」

尹清雅失聲叫道：「這是不可能的，師父竟鼓勵我嫁給高小子，師父是否在試探我？」

聶天還苦笑道：「這叫彼一時，此一時。雅兒你坦白點告訴我，是否想嫁給他呢？」

尹清陣腳大亂，粉臉通紅，先點頭又搖頭，心亂如麻的低聲道：「我不知道，和這小子在一起時的確刺激好玩，但嫁他是另一回事嘛！教雅兒怎麼說呢？」

聶天還呆瞧著她，好一會兒後，柔聲道：「我不是要你立即下決定，好好的和他多相處一段時間。所謂路遙知馬力，日久見人心，以雅兒的冰雪聰明，終有一天會作出明智的選擇。」

尹清雅愕然道：「和他相處一段時間？師父是要邀那小子到兩湖來嗎？」

聶天還淡淡道：「剛好相反，我是要你到邊荒集探訪他。」

尹清雅一時說不出話來。

聶天還道：「此事必須保持機密，只可讓你郝大哥知道。當我揮軍江都，你則坐船到邊荒集去。」

尹清雅嘴唇輕顫，半晌後淒然道：「師父有甚麼事瞞著雅兒呢？在這樣的情況下，雅兒絕不會離開師父，半步也不可以。」

聶天還哈哈一笑，道：「傻丫頭，師父縱橫天下，誰能奈何我？若我要你爲我擔心，還用在江湖上混嗎？我今次著你到邊荒集去，首先是爲雅兒的終身幸福著想，其次是我需要雅兒爲我向荒人傳達一個至關重要的口信，所以你不去是不行的。」

尹清雅泫然欲泣的道：「師父你不要騙我，我曉得你遇上麻煩了，否則不會違背自己心意的要我嫁給高小子，更找些不是理由的理由來哄人家去邊荒集。」

聶天還微笑道：「你太小覷師父了。昨天我接到消息，果如雅兒所料的，荒人以迅雷不及掩耳的行動，大破屯駐北潁口的燕軍，斬殺宗政良和胡沛。只從這點，可看出雅兒看高彥這個人看得很準。

比高彥有本事的人或許很多，但像他這般鴻福齊天的人肯定絕無僅有，我對他眞的改觀，這些話全出自師父的肺腑，沒有一字是虛言。」

尹清雅興奮鼓掌道：「眞的贏哩！」旋又愁眉不展道：「師父又遇上甚麼麻煩呢？」

聶天還從容道：「要爭霸天下，當然不會水到渠成那麼容易，有所求必有所失，要我屈處兩湖，做一個地方幫會的龍頭老大，我聶天還是不會甘心的。不論結果如何，只要曾盡力嘗試，我都會甘之如飴，只有這樣，人生才有意思。」

尹清雅湧起不祥的感覺，顫聲道：「師父！」

聶天還道：「我唯一放心不下的，就只有雅兒。邊荒集看似危險，事實上卻是當今亂世中唯一的樂土、最安全的地方。除非慕容垂能擊垮拓跋珪，否則誰到邊荒鬧事都要吃不完兜著走。」

尹清雅終於灑下熱淚，撲入他懷裡，飲泣道：「師父說甚麼都沒有用，雅兒是不會離開師父的。」

聶天還出奇的冷靜，輕拍她背脊，笑道：「雅兒不要哭！快起來！我有很重要的事和你說，師父要你幫一個大忙。」

尹清雅勉強坐好，神色淒涼。

聶天還以衣袖爲她拭去淚漬，輕描淡寫的道：「雅兒你幫我去告訴荒人，只要雅兒一天留在邊荒集，我絕不會動壽陽半根毫毛。」

尹清雅一震道：「師父！」

聶天還欣然道：「看師父多麼聽你的話，你告訴我不要去惹荒人，我便不惹荒人。你該高興才對。」

尹清雅失聲道：「那雅兒豈非要留在邊荒集做人質？」

聶天還笑道：「不要說得那麼嚴重好嗎？誰捨得拿你去做人質，你的高小子第一個不容許。」

尹清雅瞪大美目，道：「那我甚麼時候才能回家？人家會掛念師父的嘛！」

聶天還道：「邊荒集乃天下消息最靈通的地方，你的好朋友高小子更是邊荒集的首席風媒，當你得到我和你郝大哥返回兩湖，且與桓玄決裂的消息時，雅兒便可以回家。」

尹清雅色變道：「桓玄要對付師父嗎？」

聶天還目光再投往洞庭湖，長長吁出一口氣，道：「將來的事，誰能預料呢？雅兒到邊荒集後，必須忘掉邊荒集以外的任何事，包括我和你郝大哥在內。從你踏足邊荒集的那一刻開始，人世間的鬥爭仇殺與你再沒有半點關係。好好的和你喜歡的人相聚吧！這便是雅兒對師父的孝順和最好的報答。」

第十七章　眾志成城

紀千千和小詩來到園內的小涼亭坐下，亭外雪絮飄飄。

小詩壓低聲音道：「已連續十多天沒有見過皇上，不知到哪裡去了呢？」

紀千千道：「你可以問風娘啊！」

小詩道：「我不敢問她嘛。」

紀千千皺眉看她道：「詩詩是希望皇上在這裡，還是不願見到他呢？」

小詩道：「當然不想見到他，他凶神惡煞的模樣很令人害怕，把滿城的人宰掉只像做了件微不足道的小事，可是我怕他離開這裡，是率兵去攻打邊荒集，所以很擔心。」

紀千千心中一動，問道：「詩詩想念邊荒集時，會記起誰呢？」

小詩俏臉微紅，垂首道：「我甚麼人都沒有想。」又抬頭朝她瞧去，訝道：「小姐一點都不擔心嗎？」

紀千千暗呼不妙，看小詩的模樣，可能眞的對高彥動了眞情。她熟知小詩的性情，她或許對高彥有意，但性情則南轅北轍，是八竿子也扯不到一起的兩個人。換了在正常的情況下，小詩絕不會鍾情高彥。可是現在並非正常的情況，被軟禁隔離之時，人很容易胡思亂想，而高彥恰好是小詩唯一可寄託精神的對象，令她對邊荒集的馳想和懷念，有宣洩的出口。想像中的高彥，只是小詩心中的憧憬和幻象，並非眞實的高彥。例如她會認定高彥愛上她，事實當然不是如此。

紀千千大感頭痛，道：「詩詩還記得龐老闆的烤羊腿嗎？」

小詩興奮的道：「當然記得了！我從未吃過這麼棒的烤羊腿，且是拿在手中大嚼，像個野人般吃東西。」

紀千千道：「龐老闆的手藝在邊荒集很有名哩！他釀的雪澗香，更是邊荒第一名酒。」

小詩若有所思的微笑道：「嘻！龐老闆，他的樣子的確像大老闆。」

紀千千生出希望，道：「龐老闆是一個很有本事的人，不要看他外表魁梧粗壯，卻有一雙很靈巧的手，建築和廚藝都同樣了得。他對詩詩也很好哩！照顧詩詩無微不至。」

小詩欣然道：「詩詩是叨了小姐的光，他們是愛屋及烏罷了。龐老闆眞奇怪，話也不敢多說幾句，與高彥是完全相反的兩個人。」

紀千千終於抓到機會，笑道：「他只是不敢對你說而已！對著我和其他荒人，他不知多麼威風，看他和高彥鬥嘴便清楚了。」

小詩愕然道：「小姐扯到甚麼地方去了？」

紀千千聳肩道：「我扯到甚麼地方去了？正如詩詩說的，高彥和龐義是判如天壤的兩種人。高公子風流慣了，見到美女便滔滔不絕，口若懸河；龐老闆剛好相反，見到心儀的女子，反不知所措，只把心事藏在心底裡。」

小詩呆了一呆，垂下頭去。

紀千千知道該點到爲止，岔開話題，轉到別的事情去。

她曉得小詩會仔細思量她說的每句話，重溫與龐義相處的每一個情景，以及他每一個神態。終有一天，小詩會發覺龐義比高彥更適合自己，只有在龐義身上，她的心才有著落之處。

燕飛有一件事不明白，就是萬俟明瑤對他和向雨田勝負的看法。

於萬俟明瑤的立場來說，最理想的情況當然是燕飛命喪於向雨田劍下，那她便可以完成對慕容垂的承諾，功成身退，率族人返回大漠，再不用理中原的事。

同時她又可以向尚存的向雨田作出最殘忍的報復，縱使把寶卷還給他，但向雨田曉得他殺死的竟是最敬愛的師父唯一骨肉，肯定從此沒法上窺天道。

可是若死的是向雨田，情況又如何呢？燕飛一直是被動的一個，就算事後曉得向雨田是生父的徒兒，由於他對墨夷明根本欠缺父子之情，雖或會心裡感到不舒服，但他絕不會有向雨田的困擾。而萬俟明瑤更沒法向慕容垂交代。

萬俟明瑤逼向雨田到邊荒集取燕飛的人頭，是有十足信心向雨田能完成任務。在她心中，不論燕飛在這段時間裡武功如何突飛猛進，仍不是身具魔種的向雨田的對手，任她想像力如何豐富，亦想不到燕飛在這段時間內的遇合變化，那確是超乎人的想像之外。

可是經過他們昨晚的交手，燕飛不信萬俟明瑤不動搖她原本的看法，她必須考慮向雨田失敗的可能性。

以萬俟明瑤的性格，是不會坐以待「敗」的，她會用盡一切辦法，求取勝利。

燕飛暗嘆一口氣，目光投往前方，接著他奔過一座小丘，候鳥湖出現眼前，在日落的餘暉下，彷如嵌在雪原的一塊明鏡。

劉裕回到太守府的主堂，尚未坐穩，申永領一人來見。那人隔遠見到劉裕，大喜若狂道：「小劉爺！還認得我張不平嗎？」

劉裕驟眼瞧去，覺得有點眼熟，然後驀地記起對方是誰，哈哈笑道：「我當然不會忘記在八公山的戰友，如果沒有你趕製出數萬個碎石包，便沒有淝水的大捷。」

兩人同時趨前，四手緊握，有說不盡人事變遷的感慨，更有說不盡久別重逢的興奮。

張不平本身是建康著名的巧匠，被謝玄徵召入伍，任命為工事兵的頭子。當年淝水之戰奉謝玄之命先製成數萬個假人，接著又不眠不休地率領手下趕造渡過淝水的碎石包，劉裕與他的交情，就是在這段緊張時間建立起來的，大家都明白對方是怎樣的一個人，因為人的真性情會於這種非常時期自然流露。

張不平雙目湧出熱淚，激動的道：「玄帥沒有選錯人。」

申永在旁欣喜的道：「大匠本來帶領二千工事兵負責修葺運河，設置渡頭，建立護河的哨壘，豈知吳郡和嘉興相繼失陷，敵人又封鎖了到無錫的路，正不知逃往哪裡去，聞得小劉爺在海鹽，連忙率領全體手下來投。」

張不平在北府兵內有「活魯班」的稱號，人人尊之為大匠，故申永對他有此稱謂。

劉裕心中一動，笑道：「張叔今次辛苦哩！」接著向申永使個眼色，表示要和張不平私下說話。申永會意，連忙告退。

劉裕親切地挽著張不平到一角坐下，問道：「今次有多少人隨張叔來呢？」

張不平傲然道：「聽到是小劉爺坐鎮海鹽，人人雀躍，均感事有轉機。說出來小劉爺都不相信，兩千四百三十名兄弟，只有二十三人開小差溜掉，現在到海鹽的仍有兩千四百零七人。除了拋掉了笨重的工具，可隨身攜帶的行頭都帶了來，否則如何爲小劉爺效力？」

劉裕道：「你怎曉得我在海鹽？」

張不平道：「往北之路被天師軍封鎖，西面有運河阻隔，且是敵人勢力範圍，往南則凶險難測，只好朝東闖。不瞞小劉爺你，我們只想逃離戰場，希望避開海鹽直抵大洋，再沿海北上。幸好沿途見到寫著『小劉爺在海鹽』的指示牌，忙往海鹽趕來。開頭時還半信半疑，怕是劉毅誆人的招數，因爲木牌有他的印記。到遇上小劉爺派出的探子，方知小劉爺確實在海鹽。當然仍要見到小劉爺你才可作準。我們商量過哩，大家都同意若見不到你在海鹽，晚間立即開溜。哈！現在當然是另一回事，我還要趕著出去向各兄弟報喜。」

劉裕心忖劉毅自有他一套的辦法，這麼簡單直接的方法，偏是他和屠奉三沒有想過。忍不住問道：「琰帥此刻在會稽，爲何你們不到會稽歸隊？」

張不平顯露一個不屑的表情，哂道：「我們陷入今天這種田地，便是這個目空一切的人一手造成的，安公和玄帥的臉都被他丟光了。想玄帥在世之時，我們北府兵戰無不勝、威風八面，哪想得到會有今天？」

劉裕道：「你看過我們在城南的陣地嗎？有甚麼話要說？」

張不平顯現大匠風範，回復冷靜的神色，沉吟半晌道：「小劉爺須先告訴我，在你心中，希望這個陣地可達到甚麼效用？」

劉裕先把滬瀆壘和海鹽唇齒相依的形勢詳述清楚，然後道：「現在我們糧食豐盈，兵矢物資不虞匱乏，縱使大批兄弟投奔，一年半載也不會出問題。當會稽和上虞失陷後，海鹽將是怒海上一葉扁舟，敵人會從海陸兩路大舉來攻。但只要我們能穩守海鹽，又令天師軍無法封鎖我們海路的生命線，我們便大有可能反敗為勝。」

張不平叫絕道：「小劉爺不愧是玄帥指定的繼承人，只是巧奪滬瀆壘的奇著，便大有玄帥鬥智不鬥力的作風。現在我更有信心哩！小劉爺放心把海鹽防禦工事交給我處理，我有信心令海鹽穩如鐵桶，任敵人猛攻猛打，也攻不進海鹽半步。」

劉裕大喜道：「海鹽的防禦工事，就由張叔全權負責，趁現在天師軍陣腳大亂，不知要先攻海鹽還是會稽的當兒，請張叔視察海鹽的形勢，讓各兄弟好好休息，明天才投入工作。」

張不平嘆道：「小劉爺真能體恤我們，換了琰大少，哪管你累不累。」

劉裕和他一齊起身，挽著他往大門舉步，道：「我要親自向諸位頭領說明張叔的權責，職責分明，才不會出亂子。」

張不平心悅誠服的隨他去了。

燕飛立在湖邊，看著太陽沒入西山去，天色漸轉昏暗時，想到另一個問題。

那關乎到事後的情況和其影響。

假如他被向雨田「殺死」，會出現怎樣的情況呢？萬俟明瑤會依諾把寶卷歸還向雨田，同時向他透露眞相，令向雨田終生抱憾，練不成種魔大法。

接著她會派人知會慕容垂已殺死他燕飛，完成了諾言，從此慕容垂的事與秘族再沒有任何關係。

慕容垂會有何反應呢？

慕容垂會派人查探此事，如果他確定燕飛已死，將於冬季結束的時候，全力反擊拓跋珪，且再不把邊荒集放在心上，而這將變成慕容垂最嚴重的失誤。當然燕飛必須詐死。這方面該不成問題，因爲在與慕容垂決戰前，他要到南方解決兩道難題，令邊荒集沒有後顧之憂，好能全心投入與慕容垂的戰爭去。

首先，他須助劉裕應付魔門的手段。

他再不敢小覷魔門，只看憑他和向雨田兩人聯手之力，還靠著一點幸運的成分，才能殺死鬼影，便知魔門中人多麼難應付。

他比任何人都清楚魔門正全力支持桓玄，劉裕只要稍有疏忽，將會敗得很慘。於公於私，他都不會坐看劉裕被魔門弄垮的。因劉裕的成敗，直接影響到邊荒集的安危。

其次他必須解決他與孫恩之間的事。

孫恩現在對天師軍的事不聞不問，一心只想從他燕飛身上得到開啓仙門的方法，可是若天師軍面臨存亡的關頭，孫恩對由自己一手創立的天師道是否仍能坐視不理呢？孫恩一天未破空而去，仍有人的七情六慾，如果他再插手天師軍的事務，會是劉裕最大的威脅。

劉裕於北府兵，有點像他燕飛和邊荒集的關係，一旦劉裕出事，北府兵會不戰而潰，而燕飛是絕不容許此事發生的。

練成黃天無極的孫恩，變成了近乎沒法殺死的人，這樣的人，會是多麼可怕的一個刺客。

所以他必須殺死孫恩。

一天孫恩的威脅仍在，他營救紀千千主婢的計畫都存在未知的變數。

但他有能力殺掉孫恩嗎？

直到此刻他仍沒有信心和把握。不過只要想想沒有孫恩的世界，會是多麼美好，他便決心不論如何艱難，也要除此死敵。

且他必須爭取主動，若讓孫恩刺殺劉裕後，他才動手，便悔之已晚。

沒有人比他更清楚孫恩的可怕。

就在此時，他感應到向雨田正在不住接近。

但仍找不到萬俟明瑤的蹤跡。

燕飛目光投往小湖另一邊臨岸的雪林，天地一片祥和。

拓跋珪一馬當先，領著二千戰士，全速趕往平城，緊追在他後方的是楚無暇。

他們夜以繼日的趕了五天路，可望於今晚午夜前抵達平城。

擊退宿敵赫連勃勃後，他對未來更有信心，對復國充滿了希望。他深信燕飛一到，將可解決秘人的問題，剩下的便是和慕容垂決一死戰。

開始時，他對紀千千這神奇探子在他與慕容垂的鬥爭裡能起的作用，仍是不明就裡、半信半疑的，但當他瞧著赫連勃勃當夜領軍來偷襲盛樂，一切都變得清晰起來。

只要想想沒有紀千千的情報，情況將會是完全相反，便知紀千千這神奇探子舉足輕重的作用。

一直以來，慕容垂都是以奇制勝，令人防不勝防，總是被他牽著鼻子走，直至被他徹底覆滅，仍不知在何處出錯。

可是當他和燕飛透過紀千千，完全掌握了慕容垂的計畫，敵人的奇兵便不再是奇兵，而變成是自尋死路。

當然！

在戰場上交鋒，勝敗的因素錯綜複雜，難以預料，但至少他拓跋珪可選擇在最有利的情勢和條件下與慕容垂對決。

唯一須擔心的是慕容垂把紀千千留在後方，那紀千千將沒法提供有關慕容垂最新動向的消息。他必須和燕飛好好想出一個辦法，令慕容垂不敢把紀千千留在後方。

寒風迎面吹來，夾雜著絲絲雨雪。

楚無暇趕上去道：「又下雪了，我們是否該停下來，避避風雪呢？」

拓跋珪道：「平城在兩個時辰的馬程內，回到平城，想休息多久都可以。」

楚無暇道：「我不明白爲何要這麼急著趕回去，最怕是秘人埋伏前方，我們可能要吃虧的。」

拓跋珪笑道：「我專挑平野之地走，正是要教秘人無法偷襲。當他們的探子看到我們時，我們已像一陣風般遠去了。知道嗎？這是馬賊的戰術，而我拓跋珪，一直是最出色的馬賊。」

楚無暇嬌笑道：「族主不單是最出色的馬賊，且是最出色的情郎。」

拓跋珪朝她瞧去，這美女及時的向他拋了一記媚眼，登時令他心中一熱，更添這句語帶雙關的話的挑逗性。搖頭苦笑道：「不要惹我！在行軍時，我是絕不會想女人的。」

楚無暇笑道：「族主的心情很好呢！」

拓跋珪不再答她，心忖自己的心情的確很好，且是前所未有的那麼好，現時的成就，是從不可能中爭取回來的。而他面對的敵人，是北方諸族近百年最了不起的統帥，只要能擊敗他，北方的天下將是他拓跋珪的囊中之物。

忽然他想到劉裕，他在南方的表現，是否及得上自己呢？

漫天的風雪，把馬隊捲入白茫茫的天地去，落日最後一抹餘暉，消沒在雪原西面的地平處。

第十八章　求死之戰

向雨田直抵燕飛前方丈許處，雙目閃閃生輝地打量他，頗有故友重逢的雀躍歡欣，但也糅集了不安、猶豫和惶恐的情緒。

兩人的心情是心照不宣。

燕飛心中苦笑。以前不論如何討論此「死生」大計，都止於空談猜想，從理性的角度去揣測可行性。但現在眞的面對死亡的一刻，人對死亡的本能恐懼，立即取代了理智，那種感覺，實難以言宣。陽神是殺不死的。這是由安玉晴首先提出來的，但終究仍只是道家典籍內的一種說法，既無從稽考，更無法驗證。如果這說法根本是無中生有的話，那他只能到地府裡去後悔——如果地府眞的存在。

死後的情況，是無法證實的，因死去的人，從沒有回來告訴我們死後是怎麼一回事。

他燕飛可以是唯一的例外嗎？

燕飛鎭定下來，問道：「明瑤呢？」

向雨田掃視星輝映照下的雪原和小湖，雙目射出憂鬱傷感的神色，平靜的道：「以明瑤的性格，肯定不會錯過我們的決戰，更想爲我們收屍。唉！照我猜，她不單要殺你，還要殺我。她會想到，不論我們兩人誰勝出，另一人肯定負上重傷，她就可撿便宜了。」

燕飛道：「她會否忽然插手，與你聯手夾擊我呢？」

向雨田沉聲道：「這正是我最害怕的事情。由我殺你，我會懂得分寸，絕不會過度損害你的身體。但如果下手的是明瑤，情況將失去控制，以她現在對你的恨意，她會令你全身沒有一分完整的地方，縱使你確實能復活過來，也只是一個廢人。」

稍頓續道：「所以我已提出警告，如果她敢插手，我會掉過頭來和你聯手對付她，一切後果由她負責，她是聰明人，該不會這麼愚蠢吧！」

燕飛欲語無言，死亡實在太可怕了，如果他無法復活過來，千千怎麼辦？想想也教人不寒而慄。

但現在他可以反悔退縮嗎？

向雨田心不在焉的道：「唉！燕兄！坦白地告訴你，我殺人從來不會手軟，更不知害怕為何物。但現在我真的感到很害怕。怕下不了手，怕你人死不能復生，恐懼就像汪洋大海般把我淹沒。若真的鑄成不能挽回的恨事，是我向雨田負擔不起的。」

燕飛完全明白向雨田的心情，自己這當事者亦是惴惴不安，胡思亂想到無數後果嚴重至錯恨難返的可能性。

例如安玉晴指出自己上次被孫恩「擊斃」後，因陽神歸竅致能復活過來，可是天曉得在復生一次後，這種情況能不能再重現，會否有第二次的死而復生。誰可以有肯定的答案？

自與向雨田定下此計後，燕飛從沒有認真的去思索這方面的問題，現在卻是不得不去想，因為事情正迫在眉睫。

只恨燕飛並沒有另一個選擇，他的「死」是唯一能解開眼前困局的辦法。

燕飛硬把惶惑壓下去，鼓勵向雨田道：「正如我以前說過的那樣子，我若真的死去，是我的想法出錯，與向兄沒有任何關係，向兄不必為此內疚。」

向雨田苦笑道：「話當然可以這麼說，但你和我都心知肚明，若你不是為我取回寶卷一事著想，實不用冒此『死險』之計，你道我怎過意得去呢？」

燕飛搖頭道：「這只是我們希望達致的其中一個效果，最重要是令明瑤心甘情願的領族人返回沙漠，而除了這個以身試死的方法外，我再想不出更好的辦法。」

向雨田嗒然若失，說不出話來。

好一會兒後，向雨田低聲道：「你感應到她嗎？」

燕飛環顧八方，緩緩道：「眞奇怪！她是否沒來呢？」

向雨田目光投往小湖另一邊黑壓壓的一片雪林，若有所思的道：「她今早來找我，說出與你約定的時間和地點後，不願多說半句便離開了。她表現得出奇平靜，我不覺得她有任何情緒的波動，有些像我和你是與她毫不相干的兩個人，我的警告也不知她有沒有聽進去。唉！坦白說，我從未見過她那樣子的神情，令我有點心寒。」

燕飛點頭道：「因為她心中已有決定，所以變成這個樣子，沒有人可以改變她了。」

接著又微笑道：「不理她有任何想法，任她千算萬算，絕對算不到我們有死而復生之計，這是諸葛武侯復生也預料不到的事，對嗎？」

向雨田倒抽一口涼氣，怵然道：「你是計在必行的了。」

燕飛苦笑道：「你想到另一個辦法嗎？」

向雨田道：「且慢！如果明瑤並不在附近，我殺了你之後會出現很多問題，例如……」

燕飛截斷他道：「對自己有信心一點行嗎？早先你不是說過她肯定會來嗎？你只是在找逃避的藉口。」

向雨田嘆道：「我哪能不害怕呢？萬一你眞的死了怎麼辦？或許上次你能復活過來，與甚麼陽神並無關係，只因你根本未死。他奶奶的，眞正的情況，誰都不曉得。你的計策如能成功，確實是千古以來最佳妙計，可是風險實在太高，後果我恐怕承受不來。」

燕飛猛下決心，斷然道：「我們再沒有回頭路走，眼前情況更是得來不易。今次我們是名副其實的必須置生死於度外，來個生死對仗，讓我燕飛看看你向雨田的魔種，如何厲害？」

向雨田雙目一眨也不眨地瞪視著他，精光逐漸凝聚，殺氣漸盛。

燕飛暗嘆一口氣，「受死」的滋味確實令人難受不安，而他尙另有一個未對向雨田透露的理由，就是通過死亡，去解決他和萬俟明瑤之間的恩怨情仇，若眞欠了萬俟明瑤的情債，如此爲她死一次，該本利歸還了吧！

「鏘！」

向雨田的思古劍出鞘橫掃燕飛，乍看似是平平無奇，可是配合他的步法劍勁，卻有令人躲無可躲的威勢，深得大巧若拙之旨。

燕飛瀟灑輕鬆地祭出蝶戀花，以拙對拙，揮劍擋格。

「噹！」

兩劍像磁石吸鐵般黏在一起，接觸時爆起耀眼的火花，兩人立處的雪地像被暴風颼過，雪粉往四外激濺。

劍擊聲迴蕩於小湖和雪野上的廣闊空間，天上星光都似黯然失色。

倏忽間，燕飛化去向雨田透劍攻去的五重眞勁。

劍分。

向雨田往後移兩步，像變成另一個人似的，再不是先前好友交心的友善模樣，雙目精芒閃射，逐步把體內眞氣的運轉推上高峰。

如果萬俟明瑤正在旁窺伺，肯定不會認爲他是在弄虛作假。

高手交鋒，特別是像他們這般級數的高手，根本沒有留手的可能性，否則其中一方，非死即傷。事實上向雨田是否全力以赴，是無法瞞過萬俟明瑤的，因爲她太熟悉向雨田。

思古劍遙指燕飛，不住顫震。

燕飛心中暗讚，向雨田不愧是魔門新一代最出色的高手，一旦下決定，立即拋開一切令這決戰毫無作樣的進行。

如何可以製造令向雨田能殺死自己的錯失呢？這一刻他仍無主意，只能見機行事。

思古劍不住吐出一絲又一絲的劍氣，如蜘蛛結網般把他遙遙纏著，如此劍法，確實聞所未聞。

最令人駭異的是這個由劍氣織成的氣網，不但令燕飛欲退不得，還大大影響他移動的靈活度。

向雨田的面容變得無比冷酷，眼睛射出森冷的寒光，完全不含任何情緒。此刻的燕飛在他心中儘管不是沒有生命的死物，也肯定是待宰的獵物。

魔種！

燕飛清晰無誤地感應到他的魔種。在向雨田魔功催發下，魔種似從沉睡中甦醒過來，開始活躍，同時主宰了向雨田的靈智，令他變成了無情的魔君，一個可怕的對手。

這才是向雨田眞正的本領，由此可知，上次向雨田與他交手，實是處處留有餘地。

燕飛哈哈一笑，意隨心轉，氣應意行，自然而然生出一個由太陰眞水形成的氣場，抵銷了向雨田向他發射的劍氣。

纏身的劍勁全告斷折。

向雨田發出如龍吟於深淵的呼嘯，起始時僅可耳聞，旋即變成如暴雨狂風般，充天塞地的驚人嘯叫，同一時間向雨田旋轉起來，思古劍化爲繞身疾走失去了實體的光束，就於此虛實難分的當兒，光芒離體而去，挾著令人如入冰窖的寒冷勁氣，橫空直擊燕飛。

燕飛一劍劈出，蝶戀花正中思古劍的鋒尖。

「叮！」

火星迸發。

兩人觸電般後退，拚個勢均力敵，旗鼓相當，誰都佔不上分毫便宜。

向雨田疾退往三丈開外，劍鋒仍指著燕飛，大喝道：「如果有別的選擇，我向雨田絕對不願與燕兄生死相搏，可惜造化弄人，今夜我們只有一個人能活著離開。如果勝的是我向雨田，我定會好好安葬燕兄。」

燕兄心中一陣感觸。

表面上向雨田雖像變成無情的敵人，事實上仍保存著一點不昧的靈智。這番話是說給萬俟明瑤聽的，怕的是燕飛死後，萬俟明瑤會殘害燕飛的屍身。

另一個想法同時佔據他的思域。

向雨田是個絕頂聰明的人，不會做無的放矢的蠢事，他說出這番話來，是肯定可以傳入萬俟明瑤耳中去，這麼說他該是感應到萬俟明瑤，爲何自己卻一無所覺呢？

燕飛心中懍然，曉得自己在死亡的威脅下，精神大受影響，致無法臻達陰神與陽神合一的至境。此時再不容他分心胡想，向雨田又有變化，且是最詭異莫名、使人震駭的變化，盡顯魔種的離奇怪誕。

只見向雨田身體外露的部分，看得見的如頭臉和手，竟忽紅忽白，不住更迭，變換的速度不住加快，到最後就像紅色和白色迅速交換閃爍著，令人打心底生出寒意。

燕飛知他正施展催發魔種潛能的霸道功法，如此更可使萬俟明瑤深信他們在進行生死決戰，且可提早發生分出勝負的時刻，不用苦苦纏戰。

向雨田只能憑此看家本領，方有能力攻燕飛一個措手不及，把燕飛幹掉。

向雨田的劍氣亦生出變化，一道一道的劍勁，像重重浪濤般捲湧而至，威力不住加劇增強，驚人至極。

際此對手即將發動最狂猛攻勢的關鍵時刻，燕飛的心神不得不凝聚集中，就在此時，他終於感應到萬俟明瑤。

萬俟明瑤的精神完全貫注在他身上，雖然他沒法掌握她的位置，卻清楚她不住接近。

他醒悟過來，曉得自己所料無誤，萬俟明瑤是要和向雨田夾擊他，親手殺死他這個負心漢，達致她希望中的最理想效果，一舉毀掉他和向雨田。從來她都是爲求成功，不擇手段的人，這性格並沒有改變。她昨夜與燕飛交手後，判斷出向雨田沒有獨力殺他的本事，遂作出這個不理會向雨田是否同意的決定。

向雨田殺他，又或是由萬俟明瑤下手，正如向雨田所說的，是完全不同的兩回事。

萬一他眞的死掉，又或縱使復活也成了廢人，會有甚麼後果呢？

燕飛心中一顫，不敢再想下去，但卻曉得心中生出怯意，精神同告失守。

氣機牽引下，被向雨田推上巔峰狀態的魔種如狂風雨暴般爆發，向雨田的思古劍化作漫空芒點，摟頭蓋臉地向燕飛灑去。

燕飛當機立斷，明白眼前此刻絕沒有恐懼或雜念容身之所，他「死」都要死得有超高的技巧，否則若全身經脈斷裂、五臟六腑俱碎、骨骼斷折，復活過來也要後悔做人。

燕飛心神重歸於一，進入晶瑩剔透、八面玲瓏的守心至境，一時敵我俱忘，日月麗天大法全力展開。

劍擊之聲不絕於耳。

向雨田化爲一個沒有實體的鬼影，寶劍可從任何角度、位置攻去的死亡威脅，以水銀瀉地、無隙不窺的猛攻狂擊，攻打燕飛。

即使換過不是「一心求死」的情況，在向雨田如斯驚天地、泣鬼神的駭人攻勢，又不能施展小三合的終極劍法下，燕飛只有見招拆招的分兒，一時無法反擊。

候鳥湖旁的岸上，充滿了劍擊和劍氣破空之聲，交手處方圓三丈的雪野，雪花被氣勁颳得沖天而起，直捲星空，狂風暴雪因兩人而發生。

燕飛沒法分心去想其他事，更無法掌握萬俟明瑤的位置，只知若讓情況如此發展下去，後果不堪想像。

問題不在向雨田，而是萬俟明瑤，這個他曾深愛過的美女。

燕飛連擋向雨田百多下劍擊後，倏地施展獨門手法，先以純陰之氣化去向雨田破空而至的一劍，旋又疾運純陽之氣，硬把向雨田震開。

向雨田退開兩步，叫了一聲「好」，重整陣勢，又一劍搠胸而至。

千辛萬苦下，燕飛終於爭取到可決定成敗的一線空隙，而他能否「安然復生」，就看此刻。向雨田已全神投入戰鬥去，再沒法掌握萬俟明瑤的動向，一切全要倚賴自己。

死亡確實可怕，可是他必須接受，因這是唯一的選擇。

燕飛長笑道：「向兄技窮哩！」

這句話不是說給向雨田聽的，而是萬俟明瑤，提醒她動手的時機到了。

蝶戀花閃電擊出，命中思古劍銳氣最盛的劍鋒。

兩人同時劇震。

向雨田噴出一口鮮血，斷線風箏似的往後拋跌。

燕飛比他好不了多少，眼、耳、口、鼻滲出血絲，身不由己的往後跌退。

「嘩啦！」

水聲驟響，萬俟明瑤從水中彈射而至，足尖點在岸旁一塊石上，閃電般挪移往燕飛身後，雙掌穿花蝴蝶般，連續七掌拍在失去勢子的燕飛背上。

仍在跌退當兒的向雨田看得睚眥欲裂，狂喊道：「不要！」

每一掌拍在燕飛背上，燕飛都噴出一口鮮血，變得像個無法自主的布偶般往前方跌去，蝶戀花亦墜跌地上，最後他「蓬」的一聲仆在雪地上，揚起一陣雪屑。

誰都曉得燕飛失去了所有生機。

第十九章　春蠶到死

燕飛早猜到萬俟明瑤不會錯過這唯一下手殺他的機會，而他正蓄勢而發，陽火、陰水融合而成的眞氣嚴陣以待。他不但要捱過萬俟明瑤的掌勁，保持身體的完整，還要借萬俟明瑤練得另一奇招。只有通過死亡，他才可眞正地掌握玄之又玄的陽神，當他眞能死而復生，他便可說是練成水裡火發，火中水生，超越了死亡的奇術。

萬俟明瑤毫不留手的第七掌拍在他背上，他的心脈終不堪衝擊，應掌折斷。

燕飛最後一個意念，就是他被曾深深愛過的女人親手殺死了。

天地初開，陰陽分判。

忽然間，燕飛再感覺不到自己的身體，他像化作數以千萬計的微粒，朝上騰升，那是一種絕對沒法形容、從沒有經驗過的感覺，也不知過了多久，或許只是刹那的光景，他發覺正置身於一個奇妙的位置，在某一高處俯瞰自己躺在岸旁雪原上的遺體，向雨田就跪在他燕飛的遺體之旁，而萬俟明瑤則站在另一邊。

一個明悟在心中升起——他死了。

一切變得無比的清晰，天地亮了起來，當他想看清楚自己遺體時，向雨田正把自己的遺體翻轉過來，而他則在數尺的距離，看到自己失去了生命沾滿血漬的蒼白面容，既熟悉又像非常陌生。

景象逐漸模糊，奇異的感覺在思域內蔓延，其他的人或物成了對他沒有意義的背景，他再不在意他們在說甚麼，又或做甚麼。他隱隱記得以前他是屬於這個漸轉模糊的世界，而唯一的連繫只是躺在白雪上的軀殼，還好像有些事尚未完成。

接著他感到自己朝無限的空間擴展，先前的景象消失無蹤，再沒有時間的限制；沒有肉體的拘束，一切自然轉化，他就像被釋放了，靈體終於達致大自在的境界，他再掌握不到自己是誰。一切有待重新的認識和探索，再次體驗所有的起始和終結，以及了解起始與終結之間的一切。

下一刻他感覺到無數的星辰，及星辰之外的無限遠處，他感到與天地渾融爲一，共同作著不知從何時開始、何時終結的運轉。

就在此刻，他彷彿聽到來自遙不可及的遠方傳來的呼喚。

他聽到「紀千千」三個字。

向雨田緩緩從燕飛的屍身旁站起來，神色木然的盯著萬俟明瑤，沉聲道：「你可知道自己幹了甚麼？」

萬俟明瑤身穿黑色水靠，背著個小包袱，湖水仍不住從她濕透的身上流下來，滴在雪地上，她神色清冷平靜，瞅著向雨田，似乎燕飛的死和她沒有半丁點關係。

向雨田雙目射出悲憤神色，厲喝道：「回答我！」

萬俟明瑤淡淡道：「你和他是否串謀來對付我？」

向雨田勃然大怒道：「人都死了，是否串謀還有關係嗎？你這個愚蠢的女人，你知道自己做了甚麼蠢事嗎？從小到大，你想到的只是自己，從沒有爲別人著想過。你根本沒有愛人的資格，因爲你只愛自己。天呵！究竟發生了甚麼事呢？」

萬俟明瑤半點也不像剛殺了人的凶手，花容靜如止水，美如一朵脫俗的白蓮花，冷然道：「你罵夠了沒有？」

向雨田愕然無語，俯首審視燕飛，雙目射出哀痛的神色，心忖自己怎會這麼愚蠢，竟容燕飛去冒這個險。此時的燕飛，與其他死去的人沒有任何分別。

萬俟明瑤解下背上的小包袱，揮手朝向雨田擲去，道：「接著你的鬼東西。」

向雨田自然而然的雙手接個正著，感到小包袱內裹住的正是藏有《道心種魔大法》下卷的鐵盒子。可是心中卻沒有絲毫得寶的興奮和欣悅，只有鑄成大錯的失落和心灰意冷。

萬俟明瑤柔聲道：「你一直知道他是誰，對嗎？」

向雨田頹然道：「我不想說話。」

萬俟明瑤露出淒涼的笑意，道：「你得到你想得到的東西哩！難道不感到快慰嗎？不過不論你心中是苦是甜，與我萬俟明瑤再沒有半點關係。你走吧！」

向雨田失聲道：「你要我走？」

萬俟明瑤平靜的道：「以後我再不管你的事，你也不要來管我的事。」

向雨田露出疑惑的神色，盯著她沉聲道：「你想幹甚麼？」

萬俟明瑤淡淡道：「都說我的事不用你管，你既得到夢寐以求的東西，還留在這裡幹嘛？快給我滾。」

向雨田厲喝道：「你想幹甚麼？」

萬俟明瑤往腰後一抹，手上多了一把亮錚錚的鋒利匕首，鋒尖藍光閃閃，顯是淬了劇毒，接著雙手握著匕首，指著自己的心窩，目光落到燕飛屍身處，淒然道：「我欠了他一條命，只好以自己的命還他，如此兩不相欠。」

向雨田劇震急喝道：「且慢！」

萬俟明瑤苦笑道：「不論你說甚麼，都不會令我改變。太遲哩！一切都太遲哩，現在即使你把那害人的魔卷撕成碎粉，以示回到我身旁的決心，也改變不了我的決定。你該清楚，我萬俟明瑤決定了的事，是永遠不會改變的。我已失去了再愛一個人的力量，生命對我再沒有意義，一切都隨燕郎去了。」

向雨田二話不說地跪倒在燕飛身旁，把燕飛的屍身扶起來，搖晃著道：「燕飛！快回來！我的老天爺！求求你立即活過來。」

萬俟明瑤呆瞪著向雨田，失聲道：「你是否瘋了？」

向雨田伸手不住拍打燕飛左右臉頰，悲呼道：「燕飛！燕飛！給我一點反應。」

萬俟明瑤輕柔深情的道：「我死了之後，你可否將我們同葬一穴，這是我對你最後一個請求，不要令我失望。」

她的一雙秀眸射出憐惜的神情，輕輕道：「人死不能復生，不要再打擾他的寧靜好嗎？何況燕郎不會寂寞，我會好好的陪伴他。」

向雨田發出驚天動地的一聲怒吼，狂喝道：「燕飛！爲了紀千千，你必須回來。」

兩手一鬆，燕飛躺到地上去。

萬俟明瑤現出一個哀莫大於心死，失去了一切的神情，然後閉上眼睛。

驀地向雨田急叫道：「我的娘！我的老天爺！」

萬俟明瑤睜開秀眸，眼前的情景頓令她目瞪口呆，不能相信自己的眼睛，雙手再拿不著匕首，嬌軀劇顫下，匕首掉到腳前的雪地去，而她則雙腿一軟，坐倒地上，一時天旋地轉，再不明白眼前發生的異事。

向雨田變了另一個樣子，雙目奇光閃爍，重新扶起燕飛，發了瘋的興奮叫道：「燕兄！燕兄！你成功哩！」

燕飛口鼻回復呼吸，辛苦的睜開眼睛，眼神茫茫，似是視而不見。

向雨田目光投往萬俟明瑤，見她一臉迷惘地看著他們，忙向燕飛道：「燕兄！燕兄！快醒醒！你終於陽神歸竅，活過來哩！」

燕飛眼神逐漸凝聚，倏地張口噴出一團血霧，伸手搭著向雨田肩頭，挺起身體，咳著道：「好險！差點不肯回來。」

向雨田愕然道：「不肯回來？」

燕飛像此時才發覺萬俟明瑤跌坐於丈許外的雪地上，神情錯愕。

兩人目光接觸，淚珠從萬俟明瑤眼角瀉下來，順著臉頰滴在她的水靠上，與湖水混合。

燕飛詢問的目光投往向雨田。

向雨田頹然坐下，不住喘息，由於催發魔種，他真元損耗極鉅，剛才全憑一股因燕飛「慘死」而來的悲憤激動支持，現在燕飛死而復生，他鬆弛下來，立告不支。

向雨田向燕飛點點頭，又搖搖頭，一副不知從何說起的神態，旋又像記起甚麼似的，探手把給拋在一旁的小包袱拿起來收入懷裡。

燕飛再望往萬俟明瑤，看到了她身前雪地上的匕首。

寒風徐徐吹來，候鳥湖旁的雪原一片寧靜祥和。

萬俟明瑤猶掛淚珠的俏臉現出一個淒迷的笑容，輕輕道：「我是否在作夢？燕飛你究竟是人還是鬼？」

向雨田搶著代他答道：「這是燕兄他的一種奇異功法，可以假死過去。我們的確是合謀對付你，卻是爲了你好。」

萬俟明瑤雙目充滿疑惑的神色，接著垂下螓首，輕柔的道：「我輸了！」

這句話完全出乎兩人意料之外，更想不到會從她的口中說出來，聽得面面相覷。

萬俟明瑤取回匕首，插到後腰去，緩緩站起來，秀眸射出無限唏噓緬懷的神色，柔聲道：「我的心情從來沒有像此刻這麼平靜。兩段刻骨銘心的愛情，都在今夜結束。現在我唯一的願望，就是快點回到沙海去，其他的一切再與我無關。」

接著美目深注地瞧著燕飛，道：「雖然我和你的事情已經了結，我更清楚你心中愛的是誰，但至少你應該不再懷疑我對你的愛。在我的心中，拓跋漢已被我親手殺死，以後的燕飛與我再沒有任何關係。」

燕飛皺眉道：「你如何向慕容垂交代呢？」

萬俟明瑤從容道：「我會派人通知他，我們已盡了力，但任務還是失敗了，我們再不會插手。別了！」

說罷掉頭便走，迅速遠去。

兩人仍坐在雪地上，你看我我看你，說不出話來。

好一會兒後，向雨田雙目奇光閃閃，迫不及待的問道：「究竟發生了甚麼事？我還以爲你死定了，明瑤每一掌拍在你的背上，就像拍在我背上那樣，你怎可能仍像個沒事人似的？你眞的沒有事嗎？現在感覺如何？」

燕飛答道：「我的感覺很好，那是再世爲人的感覺。剛才明瑤是不是要自盡？」

向雨田把先前的情況道出來，然後道：「你眞的死去了嗎？」

燕飛點頭應是，道：「剛才實是險至極點，化爲陽神後，我對這人間世的記憶和感情迅速消退。他奶奶的，那種與宇宙萬物同遊的感覺眞的是無比動人，令人再不想回到這個臭皮囊裡來，就像鳥兒從囚籠脫身，振翅高飛後永不想重返籠裡去。幸好我聽到你在喊紀千千，記憶重流入我陽神的意識去，令我拋開一切的回來。若你喚遲一點，我恐怕再聽不到。」

向雨田興奮難禁的道：「你以事實證明了人的存在並非到墳塋而止，他娘的！這是對我最好的激勵，希望我的魔種等同你的陽神。哈！你現在感覺到自己和死前有甚麼分別呢？」

燕飛微笑道：「你覺得我有不同的地方嗎？」

向雨田坦然道：「表面看，眞察覺不出有甚麼不同之處，你仍是原來的模樣，說話的神情語調仍是之前那個燕飛。可是眞奇怪，我總感到你不同了。」

燕飛欣然道：「不同處在於我曾經歷過死亡。上一次是糊裡糊塗的，像作了一個夢，夢醒便活過來。今次則是清清楚楚明白自己死掉，而肯不肯回來，可以由自己作主。」

向雨田不解道：「為何會有這樣的分別？」

燕飛道：「上次和今次的分別，在於上次我歸西之時，陰神和陽神尚未能結合為一，肉體的死亡，令依附它而存在的陰神也步上滅亡之路，全賴陽神自動歸體，令陰神回復生機，接上斷去的心脈，因而能從死中復活。今次我的陰神、陽神二合為一，所以當我離開軀殼，也帶著生前的回憶片段，擁有一點不滅的靈智。這是我可以想出來最好的解釋，至於事實是否如此，恐怕只有老天爺曉得。」

向雨田目光投往萬俟明瑤消失的方向，點頭道：「我要仔細的想一想。無論如何，你證明了人是有可能超越死亡的。這將會是你我之間最大的秘密，而這秘密亦令我們成為最知心的朋友，是名副其實的生死之交。」

燕飛提醒道：「你不想看看包袱內裝的是不是你的寶卷嗎？」

向雨田搖頭道：「在這樣的情況下，明瑤是不會騙我的。唉！我從未見過她那樣的神情。」

燕飛想起萬俟明瑤，嘆了一口氣。

向雨田頹然道：「明瑤肯認輸收手，是最好的事。她真正愛的人再不是我向雨田，也不是你燕飛，而是拓跋漢，你和我終於脫離苦海。對嗎？」

燕飛道：「經歷過死亡後，我對佛家說的眾生皆苦有更深刻的認識和體會。我們現在該不該好好打坐練功，以補回損失的真元呢？」

向雨田道：「沒有十天八天的潛修，我是沒法回復過來的，所以也不急在一時。」

稍頓問道：「明瑤的問題解決了，你有甚麼打算？」

燕飛笑道：「看你的樣子，是想助我？」

向雨田欣然道：「只憑你肯爲我犧牲性命，幫我取回寶卷，你的事我怎可袖手旁觀？眞險！明瑤這陪你一起死的絕計，確實出乎我意料之外，如果你們雙雙身亡，我以後眞的不知如何活下去。想想都教人心寒。」

燕飛道：「事情既已過去，便拋到一旁，不用再想。運金子到邊荒集的事再不用勞煩我，我會趕回南方去，徹底解決孫恩的問題。當我再回來時，與慕容垂的最後決戰將告展開。」

向雨田道：「孫恩的事，我很難插手，你也不想我插手。對嗎？」

燕飛點頭應是。

向雨田皺眉道：「你有把握殺孫恩嗎？恐怕他也練成了殺不死的陽神。」

燕飛同意道：「這個可能性很大。唉！若說我有把握，就是騙你，不過我必須面對他，解決事情。」

向雨田微笑道：「我對你卻有十足的信心，至少孫恩未試過死而復生的滋味。」

燕飛拉著他站了起來，道：「分手的時候到哩！我要回平城去。」

向雨田道：「我會留在平城附近，看看明瑤和她族人是不是眞的撤走。然後我會覓地潛修，以勘破寶卷的秘密，同時靜候你凱旋歸來。燕兄！我向雨田眞的很感激你。不但因我得到寶卷，更因你替我解開了和明瑤之間的死結。」

燕飛拍拍他肩頭，笑道：「你該感激的是拓跋漢，而不是我。」

兩人對視一笑，盡在不言之中。向雨田往後退開，長笑道：「在此預祝燕兄與孫恩一戰，旗開得勝。後會有期！」

再一聲長嘯，掉頭去了。

燕飛立在候鳥湖旁，心中充滿對生命奇異的體會。

生命是不會毀滅的，在這個浩瀚無邊的宇宙中，任何奇怪的事都可以發生，任何吉光片羽的存在自有其意義。滄海可以變成桑田，桑田可變回滄海，但生命會繼續存在，縱使是以人們不能理解的方式存在著。

燕飛收拾心情，閉目運轉體內的陽火、陰水，滿三百六十周天後，一聲呼嘯，望平城的方向飛掠而去。

只有他清楚自己死前和復生後的分別，就是陰陽二神已結合爲一，陽火和陰水變得同流合運，再沒有彼此之分。

第二十章　逝水如斯

海鹽城外碼頭區燈火通明，數以千計的工事兵正大興土木，在張不平的指揮下夜以繼日地加強海鹽城沿岸的防禦力。

能守而後能戰。若給天師軍截斷海路的命脈，海鹽城將優勢盡失，陷入孤立和挨揍的局面。關鍵正在制海權。

大小碼頭停滿戰艦和貨船。由江文清指揮的艦隊，於半個時辰前護送二十艘貨船抵達，運來了海鹽軍最缺乏的戰馬。

這批戰馬共一千匹，全是從邊荒集來的優良胡馬，當戰馬登岸，岸上守衛和工作中的戰士都忍不住歡呼喝采，讚不絕口。

劉裕、江文清、宋悲風和屠奉三站在碼頭上，感受著士氣大振的熱烈氣氛。城內、城外，至乎整個碼頭區，瀰漫著勃發的鬥志和生機，頗有當年淝水之戰時的聲勢。就像當時沒有人相信謝玄會領他們去打一場敗仗，現在也沒人相信劉裕會輸給天師軍，因爲他不單戰績彪炳，且是謝玄指定的繼承者，又是「一箭沉隱龍」的眞命天子。

屠奉三嘆道：「這一仗我們是輸不得的，更輸不起，否則我們不但會一蹶不振，其他人對劉帥的憧憬和希望更會破滅。」

宋悲風沉聲道：「我們是絕不會輸的。」

劉裕從容道：「滬瀆壘方面情況如何？」

江文清欣然道：「劉帥放心，有小恩和陰兄在那裡主持大局，肯定可把滬瀆壘守得穩如泰山。相較來說，要攻陷滬瀆壘，遠比攻陷海鹽困難，我們之所以能一戰功成，皆因能把握時機，攻其不備，且計畫周詳。徐道覆將永遠失去滬瀆壘。」

聽到江文清悅耳的聲音，劉裕感到打從心底舒服起來。連他自己也感奇怪，爲何以前沒有這樣的感受。人仍是同樣那個人，爲何對自己的誘惑力能如此大幅加強。如果她成爲他劉裕的女人，會是如何動人的一番滋味。

此時老手神色興奮的來到四人身旁，向劉裕道：「我有個提議。」

劉裕微笑道：「只要是你老哥的提議，我們都樂意採用。」

老手有點受寵若驚的道：「這二十艘貨船，全都性能卓越、船體堅固，是禁得起風浪的海船，只要經我改裝，設置投石機和弩箭機，便可變成海上的殺手。」

屠奉三笑道：「我早有此意，只是怕沒有這方面的能手。」

老手拍胸保證道：「這個包在我身上，只要撥足夠的人手給我，現時我們又不虞缺乏材料，保證十天之內，可令貨船化爲戰船，至少比天師軍用漁船當戰船優勝得多。」

江文清大喜道：「就由我下面兄弟中挑一批人給老手，他們都是出色的造船匠。」徵得劉裕同意後，偕老手去了。

劉裕暗嘆一口氣，沒有活色生香的江文清在身旁，天地頓然失色，那種感覺古怪得沒法形容，自己是否在戀愛了？

目光投往大海黑沉沉的遠處，道：「我有一個預感！」

宋悲風訝道：「甚麼預感呢？」

劉裕道：「徐道覆會暫且放過海鹽，以集中全力收拾謝琰。」

屠奉三皺眉道：「這並不合理，且與我們的猜測相違，從軍事的角度去看，由於我們有滬瀆壘互相呼應，又據海峽之險，比會稽和上虞有更優越的形勢。如徐道覆讓我們站穩陣腳，他肯定會後悔。他不是蠢人，對嗎？」

劉裕微笑道：「他不但不是蠢人，且是精通兵法的奇才，而我這個預感，正是因他具備的智慧才識而啓發的。」

宋悲風興趣盎然的道：「是否聰明人偏會做蠢事呢？」

劉裕道：「我不是認爲他會作出愚蠢的決定，反之在整個反攻南征平亂軍的部署上，他制定了超卓完美的計畫。軍事行動本身自有其不可改移的特性，就像高手過招，出手無回，臨時變招，會變出禍來。尤其像天師軍這麼龐大複雜的軍隊。三十萬人只有五萬屬訓練精良的部隊，其他拉雜成軍，包括了各地豪強、幫會、農民和漁民，說得不好聽就是烏合之眾。這樣的大軍，一旦展開軍事行動，勢必是欲罷不能，如隨意更改，自己先亂成一團，且還有糧草物資供應上的問題。這樣屠兄明白了嗎？」

屠奉三露出心悅誠服的神色，嘆道：「自從劉帥想出一箭沉隱龍的破敵之策，我已對劉帥佩服得五體投地，但仍不及劉帥今次般予我的震撼。劉帥的猜測，肯定是對現在的天師軍最準確的寫照，精到入微。」

宋悲風一頭霧水的道：「我仍不明白。」

屠奉三解釋道：「道理很簡單，早在南征平亂軍來前，徐道覆擬定了進攻退守的全盤策略，先施以誘敵深入之計，當南征平亂軍踏進陷阱，反攻行動立即全面展開，這牽涉到全體天師軍的動員，每一支部隊都有明確的軍事目標，而直至收復吳郡和嘉興，一切均依計而行，取得輝煌的戰果。可是我們的突然出現，先取得海鹽的控制權，又覷隙而入，奪得在整個戰役最能起關鍵作用的滬瀆壘，登時把形勢扭轉過來。徐道覆的如意算盤再打不響，陣腳大亂。可是軍事行動已告全面展開，沒法停下來。」

宋悲風不解道：「既然沒法停下來，只好強攻海鹽，爲何暫時不理會我們呢？」

劉裕欣然道：「因爲他以前定下進攻海鹽的計畫，再不可行。攻城的工具，已落入我們手上，而海鹽不論在兵力、防禦力上均大幅增強。最令徐道覆頭痛的是我們多了一個有強大陣容和戰鬥力的水師艦隊，除非他能重新部署，若依原定計畫來攻，只是來送死。而正如屠兄說的，如此龐大的調動，一旦展開，根本沒法停下來。徐道覆唯一可做的事，就是撤走攻打海鹽的部隊，集中力量對付謝琰，收復會稽和上虞後，再想方法對付我們。」

宋悲風想起謝琰，想到他現在惡劣的處境，嘆息一聲。

屠奉三道：「徐道覆必須在我們陣腳未穩之際，攻陷會稽和上虞，否則如我們從海鹽渡海支援謝琰，他的情況會更吃緊。」

宋悲風生出希望，問道：「我們會這樣做嗎？」

劉裕道：「這是徐道覆暫時放過我們的另一個原因，若我們肯犯如此愚蠢的錯誤，就正中他下懷。在這冷酷無情的戰場上，犧牲是免不了的。任何軍事行動，都以爭取最後的勝利爲目標。我們必須堅持自己的信念，絕不可以動搖，直至勝利的一刻。」

屠奉三喝道：「說得好！」

劉裕道：「我們必須密切留意海峽對岸會稽和上虞的情況，盡我們的能力取得海峽的制海權，這才是在目前的形勢下，對會稽和上虞的北府兵兄弟最佳的支援。」

接著遠眺南方的海平面，沉聲道：「事實會證明，我們將憑海鹽一隅之地，把戰況逆轉過來，勝利必屬於我們。」

燕飛回到平城，始知拓跋珪早他半個時辰回來，連忙到太守府見拓跋珪。

拓跋珪知燕飛安然返城，喜出望外，拋開一切事務在內堂見他。第一句便問道：「萬俟明瑤是否她呢？」

這句話，天下間只有燕飛一個人明白。苦笑點頭。

拓跋珪劇震道：「果然是她。」

萬俟明瑤是佔據了他們少年時代的一個夢。燕飛的萬俟明瑤之夢已告結束，拓跋珪的夢，仍是完美無缺。燕飛暗下決定，他絕不會戳破拓跋珪的夢，壞了他的美好記憶。

拓跋珪雙目神光電射，道：「你和她交過手沒有？」

燕飛淡淡道：「她認輸了！現該正率族人撤返沙海，恐怕會有很長的一段時間，秘人不會再踏出沙海半步。」

拓跋珪動容道：「眞令人難以相信。橫看豎看，萬俟明瑤都不像肯認輸的人，她是那種永遠把主動掌握在手上的人，還是小美人兒時代，她便是這副脾性。」

接著眼睛亮了起來，道：「有沒有辦法讓我見她一面？」

燕飛苦笑道：「她肯走，你應該還神謝恩，何必要節外生枝呢？」

拓跋珪雙目射出熾熱的神色，道：「不要想歪了，我只是想看看她長大後的樣子，只看她一眼都是好的。」

燕飛有感而發的道：「相信我！她在你心中那樣子永遠是最美麗的，不要讓現實破壞了你美好的印象。」

拓跋珪一呆道：「她長大後難道變醜了？」

燕飛老實的答道：「絕不是這樣，她出落得美麗動人，不在紀千千之下。」

拓跋珪雙目射出渴望的火燄，道：「當是我求你好嗎？我們立即動身去追她，否則我將永遠錯失機會。」

燕飛道：「她離開我們至少兩個時辰的路程，何況我根本不曉得她北返的路線，如何追她呢？」

拓跋珪瞪著他道：「你不要騙我，天下間若有一個人能找到萬俟明瑤，那個人就是你。」

燕飛解釋道：「秘人有一套獨特鍛鍊精神的方法，令他們的心神隱秘難測，除非他們把心神投注在我身上，否則我對他們亦難以生出感應。兄弟！請恕我無能爲力。」

拓跋珪沉聲道：「你剛擊敗她，我才不相信她不對你生出異樣的感覺，憑著這點連繫，你該有辦法找到她。」

燕飛發呆片晌，然後打量拓跋珪，平靜的道：「她的心已經死去，沒有人可令她有任何感覺。」

拓跋珪愕然道：「她的心已死去？你在說甚麼呢？」

燕飛滿懷感觸的嘆道：「因爲她最愛的人，已被她親手毀掉。小珪！聰明點吧！讓她在你心中永遠地留下最完美的印象，在現實裡，沒有人是完美的。」

拓跋珪皺眉道：「誰是她最愛的人？」

燕飛苦笑道：「你對她的認識，最好止於那次回憶，明白嗎？」

拓跋珪頹然道：「明白！唉！你也該清楚我的心情。」

燕飛道：「這才是我認識的拓跋珪，現在沒有甚麼事比復國更重要，對嗎？」

拓跋珪點頭道：「當然如此！當然如此！」

稍頓又道：「至少你該告訴我如何讓她俯首認輸吧！」

燕飛道：「因爲另一個比她更超卓的秘人，投向了我這一方，令她覺得再不可能有作爲，所以選擇退出。」

從小到大，他從沒有向拓跋珪說過半句假話，今回是破天荒第一次，爲的是保存拓跋珪童年時的美麗回憶。拓跋珪對萬俟明瑤知道得愈少，對拓跋珪愈是有利。

拓跋珪回復平時英明神武的形態，道：「你是否指墨夷明的徒兒向雨田？」

燕飛訝道：「你從何處聽來的？」

拓跋珪有點尷尬的道：「是楚無暇告訴我的。」

燕飛露出凝重的神色，道：「你是否愛上了楚無暇？」

拓跋珪避開他逼人的目光，搖頭道：「我自己也弄不清楚。唉！這該從何說起呢？」

燕飛道：「楚無暇竟然知道有關墨夷明的事，這更證實我的猜想，竺法慶該是魔門的人，楚無暇也不例外。」

拓跋珪皺眉道：「魔門是甚麼古怪門派，哪有人自稱爲魔？」

燕飛解釋清楚後，道：「照我看楚無暇今次來投靠你，又肯獻出佛藏，縱然沒有報復之心，也是不懷好意，你對她要有戒心，最好是疏遠她，否則後果難料。」

拓跋珪斷然道：「此事我自有分寸。除了你燕飛外，我對任何人都有戒心。好哩！你是否留下來助我？」

燕飛曉得可以說的話已說了，再不肯罷休，只會變成爭拗，嘆道：「我還要趕返南方，解決孫恩的問題，不讓孫恩左右我們的成敗。運金子的事，你交給崔宏去辦，肯定他辦得妥貼。」

拓跋珪道：「現在離與慕容垂決戰之期，只剩下三個多月的光景，這是假設慕容垂於雪融後立即起程，領軍來犯。我們該如何配合呢？」

燕飛道：「你有甚麼打算？」

拓跋珪道：「直至今夜之前，我想到的仍是避其鋒銳的游擊戰略，但剛才聽得秘人全體撤返沙漠，我又另有想法，決定倚城而戰，與慕容垂正面硬撼。當然我會充分運用從紀美人那裡得來的情報，令我們可以更靈活的策略，盡量削弱慕容垂的實力。」

燕飛沉吟道：「慕容垂今次來是對付我，或許他不會把千千帶在身旁。」

拓跋珪笑道：「他放得下心嗎？可以把她們主婢留在甚麼地方呢？只要你們荒人裝出虎視眈眈、

窺伺在旁的模樣，保證慕容垂不容紀美人離開他視線所及的範圍。」

拓跋珪最關心的是如何擊敗慕容垂，而非拯救千千主婢。燕飛雖聽得心中有點不舒服，卻沒有眞的怪他。因爲復國一向是拓跋珪心中的頭等大事，從來如此。

燕飛道：「你有信心在戰場上贏慕容垂嗎？」

拓跋珪道：「這並非有沒有信心的問題，而是我必須如此。這不但是擊垮大燕的最佳辦法，且是爲你救得美人歸的唯一辦法。你可以想到更好的計策嗎？」

燕飛知道他心中仍不滿自己不肯帶他去追萬俟明瑤，不過他對此確實無能爲力，即使有能力也不會照他的意思做。道：「配合方面你可讓崔宏送金子到邊荒集時，由小儀安排與荒人商議。兄弟！不要怪我好嗎？我是爲你著想。」

拓跋珪探手抓著燕飛肩頭，嘆道：「我聽得出你是有難言之隱，故語焉不詳。唉！事情過去後，我會設法忘記萬俟明瑤，形勢亦不容我分心。我很感激你，沒有了秘人的威脅，我可以全力備戰。相信我，拓跋珪是不會輸的。」

又猶豫片刻，有點難以啓齒的道：「冤家宜解不宜結，和無暇見個面好嗎？」

燕飛苦笑道：「我對楚無暇沒有絲毫仇恨，亦不是對她有偏見，只是就事論事。若她眞是魔門中人，只好希望她是另一個向雨田，雖然這個可能性是微乎其微。」

拓跋珪岔開道：「向雨田是否已隨萬俟明瑤返回沙海呢？」

燕飛道：「向雨田已正式脫離秘族，亦和魔門劃清界線，回復自由，他是站在我們一方的，說不定會成爲我們的好幫手。」

拓跋珪沉吟片刻，問道：「那個怪人是不是墨夷明？」

燕飛長身而起，點頭道：「猜對了！有關秘人的事到此爲止，我們的秘女夢已成爲過去，讓我們忘掉秘人吧！」

拓跋珪跳將起來，笑道：「這叫往事不堪提。哈！爲何美麗的回憶總令人惆悵低迴呢？或許因爲過去了就是過去了，便像逝水般永不回頭。讓我送你一程吧！」

第二十一章　定情之吻

宋悲風把劉裕拉到一旁，道：「二少爺那邊，我們眞的沒辦法嗎？」

劉裕正在回太守府途中，心中想著江文清，若她尚未休息，可找她談心事，看看她對自己的反應。不知爲何，今回重聚後，他對她再不像以前般有把握，頗有點患得患失的心情。道：「琰爺肯聽我們的話嗎？據劉毅得來的消息，嘉興和上虞的失陷，他完全不放在眼裡，仍認爲天師軍不堪一擊，他舉手可破。這樣冥頑不靈、如活在夢中的一個人，我們可以有甚麼辦法？」

他們站在大道一旁說話，親兵在遠處等候。

宋悲風道：「二少爺曉得海鹽落入我們手上嗎？」

劉裕道：「只隔了個海峽，怎瞞得過他呢？劉毅已知會了他，把責任全推在司馬道子身上，琰爺也沒甚麼反應，只著劉毅守穩海鹽，待他破賊後再配合他全面反擊。」

接著又道：「眞怕他在這不明敵我的情況下，主動出城迎戰敵人，那就眞是自尋死路。」

宋悲風斷然道：「我要立即趕往會稽，向他提出警告。」

劉裕探手搭著他肩頭，繼續朝太守府走去，嘆道：「除非宋大哥能脅生雙翅，飛往會稽去，否則怕來不及了。希望他能固城死守，或可有一線生機。」

宋悲風苦笑道：「城外是賊，城內也是賊，這樣的一座城池，誰都守不住。我眞的很擔心，如果二少爺有甚麼不測，謝家會怪是我們害死他。」

劉裕仰望夜空，長長吁出一口氣道：「他們要這麼想，我們又有甚麼辦法？」

宋悲風提及謝家，先勾起他對謝鍾秀的回憶，旋又被江文清代替，他想見江文清的心更熾熱了。

燕飛往南疾馳。

今次離開平城，他有一個時代終結了的感覺，那是拓跋漢的時代，秘女明瑤主宰著他夢想的日子。隨著拓跋漢的消失和「死亡」，這個時代亦告終結。

他父親墨夷明與娘親間曾發生過的事，亦隨著萬俟明瑤返回沙漠而埋葬，他是絕不會再去見萬俟明瑤的，這對雙方均有害無利。唯一知情者該是風娘，但他也不會去尋根究柢，正如拓跋珪心底深處的美麗記憶，是抵擋不住現實摧殘的。要保留美好的記憶，就猶如藏在土裡一粒充滿生機的種子，不受地面上風雪的影響下，才能繼續生存和成長。所以最聰明的辦法，就是對父親墨夷明的認識到此為止，不去挖掘真相，保留一點想像的空間。

他的內傷仍未復元，可是他知道在抵達大河前，因萬俟明瑤而來的傷勢會不翼而飛，只有到那時刻，他才會眞正明白這次死而復生的經驗於他功力上的影響。他既然曾超越和突破了生死的難關，這種古無先例的罕奇經驗，將會驗證在他的武功上。

想到這裡，燕飛驅走紛至沓來的諸般念頭，守中於一，繼續趕路。

天地與他再無分彼此。

「咯！咯！」

「咿呀」一聲，身穿便服，長髮垂背，回復女裝的江文清打開小廳的門，向劉裕展示她未施半點脂粉的秀美花容。

劉裕辭不達意的囁嚅道：「我見外廳尙有燈光，知道文清尙未就寢，所以來和文清打個招呼！」從江文清身上傳來浴後的芳香氣息，令劉裕更是神不守舍，糊裡糊塗的。

江文清沒好氣地白他一眼，道：「原來劉帥是路過此地。現在打完招呼了！劉帥還不去休息？劉帥該很累呢！」

劉裕手足無措的道：「這個……嘿！這個……唉！我不是路過的，而是專程來拜訪文清，看看……唉……」

江文清探手抓著他前襟，笑意盈盈的把他扯進廳裡去，這才放開他，在他身後把門掩上，然後倚門道：「劉帥請坐。」

劉裕被她抓衣襟的親暱動作弄得神魂顛倒，不但完全忘記了外間風起雲湧、山雨欲來，大戰隨時爆發的緊張形勢，還差點忘掉自己是誰，來這裡想幹甚麼諸如此類。

火熱般的感覺擴展到他全身，每一個毛孔都似在張開歡叫。

忽然間，他清楚曉得自己又墜入曾令他受盡折磨的愛海裡。但他今次有十足的把握不會遭沒頂之厄。

這種感覺，曾發生於他和王淡眞和謝鍾秀之間。當年在廣陵謝玄府內，他與王淡眞私下相會，王淡眞縱體投懷的一刻，他感到自己擁有了天下，其他一切再不重要。而當他擁著謝鍾秀，當日擁抱王淡眞的醉心感受似在重演，令他情難自已。當時仍是糊糊塗塗的，只是直覺謝鍾秀能代替王淡眞，彌補他生平最大的遺憾。現在這一刻，他終於清楚知道，那不是誰代替誰的問題，而是愛的感覺。

一種幸福的燄火燒遍了他的心靈天地，而他的幸福就在身旁伸手可及之處。

在踏入江文清居處的小廳堂之前，他心中仍是充滿憂慮，因爲他清醒地意識到，自己正和南方最強大、最殘忍的幾股勢力作生死的較量，而他是輸不起的，任何一個失誤，都會帶來不可彌補的損失。可是當他舉手敲門的一刻，他心中生出奇異的聯想，就像回復了以前莊稼漢的日子，流著莊稼漢的血，所有渴望和心神，都投放於能令他自耕自足的土地上，而江文清就是大地的春天，沒有她，將沒有豐收的日子。

他清楚地感覺到，他能否告別悲傷、痛苦和失落的歲月，完全繫於身後的嬌娘，她是他在這人世苦海唯一的救星，如再失去她，他將失去一切。

驀地他發覺自己轉過身來，面對倚門而立的江文清。

江文清似要說話，忽然意識到將會發生甚麼似的，再說不出話來，目光因避開他而垂視下方，張開小嘴輕輕的喘息，俏臉卻燒了起來，白皙的玉頰各出現一團紅暈，神態本身已充滿了誘惑力。

劉裕的心登時亂成一團，慌亂得不知說甚麼話好。此時江文清一雙秀眸瞄了他一眼，露出似喜疑嗔的神色，又再避開他灼灼逼人的目光，兩隻纖手不知往哪裡放才妥當。

劉裕發覺自己的心在劇烈抖動著，一種從未對江文清有過的衝動支配著他，突然間，他失去了控制的能力，更感到任何語言都不切合眼前的情況，探手便把江文清緊緊摟入懷中，找上她的香唇。

江文清嬌呼一聲，舉手摟上他的脖子。一時間除了她逐漸變軟變熱的嘴唇外，劉裕再記不起人世間的任何事。

拓跋珪一言不發的坐到床沿，楚無暇擁被坐將起來，驚喜的道：「族主！」

月色從床鋪另一邊的花窗映照入房，形成方格狀的朦朧光影，他們則置身於房內幽暗的一方，氣氛本是寧靜和洽，卻因拓跋珪的態度變得緊張起來。

在沒有燈火的幽暗裡，拓跋珪雙目精光閃閃打量楚無暇，沉聲道：「你是否魔門的人？」

楚無暇微一錯愕，迎上他銳利的眼神，現出淒然的神情，苦澀的道：「勉強可算是半個吧！不過隨佛爺的逝去，一切都結束了，我與魔門再沒有任何關係。」

拓跋珪怒道：「爲何你不告訴我有關魔門的任何事，是不是認爲可以騙過我呢？」

楚無暇劇顫一下，兩手一鬆，被子滑下去，露出只穿上盡顯她曼妙線條單衣的上身，雙眸淚珠滾動，垂首慘然道：「因爲我再不願去想過去了的事，更不想提起。族主若認爲我是蓄意騙你，可以親手殺了我，但我絕不會離開族主，無暇情願死在族主手上。」

拓跋珪雙目殺機大盛。

楚無暇卻仍是神色平靜，閉上眼睛。

驀地拓跋珪舉掌劈向她額角，楚無暇嬌軀微震，卻沒有任何躲避或反抗的行動。

拓跋珪化掌爲抓，改而往下揑著她修長玉頸，發出內勁，登時把她制著。

楚無暇仍閉著眼睛，雖知生死正操控在拓跋珪身上，神色卻如不波止水。

拓跋珪放鬆了手，雖控制著楚無暇的生死，但因力道大減，這美女已回復了說話的能力。沉聲道：「爲何你不告訴我有關魔門的事？如果你不能給我一個合理的解釋，你將見不到明天的陽光。」

楚無暇淒然道：「佛爺已死，魔門在北方已難有作爲，無暇與魔門再沒有任何關係。無暇從沒有故意隱瞞，否則不會說出墨夷明與秘族的事。失去族主的愛寵，無暇已變得一無所有，族主殺了我吧！」

拓跋珪把手收回去，苦笑道：「你扮可憐的樣子的確很到家。」

楚無暇張開美目，柔聲道：「無暇每一句話都發自眞心，我從來都不喜歡魔門的人，他們只懂爲自己著想，結果是難成大事。自墨夷明拒絕出山，他的徒兒向雨田又不理魔門的事，魔門能起風雲的只剩下兩個人，一北一南。北方的就是佛爺，現在他死了，魔門對北方再沒有影響力。如果魔門能左右族主的復國，無暇絕不敢隱瞞。」

拓跋珪沉吟片刻，道：「在南方的那個人是誰呢？」

楚無暇坦然道：「此人本名連時應，乃魔門繼墨夷明後最傑出的人才，但其心狠手辣處，遠超過墨夷明，善於權謀，在魔門中的地位，猶在佛爺之上。佛爺創立彌勒教蕩平北方佛門，亦是由他在暗中一手策畫。」

拓跋珪搖頭道：「從未聽過有這樣的一個人。此人武技如何？」

楚無暇道：「在魔門中，撇開墨夷明不談，連時應是唯一能令佛爺在各方面都佩服的人，於此可見他的本領。如果我說出他現在的化名，保證族主知道他是誰。」

拓跋珪道：「這麼說，他該是大有名望的人，你是否不打算說出來呢？」

楚無暇道：「無暇怎還敢隱瞞？不過我透露他現在的身分，等同背叛魔門，即使我再非魔門之徒，也犯了他們的大禁忌。所以族主將來如要拋棄無暇，請親手處決無暇。無暇寧願被族主殺死，也不願落入魔門之手。」

又嘆道：「事實上我把佛藏獻給族主，肯定已觸怒魔門，這正是我須服用寧心丹的理由。族主明白嗎？」

拓跋珪終於軟化，苦笑道：「好哩！不要再提『死』這個字成嗎？說吧！連時應現在是甚麼身分？」

楚無暇甜甜一笑，接著投入拓跋珪懷裡，喘息著道：「剛才無暇被族主掐得很苦哩！人家甚麼都獻給族主，卻換來這樣的對待。」

拓跋珪探手輕撫她香背，道：「現在是談正事的時候呢！」

楚無暇柔聲道：「連時應現在叫譙縱，是控制川蜀最大家族之主，一天南方沒有落入他手上，族主仍不須擔心他。」

拓跋珪點頭道：「我早猜到是他。」

楚無暇輕顫道：「族主怎猜得到呢？」

拓跋珪淡淡道：「這個容後再說。建康的李淑莊是否也是魔門中人？」

楚無暇大訝道：「族主怎會知道的？」

拓跋珪低頭看著從他懷裡仰起俏臉的美女，微笑道：「魔門既要出世來爭天下，怎瞞得過人呢？一理通，百理明，我終於明白了。苻堅慘敗淝水，北方四分五裂，南方司馬氏王朝則怕被權臣竊國，故排斥謝安、謝玄，致政局不穩。魔門覷準機會，趁勢而起，第一個行動便是由你們彌勒教帶動，豈知人算不如天算，致功敗垂成。現在第二個機會出現了，就是依附現時在南方最有實力的桓玄，先覆滅司馬氏的皇業，再從桓玄手上奪取帝位。我有說錯嗎？」

楚無暇道：「我並不清楚目前南方的情況，不過族主說的話合情合理，現在最有資格統一南方的，肯定非桓玄莫屬。」

拓跋珪笑道：「哈！桓玄加上魔門，肯定大有看頭，今回我的好朋友劉裕將會非常頭痛。」

楚無暇道：「劉裕眞是你的好朋友嗎？」

拓跋珪一雙眼睛倏地亮起來，柔聲道：「這要分兩方面來說。於私，他的確是曾經與我並肩作戰、共過患難生死的好朋友；可是於公，他或許會成爲我最大的勁敵。不過經你透露魔門的情況後，我看這個可能性已大幅降低。」

楚無暇不解道：「我眞的不明白，劉裕憑甚麼去爭逐南方之主的寶座？」

拓跋珪道：「憑的就是『眾望所歸』四個字，不過既有魔門在後力撐桓玄，劉裕危矣。」

楚無暇道：「現在魔門最大的敵人，並非劉裕，而是族主最好的朋友燕飛，他才是最令魔門頭痛的人。」

拓跋珪仰望屋樑，嘆道：「燕飛？唉！我多麼希望他能留在我身旁，不去管南方的事，可惜事實非是如此。劉裕加上小飛，是個無敵的組合，想想都教人心煩。」

楚無暇昵聲道：「那族主就甚麼都不去想好了！快天亮了！族主不上床就寢嗎？無暇要好好的伺候族主。」

拓跋珪苦笑道：「我今夜的確很煩，到這刻仍沒有半點睡意。天亮後運金的隊伍就要立即起程往邊荒集去，我必須親自送行，以顯示我對這行動的重視。」

楚無暇善解人意的柔聲道：「那無暇便陪族主聊天，直至天明，族主有甚麼事煩呢？是否又爲了秘人哩？」

拓跋珪心忖有關萬俟明瑤的事怎可對你說呢？岔開道：「秘人已認輸撤走，我們再不用爲此煩惱。」

楚無暇大喜道：「秘人竟肯放棄？那要心煩的該是慕容垂而不是族主。」又問道：「是否由燕飛出手生擒秘女明瑤呢？」

想起燕飛，拓跋珪不由想到燕飛對楚無暇的看法，而她正蜷伏懷內，馴似羔羊，拓跋珪心中也不知是何滋味。

敷衍的答道：「大概是這樣子吧！」

楚無暇似意識到他的言不由衷，沉默下去，但摟得他更緊了。

兩人之間一陣沉默。

拓跋珪忽然問道：「你還剩下多少顆寧心丹？」

楚無暇劇震道：「族主！」

拓跋珪道：「不要問爲甚麼！究竟剩下多少？」

楚無暇道：「仍有三粒。族主……」

拓跋珪截斷她道：「我想試服一顆看看，是否如你所形容般美妙，多餘的話，不用說哩！我清楚自己在幹甚麼。」

楚無暇再說不出話來。

第二十二章　策畫未來

夜以繼日地急趕下，不到十天燕飛返抵邊荒集，他於晚上悄悄入集，先到驛站找拓跋儀，透過他召集各議會成員和有資格列席者舉行秘密會議。

眾邊荒集領袖聚於大堂，聽燕飛報告此行成果。燕飛能提供的，與說給拓跋珪聽的大同小異，當他說到明瑤認輸撤返沙漠，又與向雨田化敵爲友，眾人皆額手稱慶。所有這些看似難以解決的難題，均因燕飛迎刃而解，令眾人歡欣雀躍，更添對未來拯救千千主婢行動的信心。

燕飛總結道：「現時北方形勢逐漸清晰，分作關內、關外兩個戰場，關內是圍繞著長安城的戰爭，尚未有人能脫穎而出，糾纏不清；關外則成慕容垂的燕國與我們荒人和拓跋族的戰爭，拓跋珪已決定倚城決戰，就看我們如何配合。崔宏率領的運金車隊將於短期內到達邊荒集，此人不論武功智識，均屬上上之材，也等若代表拓跋珪來和我們商討如何合作的專使，各位大哥可絕對的信任他。」

眾人同時起鬨，現在邊荒集最需要的，正是金子。

燕飛問道：「現時南方情況如何？」

卓狂生訝道：「聽你的語氣，似不會在邊荒集逗留，你是不是有急事在身？」

燕飛嘆道：「我必須立即趕去與劉裕會合，以解決孫恩的問題，還要助他應付魔門，如此我才能集中精神投入與慕容垂明春的決戰去。」

慕容戰欣然道：「明白了！本人僅代表全體荒人預祝小飛你馬到功成。」接著向高彥道：「由你來向小飛報上南方的情況。」

高彥乾咳一聲，神氣的道：「現時南方的情況也開始清楚分明，先說有關我們劉爺的事。就在南征平亂軍氣勢如虹，連奪吳郡、嘉興、海鹽、會稽和上虞五城之際，劉牢之忽然率水師船隊北返廣陵，天師軍覷機反攻，一夜間攻陷吳郡、嘉興兩城，截斷南征平亂軍從運河北返的退路，也切斷南征平亂軍與建康間的補給線。就在此關鍵時刻，我們神通廣大的劉爺，竟能兵不血刃的從北府兵手上取得海鹽的控制權，又攻取天師軍的秘密基地滬瀆壘，獲得原屬天師軍的大批糧資物料，令他可以收留從嘉興和吳郡逃去的敗軍，兵力驟增至一萬五千之眾，有足夠實力守穩海鹽城。」

程蒼古興奮的接口道：「我們已把新建成的十八艘雙頭艦送往海鹽去，目前在海鹽的戰船隊，除劉爺的超級戰船『奇兵號』外，共有三十六艘雙頭艦，其餘從海船改裝為戰船的也達二十多艘，組成了一支有規模的艦隊，劉爺命名為海鹽水師。」

燕飛欣然道：「想不到劉裕的水陸部隊發展得這麼快。」

費二撇道：「自司馬道子排擠安公和玄帥，不論民間和北府兵內，均積蓄了大量的怨氣，而劉爺則是所有怨氣宣洩的唯一通道，現在機會來臨，這股怨氣化作洪流，變成對劉爺源源不絕的支持，否則任孔老大如何神通廣大，也無法對劉爺提供如許龐大的援助。我們邊荒集更成了劉爺的後勤基地，劉爺要戰船有戰船，要戰馬有戰馬。」

燕飛問道：「謝琰和他的部隊又如何呢？」

高彥現出不屑的神色，道：「謝琰和玄帥當然差遠了，根本不能比較。現在會稽和上虞外圍的據點正逐漸被天師軍蠶食，令會稽和上虞嚴重缺糧，謝琰這蠢蛋竟派人到四周的鄉鎮徵糧，實與強搶無異，激起民憤。他奶奶的，照我看天師軍會在短期內發動猛攻，謝琰危矣。」

燕飛暗嘆一口氣，心忖謝琰若戰死沙場，謝家將更凋零。俱往矣！謝家的詩酒風流，將成歷史的陳跡。

慕容戰道：「說起謝琰，令我想起謝玄之姊道韞小姐，現在她偕謝玄之女謝鍾秀避隱壽陽城內忘世莊，小飛你若有空，可到那裡拜訪她們。」

姬別笑道：「戰爺你真會說笑，小飛怎會有這個閒情？」

燕飛道：「到時看看吧！」接著話題一轉，問道：「桓玄方面有甚麼動靜？」

高彥苦笑無語時，紅子春代答道：「該說荊州和兩湖聯軍有甚麼舉動才對。目前南方確實處處烽煙，戰火漫天。先是桓玄兵逼江都，嚇得殷仲堪連忙召楊佺期去救援，豈知被聶天還的兩湖艦隊大破於江上，楊佺期敗退江都，又被桓玄重重圍困，日夜狂攻猛打，江都變成一座孤城，陷落只是早晚間的事。」

燕飛明白過來，因牽涉到小白雁，所以高彥露出無奈的神情。

呼雷方道：「司馬道子知形勢危急，卻又鞭長莫及，且聶天還封鎖了大江，令建康水師無法支援江都。現在的形勢是主動全掌握在桓玄手上，只有他順流攻打建康的分兒，建康軍則無法反撲。」

拓跋儀沉聲道：「於我們來說，是荊湖聯軍會否攻打壽陽，斷去我們南下的水道交通。我們正密切注視荊湖聯軍，誓要保住壽陽。」

王鎮惡道：「我們有的只是二十多艘戰船，其中兩艘是雙頭艦，在水面上根本不是荊湖聯軍的對手。幸好一天我們守得住壽陽，荊湖聯軍仍沒法封鎖潁口。」

劉穆之微笑道：「鎮惡已定下保衛壽陽的全盤作戰計畫，欺的是對方遠道而來，如久攻不下，糧草和補給上都會出現問題。不過聶天還此人雄才大略，不可小覷，若他敢來犯，定有完善的策略。」

燕飛進一步明白高彥心煩的原因。道：「建康狀況如何？」

高彥道：「司馬道子父子正陷於內外交困之局，荊湖聯軍封鎖大江上游，下游的廣陵則由居心叵測的劉牢之把持，南征平亂軍又如泥菩薩落水，隨時遭沒頂之禍。現在唯一能扭轉整個形勢的就是我們劉爺，不過一天未能擊垮天師軍，劉爺仍沒法去理會建康的事。」

燕飛聽得皺起眉頭，道：「看來小裕的情況亦不樂觀。如純以實力論，他仍遠及不上天師軍，最大的問題是天師軍得到當地民眾的支持，否則天師軍不會擴展得這麼快，每次反撲都如此猛烈，聲勢如此浩大。」

劉穆之撚鬚微笑道：「對付天師軍必須採取安民之策，基本上民眾的要求非常簡單，不理誰來當皇帝，只要政局安穩，人人豐衣足食，誰願冒死造反？劉爺眞命天子的形象，早深入民心，只要能狠狠打一兩場大勝仗，所佔之地均施行安定人心的政策，當可撥亂反正。」

包括燕飛在內，人人目注劉穆之，聽他從容自若的說這一番話。

卓狂生訝道：「這麼簡單的道理，爲何我們偏想不到？」

紅子春道：「道理雖然簡單，如何實行卻須有大智慧、大學問。」

慕容戰道：「我們的疏忽是因習慣了邊荒集的處事方式，一切憑武力解決，而我們亦沒有團結上的困惑，人人曉得邊荒集的利益在於其自由自在、公平競爭的法則，沒遇上劉爺的問題。」

眾人團團圍著大圓桌而坐，分內外兩重，擠得密密麻麻的，只是這個景況，已盡顯荒人團結一致的精神。

王鎮惡道：「劉爺至少有一個非常有利於擊敗天師軍的因素，就是他乃北府兵眾望所歸之人、謝玄的繼承者，只要他能好好利用自己的威望，北府兵將視他為南方唯一的救星，團結在他的旗幟下。」

龐義嘆道：「可是桓玄在建康亦不乏支持者。說到底司馬王朝的政治，仍是高門大族的政治，高門大族只會支持來自高門大族的人，不會接受像劉爺這般出身低微者。劉牢之便是個好例子，雖然位高權重，卻受到建康權貴的鄙視和排斥。」

劉穆之欣然道：「龐老闆說得對，假如桓玄有以前安公般的政治手腕，謝玄般縱橫捭闔的謀略，南方之主的寶座，肯定是他囊中之物。可是他任何一方面都及不上謝安或謝玄，又習染了高門大族紈褲子弟的風氣，豈是能成大業之輩？」

費二撇拍腿道：「說得好！」

拓跋儀道：「我不是反對劉先生說的話，而是就事論事。劉裕現在難以分身，能否擊敗天師軍仍屬未知之數，如陷於苦戰之局，只有坐看桓玄奪取建康的分兒。一旦讓桓玄進佔建康，登位成帝，劉裕欲反攻建康，將是難比登天的事。」

劉穆之看了坐在燕飛身旁的高彥一眼，道：「桓玄想站穩陣腳，談何容易？他須解決的棘手難題將數不勝數。首先劉牢之絕不會甘心臣服，其次是建康高門大族中不服他者大有人在，第三則牽涉到聶天還，不用我說你們也該明白我指的是甚麼。」

紅子春點頭道：「對！老聶是老江湖，明白與桓玄合作等於與虎謀皮，如讓桓玄取代司馬氏王朝，將是他鳥盡弓藏的時刻。以老聶的性格，肯定會扯桓玄後腿。」

高彥臉色轉白，道：「會發生甚麼事呢？」

各人均知高彥擔心小白雁，但都不知該說甚麼話來安慰他。

燕飛暗嘆一口氣，只有他清楚聶天還要應付的不只是桓玄，還有整個魔門的勢力，即使以聶天還的能耐，仍隨時有舟覆人亡之禍。

高彥道：「你們為何都不說話了？」

劉穆之嘆道：「若我要對付聶天還，絕不會等到攻陷建康之後，而是在那之前。」

高彥顫聲道：「我要立即去見聶天還。」

卓狂生罵道：「才好了一段日子，又再發瘋了。我們想到的事，聶天還怎會想不到？你是小狐狸，聶天還卻是老狐狸，哪用你去擔心他。更何況我們荒人與聶天還是敵非友，你憑甚麼身分去見聶天還？」

高彥咬著嘴唇不作聲，不過熟悉他性格的人都知他心中不服氣。

卓狂生捧頭道：「唉！我怕了你哩！就陪你去吧！」

眾人想不到卓狂生屈服得這麼快，更是愕然，也為他們擔心。際聶天還隨時會來攻打壽陽的當兒，他們卻要去見他，這算甚麼一回事？

燕飛點頭道：「於公於私，的確該去向聶天還提出警告。」

眾皆啞然。

卓狂生也放開捧頭的手，大奇道：「你竟贊成高小子冒險去找小白雁？真教人難以相信。」

程蒼古不悅道：「一天聶天還沒有和桓玄翻臉，聶天還仍是我們荒人最大的威脅。何況我們和兩湖幫勢不兩立，不是他死就是我亡，若桓玄和聶天還鬥起來，對我們是有利無害。」

劉穆之淡淡道：「可否容我說幾句公道話？」

程蒼古對劉穆之露出敬重的神色，點頭道：「先生請指教！」

劉穆之從容道：「現在我們邊荒集已捲入了南北兩方爭霸的大漩渦內，再不是個人的私鬥，更非只局限於幫會的爭雄鬥勝，而是牽涉到天下誰屬的問題，關係到未來誰能主宰南方和北方。」

又向高彥道：「我對你和小白雁的事絕對支持，不過你要去找聶天還，則是不同的另一件事。」

稍頓續道：「現在北方形勢漸告清晰，但南方卻是錯綜複雜，我們凡事都必須從大局著想，個人或幫會的恩怨只能擺在一旁，否則走錯一著，將招來不測之禍。」

費二撇向程蒼古道：「劉先生說得對！若數罪魁禍首，肯定是桓玄，聶天還只是幫凶。事情有緩急輕重之分，我們絕不能讓仇恨掩蓋了理智，如讓桓玄得逞，我們的日子同樣不好過。」

程蒼古苦笑道：「你也這麼說，我還有甚麼好說呢？」

接著向燕飛問道：「爲何小飛你贊成高彥去見聶天還？」

燕飛遂藉此機會，解釋清楚魔門和桓玄的關係，最後道：「由於聶天還大有可能不曉得魔門的存在，致計算錯誤，疏忽下吃大虧，所以對他作出警告，是有必要的。」

高彥霍地起立，道：「此事刻不容緩，我們立即去。」

在他身旁的姚猛硬把他扯得坐回位子裡，道：「再怎麼急，也等會議結束後才起程，頂多我也陪你去。」

燕飛問慕容戰道：「我們邊荒集的情況又如何呢？」

慕容戰欣然道：「在劉先生的整頓下，邊荒集一切事務井井有條，集內景氣正欣欣向榮，但要應付明年北方的戰爭，尚須購買大批的軍備和糧食，可說是萬事俱備，只欠金子。」

稍頓續道：「至於征戰方面，則由鎮惡擬定全盤策略，務要逼慕容垂打一場須應付兩條戰線的戰爭，這叫以彼之道，還治其身。」

方鴻生道：「燕爺你定要在明年雪融前趕回來。」

眾人齊聲大笑。

姬別笑道：「方總你可以放心，對這事小飛比任何人都緊張。」

卓狂生嘆道：「可惜燕飛只有一個，若多一個出來，便不用那麼頭痛。」

燕飛微笑道：「這事也非沒有解決的辦法。」

眾人同時聽得呆了起來。

卓狂生抓頭道：「這種事也可以有解決的辦法嗎？」

燕飛道：「只要把劉先生請到海鹽去，助小裕對付天師軍，一切難題將可迎刃而解。」

程蒼古和費二撇同時叫好。

慕容戰點頭道：「這確實是個好提議，只要劉爺能站穩陣腳，牽制桓玄，而桓玄又和聶天還決裂，我們便可再無後顧之憂，而胡彬能守著壽陽，我們便可放手和慕容垂決一死戰。」

高彥當然希望會議愈快結束愈好，高喝道：「有人反對嗎？」

程蒼古道：「當然沒有人反對，只看劉先生意下如何？」

眾人的目光全集中到劉穆之身上。

這智者撚鬚微笑道：「我早想見識一下劉帥爺的風采呢！」

眾人鼓掌叫好，事情就這麼定下來。

程蒼古興奮的道：「現在到南方去，最方便快捷仍是走水路，我們就撥一艘雙頭艦，載你們到南方去，由我親自操舟，縱然遇上敵艦，亦可打可逃。」

高彥迫不及待地跳將起來，道：「事不宜遲，我們立即上路。」

燕飛道：「你放心吧！我們會先陪你去見你的小白雁，再出海往海鹽去。」

卓狂生大喜道：「有燕爺你做保鏢，令我卓狂生喜出望外，不用怕陪這小子壯烈犧牲。」

姬別笑道：「你這是杞人憂天，我們高小子福大命大，與小白雁更是天賜良緣，怎會這麼容易被人幹掉？」

哄笑聲中，這個關係到邊荒集未來成敗的會議宣告結束。

第二十三章 孤注一擲

屠奉三旋風般走進大堂，大喝道：「時候到了。」

劉裕正詢問劉毅有關手下的生活情況，聞言精神一振，道：「是否徐道覆忍不住對會稽發動攻擊了？」

屠奉三來到兩人身前，雙目射出鄙視的神色，道：「恰好相反，是謝琰按捺不住，出城迎戰。」

劉裕及劉毅兩人同時失聲道：「甚麼？」

屠奉三淡淡道：「昨天清晨徐道覆的三萬兵馬，推進至會稽西面三里的水塘區，擺出隨時進攻會稽的姿態。當時謝琰尚未吃早膳，竟立即披掛上馬，還對左右說『待我消滅了這幫毛賊，再回來吃飯不遲』，就那麼略作部署，立即率二萬兵出城攻敵。」

劉裕和劉毅聽得目瞪口呆，他們早曉得謝琰驕傲輕敵，縱然嘉興和吳郡於一夜內失陷，仍是一味飲酒清談，不改其名士習氣，但總想不到他輕率至此。

會稽西面的水塘區接連運河，道路狹窄，兩邊都是水塘，利守不利攻，可知徐道覆看清謝琰是怎樣的一個人，故意誘敵出城，設計破之。

此時江文清、宋悲風、老手、申永等十多個將領聞風陸續趕至，大堂瀰漫緊張的氣氛，人人神色凝重。

劉毅嘆道：「唉！琰帥……唉！」

屠奉三沉聲道：「不用我說，大家也知道後果如何。徐道覆故意示弱，甫接戰即往水塘區撤退，誘琰軍深入，然後再以部署在兩邊水塘的快艇，左右以勁箭夾擊琰軍。琰軍被逼撤退，亂成一團，埋伏四方的天師軍全面反擊，琰軍大敗，謝琰被徐道覆的頭號大將張猛當場斬殺。他的兩個兒子謝肇和謝峻亦同時遇害。出戰的一萬五千人，只餘八千多人退回會稽去，南征平亂軍風光的日子已成過去。」

宋悲風全身劇震，熱淚泉湧，江文清和老手忙左右攙扶著他。

大堂內近二十人，全都鴉雀無聲。

謝琰兵敗是意料中事，但沒有人想過他會敗得這麼快、敗得這麼慘、敗得如此愚蠢。

劉毅打破沉重的靜默，道：「我們的探子尚未有消息傳回來，為何屠將軍卻對對岸發生的事如親耳聽到、親眼目睹呢？」

屠奉三仍是沉著冷靜的神態，從容道：「早於劉帥和我還在建康的當兒，我們便派人滲入南方諸城，建立一個嚴密的情報網，會稽更是重點城池，今天終於發揮作用。你們將在兩個時辰內收到從會稽來的消息。」

劉裕走到宋悲風身前，探手抓著他雙肩，道：「一切已成為不能挽回的事實，現在我們唯一可以做的，就是化悲憤為力量，反擊天師軍。為琰帥討回血債。」

接著放開雙手，轉身面對群將，大喝道：「我說得對嗎？」

眾將齊聲喝道：「對！」

劉裕向屠奉三道：「現在會稽和上虞的主事者是哪位大將？」

屠奉三道：「正是朱序大將，若非徐道覆對他有顧忌，早乘勝追擊，全力攻城。」

劉裕點頭道：「好！既由朱大將主事，一切好商量，我們立即行動。」

江文清應道：「三十六艘雙頭艦，加上五十八艘由海船改裝的戰船，正於碼頭候命，隨時可以起航。」

屠奉三道：「現在會稽和上虞北面的碼頭區臨海運，仍在南征平亂軍的手上，不過海面已被天師軍的艦隊封鎖，若憑南征平亂軍本身的力量，只餘從陸路撤走一法。」

老手道：「徐道覆早猜到我們有此從海路撤走會稽和上虞兩城南征平亂軍之策，在餘姚集結了超過二百艘戰船，準備隨時對我們的艦隊迎頭痛擊。」

劉裕冷哼道：「既有朱序在會稽主持大局，徐道覆的陸上部隊一時仍沒法威脅臨海運，只要我們有辦法應付餘姚的敵艦，撤軍計畫肯定成功。」

江文清道：「餘姚的敵艦交由我去應付，我會令天師軍的艦隊自顧不暇，那麼劉帥便可以據守臨海運，迅速把朱序的部隊送往海鹽。」

屠奉三同意道：「以攻代守，是高明的招數。且雙頭艦進退靈活，攻擊力遠勝天師軍的戰船，此策萬無一失。唯一可慮者，是當徐道覆看破我們的圖謀，從陸路攻打臨海運，我們將損失慘重。」

整個撤軍行動，至少要十天方能完成，如果徐道覆於這段期間內，攻陷臨海運，撤軍之舉中斷，留下的肯定沒命。

劉裕道：「那就要看徐道覆的本領。我們先把以張不平爲首的工事兵和木料器械，送往臨海運去，設立有防禦能力的設施，然後再運載五千兵，負起保護臨海運之責。我們是新力之軍，敵人是久戰力疲之師，要固守臨海運十天半月，絕不成問題。你們須謹記著，戰爭已告全面展開，撤退行動只是策略上的調動，絕不代表我們處於下風。」

眾人轟然應是。

劉裕仰望屋樑，語氣鏗鏘，字字擲地有聲的道：「我要令徐道覆曉得我北府兵是由玄帥一手訓練出來的強兵，曾在淝水之濱令胡人的百萬雄師飲恨而回；我要令徐道覆曉得直到此刻，北府兵仍是天下最強的部隊。」

眾人再次轟應，氣氛比剛才更熱烈。

劉裕大喝道：「行動的時間到了。我們將以事實證明給所有人看，北府兵是無敵的。」

當郝長亨進入艙廳，聶天還正抹拭他名震南方的獨門兵器——天地明環。

一排九把飛刀，被解下來放在桌面上。

江水拍打船身的聲音，沙沙響起。

郝長亨依聶天還指示，在他身旁坐下，靜待他說話。

聶天還終放下手上的工作，往他瞧去，道：「我要你立即走！」

郝長亨一呆道：「發生了甚麼事，是不是桓玄方面出了問題？」

聶天還抽出一把匕首，定神細看好一會兒後，道：「桓玄方面不但不覺有問題，他還對我禮遇有加，說盡好話。但正因他對我太好了，令我生出不安的感覺。」

聶天還擊潰楊佺期的船隊後，桓玄親自到雲龍號見聶天還，商量大計。當時郝長亨並不在場，故不清楚兩人會面的情況。

今早郝長亨接到聶天還召見他的命令，連忙乘新隱龍號趕來見聶天還。

郝長亨道：「此正值桓玄倚仗我們的時候，他當然對幫主畢恭畢敬。」

聶天還嘆了一口氣，岔開道：「雅兒上路了嗎？」

郝長亨答道：「我護送清雅至淮水，肯定清雅可安然到達邊荒集。」

聶天還放下心事，淮水乃壽陽胡彬水師的勢力範圍，只要曉得尹清雅在船上，保證可通行無阻。現在的壽陽，等於邊荒集的延伸，這已成公開的秘密。

郝長亨忍不住問道：「幫主要我到哪裡去？」

聶天還放下手上匕首，默然片刻，沉聲道：「我要你回兩湖去。」

郝長亨失聲道：「甚麼？」

聶天還道：「趁桓玄尚未有提防之心，你須立即回兩湖去。現在我們和桓玄只是盟友的關係，他沒有資格也不敢管我們兩湖軍的調動。」

郝長亨臉上震駭的神情仍未消退，搖頭道：「我不明白！」

聶天還道：「這幾天來，我反覆思量任青媞向我說過的那一番話。打一開始，桓玄對我們已是不安好心，我們也將計就計，樂得大家互相利用。」

接著雙目一瞪，射出閃閃寒光，道：「不過現在情況已經失控，我們正處危機四伏的險境，就看誰能先發制人，擊垮對方。」

郝長亨色變道：「情況竟然這麼嚴重？」

聶天還現出回憶的神情，道：「這次我和桓玄會面，他很沉得住氣，有時我語氣重了，他仍能喜怒不形於色。這根本不是他的性格，他肯這樣委屈自己，肯定是另有圖謀，故能忍一時之氣，因爲小不忍則亂大謀。哼！桓玄想騙我？下輩子吧！」

郝長亨的臉色開始變得難看。

聶天還道：「但桓玄深藏不露的功夫仍未到家，當他說出因應形勢，故須調整策略，暫時放過邊荒集，改而全力對付建康時，我察覺到他眼中閃過得意的神色。我操他奶奶的十八代祖宗，桓玄小兒竟敢來耍我聶天還？」

郝長亨點頭道：「桓玄的確在玩手段。那幫主有沒有怪他出爾反爾呢？」

聶天還冷笑道：「對這種人還有甚麼話好說的？今早他派桓偉來見我，說明天正午，會親自到雲龍號來見我。既知他來者不善，我會嚴陣以待，只要他敢上船來，我就要教他不能活著離開。」

郝長亨劇震道：「幫主！這樣長亨更要留下來。」

聶天還看了他半晌，微笑道：「你擔心我殺不了桓玄嗎？」

郝長亨道：「長亨只是想爲幫主效死命。」

聶天還從容道：「桓玄現在雖榮登九品高手首席之位，但仍不被我聶天還放在眼裡，當然他不會這麼想，亦正因他自以爲能勝過我，才敢以身犯險。這更是他唯一殺我的機會，在大江上，儘管他傾盡全力，仍沒挑戰我們兩湖幫赤龍艦的能耐。」

郝長亨皺眉道：「既然如此，我們何不全軍退返兩湖，扯桓玄的後腿？當桓玄和建康軍開戰之時，攻奪荊州，如此霸業可期。」

聶天還苦笑道：「你道我沒想過你這提議嗎？可是如我們撤返兩湖，桓玄還敢碰建康嗎？他縱有天大的膽子也不敢。」

接著長嘆起身，在郝長亨身後來回踱步，傲然道：「我今年五十有五，餘日無多，再不可蹉跎歲月，眼前是我唯一成就霸業的機會。只要能擊殺桓玄，奪得荊州，大江上游將盡入我手，南方天下勢必是我聶天還囊中之物。否則我何用離開兩湖，勞師動眾？」

郝長亨為之語塞，好一會兒才道：「正如幫主所言，來者不善。桓玄既敢到船上來見幫主，必然準備十足，隨行者皆為桓玄手下中的精銳高手，奇人異士，不懼行刺。」

聶天還回到原位坐下，右手放在桌面，曲起中指輕敲桌面，微笑道：「天下間，現在能令我聶天還顧忌的只有兩個人，一個是燕飛，另一個是孫恩，而這兩個人是不會為桓玄所用的，你道我怕甚麼呢？」

郝長亨看著他輕叩桌面的手指，苦惱的道：「桓玄既要先下手為強，為何錯過上一次來見幫主的機會？」

聶天還收回右手，淡然道：「問得好！皆因時機尚未成熟。當時我剛大破楊佺期，氣勢如虹，艦隊部署於江都一帶水域，而楊佺期和殷仲堪尚有還擊之力。如果桓玄和我們開戰，肯定自亂陣腳，動輒惹來荊州水師全軍覆沒的大禍，至樂觀的估計也會是兩敗俱傷。桓玄敢冒這個險嗎？」

稍頓續道：「你知道譙縱是如何奪得巴蜀的控制權嗎？」

郝長亨點頭道：「是透過乾歸刺殺毛家之主。」

聶天還道：「若能殺我聶天還，巴蜀發生的事，會在這裡重演，這是對付我們兩湖幫最直接有效的辦法。上次和桓玄見面，他離開的時候，問我若他登上了皇座，我要求甚麼報酬？我答他如能成爲南方最大的幫會，於願足矣！他卻要我再好好考慮，他可予我大司馬之職，借題要再來見我商量此事。哈！桓玄眞的把我當作三歲小兒。」

郝長亨道：「幫主！讓我留下來吧！」

聶天還斷然道：「在我幫之內，除了我聶天還之外，只有長亨你夠資格、威望領導幫內的兄弟，亦只有你有統領全幫的才幹。我遣你回兩湖去，是厲害的一著。所謂不怕一萬，只怕萬一。假如桓玄今回能僥倖脫身，我們將和荊州軍全面火併，有你在兩湖呼應我，形勢將截然不同。你不但要走，且須立即走。」

郝長亨無奈下，只好同意道：「一切照幫主的意思去辦。」

聶天還道：「我故意把艦隊布於荊州下游，是要令桓玄失去提防之心。今次我們只出動了一半的艦隊，只要你能安然潛返兩湖，縱然我在此失利，你手上仍有足夠的實力支援我。當然，若能成功刺殺桓玄，一切難題將迎刃而解，明白嗎？」

郝長亨點頭道：「長亨明白了！」

聶天還微笑道：「回去後，請爲我向任后問安。」

郝長亨欲語無言。

聶天還道：「能成大事者，誰不在冒險呢？我一輩子不住在冒險，但每次都於險中取勝，也爲我不住帶來成功。今次只是另一次冒險罷了！這種滋味實在難以形容。從來我都是不甘平淡的人，只有在險境裡，我才感受到生命的苦與樂。」

郝長亨恭敬的道：「幫主還有甚麼要吩咐呢？」

聶天還道：「你駕隱龍回兩湖去，由這裡到江都是最危險的一段水程，你必須打起精神，千萬不能輕忽大意。」

郝長亨點頭道：「長亨一定盡全力不負幫主所託。」

聶天還道：「我也許是瞎擔心，一天未收拾我聶天還，桓玄該仍不敢做此打草驚蛇之舉，你去吧！」

郝長亨道：「長亨忽然想起一個可能性。」

聶天還皺眉道：「甚麼可能性？」

郝長亨道：「上次桓玄沒有動手，可能是因部署尚未完成。」

聶天還道：「你是指桓玄哪方面的部署呢？」

郝長亨道：「我指的是譙縱，他或許尚未抵達荊州，故桓玄不敢魯莽行事，而把對付我們的計畫延至明天。」

聶天還雙目閃閃發亮，冷哼一聲，接著揮手要郝長亨立即起程。

郝長亨離座移到一旁，「噗」的一聲跪在地上，向聶天還連叩三個響頭，然後決然離去。

聶天還神色不變，待郝長亨離開後，方重重吁出一口氣。

如果尹清雅是他的女兒，郝長亨便等於是他的兒子。一直以來，他都在盡力栽培郝長亨，令郝長亨成為兩湖幫的第二號人物——他的繼承人。

無論他對自己如何有信心，今次刺殺桓玄的行動，是沒有選擇下孤注一擲的冒險行為，若不成功，勢必陷入苦戰之局。

他能殺返兩湖，已相當了不起，實不願郝長亨陪自己冒此奇險。

心中浮起任青媞秀麗的花容，這美女是否仍在洞庭湖一個小島上，練著她的逍遙大法呢？或者她已因自己不聽她勸告，出兵江都，而心灰意冷的另尋歸處？

想到這裡，聶天還心中湧起無限惆悵失落的感覺。

第二十四章　靈機再動

劉裕來到碼頭，正要登上「奇兵號」，忽然止步，一臉思索的神色，像記起甚麼事似的。

江文清正要催促他，給另一邊的屠奉三打手勢阻止，因爲此時劉裕的神情，令他記起當日劉裕想出「一箭沉隱龍」之計時的模樣。

他們兩人不說話，宋悲風、老手、劉毅、申永、張不平等諸將更不敢擾他思路。

好半晌後，劉裕以夢囈般的語氣道：「假設你是徐道覆，看到我們大舉撤走會稽和上虞的兄弟，渡海赴海鹽，你會怎麼想呢？」

其中一個武將悶哼道：「還有甚麼好想的？海戰他們既不是我們對手，妄圖來攻又遇上我們強而有力的反擊。現在我們從海鹽去的兄弟，人人士氣高昂，養精蓄銳，保證可令賊子大吃一驚。」

眾人中，大半都點頭同意。主因是會稽和上虞仍在朱序手中，而朱序可不同謝琰，乃北府兵中著名的猛將，作戰經驗豐富，不會犯上謝琰的錯誤。

屠奉三沉吟道：「徐道覆是智勇雙全的統帥，只看他指揮水塘區之役，便知他謀定後動，絕不會魯莽行事。劉帥想到甚麼呢？」

劉裕道：「撤軍的成與敗，關係到我們的生死榮辱，徐道覆不會掌握不到如此關鍵的情況。只要他能成功破壞我們的撤軍行動，他便等於打勝了這場仗。」

宋悲風動容道：「所以徐道覆必傾全力而來，破壞我們今次的撤軍行動。」

江文清也點頭道：「肯定如此。」

劉裕道：「任何軍事行動，必須有明確的目標。我們的目標，就是把海峽對岸的兄弟全撤往海鹽來；敵人的目標，則是要讓我們沒法完成撤軍行動。對嗎？」

大部分人都聽得一頭霧水，因爲劉裕只是在重複大家都清楚的事。

屠奉三卻聽出不同的頭緒來，劇震道：「對！單憑攻擊撤走的軍隊，又或在海上攔截，均不足以破壞有秩序和嚴密部署的撤退行動，但只要徐道覆能把我們的主力牽制在海峽的另一邊和海上，便能乘虛而入，攻打海鹽，那時我們將變成兩邊挨打的局面，陷於進退兩難之局。」

中永道：「我們留守海鹽的兄弟有近萬人，足可挺得住。」

劉毅道：「如果曉得他們攻城軍來犯的路線，我們還可以中途伏擊，殺他們一個落花流水。」

江文清道：「這不難猜測，敵人來攻的部隊，當爲天師軍中最精銳的部隊。這批人馬部分正由徐道覆親自率領，部分駐於嘉興和吳郡兩城。天師軍在運河一帶，有大量的戰船，可供迅速運載兵員和攻城的器具，經由運河入海，於海鹽城西面登陸，再以迅雷不及掩耳的方式，對海鹽發動狂攻猛打。由於有戰船助攻，一時三刻他們雖拿不下海鹽，但要攻佔碼頭區則是遊刃有餘，我們的撤軍行動，將宣告失敗。」

屠奉三接口道：「分析得非常好，徐道覆會親自指揮攻城，海峽的另一邊則交給頭號大將張猛。而徐道覆來犯的時刻，會選擇撤軍行動進行至最吃緊的當兒，令我們進退不得。」

眾將終於色變。

劉裕卻好整以暇，還像整個人輕鬆起來，忽然問屠奉三道：「照你看，小恩攻城的功力如何？他該欠缺這方面的經驗。」

江文清代屠奉三答道：「這方面劉帥可以放心，小恩在攻打滬瀆壘一役上，不論事前的籌謀，至乎行軍和正式攻壘，均表現出色，我自問及不上他。更難得的地方是他對各種攻城工具，都有很深刻的認識，若劉帥要派人攻打嘉興，小恩肯定是不二之選。」

除屠奉三外，眾皆愕然，不明白劉裕一方面在擔心守不住海鹽，卻忽又節外生枝，竟討論派何人去攻克天師軍手上的城池，更不明白攻打的目標為何是嘉興而非吳郡。

屠奉三哈哈笑道：「劉帥又再顯『一箭沉隱龍』的威風，忽然間致勝的契機出現了。如我們能趁天師軍傾巢而來的當兒，忽然攻陷嘉興，將輪到徐道覆處於進退維谷的劣勢。」

宋悲風問道：「吳郡不是更接近滬瀆壘嗎？為何捨近圖遠呢？」

他說出了各人心中的疑惑。

劉毅興奮的道：「我明白了。由於吳郡上游是無錫，有建康軍在虎視眈眈，故此天師軍須於吳郡留駐重兵，以保護最前線。嘉興則在戰略性上次於吳郡，抽空軍隊不會有甚麼大問題。哈！攻陷嘉興，吳郡立即變為孤城，怎還守得住呢？」

另一將皺眉道：「可是我們仍沒想出應付天師軍來攻打海鹽的對策。」

劉裕微笑道：「對策早想妥了，攻城軍從海路來，我們便在海上攔截他們。」

轉向申永道：「你立即派人通知蒯將軍，著他秘密行軍，同時攜帶所有原本用來攻打海鹽的攻城工具，潛往嘉興附近便於藏軍的處所，然後你再率五千步軍，到那裡與他會合，等待攻城的命令。留守滬瀆壘的兄弟不用多，三百人便足夠了。攻城的指揮是蒯將軍，你是他的副手，明白嗎？」

中永轟然領命，立即去了。

劉裕轉向劉毅道：「守城的重任，交由宗兄負責。你精選三千個善於騎射的兄弟，組成速戰飛騎部隊，密切注視敵方攻城軍的行動，若他們逃往岸上，立即痛擊，絕不可以留手心軟。」

劉毅能擔此重任，整個人神氣起來，大聲答應。

劉裕道：「海戰與江河之戰不同，艦數多並不代表佔優勢，我們的戰略是以精銳破平庸。三十六艘雙頭艦分作兩隊，一隊由文清指揮，另一隊則交給屠兄。文清專責對付餘姚的敵艦，屠兄則招呼敵人攻城的船隊。我則在『奇兵號』總攬全局。」

眾人轟然應諾下，劉裕登船去了。

撤軍和反擊的大規模軍事行動，全面展開。

燕飛一覺醒來，剛好天亮。

他忘記了多久沒這麼倒頭大睡，感覺棒極了，也感到自己仍是個「正常」的人，心情大好下，忍不住到船頭去。

今天天氣頗佳，雲雖多了一點，但雲後可見蔚藍的晴空。

河風吹拂下，燕飛體會著比任何人更深刻「活著」的樂趣。

此時卓狂生來到他身後，笑道：「快經過鳳凰湖了！經歷過這麼多變化後，船艦能在潁水放流而行，確是得來不易。」

燕飛道：「那小子情況如何？」

卓狂生道：「高小子出奇地安靜，躲在房裡不說話，我要姚猛看緊他。這小子甚麼都好，但一牽涉到小白雁，便會發瘋。」

燕飛沉吟不語。

卓狂生訝道：「你像是有點心事，對嗎？」

燕飛道：「我在爲高小子擔心小白雁。告訴我，若你是桓玄，會選擇在攻打建康前，還是攻打建康後去對付聶天還呢？」

卓狂生道：「這個眞的很難說。桓玄既要倚仗聶天還，又怕聶天還勢大難制，不論在攻打建康的前或後，都是後果難料。」

燕飛道：「問題出在魔門。只看陳公公能潛伏於司馬王府數十年，李淑莊則成爲建康八面玲瓏的清談女王，譙縱變成巴蜀的名門望族，可見魔門自晉室南渡後，便全力部署，等待今天的局面。現在他們千載一時的機會終於出現了，他們是絕不容人破壞的，聶天還便成了首當其衝的目標。」

卓狂生道：「老聶不但是一方霸主，且是老謀深算的人，不會那麼容易被摺倒。在大江上，恐怕沒有人能奈何得了他，至不濟他也可以逃回兩湖去。」

燕飛嘆道：「我卻不像你這般樂觀。這叫有心人算沒心人，聶天還雖然是頭等厲害的人物，但卻和我們一樣一直不曉得魔門的存在。而魔門是絕不會忽略能左右他們成敗的任何勢力，所以他們對聶天還該是早有部署，早掌握到聶天還的弱點。」

卓狂生苦笑道：「給你說得我心都寒起來。對！只看魔門先後對付小裕和你，便知魔門把形勢掌握得很準確，且陰謀詭計層出不窮，但求達到目的，行事不擇手段。」

忽然想起甚麼似的道：「桓玄生性多疑，你說假若我們把譙縱、陳公公和李淑莊乃魔門之徒一事廣爲傳播，會造成怎樣的效應呢？謠言的力量是不可小覷的，小裕的『一箭沉隱龍』便是最佳實例。」

燕飛點頭道：「或許會有些許作用。不過際此謠言滿天飛的大亂時代，這樣一個全無根據，又與民眾沒有直接關係的謠言，絕不會像眞命天子的出現般惹起轟動。」

卓狂生道：「當桓玄登上帝位之後又如何呢？」

燕飛點頭道：「在不同的時機散播謠言，可達致不同的效果，現在我們最重要的，是要看清楚魔門的實力，方能知己知彼。」

說到這裡，心中不由生出苦澀的感覺。他自己的生父墨夷明正是魔門中人，自己這個做兒子的卻要全力去對付魔門，這筆糊塗賬不知該如何計算。

他燕飛所處的位置更是奇怪，一方面助劉裕在南方展開爭霸之戰，另一方面則爲拓跋珪統一北方的壯舉效力，而說到底也是爲了他自己，爲邊荒集的未來和紀千千主婢而戰。

這是如何錯綜複雜的處境。如果仍不夠混雜的話，還有他的終極目標，並非是在這兵荒馬亂的人間世，而是在此之外虛渺難測的所謂洞天福地。

自第一次死而復生後，他一直活在疑幻似眞的人世之中，就像陷身於一個難以清醒的大夢裡，不知夢醒後會發生甚麼事，更有點害怕夢醒後的情況。

他識破人世只是個所有人都忘情參與的集體幻覺，卻又沉溺其中，迷醉於人世的喜怒哀樂、生離死別。

但在第二次從死亡中活過來後，他的思想起了變化，感到人世間的一切變得無比的眞實，這眞實的感覺來自他對紀千千禁得起生死考驗的愛，來自他對「生命」的依戀，使他頗有重回人世一切從頭開始的奇妙感受。

比之以前，他更投入到自己的生命裡，比任何人更懂珍惜眼前的一切。

二度的死而復生，令他的陰神與陽神水乳交融結合爲一。

他的陰神再非以前的陰神，至於變成了甚麼東西，他也說不上來，純然是一種無法形容的感覺。

他曉得自己的金丹大法已臻大成之境，至少也是道家典籍中所描述秘不可測的「出陽神」境界。

想到這裡，念頭轉向安玉晴和孫恩。

安玉晴的純陰之氣，練就的該是陰神，與他燕飛現在的陰神相若，而孫恩則練成了陽神，故能憑自身達致天人交感的「黃天大法」，練出威力無窮的「黃天無極」。

自己便等若安玉晴和孫恩合二爲一。

從這個角度去看，因孫恩只具備其一，不論孫恩的「黃天大法」如何厲害，也將奈何不了自己，更無法把他的陰神據爲己有。可是他也沒有辦法對付孫恩，但情況眞的是這樣嗎？

燕飛開始有點明白爲何道家有「兵解」之法，不論道功如何高明，但陽神寄居的始終是血肉凡軀，是會被損傷破壞的。如果用利器戕毀脆弱的肉體，便會重演之前萬俟明瑤狠打自己七掌的情況，陽神因失去「駐地」而被解放。這正是「兵解」的眞義。

而不論「兵解」、「水解」、「火解」、「雷解」，其實都是同一的情況。

問題來了。

他和孫恩一天仍然是人，就有被「解」的可能性。所以他和孫恩的決一死戰，是名副其實的決一死戰，並不是鬧著玩的。

但如何才能毀掉孫恩的臭皮囊呢？唯一的方法是同時練成「至陽無極」和「至陰無極」，同時能吸取存在於天地間最本源的兩種力量，方有可能毀掉孫恩的肉體，但如果確有這樣的招數，肯定會洞穿虛空，開啓了仙門，後果更是不堪想像。

正如安玉晴所說的，那已超出了任何武者的極限，更用盡了所有潛能，沒有再次開啓仙門的餘力，他燕飛攜兩美破空而去的仙夢，就此完蛋大吉。

唉！

他奶奶的！

這個問題如何解決呢？

想到這裡，燕飛頭痛起來。

卓狂生的聲音在他耳鼓內響起道：「爲甚麼你忽然不說話，神情變得如此古怪，不是又想到甚麼可怕的事吧？」

燕飛迎上卓狂生用神審視他的眼光，苦笑道：「不用擔心，我只是想到其他的事。」

卓狂生目光投往穎水前方，有感而發的道：「不是我說你，你這小子總是神秘兮兮，滿懷心事似的。以前我不怪你，但現在先後解決了向雨田和萬俟明瑤兩個難纏的人，你還是這個模樣，就教人百思不得其解。有甚麼心事，坦白點說出來吧！讓我這做兄弟的爲你分憂。」

燕飛沒好氣的道：「我還以爲你改了性子，不再逼我說這說那，豈知繞了個圈子，又回到你的荒人史上。」

卓狂生叫屈道：「我真的是一片好心，並不是要刺探你的秘密。告訴我吧！你剛才在想甚麼？肯定不關老聶的事。」

燕飛道：「我在想假如小裕日後真能統治南方，小珪則獨霸北方，邊荒集則處在兩人勢力的夾縫之中，會有怎麼樣的結果？這是極可能發生的情況，我並不是危言聳聽。」

卓狂生嘆道：「我雖然不相信你剛才想的是這件事，但你的話題卻引起了我最大的興趣，也是我差點想破了腦袋的事。告訴我，你認為如果這種情況真的發生，對邊荒集有甚麼影響呢？」

燕飛剛才的一番話，只是隨口說出來的搪塞之言，因為曉得這是卓狂生這個邊荒迷最關注的問題，自己卻沒有深思過，哪來答案。

搖頭道：「我怎麼知道呢？你的看法又如何？」

卓狂生傲然道：「讓我告訴你吧！那將是邊荒集末日的來臨。」

燕飛錯愕道：「沒有那麼嚴重吧？」

卓狂生道：「我一點也沒有誇大，而我的天書亦以那一天的來臨作結，因為接下去再沒有甚麼好寫的。」

燕飛露出深思的神色。

卓狂生道：「你想想吧！邊荒集之所以能存在，全因各方勢力盡集於邊荒集，因而取得利益的平衡，可是當天下成為一南一北的兩家獨大，邊荒集將只剩下衝突而沒有共同利益，很快會重演當年苻堅南下的情況。邊荒集的興盛，全仗南北兩方的貿易，但當南北對抗時，還做甚麼交易呢？」

燕飛欲語無言。

就在此時，一艘赤龍舟出現前方，朝他們迎頭駛來。

第二十五章　開花結果

戰爭如火如荼地進行著。

劉裕軍的三十六艘雙頭艦，分別由屠奉三和江文清指揮，分作兩隊，每隊十八艘，從海鹽開出，夜襲天師軍部署在餘姚外海的船隊，攻天師軍一個措手不及，拉開了劉裕軍和天師軍的序幕戰。

當夜天氣寒冷，海面風高浪急，乘著西北風，雙頭艦憑著遠優於敵人以漁船、貨船改裝的戰船湊合成軍的陣容戰術，在江文清和屠奉三兩位善於水戰的領袖指揮下，大破天師軍的戰船隊。

在火箭、弩火箭和投石的狂攻猛打下，二百艘天師軍戰船潰不成軍，過半戰船被焚燬和擊沉，落海者由於海水冰寒，多難活命。殺得僥倖脫困的戰船，倉皇逃往翁州的大本營。

劉裕一方只損失了六艘雙頭艦，黎明時分，海峽的控制權落入劉裕軍的手上。

江文清繼續指揮十艘雙頭艦在海峽東西巡弋，保護由海鹽運載物料、輜重和兵員到會稽設立陣地的船隊，屠奉三則領著餘下的二十艘雙頭艦，返回海鹽作補給和修理受損的戰船，準備進行緊接而來的另一個海上任務。

劉裕軍同時偵騎四出，監察敵人的動靜，今次撤軍行動是不容有失，故絕不可出樓子。

劉裕也沒閒著，以奇兵號爲首的十二艘戰艦，巡航於海峽之西，以防敵人艦隻忽然由運河進入海峽，對渡海軍發動突襲。

天亮後，大局已定。劉裕軍成功渡過海峽，在張不平的主持下，大興土木，於會稽外的碼頭區背海築起壘寨陣地，人人均知行動的成功與否關乎成敗生死，故將士用命，沒有人敢疏懶。

此時朱序聞風而至，劉裕登岸與他見面，想起自從在邊荒集，於苻堅的大軍中首次碰頭後，到今天再在戰場重逢，都大生感慨，唏噓不已。

兩人策騎馳上附近一座高丘之頂，下馬說話。

朱序道：「劉將軍來得正好，我本已失去一切希望，看能逃多遠便走多遠，現在情況當然不同。」

論軍階，朱序與劉牢之相同，高劉裕至少兩級，資歷更是不能相比。劉裕雖然曉得朱序很看得起自己，但朱序眞正的心意，他尙未弄清楚。

臨行前屠奉三曾向他主動提起有關朱序的問題，還暗示如朱序爭奪指揮權，就把他殺掉了事。劉裕本身雖沒有屠奉三那麼心狠手辣，不過在目前的形勢下，他實在沒有別的選擇，如果朱序不肯合作就只好把他軟禁起來。當然，這是他極不願做的事情。

劉裕道：「今次我不依軍規取得海鹽的指揮權，實是情非得已，我……」

朱序微笑道：「小裕你不用說客氣話，我們大家心中清楚明白。我朱序更沒有視你爲下屬。現在北府兵中，誰不當你作第二個玄帥？而且你的表現絕對沒有辜負玄帥和眾兄弟對你的期望。讓我告訴你一件事吧！淝水之戰後，我曾上奏朝廷，只求能解甲歸田，過些不用上戰場的日子。對戰爭我早感到深切的厭倦，今回若能活著回家，也希望劉帥你能批准我離開軍隊。」

劉裕愕然道：「大將軍！」

朱序道：「閒話不用多說了。朱序已向劉帥表明心跡。現在南方正陷於水深火熱之中，只有你劉裕一人能挽狂瀾於既倒。若我估計無誤，劉帥將來的成就絕不在玄帥之下。放手去做吧！你有所作爲的時候到哩！」

劉裕心中一陣感動，說不出話來。

朱序嘆道：「當琰帥領兵迎擊天師軍，我仍身在上虞，當時琰帥身邊的將領，都力勸他打消念頭，可是他卻一意孤行。我從未見過比他更高傲自負的人，常說苻堅的百萬大軍也不是他的敵手，天師軍這種小毛賊怎被他放在眼裡。唉！謝家便如東晉般氣數已盡，誰想得到安公的兒子會如此不濟。琰帥最妒忌的人正是小裕你，如他眞能擊退徐道覆，他第一個要殺的人就是你。」

劉裕陪他嘆息一聲，問道：「天師軍情況如何？」

朱序答道：「目前徐道覆的主力部隊，集結在會稽西面五里許處，人數在七至八萬之間，是天師軍最精銳的部隊，但仍遠及不上我們北府兵的精良訓練，如果我有充足的糧草，加上會稽和上虞兩城互相呼應，守個一年半載沒有問題。」

接著續道：「另一支天師軍的部隊駐於餘姚，兵力達二萬人。至於天師軍的其他兵員，大多集中到吳郡、嘉興、義興和吳興四城，如果建康軍沒有被桓玄牽制，配合我們從北面進擊天師軍，要破賊並非難事。」

劉裕道：「大將軍是否提議繼續固守會稽和上虞兩城呢？」

朱序點頭道：「這可說是沒有辦法中的辦法，一旦棄守會稽和上虞，我們只有退往海鹽一途，如果徐道覆迅速調動兵員，從海陸兩路大舉進攻，我們會被困在小小一座海鹽城內，直至糧盡矢絕而亡。」

劉裕道：「假設我能重奪嘉興和吳郡兩城又如何呢？」

朱序精神一振，道：「你有把握辦到嗎？」

劉裕笑道：「至少有八成的把握。」遂把整個作戰計畫詳細告之。

朱序聽罷後讚道：「縱使玄帥復生，怕也想不出更好的戰術。唉！」

劉裕訝道：「大將軍因何事嘆息？」

朱序狠狠道：「我對劉牢之此人完全心死，他擺明是要害死琰帥，剛攻陷會稽，便派兵到附近鄉鎮強徵民糧，弄得天怒人怨。於我們陣腳未穩之際，又隨便找個藉口率師撤返廣陵，令我們進退不得。這個反覆無常的卑鄙之徒，將來一定不會有好下場。難怪玄帥沒有選他而挑了你，玄帥眞的有眼光。」

劉裕心忖劉牢之想害死謝琰，謝琰亦對劉牢之不安好心，政治就是這樣子，爲了權力而泯滅了人性。自己會否有一天變成這個樣子呢？想到這裡，忽然整個脊背都涼颼颼的。

朱序收拾情懷，道：「現在留守會稽和上虞的兄弟共有一萬三千人，聽到你們從海鹽來援，人人士氣大振，皆因逃生有望。你說得對，我們不宜再死守這裡，那種感覺很可怕，當地的民眾都視我們爲洪水猛獸，沒有一個人歡迎我們。」

劉裕頭痛起來，對擊敗天師軍，他是愈來愈有把握，可是如何收拾這個爛攤子，他卻沒有半點辦法。

朱序道：「撤退必須是有秩序的撤退，退而不亂，且要防止天師軍的破壞。對此我有一個提議。」

劉裕欣然道：「大將軍請指點。」

朱序道：「不用客套，名義上我雖然是你的上級，但眞正的統帥卻是你。就像淝水之戰時，名義上的總指揮是謝石，但指揮權卻在玄帥手上。我們的情況亦如是。」

劉裕感激的道：「多謝大將軍提攜。」

朱序微笑道：「我提議劉帥你隨我回城，讓眾兄弟曉得是誰在主事，最重要是讓他們曉得你絕不會離棄他們。如果你能是最後一批離開的人之一，所有兄弟以後都會爲你賣命。」

劉裕大喜道：「好主意！幸得大將軍提點，我眞的沒想過這方面的事。」

朱序探手拍拍劉裕寬厚的肩頭，道：「由今天開始，南方將是小裕你的天下，司馬氏的王朝亦已到了日落西山的一刻。」

高彥發了瘋般從船艙奔出來，直奔往船首，姚猛則追在他身後，落後近兩丈。

小白雁見到高彥，悲呼一聲，從赤龍舟船頭躍起，投往雙頭艦去。

燕飛和卓狂生交換個眼色，均心有所感。程蒼古在指揮台上朝他們打手號詢問，究竟該繼續朝潁口駛去，還是掉頭返邊荒集？

小白雁足尖點在船首，像看不到燕飛和卓狂生兩人般，躍過他們，往奔來的高彥投去，滾動著淚珠的一雙明眸似只容得下高彥一個，再容不下其他任何東西。

燕飛嘆一口氣，向程蒼古打出繼續前進的手勢。

高彥一雙眼睛亮了起來，片刻都離不開小白雁，自然而然的張開雙臂，做好一切讓小白雁投入懷裡的準備。

卓狂生則目瞪口呆般瞧著他們這對戀人不住接近。在他來說，〈小白雁之戀〉最動人的一節正在現實中進行著，這肯定是老天爺譜出來的戀曲，因爲眼前發生的事，理該是沒有可能的。但卻眞的發生了，且是在他這說書人親眼目睹下發生。這眞是非常令人震撼的一種感覺。

燕飛大感欣悅。事實上，他眞的感激高彥的以燈作媒，所以爲玉成高彥和尹清雅的好事，他故意活捉小白雁，又讓高彥賣個人情放走她，縱在百忙之中，亦陪高彥到兩湖去尋愛。

追在高彥身後的姚猛及時止步，心中響起「高小子成功了」這句結論，但心情卻頗爲矛盾，一方面他爲高彥高興，另一方面則湧起既羡且妒的微妙情緒。小白雁確實是能迷死人的精靈，不但令高彥神魂顚倒，也令一眾夜窩族的年輕小夥子人人目眩神迷，大起仰慕之心，只可惜名花有主，令他們只可作搖旗吶喊的旁觀者。

看著小白雁越過燕飛和卓狂生頭頂，一溜煙般投往高彥懷裡去，姚猛第一次猛然生出須檢討一下自己過往夜夜笙歌，出此青樓入彼青樓，醉生夢死、偎紅倚翠的生活方式。他姚猛該不該也像高彥般，找個如小白雁般的動人美女，過著只羡鴛鴦不羡仙的生活呢？

劉穆之剛從船艙走出來，尹清雅已投入高彥懷裡去，一雙纖手毫不避嫌，不理船上所有人的目光，沒有絲毫顧忌的摟上高彥的脖子，同時失聲哭起來，晶瑩的淚水像一顆顆珍珠般從兩邊眼角瀉下玉頰，變成了個淚人兒，似要把心中所有淒苦和委屈，全借痛哭釋放出來。

高彥一把摟著她，既陶醉滿足，又有些許手忙腳亂的嚷道：「不要哭！不要哭！沒事哩！一切都沒事哩！」

燕飛向駕駛赤龍舟的兩湖幫眾打出手勢，要他們掉頭跟著。

卓狂生第一個走到這對小戀人身旁，道：「尹姑娘該高興才對，不要哭哩！」

豈知小白雁愈哭愈傷心，淚水把高彥的衣襟全沾濕了。

高彥既快樂又心痛。與小白雁摟摟抱抱，於他已屬家常之事，可是卻從未試過像這回般是小白雁主動投懷送抱，這種滋味，怎麼都沒法形容，只覺一時間天旋地轉似的，忘掉人間何世。

燕飛來到卓狂生身邊，道：「尹姑娘！令師現今在哪裡呢？」

小白雁聞聶天還之名嬌軀猛顫一下，飲泣著道：「師父著人家到邊荒集來做人質，一天我人在邊荒集，他都不會惹你們荒人。」

燕飛等人聽得面面相覷，大感不妙。以聶天還的性格，怎肯如此長他人志氣，滅自己的威風？他肯定是曉得情況危險，故以此作藉口把小白雁送到邊荒來，讓他們荒人保護她。

這一著也等於他同意了高小子和小白雁的戀事，再不會阻撓。

「呀！」

眾皆愕然。

原來小白雁一把推開高彥，還扠著小蠻腰，玉頰雖然猶掛淚珠，但已大致回復了一向刁蠻嬌女的本色，狠狠瞪著高彥。

高彥手足無措的道：「爲甚麼推開我？」

尹清雅大嗔道：「你愈來愈放肆了，大庭廣眾，又眾目睽睽，對人家摟摟抱抱的，成何體統？」

高彥一頭霧水的抓頭道：「是你……」

尹清雅跺足嗔道：「不准說！」

姚猛第一個忍不住發出笑聲，其他操舟的兄弟見有人出了聲，哪還忍得住，眾人齊聲大笑。

尹清雅自己也忍不住「噗哧」一聲，破涕為笑，又狠狠瞪高彥一眼，會說話的一雙大眼睛似在表示遲些才和你算賬的樣子。

有這小精靈在，他們登時有滿船皆春的感覺，雖然天氣實在冷得厲害。

尹清雅別轉嬌軀，面向燕飛和卓狂生，道：「你們剛才說甚麼呢？」

卓狂生代答道：「我們想知道令師此刻在甚麼地方？」

尹清雅一雙美目又紅起來，淒然搖頭，道：「我不清楚。你們不是無所不知嗎？」接著又懷疑的道：「你們問來幹嘛？」

劉穆之、程蒼古和姚猛來到高彥身後，均是神色凝重。

高彥則像呆頭鳥般站著。看他的神情，該弄不清楚自己是不是在作春秋大夢。

燕飛道：「我們今次駕舟南下，既為高彥的未來幸福著想，也想見到令師，提醒令師一些他或許忽略了的事。」

卓狂生接下去道：「我們只有善意，沒有惡意。」

尹清雅以手指隔遠指著燕飛，道：「我相信你！」又指一指卓狂生道：「卻不相信你，滿口胡言，甚麼〈小白雁之戀〉，全是憑空捏造，把人家說得不知成了甚麼東西。」

卓狂生撚鬚微笑道：「尹大小姐請放心，我卓狂生最懂將功贖罪，當我返回邊荒集時，新版本的〈小白雁之戀〉將同時面世，保證大小姐你滿意，因為裡面句句屬實，沒有虛言。」

小白雁整塊臉燒了起來，大嗔道：「不准寫眞的，你這老混蛋。」

卓狂生只好攤手苦笑。

燕飛向高彥使個眼色，高彥醒覺過來，探手抓著小白雁柔細的玉手，拉得她轉過身去。出乎所有人意料之外，尹清雅並沒有掙脫他的手，還乖乖的隨高彥朝船艙走去，看得眾人嘖嘖稱奇。

兩人消失在艙門內，劉穆之來到燕飛和卓狂生前方，低聲道：「聶天還是要和桓玄開戰了，否則不會把愛徒遣來邊荒集。」

眾人都感心情沉重。

程蒼古道：「我們還趕得及嗎？」

姚猛道：「真的很難說。」

卓狂生眉頭深鎖道：「劉先生你看聶天還有多少勝算呢？」

劉穆之嘆道：「這方面實在是無從猜測。成敗該是五五之數。」

姚猛擔心的道：「若老聶有甚麼三長兩短，小雁兒怎消受得起？」

燕飛沉聲道：「現在我們只能盡人事，聽天命。希望到達大江時，聶天還依然健在，那便輪到桓玄吃苦頭了。」

卓狂生無奈的道：「由這裡到大江，順風順水也要四、五天的時間，希望聶天還能挺到那一刻吧！」

倏地眼前開闊，兩艘戰船一前一後，轉入淮水。

他們終於離開穎水，抵達穎口。

第二十六章　死不瞑目

「雲龍號」駛離船隊，獨自逆流西上。

聶天還站在指揮台上，身旁是最得力的大將馬軍和周紹。除郝長亨外，就是這兩個人最得他的信任。

他每次和桓玄會面，都依足江湖規矩「對等」的安排。船的數目相同，隨員的數目也相同，戰船均不可處於備戰的狀態。

今次是桓玄主動約見他，並明言會到「雲龍號」的艙廳來和他見面，隨從限於兩人，在形勢上當然是他聶天還佔盡上風。

不論桓玄的隨員身手如何高明，只要馬軍和周紹能纏他們一陣子，他有把握在數招之內，拚著負傷，宰掉桓玄。

操舟的二十個兩湖幫兄弟，無一不是兩湖幫精銳裡的精銳，有足夠實力阻止敵人的救兵來援。

可是不知爲何，他卻生出沒有把握的感覺。

問題在他不能知己知彼。

聶天還一生見慣風浪，比眼前更惡劣的情況，他不知遇過多少，但從沒有像今回般有茫然無主的失落感覺。

他雖然熟悉桓玄，對他的武功深淺亦有個大概的認知，清楚他是個可以隨時翻臉的無義之徒，可是對譙縱此人，卻近乎一無所知。只知譙縱是巴蜀最有勢力的高門主事者，操控著巴蜀的經濟命脈，桀驁不馴如乾歸者，也甘爲他所用，可知此人大不簡單，不是一般高門名士。

譙縱會是桓玄的兩個隨員其中之一嗎？

這個可能性非常大，另外的一個隨員，該是代替乾歸成爲桓玄得力手下的譙奉先。

當桓偉帶來桓玄的口信，說桓玄要與他碰面商量大事，聶天還便嗅到危險，曉得桓玄要殺他。這是他多年來培養出來對危機的奇異觸覺，沒有甚麼道理，但沒有一次不靈光。他深信今次亦不會例外，所以決定先下手爲強。

最高明的部署，是要郝長亨潛返兩湖，那麼即使殺不了桓玄，大家翻臉開戰，他仍進可攻退可守。

不論情況如何惡劣，以他的身手，根本沒有人可攔得住他。

不由想起任青媞，如果沒有她的提點，他是不會把一半的實力留在兩湖，保著地盤的。

身旁的周紹一震道：「來哩！」

一艘巨艦出現前方，順流而來，飄著桓家的旗幟。

聶天還心中浮現尹清雅嬌秀的俏臉。她該已抵達邊荒集，尋找到她的幸福和快樂了吧！

尹清雅呆坐在艙房內靠窗的椅子，神情木然。

高彥來到隔几的椅子坐下，道：「雅兒不用擔心，我們已抵達淮水，很快便會到大江去，有燕飛助你師父，天塌下來也不用害怕。」

尹清雅茫然道：「燕飛和我師父不是敵對的嗎？」

高彥神氣的挺胸道：「因著我和雅兒的關係，看在我的分上，大家哪還會互相敵視？放心吧！我們今次到大江去，是一心幫你師父對付桓玄。」

尹清雅有了點神采，瞪大眼睛看著他，奇道：「我和你是甚麼關係？」

高彥愕然道：「我和你？嘿！這個……這個……」

尹清雅像忽然回復了生機，天真的道：「燕飛眞的會幫我師父嗎？」

高彥道：「這個當然。」

尹清雅喜孜孜的道：「只要燕飛出手，斬掉桓玄的臭頭，便是幫了師父最大的忙哩！我會勸師父返回兩湖，兩湖有很多地方都很好玩呢！只要師父不反對，我可以充當你的嚮導，遊遍兩湖的勝景。」

高彥抓頭道：「你師父怎會反對呢？他既然讓你到邊荒集來，當然是同意了我們的事。」

尹清雅若無其事的道：「他只是要我來當人質，又不是要我來嫁給你這個小子，你勿要再胡思妄想。」

高彥登時口啞了，說不出話來。

艙廳內，聶天還和桓玄隔桌對坐，壁壘分明，周紹和馬軍站在聶天還身後，桓玄身後亦站著兩個人，在他左後方的看形相便知是譙奉先，由於桓玄沒有介紹引見，所以聶天還仍未敢確定。

另一個人聶天還幾敢肯定是譙縱，不是因他看破他的厲害，而是因以聶天還的眼力，仍沒法看出他的深淺。

此人比桓玄還要高少許，一襲灰藍色的棉袍，不見攜帶兵器，年紀在五十許間，長相怪異，腦袋瓜比起寬闊的肩膀細小了些兒，看上去很不合比例，令他像一頭馬多過像一個人。

他的眼睛似是暗淡無光，無論看到甚麼都無動於衷，又像正以一種坦率的神情看著你，但這雙眼睛的主人腦子裡究竟在轉動甚麼念頭，卻一點沒表露出來。

聶天還從沒遇過這樣的一個人，不由生出戒備警覺之心。

但最令他想不通的，是這人右手托著一個高約兩尺、金碧輝煌的錦盒，令人不知他在弄甚麼玄虛。錦盒內裝的究竟是甚麼東西？或者錦盒正是這極可能是譙縱的人的獨門兵器？

桓玄滿臉笑容，含笑欣然道：「我請幫主考慮的事，有結果了嗎？」

聶天還以微笑回報，淡淡道：「我聶天還乃草莽之徒，不慣當官，能殲滅大江幫已是我最大的心願。南郡公的好意我心領了，我仍是那句話。」

桓玄道：「聶幫主果然是高風亮節的江湖好漢，我當然不會逼幫主做不情願的事。」

接著欣然道：「禮來！」

那人聞言，恭敬地把錦盒擺放於桓玄面前的桌子上。

聶天還皺起眉頭，盯著錦盒，心中生出不安的感覺。

桓玄神采飛揚地審視他，微笑道：「聶幫主爲我在江上大破楊佺期，又封鎖大江，令建康陷於斷糧之境，我桓玄非常感激。本想在登上帝位後，封幫主爲兩湖之王，可是幫主卻推謝王侯爵位。我無以爲報下，只好送幫主一分大禮，保證幫主滿意。」

聶天還沉聲道：「錦盒內裝的是甚麼東西？」

桓玄把錦盒推至聶天還眼前，從容道：「能配得起聶幫主身分地位的禮物，當然不是一般普通貨色。聶幫主打開蓋子，不是可一目了然嗎？」

聶天還神色轉厲，不悅道：「南郡公不要賣關子了，盒內究竟是何物？請明白道出，看我聶天還是否消受得起。」

桓玄嘆道：「那我只好代勞哩！」

一掌拍在桌面上，蓋子立即往上彈跳，盒內的情況，立即完全暴露在聶天還的眼底下。

聶天還看得睚眥欲裂。

同一時間，桓玄跳將起來，斷玉寒離鞘而出，化作白芒，兜頭蓋臉朝聶天還劈去。

聶天還雖因盒內的東西致心神失守，但數十年出生入死的經驗，令他可作出最快的應變和反應，正要祭出天地明環和桓玄拚個你死我活，驀地發覺身後的周紹和馬軍，正分別向他的頭頸和背脊狠下辣手。

聶天還再無暇分心去想其他東西，從椅上彈起，雙手連珠擲出腰間的匕首，襲向廳中的敵人和可恨的叛徒。

就在此刻，那疑是譙縱的人已凌空追至，雙拳擊出，強烈的勁氣，把聶天還完全籠住。

聶天還這時只想到一件事，就是如果他無法離開此廳，兩湖幫將隨他一起完蛋，再沒有捲土重來的一天。

從他的角度看下去，可清楚看到錦盒內郝長亨的首級，那充滿憤恨的眼睛，死不瞑目。

第二十七章　白日報信

燕飛立在船首，想著紀千千。

自紀千千主婢被擄北去，他沒有一刻歇下來，不停地奔南闖北，一直在爲與她的重聚而奮鬥不懈。

天地之間，不論是這人間世或秘不可測的洞天福地，無論是哪個存在的層次，沒有任何事物比紀千千對他更重要。只有紀千千才有那種魔力，可把他的陽魂召回來。

當他離開肉身這軀殼的時候，他有種解放和不受限制、擁有法力無邊至神通廣大的動人感覺，甚至乎生出不想返回這臭皮囊的強烈感受，那種經驗眞是無法以言語去描述形容。奈何任何人事他均可以捨棄，唯獨拋不下紀千千，就算犧牲亦永不言悔。

重返人世後，他再次受著肉身的局限。他比以前更清楚自己並非殺不死的，若肉體被毀，他將沒法「回來」。

現在最困擾他的，再不是如何從慕容垂手上把千千主婢救出來，而是怎樣解決孫恩這個命中注定的大敵。

在武道上，他因這次死而復生的經驗，而有了無可比擬的突破，有絕對的信心與孫恩一決勝負，可是對如何能破孫恩的「黃天無極」，他卻沒有絲毫把握。

千千現在是否已上床就寢？他們已多天沒互通心曲，他多麼希望能盡情向她傾訴心事，讓雙方的心靈結合爲一。

他因對紀千千的愛而戀戀不捨人世，現在紀千千已成了他唯一留下來的理由，他會盡情去體驗與紀千千火熱的愛戀，和她一起燃燒生命的光和熱。燕飛心中同時浮現萬俟明瑤和安玉晴的玉容。

生命至此尚有何求。

卓狂生的聲音在他身旁響起道：「小飛又有甚麼心事？」

燕飛回到現實裡，迎上卓狂生充滿好奇和詢問的目光，微笑道：「你沒有心事嗎？誰可例外呢？」

卓狂生笑道：「你的脾氣眞好！我本以爲這麼打擾你，你可能會不高興，沒想到你會笑著回答，我似乎從未見過你發脾氣。」

燕飛岔開道：「高小子和他那頭小白雁情況如何呢？」

卓狂生欣然道：「關上房門後，他們便沒有踏出房門半步，看來情況樂觀，至少高小子沒有被轟出房外。照我看天打雷劈都分不開他們，高小子和小白雁的姻緣根本是上天注定的。唉！」

燕飛皺眉道：「說得好好的，爲何忽然又唉聲嘆氣？」

卓狂生道：「你該知道我因何事嘆氣。我怕的是好景不長，如老聶有甚麼閃失，恐怕小白雁接受不了。」

又道：「你的看法又如何？我多麼希望你能說些好話來安慰我。」

燕飛陪他嘆一口氣，一時間說不出話來。

聶天還於離開艙頂只有三尺許距離的當兒，雙環來到手上，憑他的武功，只要能破頂而出，肯定可安然脫身。只可惜他卻清楚明白自己犯了另一致命的錯誤，就是低估了譙縱，此人武功竟在他之上，即使與孫恩相比，也不遑多讓。

馬軍慘叫一聲，踉蹌跌退，雖然避過了胸口要害，聶天還的匕首仍閃電般插進他左肩去，直沒至柄。以聶天還的勁氣，肯定他的左手永遠被廢掉了。

出奇地周紹顯示出比平時更高明的身法武功，以毫釐之差避過匕首，卻沒有和其他人聯手進攻聶天還，反穿窗而出，到了船艙外去。

「叮！」

桓玄從容擊飛朝他面門擲去的匕首，手中斷玉寒化作電芒，由下沖上，直擊聶天還下盤，譙奉先往左一閃，避過飛刀，然後從艙門退往艙外，把守大門的兩湖幫戰士立即東仆西倒，沒法進艙施援。

聶天還暗嘆一口氣，只看敵人進退得宜，便知敵人計畫周詳，擬定了整個刺殺自己的行動，打開始他便落在絕對的下風，且陷進了死局去。

桓玄斷玉寒的凌厲、反應的迅速，固是出乎他意料之外，但最能威脅他的，還數譙縱擊去的兩股拳勁。

他從未想過世間有如此奇異厲害的拳風。這兩股拳勁一正一反，右拳勁直有摧心裂肺的威力，左拳勁卻是一股拉扯的力道，合起來便成似要把他身體扭斷的可怕功夫。

聶天還感到自己上沖之勢全被譙縱古怪的拳勁消解，縱能撞上艙頂，亦無法破頂而去，那感覺令他差點魂飛魄散，亦不得不倉皇變招應付。在他過去的這輩子裡，從未這般狼狽過。

聶天還暴喝一聲，猛轉體內眞氣，凌空一個翻騰，大小雙環脫手而出，分別向譙縱和桓玄襲去，同時腳往上撐，只要腳尖點中艙頂，立可借力改向，斜掠而下，避過兩人的聯手合擊，破窗而去，再借水遁逃。

只要能落入江水，任對方高手如雲、萬馬千軍，他也能脫圍逃去。

譙縱一聲長笑道：「聶幫主果然了得，譙縱領教哩！嘿！」說話時，右手化拳爲掌，狠拍在迎頭迴旋而至的天環去，天環竟應手下墜，再構不成任何威脅。

要知天地雙環，乃聶天還仗之以成名的奇技，用勁巧妙，雖離手而出，仍被聶天還以眞勁遙控，故能收發由心。

譙縱一掌拍落天環，等於破掉聶天還的功法，聶天還立即全身劇震，眼、耳、口、鼻同時滲出血絲。

往下方桓玄擊去的地環立受牽連，威力大減，桓玄顯示出「九品高手」首席大家的功架，斷玉寒化直刺爲橫劈，狠劈地環，令地環迴飛而去。

聶天還知道這是生死關頭，雙腳先後點中艙頂，再不心切脫圍，反筆直朝譙縱射去，避過桓玄攻去的斷玉寒。

譙縱冷哼道：「你這是討死！」

倏地下降，兩手盤抱，一股強大無比的勁氣於兩手間成形，化爲捲旋的驚人氣勁，往正凌空撲去的聶天還擊去。

桓玄大笑道：「黃泉路上，有愛徒陪伴，幫主肯定不感寂寞，恕桓某不送了！」說時亦往下落去，斷玉寒卻是蓄勢以待。

此時艙外盡是喊殺之聲，顯然是桓玄一方的人已成功登船，向聶天還的親衛展開屠戮。

聶天還怎想到譙縱有此一著，如果對手只有他一人，聶天還敢肯定自己逃生有望，問題在過得譙縱的一關，仍有桓玄可怕的名刃斷玉寒在恭候他的大駕。

聶天還首次生出與敵偕亡之心，猛喝一聲，雙掌全力下擊，迎上譙縱驚人的氣勁。

「蓬！」

兩股強猛的真勁正面交鋒，捲起的狂飆令艙內的桌椅像紙糊的玩具般拋飛折斷，門窗破碎。

譙縱悶哼一聲，往後跌退，張口噴出一蓬鮮血。

聶天還的情況更不堪，像斷線風箏般灑著血雨往反方向拋飛，眼看破窗掉入江水中，桓玄飛躍而起，斷玉寒芒光一閃，劃過聶天還的頸項，然後落回地上，劍還鞘中去。

「砰！」

聶天還的無頭屍身餘勢未消，撞破窗框，掉往江水去。

聶天還的頭顱，從空中落下，掉到地上時仍滾動了數尺。

桓玄盯著聶天還的頭顱，長笑道：「今次是聶幫主的頭顱，下一個將輪到司馬道子。」

笑聲震盪著艙廳內的空間，直傳往大江去。

尹清雅坐著發呆，高彥雖是口若懸河，她卻似聽不到半句話。

高彥訝道：「雅兒在想甚麼？」

尹清雅臉上血色逐漸減少，顫聲道：「高彥！高彥啊！我忽然有心驚肉跳的感覺，是不是大凶的兆頭呢？」

高彥跳將起來，移到她身前單膝蹲地，把她一雙柔荑緊握在手裡，安慰她道：「雅兒不要多心，只要三、四天時間我們便可入江，只要找到你師父便成。眞的不用擔心，你師父那麼英雄了得，怎會幾天時間也撐不住？待我去喚燕飛進來，由他這天下第一名劍親口答應你去宰掉桓玄。」

尹清雅像受驚的小鳥兒般反抓著他雙手，惶恐的道：「不要離開我！」

高彥的心又痛又憐，道：「我永遠也不會離開你。」

尹清雅茫然瞧著高彥，但眼神卻沒有焦點，可知她的心神正繫於別處，夢囈般的道：「自昨晚開始，我便有心驚肉跳的可怕感覺，不時想到郝大哥，又掛念著師父。高彥啊！人家擔心極了！」

高彥忙道：「你這是關心則亂，聶幫主是老江湖，甚麼場面沒有見過，他絕不會有事的。」

尹清雅雙目淚光閃動，悽然道：「你不會明白的。我臨離開洞庭前，師父召我去說話，叫我到邊荒集來。當時他說話的語調和神情，是我從來沒有見過的，令我有不祥的感覺。如果不是情況非常凶險，連師父也沒有把握，他是不會找個藉口就這麼把我遣走。唉！我眞不該離開他，但又怕拖累他，令他因我不敢放手而爲。」

高彥舉袖爲她拭去眼角瀉下兩顆晶瑩的苦淚，心像被扭曲了般疼痛，自己也含著眼淚道：「以你師父的武功，南方除孫恩外，誰奈何得了他？即使孫恩想殺他，在茫茫大江上怕也沒法子。雅兒不要哭哩！」

驀地尹清雅整個人僵硬起來，雙目睜得大大的，全身劇震。

高彥不明所以，大吃一驚的看著她，慌了手腳。

接著尹清雅「嘩」的一聲痛哭出來，全身顫抖。

高彥嚇得魂飛魄散，忙一把將她摟個結實，嚷道：「不要哭！不要哭！發生甚麼事呢？」

尹清雅崩潰下來，摟著他的脖子狂哭不止，完全失去控制力。

高彥被她哭得心中淌血之際，房門倏地被推開，燕飛帶頭闖進來，後面跟著的是卓狂生、劉穆之、姚猛和程蒼古。

燕飛打手勢要身後四人留在近門處，自己走到高彥剛才坐的那張椅子坐下，沒有作聲。出奇地尹清雅停止了哭泣，只是香肩不住抖動，顯示她在抽搐。

高彥茫然地朝燕飛瞧去，後者向他使個眼色，要他安慰尹清雅，仍不說話。

高彥輕撫尹清雅的香背，淒然道：「雅兒不要哭哩！很快你便可見到師父。」

尹清雅嗚咽道：「師父被人害死哩！」

立在近門處的卓狂生等人聽得面面相覷，他們本和燕飛在艙外甲板上閒聊，忽然燕飛說了句「聶天還死了」，便帶頭領他們到這裡來。直至進房後，四人仍是一頭霧水，到此刻尹清雅忽然吐出這句話，令四人心中不由生出寒意。

高彥也愕然道：「雅兒不要亂說話，你師父肯定仍活得好好的。」

尹清雅離開高彥的懷抱，坐直嬌軀，雖然雙眼哭得又紅又腫，但神情卻透露出堅決和冷靜，搖頭道：「你不會明白的。剛才我看到師父，他眉開眼笑的來見我，沒有說話，那絕不是幻覺。我清清楚楚地看到他，我知道他死了，故來見我最後一面。」

卓狂生等都說不出話來，人死時會向親人報夢，是老生常談的事，但在如此光天化日之下，向醒著的親人報信，卻是聞所未聞。

只有燕飛神色平靜，輕輕道：「尹姑娘節哀順變。」

他這麼說，眾人均曉得他也生出感應，所以聶天還確實凶多吉少。

尹清雅一雙柔荑仍在高彥的掌握裡，還用力地反抓著高彥的手，眼神空空洞洞的看著前方，平靜的道：「從小師父便教導我，身爲聶天還的唯一徒兒，絕不可敗壞了他的威名。師父從來不罵我，我也從來不惹他生氣。師父明白我，我也明白他。他死了！郝大哥也死了！他們都離開我，只剩下我孤零零一個人。」

高彥慘然道：「還有我呢！」

尹清雅似意識到高彥的存在，目光落在他臉上，眼神回復了點神采，低喚道：「高彥！」

高彥熱淚泉湧，顫聲道：「雅兒！」

尹清雅比起高彥，神色冷靜得不合乎常理，輕輕道：「我要回兩湖去。」

高彥劇震失聲道：「回兩湖去？」

尹清雅神情堅決地點頭，道：「我要回兩湖去，只有我才可爲師父報仇。」

燕飛沒有說話，卓狂生則大吃一驚，道：「如果清雅的師父和郝大哥眞的遇害，貴幫的兄弟亦難以倖免，清雅若返兩湖去，只會白便宜了桓玄，還辜負了令師的一番苦心。」

尹清雅像首次發覺卓狂生的存在般，朝他瞧去，道：「你們是不會明白的。我最清楚我師父的手段，桓玄是無法在大江上殺他的，從沒有人能在江上擊敗他。只有利用陰謀布局，才有機會刺殺師父，且一定有內奸與敵人暗通消息，布下死局，方有可能辦到。」

眾人都感到像首次認識小白雁般，對她刮目相看，既想不到她能這麼快冷靜下來，更想不到她有如此精微的分析和看法。

劉穆之道：「然而尹姑娘這麼返回兩湖去，可以起甚麼作用呢？」

程蒼古也苦口婆心的勸道：「不如在弄清楚情況後，我們立即返回邊荒，再從容定計，看看如何爲姑娘報此深仇。」

尹清雅搖頭道：「師父今次離開兩湖，已預留後著，把一半戰船和兄弟留在兩湖，我們必須搶在敵人之前，趕回兩湖去，否則我們留在兩湖的兄弟，會死得很慘。」

姚猛皺眉道：「還來得及嗎？」

尹清雅道：「桓玄若要對付我們那些留守的兩湖幫兄弟，定絕不容許有半艘船逃回兩湖去，如此沒有十天半月的時間，是沒法盡殲我大江上的兄弟。何況桓玄尚未攻陷江都，只要我們出奇不意，定可突破桓玄的封鎖。」

接著目光投往燕飛，道：「幫雅兒這個忙好嗎？」

燕飛點頭道：「尹姑娘言之成理，況且桓玄的注意力集中在長江下游，定想不到會有我們這支奇兵。」

卓狂生道：「清雅返兩湖後，有甚麼打算？」

尹清雅一雙美眸回復生機神氣，閃閃生輝的道：「我會和一眾兄弟化整爲零，躲過桓玄的追殺，當時機來臨，我們便和你們及劉裕聯手，斬掉桓玄的臭頭，爲師父和郝大哥雪此深仇大恨。」

眾人呆看著她，像看著另一個人似的。

第二十八章 一個秘密

燕飛有一個秘密沒有告訴向雨田，也不打算讓他知道，因爲那純粹是個人的私事。

當他離竅的陽神快要嵌入另一層次的精神和空間去的關鍵時刻，也就是他無可挽回死亡即將發生的剎那，向雨田叫嚷紀千千的名字，透過他肉體的微妙連繫，觸動了他陽神的意識，他奇怪的思域內浮現出紀千千的絕世玉容，像陽光般強烈而耀目，接著便是安玉晴動人的一雙神秘明眸，忽然間他記起了離開軀體前的生命。活了二十多年的一輩子，以電光石火的高速，倒流回他陽神的意識裡去，就是那種無可比擬的震撼感覺，令他「回醒」過來，下一刻他已返回肉體去，純陰、純陽二氣天然運作，接回斷去的心脈，復活過來。

現在他再無疑問，紀千千當然是他的摯愛，但作爲他紅顏知己的安玉晴，亦佔了一個重要的席位。

燕飛獨立在船首，河風迎面拂來，夜空繁星點點。

千千！千千！你聽到我的呼喚嗎？

自從重活過來後，他不住強烈地思念紀千千，想親近她，想與她作心靈的結合和交談。

這一晚，他終於忍不住了。

他的思感以驚人的速度越過茫茫的黑夜，橫過河流、草原和高山，向紀千千發出召喚。其感覺沒有絲毫含糊，一時間雙頭艦和長河都消失了，只剩下心靈的天地。

於此心靈天地的無限遠處，紀千千生出反應，起始時只是若隱若現，接而凝聚起來，化爲熾熱的愛火和深情，就如一點星火，轉眼變爲燎原之勢，讓燕飛感覺著她的光和熱。

他們的心靈又再結合在一起，無分彼此，攜手在這心靈的空間翱翔漫遊。從來沒有一次心靈的結合，像這次般眞實和有具體感，至乎令燕飛生出紀千千投入懷抱中的動人滋味，就像在夢裡與紀千千相會，纏綣纏綿，那是不可能以言語去形容的感受。

紀千千「呵」一聲叫起來，從他心靈的懷抱裡仰起螓首，一雙秀眸亮麗如明月，射出狂喜的神色，不能置信的道：「燕郎啊！千千是否在作夢呢？爲何我不但可以看到你，還似感覺到你？」

在燕飛深情專注的凝視下，紀千千的絕世玉容清晰起來，比平時更有生命的感覺，便如漆黑的火談，光燦奪目，她的秀髮無風自揚，充盈著空氣的感覺。

微笑道：「這確實是一個夢，你的身體仍在榻子上安眠，但你初成形的陽神卻應我的呼喚到這裡來和我相會。千千感覺到嗎？我們的愛把我們的心靈結合在一起，我們記憶中的經驗令我們生出血肉相連的感覺，在這虛無中體驗我們的愛，既虛幻又是無比的眞實。甚麼是眞？甚麼是假呢？一切仍離不開心的感受。難道我們今回的接觸，會比上回在滎陽城內的擁抱更不眞實嗎？」

紀千千的秀髮波浪般的起伏著，用盡氣力摟緊他，似在害怕眼前美好的一切會忽然消失，如美夢破碎。嘆息道：「這些日子來千千想得你很苦，可是又怕驚擾你。燕郎啊！現在所有相思之苦都得到了回報。千萬不要走，千千有很多心事想向你傾吐呢？」

燕飛深情的道：「今晚我們不談戰事，只訴衷情，千千有甚麼話要對我說？」

紀千千喜不自勝，害羞的道：「我想談千千的嫁妝哩！」

燕飛微笑道：「為了迎娶千千，縱使千千要我摘下天上最亮麗的明星，我也設法為千千辦到。」

紀千千大喜道：「燕郎說的話真動聽。我甚麼都不要，只要你，嫁妝則是燕郎承諾過的洞天福地，只有那樣，我們方可永遠不再分離。」

燕飛溫柔的道：「千千不害怕嗎？洞天福地或許只是修道者主觀的意識，事實上卻是另一回事。」

紀千千喜孜孜的道：「與這人世間相比，洞天福地當然是另一回事。千千一點也不害怕，與其經歷生老病死，不如讓我們好好享受這人間世一切的賜與。當時候來臨時，我們便和你的紅顏知己玉晴姑娘攜手共闖新天地，千千有信心我們的愛可以克服一切，我們永遠不會捨棄對方，直至天荒地老。」

燕飛心中充盈幸福的感覺，整個心靈的虛無天地像正在與他們同旋共舞，這是以前心靈結合中從未出現過的動人感覺。

當紀千千提及安玉晴的時候，他感應不到她絲毫的妒火，有的只是無限的歡欣、雀躍和包容。他們是完全了解對方的戀人，那種了解超越了任何戀人的經驗，是如此地深層和全面，負面的情緒再沒有容身之地。

紀千千忽地嬌呼起來。

他們的心靈仍嵌合無間，但身體已分了開來，回復到以前心靈交流時的正常情況。

燕飛在心靈裡傳話道：「千千不要失意，我們剛才的接觸，已勝過別人接觸千萬次，我們還有甚麼遺憾呢？當你的陽神不住壯大時，我們又可以在一起了。現在我正趕往南方去，明年春暖花開時，將是千千回到我燕飛身旁的好日子。」

紀千千的話在他心靈裡響起道：「不要走！我還有一件事告訴你。人家依你的指示向詩詩提及龐老闆，留意她的反應。事實上千千用了點心計，我明白詩詩，她很信任千千的眼光和判斷力。千千已在詩詩的心裡播下了種子，就看能否開花結果。唉！爲何我剛才不把握機會親你呢？那定會是非常奇妙的事。」

燕飛感到紀千千的精神力開始轉弱，憐惜的道：「下次我會親你，讓你曉得那種滋味。乖千千啊！好好的睡吧！明天醒來，你會擁有一個最眞最甜的夢。」

兩人的心靈難捨難離的分了開來。

燕飛睜開眼睛。

姚猛和卓狂生剛好來到他左右，目注前方。

在黑暗中的河道遠處，隱見船隻的燈火。

卓狂生沉聲道：「來的是甚麼船呢？」

姚猛道：「來得很快，該是性能超卓的戰船。」

燕飛回過神來，定睛看去，一震道：「是兩湖幫的赤龍舟。」

卓狂生和姚猛爲之錯愕。

劉裕領著一支由五百人組成的騎隊，返回會稽，他們剛在臨海運西南十多里處，伏擊來偷襲的天師軍步兵團，對方雖足有三千人數，兵力是他們的六倍，卻被他們的騎兵以高明的戰術、出奇不意的策略和高度的靈活性與機動力，一舉擊垮，殺得敵人狼狽逃返水塘區的營地去。

這支騎隊由振荊會和大江幫的兄弟組成，收編在北府兵內，人人身經百戰，忠心方面無可置疑，成爲他的近衛兵團，戰馬則是最優質的胡馬，加上劉裕的才智武功，對上天師軍欠缺訓練的軍隊，當然佔盡上風。

在城衛的歡呼喝采下，劉裕昂然策馬入城，心中曉得成功在望。

過去的五天，天師軍從四面八方來犯，似是針對會稽和上虞兩城的北府兵，然而醉翁之意不在酒，只在擾亂他們的撤軍行動，更以攻陷臨海運爲主要目標。

劉裕一方面採取堅守的策略，另一方面不住領兵出擊，利用騎兵來去如風的優點，粉碎了敵人一波又一波的攻勢。

同時他清楚徐道覆中計了，因爲投入會稽這邊戰場的天師軍，不論訓練和裝備均遠及不上北府兵，又缺騎兵，顯非天師軍核心的戰鬥部隊。由此可見徐道覆已把精銳調走，以之攻擊海鹽，令他們壓力大減。

返回太守府後，劉裕在大堂就那麼赤著上身，由軍醫爲他敷藥療傷，十多個北府兵將領圍攏四周，看著他身上仍在淌血的傷口，人人露出感激崇敬的神色。

劉裕知道自己不但贏得他們的尊敬，還贏得了整個軍心。之前他依朱序的提議，公告全軍他將是最後撤走的一個人，已大大振奮了會稽和上虞兩城駐軍的士氣，到他以身作則、身先士卒的領兵出擊，且每戰必勝，登時令手下們拋開了戰敗的恥辱，完全視他爲另一個玄帥，無人不爲他效死命。

最有效力的是他把大批糧資運抵兩城，舒緩了兩城軍民的困境。又重整軍紀，不准手下有擾民之舉。同時對兩城實施嚴密的軍事統治，每晚戒嚴，令潛伏城中的亂民沒法和攻城的天師軍裡應外合。

明天最後一批駐守上虞的北府兵部隊，將在朱序指揮下棄城離開，他們並非直接溜往臨海運，而是進佔臨海運和上虞之間，一處經精心挑選出來的戰略高地，守穩陣腳，以配合會稽最後的撤退。

這次的撤退行動，充分顯示出北府兵仍是南方最精銳的雄師。

而這股力量正逐漸落入他劉裕手上。

劉裕眉頭不皺半下的任由軍醫從他背上剜出深入達寸許的箭頭，還從容談笑，吩咐手下諸將各樣守城和撤退的事宜。

此時手下來報，宋悲風來了。

劉裕讓諸將退下去，軍醫亦把他傷口包紮妥當，識趣的離開。

一臉風塵的宋悲風到他身旁坐下，卻難掩喜色，低聲道：「徐道覆中計了！」

劉裕早猜到此點，不過由宋悲風親口證實，自是另一回事，精神大振道：「情況如何？」

宋悲風道：「徐道覆正在嘉興集結兵力和船隊，不住把攻城的器械運到碼頭區，照奉三的估計，徐道覆會於三天內攻打海鹽。」

劉裕長笑道：「徐道覆技窮了。」

宋悲風欣然道：「吳郡和嘉興兩城均出現糧荒的情況，大批城民逃往鄉間，對天師軍的聲威造成嚴重的打擊，可知被我們奪得滬瀆壘的糧食儲備後，徐道覆大失預算，糧食方面非常吃緊。我們則剛好相反，糧油物資方面全無問題，足夠我們支撐到明春。」

劉裕微笑道：「光是這點，可使我們贏得此仗。」

宋悲風審視劉裕身上大小傷口，道：「小裕很辛苦哩！」

劉裕搖頭道：「些許傷勢，何足掛齒？我們北府兵是能稱雄天下的精銳部隊，現在唯一的問題是士氣，我披甲上陣，是要振起他們的士氣，怎樣辛苦都是值得的。小恩方面情況如何？」

宋悲風道：「小恩的部隊四日前離開滬瀆壘，晝伏夜行，已進軍到離嘉興三十里外的一處隱秘林，且與申永的部隊會合，只待進攻嘉興的最佳時機。」

劉裕大喜道：「何時進攻，由奉三拿主意。海鹽的情況如何呢？」

宋悲風欣然道：「當然是士氣大振。」

劉裕爲他這沒頭沒腦的話大惑不解，愕然道：「爲何忽然士氣大振？」

宋悲風解釋道：「因爲孔老大送來餉銀，故我們能發放給兄弟們。這筆餉銀差點盡傾孔老大所有，部分來自佛門庫藏，足可支付包括會稽和上虞的兄弟在內全軍半年的糧餉，小裕你說是否立即可大振軍心呢？」

劉裕喜道：「孔老大想得眞周到。」

又問道：「建康情況如何？」

宋悲風道：「我們收到朝廷來的聖諭，正式任命小裕你爲海鹽太守，這全賴司馬元顯在背後出力幫忙，方可成事。」

劉裕想起司馬元顯，心中暗嘆。

宋悲風又道：「朝廷對我們的支持，亦只限於此。現在荊湖軍封鎖了大江上游，西面的物資沒法運往建康，令建康出現糧荒，如果情況持續下去，將不堪想像。」

劉裕沉聲道：「如果我們攻陷嘉興，桓玄會怎麼辦呢？」

宋悲風點頭道：「奉三也提出同一疑問。他比我們更了解桓玄，猜他不論完成部署與否，必率師西來，攻打建康，因如讓我們平定南方，率軍北返建康，桓玄將痛失攻入建康千載一時的良機。」

劉裕道：「只要司馬元顯能守得穩建康，桓玄將死無葬身之所。」

宋悲風苦笑道：「可是孔老大並不樂觀，他並不認為司馬道子可以守得住建康，關鍵處在於劉牢之的意向。」

劉裕雙目殺機閃過，冷冷道：「劉牢之！哼！」

宋悲風嘆道：「孔老大已離開廣陵，避到鹽城。劉牢之自有他的盤算，以為可以混水摸魚。」

劉裕沉聲道：「他不但低估了桓玄，更高估了自己。如果他讓桓玄佔領建康，桓玄第一個要殺的將是他。」

宋悲風道：「王弘也傳來消息，他說現在建康分成兩派，一派仍支持司馬氏王朝，另一派則支持桓玄。」

劉裕苦笑道：「竟沒有人支持我嗎？」

宋悲風道：「若小裕你能平定天師軍，肯定建康高門會對你刮目相看。唉！二少爺的死訊傳到建康，轟動朝野，再沒有人看好我們這邊的情況，也使更多人投向桓玄，因他們認為只有桓玄能收拾徐道覆。」

劉裕點頭道：「正因如此，我們如能收復嘉興，桓玄將被逼強攻建康，否則建康的人心會逆轉到我們這一方。」

宋悲風同意道：「文清也有同樣的看法。」

劉裕記起了和江文清定情的一吻，心中湧起火辣的動人滋味，問道：「文清又如何呢？」

宋悲風道：「天師軍的戰船不住由海峽入口的方向來犯，全賴文清的船隊頂著，令天師軍沒法攔截我們撤往海鹽的船隊。」

劉裕壓下心中的激情，道：「如此看來，一切都在我們的控制下，當我們成功收復嘉興，便可以把整個形勢扭轉過來。」

宋悲風欲言又止。劉裕訝道：「宋大哥有甚麼話想說？」

宋悲風嘆道：「這件事我眞不想說出來，怕的是增添你的煩惱。」

劉裕從容道：「你這樣說令我更想知道究竟是怎麼一回事？」

宋悲風道：「二少爺的死訊傳回建康，立即惹得流言四起，說是因你在海鹽按兵不動，害死二少爺。」

劉裕毫不介懷的道：「如果沒有人就此事造謠，我才會奇怪。」

宋悲風奇道：「小裕眞的不把流言放在心上嗎？」

劉裕雙目精芒大盛，道：「我現在所做的一切事，爲的並不是別人對我劉裕的看法，更不是爲挽救人心盡失的司馬氏王朝，也不是爲了保持建康高門的特權和其醉生夢死的生活方式，而是繼承玄帥的志向，爲南方的民眾謀取和平和幸福。他們怎麼說是他們的事，只有我們才清楚自己在幹甚麼。桓玄縱能得意一時，但當我平定南方，率師北返之日，桓玄的死期亦不遠了。」

說這番話時，劉裕心中高燃著復仇的火燄，別人怎樣看他又有甚麼關係？他比任何人都清楚，再沒有人能阻擋他，包括桓玄在內。

第二十九章　北府英雄

尹清雅從艙房奔出來，從眾人讓出來的空間直抵船首，往仍在半里外的七艘赤龍舟望去，平靜的道：「果然出事了，是小魏的飛魚部。」

高彥喘吁吁的趕到她身旁，問道：「小魏是誰？甚麼是飛魚部？」

燕飛和卓狂生交換個眼色，都知道對方心中湧起異樣的感覺。尹清雅似在一夜之間成長，神態冷靜得異乎尋常，與她一向予人入世未深嬌嬌女的印象大相逕庭，感覺上真的非常古怪。

尹清雅道：「小魏就是魏品良，是郝大哥最得力的手下，也是飛魚部的頭子，手上七艘赤龍舟，性能比得上郝大哥的隱龍戰船，在我們兩湖幫裡威名卓著，專責夜襲、突擊和深入敵境的危險任務。噢！他們看見我哩！」

兩方不住接近。

「小姐！」

尹清雅回應道：「品良！」

立在領頭赤龍舟船首的一眾兩湖幫眾中，躍起一個約二十六、七歲，背掛長刀的青衣大漢，往他們的雙頭船投過去，只看其身法，便知是第一流的高手。

燕飛等這才放下心來，際此敵友難分的時刻，誰都不敢疏忽大意，現在對方的頭子肯孤身過來，立即釋去了他們的疑慮。

眾人往後退開，讓魏品良落下，然後出乎所有人意料之外的「噗」一聲，跪倒尹清雅身前，痛哭道：「小姐！幫主和郝大哥遇害了！」

眾人聽得心頭劇震，說不出話來，最想不到的是郝長亨亦遭橫禍。

尹清雅嬌軀一顫，淚水奪眶而出，道：「郝大哥……郝大哥也……」

程蒼古道：「魏兄請先指示下屬掉轉船頭。」

魏品良一臉悲憤的站起來，打出手勢，向船隊發出指令，雙目射出堅決的神色。

高彥愛憐的以衣袖爲尹清雅揩拭淚漬。

尹清雅回復過來，沉聲道：「究竟發生了甚麼事？」

魏品良舉手抹去掛在臉上的淚水，環顧眾人，目光首先落在燕飛身上，一震道：「燕飛？」

燕飛點頭應是，然後爲他引見諸人。

此時九艘戰船，組成船隊，繼續朝大江駛去。

魏品良以帶點激動的語調道：「我們奉郝大哥之命，護送小姐北上直抵淮水，這才掉頭回大江去，依郝大哥的指示，隱藏在江陵上游大江一道支流裡。到大前天我忽然接到郝大哥的黃印密函。黃印密函是郝大哥的最高指令，內藏只有我懂得憑之以識別眞僞的印記，使我知道事態緊急，連忙離開河道，改駐於大江。」

尹清雅完全平靜下來，冷然問道：「黃函有甚麼指示？」

魏品良道：「郝大哥在函內說他奉幫主之令，必須立即趕返兩湖，要我提高警覺，除幫主的紅函外，其他的指令均不用理會。又說形勢危急，我們隨時會和桓玄翻臉動手，囑咐我必須靈活應變，必要時可逃回兩湖去。」

卓狂生道：「還有其他指示嗎？」

魏品良慘笑道：「就是這麼多。」

接著道：「那晚我們全面戒備，枕戈待旦，到天明時，果然幫主派人送來紅函，命我到邊荒集接小姐回來，其他六艘船則到下游歸隊。」

姚猛恨得牙癢癢的道：「桓玄的確是最卑鄙的奸賊，竟連清雅都不肯放過。」

魏品良嘆道：「若沒有郝大哥的密函警告在先，我肯定會中計，但接到如此一封大違幫主一向果斷作風的密函，我便心知不妙，立即把送函者拿下，然後嚴刑逼供，方曉得實情。噢！」

說到這裡，又再忍不住淚下，使人感到他是個血性漢子。

程蒼古是老江湖，皺眉問道：「魏兄該沒想過以幫主的老謀深算也會出事，且來人肯定是有資格作信使的人，又持有令你沒法懷疑的紅函，爲何你竟敢冒違令之險，出手將來人拿下，且以嚴刑逼供呢？」

卓狂生等無不同意程蒼古說的話，另一個較謹慎的做法，是把信使拿下後，再派人去探聽情況，看聶天還是不是知情。

尹清雅冷靜的道：「我可以代品良回答這問題，因爲我到邊荒集做人質的事，除師父和郝大哥外，就只有品良知情，是我親口告訴他的。」

眾皆恍然，同時曉得尹清雅信任魏品良，否則怎會讓他曉得她到邊荒集的來龍去脈。而魏品良正因清楚尹清雅在邊荒集的去留事關重大，牽涉到兩湖幫會否和荒人開戰，遂醒悟此函非來自聶天還。

尹清雅忽又失去冷靜，雙目淚光閃閃，顫聲道：「說吧！品良你說吧！究竟發生了甚麼事？」

高彥忙摟著尹清雅的香肩。

魏品良深吸一口氣，壓下激動的情緒，道：「馬軍和周紹出賣了幫主和郝大哥，投向了桓玄，與桓玄聯手布局，先後殺害了郝大哥和幫主，又以奸計突襲我們的兄弟，令我們的船隊全軍覆沒，我定要為幫主報仇。我怕桓玄會遣馬軍或周紹到邊荒集去騙小姐，所以先趕往邊荒集。」

「嘩！」

尹清雅再忍不住，哭倒高彥懷裡去。

燕飛沉聲道：「魏兄的做法正確。今次你們也不是輸得無法翻身，只要能比馬軍和周紹早一步返回兩湖，召集所有兄弟，再化整為零，暫時避開敵人的鋒銳，便可以靜待東山再起的時機。」

劉穆之接口道：「當劉裕反攻桓玄之時，你們的機會便來了。」

魏品良一震道：「劉裕？」

劉穆之點頭道：「正是劉裕。他不但是你們唯一的希望，也是南方最後的希望，只有他能擊敗桓玄，為你們的幫主雪此深仇。」

魏品良的眼睛亮了起來，像看到了天際一線曙光。

當劉裕策馬進入木寨，臨海運的北府兵，不論已登上戰船，又或仍守衛木寨的，全體高呼劉裕之名，人人狀若瘋狂，情緒昂揚，喊叫聲震動了整個碼頭區。

劉裕率領最後一支騎兵隊，撤離會稽，終於安然抵達臨海運。

朱序親自到大門迎接劉裕，與他並騎馳入兵士夾道歡迎的臨海運。

當劉裕經過寨門的一刻，他不但知道這次與天師軍之戰，最艱難的時刻已過去了，且明白曉得勝利正掌握在他手上。

歡呼聲潮浪般起伏著，沒有半點減弱和斂歇的趨勢，只有如此把心中的熱情宣洩出來，方可讓北府兵表達出對劉裕的尊敬和感激。正是劉裕把他們從絕望的深淵和死亡的陰影下拯救出來，重建北府兵的威望和信心。而劉裕實踐了他許下的諾言，是最後一個撤離會稽的人，這事實比任何言語更振奮和激動人心，令疑心最重的人也不得不承認他是個肯爲手下著想的好統帥。

劉裕以事實證明了他有不下於謝玄的才能，整個撤軍行動爽快俐落，毫不含糊，且退而不亂，布下大大小小的陷阱，引天師軍來襲，然後逐一粉碎之。謝玄之後，劉裕是第二個能把北府兵的優點發揮得淋漓盡致的明帥，顯示出泱泱大將之風，把原本極度失意下的撤退，變成一場勝利的調軍。

與撤軍行動配合連消帶打的反擊戰，更是振奮人心。

果如劉裕等所料，三天前天師軍的百艘貨船和近三百艘戰船，分批從運河駛進海峽，準備大舉進犯海鹽，卻被屠奉三以「奇兵號」爲首，親自指揮由四十五艘戰船組成的船隊，截擊於海鹽西南方的海面上。「奇兵號」在老手的操縱下，固發揮出超級戰艦的本色，參戰的二十艘雙頭船，更充分顯示其以少勝多的高度靈活性，突破了天師軍戰船對裝載輜重兵員的貨船的保護，擊垮了天師軍的貨船隊，粉碎了徐道覆攻陷海鹽的美夢。

是役劉裕一方損失了二十八艘戰船，包括八艘雙頭艦，天師軍卻被擊沉焚燬超過一百艘戰船，貨船隊能成功遁逃者，只有十來艘。這場海戰徹底逆轉了天師軍在海面上的優勢，更失去了海峽的控制權。縱然徐道覆起意反擊，亦只能憑陸上的戰爭來決定勝敗榮辱。

但天師軍的噩夢並未到此爲止，由劉毅率領以三千騎兵組成的快速應變部隊，突襲撤返岸上去的天師軍，斷去他們返回嘉興之路。

當徐道覆曉得不妙時，蒯恩的七千攻城軍已兵臨嘉興城下，對只餘下五百守軍的嘉興城，發動日夜不停的攻城戰。天師軍撐了兩天兩夜便棄城逃走，嘉興重入北府兵之手。

蒯恩立即派軍截斷吳郡北面的交通，又遣兵到吳郡和太湖間設立能據守的堅固壘寨陣地，至此吳郡變爲孤城一座，再沒有反擊之力。

所有劉裕定下的軍事目標逐一完成，餘下的就是等劉裕與最後一批北府兵安抵海鹽後，與徐道覆作最後的決勝。

劉裕在手下聲嘶力竭的呼喊聲中，昂然登上「奇兵號」，迎接他的是屠奉三和老手，兩人的情緒亦非常激動。

屠奉三大喝道：「擂鼓！」

正蓄勢以待的八名鼓手，同時將「奇兵號」甲板上八個大鼓敲得震天價響，把逐漸停頓的呼喝聲掩蓋下去。

鼓聲倏止，整個臨海運變得鴉雀無聲，泊在碼頭處的十二艘戰船上的北府兵，和岸上等待登船的北府兵，全體三千多人，目光都投往登上「奇兵號」指揮台上威風凜凜的劉裕——他們心中的英雄。

劉裕神色冷然的環視著遠近翹首往他看去的兄弟，忽然舉拳擊向上方，大喝道：「兒郎們！我們回海鹽去，由今天開始，我們生死與共，直至人人安居樂業、豐衣足食、天下太平。」

他的話登時引得遠近爆起震耳的喝采聲，仍在岸上的朱序一聲令下，眾兵秩序井然的魚貫上船，標示著大撤退已到了最後的階段。

此時江文清的十艘雙頭艦現身於東面的海平處，益顯劉軍如日中天的氣勢。

「奇兵號」是最後一艘駛離臨海運的戰船，指揮台上的劉裕和屠奉三都生出大局已定的動人感覺。

劉裕這時才有機會和屠奉三說話，問道：「建康方面有甚麼新的消息？」

屠奉三道：「在我離開海鹽之前，收到一個驚人的消息，就是聶天還和郝長亨都被桓玄宰掉了，兩湖幫的戰船幾近全軍覆沒。」

劉裕劇震道：「小白雁生死如何？」

屠奉三一呆道：「眞想不到你的反應是這句話，我還以爲你會說這是不可能的，桓玄憑甚麼這般容易收拾聶天還。」

劉裕苦笑道：「高彥是我的好朋友嘛！我因關心他而緊張小白雁。像小白雁那樣的美人兒，落入桓玄手上眞不堪想像。」

不由想起王淡眞，心中劇痛。

屠奉三道：「沒有小白雁的消息。坦白說，我也很擔心她，若她有甚麼閃失，高彥肯定會自盡殉情。唉！眞教人想不到，以聶天還的才智本領，竟會栽在桓玄手上。收拾了聶天還後，桓玄立即攻入江陵，把楊佺期和殷仲堪兩人斬首，還把他們兩人的首級，與聶天還和郝長亨的首級，派人送往建康，說自己誅除反賊有功，要朝廷立即封他爲大司馬。我操他的娘，桓玄實在逼人太甚。」

劉裕冷靜下來，疑惑難解的道：「桓玄憑甚麼能這麼輕易吃掉兩湖幫呢？」

屠奉三沉著應道：「照我看該是與譙縱有關。譙縱既然是魔門的人，多年來又暗中部署，說不定有魔門之徒混進了兩湖幫之內，取得聶天還的信任。否則任桓玄和譙縱如何厲害，亦無法這般輕易的擊垮聶天還。」

又嘆道：「這或許就是天理循環，當年大江幫正因有胡叫天洩露機密，害江海流命喪於聶天還之手；現在輪到聶天還被內奸出賣，這是否報應呢？」

劉裕道：「文清曉得此事嗎？」

屠奉三搖頭道：「我尚未與她碰頭。這麼重大的事，由你親口告訴她較爲適宜。」

劉裕點頭表示同意。道：「我眞怕司馬元顯守不住建康。」

屠奉三正容道：「在我們的爭霸路上，絕不可以有婦人之仁。建康現在的情況，正如我們以前所預料般。司馬王朝再沒有任何希望，問題是取而代之的究竟是桓玄、劉牢之還是你小劉爺。明白嗎？」

劉裕頹然道：「我明白！可是我們終曾和司馬元顯有過一段眞摰的交往。」

屠奉三道：「做人必須實事求是。眼前最重要的事，是收拾徐道覆，平定南方，建立我們的據點和領地，其他事既輪不到我們去理，也是我們力所難及的。情況有點像會稽和謝琰，我們只能等待最佳的時機來臨，方可全力反擊。」

稍頓續道：「事實上整體情況的發展對我們是有利無害。畢竟司馬氏仍是南方的正統，桓玄篡奪司馬王朝，在高門大族心中，是爲竊國之賊，所以只要我們打著討賊的旗號，於收拾天師軍後回師北伐，便名正言順，省去我們不少工夫。」

劉裕點頭道：「屠兄說得對。好！一切以大局爲重。」

又皺眉道：「桓玄見嘉興落在我們手上，肯定不會蹉跎時間，會立即攻打建康，劉牢之會如何反應呢？」

屠奉三不屑的道：「劉牢之雖然愚蠢，但該不致蠢得和桓玄聯手夾攻建康吧！我看他會在廣陵按兵不動，隔山觀虎鬥，最好是桓玄和司馬元顯拚個兩敗俱傷，那劉牢之便可以勤王的姿態，收拾殘局，成爲建康最有實力的人。」

劉裕嘆道：「我怕聶天還的遭遇，會在司馬元顯身上重演。」

屠奉三嘆道：「這個可能性很大，陳公公這著棋子，可以發揮很大的威力。」

劉裕點頭道：「沒錯，如果司馬元顯敗得又快又慘，劉牢之坐收漁人之利的如意算盤，將打不響。」

屠奉三冷哼道：「不但打不響，還會死得很慘。建康高門中支持桓玄者大不乏人，但支持劉牢之的卻找不到半個。忽然讓桓玄登上帝座，劉牢之可以幹甚麼呢？只是糧餉方面，就由不得劉牢之不屈服。桓玄身後尚有莫測其眞正實力的魔門，劉牢之肯定沒有還手之力。」

劉裕狠狠道：「這是劉牢之自作自受，怨不得別人。不過我們一定要在劉牢之被擊垮前，收拾徐道覆，只要我們能在桓玄進佔廣陵前，先一步回師廣陵，我們便有足夠資格和桓玄爭奪建康。」

屠奉三冷然道：「情況大致如此，該是研究如何收拾徐道覆的時候了！」

劉裕心中一陣激動，目光投往前方的汪洋，心情亦像海面的波濤洶湧。苦候多年的機會終來到手上，就算要拚盡最後的一兵一卒，他也絕不會放過桓玄。

第三十章　生死存亡

壽陽城。忘世莊。

謝道韞獨坐小廳內，神情肅穆。

謝琰和兩子的死訊，今早傳至，謝鍾秀登時哭昏了，只有她最冷靜，反覆把謝混的親筆信看了三遍，心中湧起悵惘無奈的情緒。

謝混既悲父親和兄長的陣亡，但大部分篇幅則力數劉裕的不是，直指劉裕要對他們的死亡負上全責，最後力勸她返回建康，主持謝家的事。

謝道韞心中浮現謝混秀美不凡的儀容，一陣淒酸襲心而至。

謝混擁有謝安的風流，他早熟、聰慧、好山水、善清談，又是詩文的能手，只可惜卻也像他的父親一樣，缺乏因應時勢而作出改變的勇氣和識見。

在天師軍之亂中，他們謝家首當其衝，在各個家族中損失最爲慘重，不到兩年共有六人被殺，是家族史上從未有過的事。

難道他們謝家已到了日暮途窮的時刻？誰能重振謝家的風流呢？

謝鍾秀像幽靈般神情木然的走進廳來，直抵她身前坐下，垂頭輕輕道：「劉裕是不是那樣的人？」

謝道韞痛心的細審她蒼白的面容，道：「秀秀好了點嗎？」

謝鍾秀倔強的道：「我沒事。姑姑先答秀兒的問題。」

謝道韞心中一顫，終於曉得謝鍾秀心中的男子正是劉裕，否則她不會如此在意劉裕是哪種人。凄然道：「信中說的只是小混的一面之詞，怎可藉此判斷劉裕是怎樣的人？待我們返建康後，會更清楚一些。」

謝鍾秀一震道：「我們眞的要返回建康嗎？」

謝道韞平靜的道：「我們既身爲謝家子女，對謝家實在是責無旁貸。秀秀你來告訴我，我們還可以有別的選擇嗎？」

謝鍾秀仰起俏臉，雙目淚珠滾動，一聲悲呼，投入謝道韞懷裡，不住抽咽，無聲飲泣。

謝道韞也陪她灑下熱淚，撫著她香背道：「現在並不是哭的好時候，我們必須堅強起來，把這個家撐下去。」

好一會兒後，謝鍾秀道：「劉裕眞的是這種乘人之危的卑鄙之徒嗎？」

謝道韞長長嘆了一口氣，道：「人死不能復生，人死了，活著的人本不該再理會他們生前的過錯，但既然你一再追問，我便坦白告訴你吧！問題不在劉裕，而在你的叔父，如果他肯依安公和你爹的遺命，重用劉裕，那我們謝家何用弄至這等情況？至於劉裕是怎樣的一個人，時間會告訴我們眞相。明早我們便坐船回建康去，這是我們沒法逃避的事，也是謝家兒女的命運。」

謝鍾秀哭道：「我們謝家是不是被下了毒咒呢？如果爹能多活幾年……我們……」說起謝玄，又再悲從中來，泣不成聲。

謝道韞嘆道：「秀秀是否一直在懲罰自己？」

謝鍾秀嬌軀猛顫，反收止了哭聲，從謝道韞懷裡抬起頭來，顫聲道：「姑姑在說甚麼呢？」

謝道韞愛憐地撫摸她的秀髮，柔聲道：「秀秀一直對淡眞之死耿耿於懷，認爲自己須負上責任。但秀秀可知即使以你爹的智慧，仍沒有預見將來所有事的本領，只要我們是出於良好的動機，做認爲該做的事，便可問心無愧。」

謝鍾秀伏入謝道韞懷裡，繼續飲泣，嗚咽道：「姑姑不用開解我。只要我一想到淡眞那晚若成功與劉裕私奔出走，淡眞不用死得那麼苦，我便後悔得想自盡。」

謝道韞平靜的道：「秀秀喜歡的人是劉裕，對嗎？」

謝鍾秀嬌軀劇震，再沒有說話。

卓狂生來到坐在船尾的燕飛身旁，道：「今次成功的機會很大，桓玄一方面要追殺逃脫的兩湖幫徒，更要收拾江陵的爛攤子，根本沒法兼顧兩湖，我們肯定可比桓玄的人先抵兩湖。」

巴陵已在三個時辰的船程內。

沿途他們硬闖荊州軍的三個關口，又兩次與荊州軍的水師展開遭遇戰，但都能輕鬆闖過，可知桓玄的水師船隊仍沒有能力控制所有水道。

燕飛問道：「商量好了嗎？」

卓狂生在他身旁坐下，伸了個懶腰，油然道：「正如你說的那樣子，兩湖幫並沒有一敗塗地。聶天還最厲害的一著，是把一半戰船留在兩湖，如果郝長亨能溜返兩湖——唉！眞想不到郝長亨那麼短命。」

燕飛點頭道：「眞的很可惜，聶天還今次是棋差一著，敗在內奸手上。」

卓狂生道：「可是任桓玄和譙縱千算萬算，也算不過老天爺，竟有我們小白雁這神來一筆，立即把整個局勢扭轉過來。我、高小子和姚猛決定留在小白雁身邊，助她重整兩湖幫的陣腳。只要能避過桓玄的乘勝追擊，便輪到桓玄有難了。」

燕飛搖頭道：「桓玄根本沒有能力進犯兩湖，現在他是自顧不暇，他必須在劉裕回師建康前攻陷建康，他再沒有別的選擇。」

又道：「老程不肯留下來嗎？」

卓狂生道：「老程對兩湖幫始終心存芥蒂，或許你可以說服他。」

燕飛道：「勉強便沒有意思，讓他隨我們和劉先生去與劉裕會合吧！」

卓狂生道：「也只好這樣了。」

燕飛道：「你看小白雁對兩湖幫眾有足夠的號召力嗎？」

卓狂生道：「我看這方面完全不成問題，小白雁是不是有統率兩湖幫的能力並不重要，最重要是她成了兩湖幫的象徵和靈魂，讓幫眾可以把對聶天還和郝長亨的忠誠和崇敬，轉移到她身上去。看魏品良等人對她敬若天神的態度，你便明白我在說甚麼。」

接著又道：「除了爲聶、郝兩人報仇的憤慨，把兩湖幫眾團結在小白雁旗下外，小白雁與我們荒人，亦即是與小裕的關係，更賦予兩湖幫眾對未來的期望，人人明白只要能助劉裕統一南方，他們就再不是朝廷眼中的反賊。這是最實際的激勵。唉！現在我最怕是留在兩湖幫眾裡仍有魔門的奸細。」

燕飛道：「說到這方面，我不得不讚聶天還一句老謀深算。現在於兩湖指揮的是個叫周明亮的人，此人才智武功都不怎麼樣，但在兩湖幫卻是德高望重的人。據品良所說，周明亮自幼和聶天還便是朋友，對聶天還的忠心是無可懷疑的，更絕對不是魔門中人，也不是桓玄買得動的人。」

卓狂生道：「如此我就放心了！坦白說，老聶的死當然教人惋惜，但也解開了我們荒人和兩湖幫的死結。他奶奶的！誰想得到小白雁之戀會朝這樣的方向發展。不要看小白雁表面上對高小子仍是凶巴巴的，事實上高小子固然沒法離開小白雁，但小白雁也沒能片刻可以離開高小子。」

燕飛拍拍卓狂生肩頭，有感而發道：「我還是聽你的勸告，去找賭仙說話，因爲小白雁最需要的正是他這麼一個熟悉水道幫會的人輔佐，我有信心可以說服他。」

徐道覆站在高地上，高挺的體型氣度，衣袂隨風飄揚，外表仍是那麼威武不凡，予人強大的信心，就像沒有人可以擊倒他似的。

事實上天師軍正在進行慘痛的撤退。

數以萬計的天師軍，沿運河兩岸撤往會稽，人人垂頭喪氣，再無復狠挫南征平亂軍時如日中天的氣勢。

張猛立在徐道覆身後，親兵則把守高地四方。

運河上游六十多里的嘉興忽然被攻陷，不但令他們陣腳大亂，也影響了進攻退守全盤策略。

張猛欲言又止。

徐道覆有如目睹般淡淡道：「將軍有甚麼話想說呢？」

張猛踏前一步，道：「我們是否要保著吳郡呢？」

徐道覆露出一絲苦澀的笑意，道：「我們保得住吳郡嗎？」

張猛道：「機會是有的，只要我們能在短期內收復嘉興，劉裕將被逼重陷劣勢，如此吳郡之危自然消解。」

又道：「現在桓玄隨時東攻建康，建康軍自顧不暇，將無力對北府兵施以援手。而我們則得到整個南方的支持，只要重整陣勢，便可以發動反攻，徹底摧毀劉裕。」

徐道覆冷然道：「照你的估計，如我們全力反攻嘉興，要多少時間方能收復此鎮？」

張猛道：「我們大部分的攻城器械，均於攻打海鹽一役中沉於江底。幸好我們人力充足，更不虞缺乏材料，只要有一個月的時間，可做好攻城的準備工夫。」

徐道覆道：「也就是說我們至少須一個月的時間，方可發動嘉興的攻城戰。」

張猛道：「要保著吳郡，只有圍魏救趙這個辦法。我們把嘉興重重圍困，如果劉裕來救，我們便可於途中伏擊北府兵。嘉興現已成此戰成敗的關鍵，乃劉裕必救之地，如此主動仍掌握在我們手上。」

徐道覆道：「你的計策非常高明，只有一個破綻，就是沒有把北府兵水師的威脅計算在內。現在於水戰上，北府水師可說是佔盡上風，如果給他們從海峽闖入運河，我們將只有挨揍的局面。唉！論兵員的素質、訓練和裝備，我們的確及不上敵人。以前之所以能牽著敵人的鼻子走，除了戰略正確外，更因對方的主帥是無能自大的謝琰。現在我們的對手再不是謝琰，而是被北府兵視爲謝玄另一化身的劉裕，形勢截然有異，如果我們一成不變的沿用以前那套方法，會輸得更快更慘。」

張猛爲之啞口無言。

謝琰確實不能和劉裕相比。

劉裕每走一步，天師軍的優勢便相應的削減一些。先是攻陷滬瀆壘，令天師軍亂了陣腳，接著渡海於臨海運設置陣地，使會稽、上虞兩城的守軍能安然撤往海鹽。而收復嘉興的一著，更把天師軍推往眼前進退維谷的劣況。

劉裕用兵之術，絕不在謝玄之下。

徐道覆道：「幸好劉裕仍有一個弱點，只要我們把他的弱點加以擴大，將可令他全軍盡墨。」

張猛大喜，道：「劉裕的弱點在哪裡？」

徐道覆看著經過運河的一批十多艘天師軍戰船，緩緩道：「只看江南這區域的情況，他的弱點並不容易覺察，可是若放眼全局，他的強弱處便呼之欲出。」

張猛現出醒悟的神色。

徐道覆續道：「桓玄先後收拾了聶天還和楊佺期，於大江上游已成獨霸之勢，與建康軍的大戰一觸即發。而建康因上游被荊州軍封鎖，西面的糧貨物資沒法輸送，形勢愈趨吃緊，據傳多處地方已出現了饑饉的情況。」

張猛點頭道：「劉裕的問題，是將無法得到建康方面的支援，縱能奪得我們在滬瀆壘的糧資，但要支持兵員達三萬之眾的軍隊，怕亦只能維持二至三個月的時間，只要我們能穩守三個月，劉軍將不戰而潰。」

徐道覆欣然道：「除此之外，我才不相信劉裕不心切建康的情況，如讓桓玄奪取建康，而附近城池又逐一落入桓玄手上，再把廣陵的劉牢之連根拔起，劉裕何來反攻桓玄的力量？所以劉裕會變得急於求勝，而我們將有可乘之機。」

張猛恭敬的問道：「如此我們該不該放棄吳郡呢？」

徐道覆尚未來得及回答，一道人影出現丘坡處，飛掠而至，守衛的親兵不單沒有攔阻，還致禮施敬。原來來人是盧循。

徐道覆道：「張將軍立即持我令牌到吳郡去，把城內駐軍撤往太湖另一邊的義興，一切由你酌情處理。」

張猛接令去了。

盧循來到徐道覆身旁，神色凝重的道：「情況眞的那麼嚴重嗎？」

對著盧循，徐道覆再不掩飾露出憂色，嘆道：「天師若再不肯出山，我們極可能輸掉這場仗。」

盧循劇震道：「不會那麼嚴重吧？」

徐道覆頹然：「我已盡量高估劉裕，想不到仍是低估了他。他幾乎於同一時間得到海鹽和滬瀆壘的控制權，確實是非常乾脆漂亮的絕著，令我們原本完美的計畫功虧一簣，也因而一著不愼，滿盤皆落索。」

盧循皺眉道：「如論實力，我們仍遠在他之上，道覆爲何這麼快失去信心？」

徐道覆道：「我並不是失去信心，而是因太清楚敵我的形勢。我們本佔著三方面的優勢，首先是人數上佔盡便宜，但現在這方面已給北府兵高昂的士氣抵銷了。自謝玄創立北府兵，北府兵由始至終仍是南方最超卓的勁旅，不論訓練、裝備和經驗均遠超過我們天師軍，何況現在的指揮是用兵之道不下於謝玄的劉裕，我們的人多勢眾再不可恃。」

盧循一時說不出話來。

徐道覆續道：「其次是我們在水道和大海的控制權，已落入劉裕手上。在水戰上，我們實非以大江幫雙頭艦爲骨幹的劉軍水師的對手。江南水道縱橫交錯，誰能稱霸水道，誰便能操控主動。」

盧循苦笑道：「還有呢？」

徐道覆嘆道：「還有就是陸上的優勢，我們之所以陷進眼前的局面，是因對方從邊荒運來良種胡馬，組成了一支三千人的騎隊。而騎兵正是我們最弱的一環，經連番激戰後，只餘下千多騎，根本沒法以騎兵應付騎兵。在一般情況下，北府兵的二千騎足可令海鹽、滬瀆壘、嘉興和吳郡互相呼應。能守而後能攻，只要劉裕守穩陣腳，會稽危矣。如會稽不保，其他城池也將守不住。」

盧循冷哼道：「不如我們索性把大軍撤往翁州，任由所有城池落入劉裕之手，看他如何管理這個爛攤子？」

徐道覆道：「師兄是想重演王凝之當年的情況，可是劉裕是另一個王凝之嗎？他來自民間，明白民情，曉得人民渴求的只是太平和氣地安居樂業。更可慮者是劉裕的『一箭沉隱龍』，不但令他成爲北府兵的英雄，更成爲南方民眾翹首仰望的救星，對民眾的號召力是難以估計的。所以我們絕不可容許他有這個機會。」

盧循面有難色的道：「唉！可是我眞的不明白天師，他像變成另一個人似的，對一手創辦的天師道似再沒有絲毫興趣。」

徐道覆沉聲道：「決定權當然在天師手上，師兄只要讓他清楚我們現在正面臨生死存亡的情況便成。」

盧循現出堅決的神色，點頭道：「我立即趕往翁州見天師，回來後再說吧。」

再嘆一口氣，迅速去了。

第三十一章　豪賭一鋪

「篤！篤！篤！」

江文清應道：「是我們的劉帥嗎？」

劉裕推門而入，笑道：「文清竟然認得我的腳步聲。」

江文清笑意盈臉，嘴角含春的道：「我沒有那種本事，不過知道只有劉帥一個人敢那麼推門進入人家的閨房。」

劉裕看得眼前一亮，江文清回復女裝，秀髮披肩，容光煥發，正散射著成熟的魅力。

他緩緩關上房門，到一角的椅子坐下去，離坐在床沿的江文清足有丈許之遙，氣氛登時古怪起來。

江文清見劉裕目不轉睛地打量她，俏臉飛上兩朵紅霞，垂首低聲道：「劉帥想找人聊天對吧！」

劉裕苦笑道：「我本想等到明天才告訴你，讓文清今晚可以安安樂樂的睡一覺，但卻沒法控制自己的一雙腳，忍不住直闖文清的香閨，請文清恕我冒犯之罪。」

江文清一呆道：「甚麼事這麼嚴重，會令我睡不著的？」

劉裕道：「聶天還被桓玄殺了。」

江文清劇震而起，失聲道：「甚麼？」

劉裕跳將起來，奔到她身前，伸出兩臂，把她擁入懷裡。

江文清在他懷裡抖顫起來，接著兩手纏上他的肩頭，喘息道：「不可能的。」

劉裕比任何人更明白她的失落感覺，她一直期待著手刃聶天還的一刻，但這一刻將永遠不會來臨，因爲已由桓玄代勞。

江文清又平靜下來，仰臉瞧他道：「告訴我你只是在開玩笑。」

劉裕愛憐地吻她的香唇，嘆道：「是眞的。由此亦可見，在魔門的全力支持下，桓玄再不是以前的桓玄，其實力遠在我們所知之外。如果我們仍當他是以前那個桓玄，吃虧的會是我們。我聽到這個消息後，也曾大吃一驚。」

江文清把俏臉埋入他肩膀處，說不出話來。

劉裕道：「文清有沒有想過，於你爹的死來說，聶天還只是執行者，眞正的罪魁禍首仍是桓玄。」

江文清沒有作聲，但摟得他更緊了，似要擠進他身體去。那種銷魂的感覺，是沒法形容的動人滋味。

劉裕心中燃起愛火，暗下決定，會盡力與桓玄周旋，絕不容桓玄再次作惡，傷害江文清。他已失去王淡眞，再不可失去江文清。

「文清！」

江文清「嗯」的應了他一聲，仰起俏臉，道：「劉帥啊，我眞的怕今晚難以入睡，留下陪文清聊天好嗎？」

劉裕感到她的身體滾熱起來，有點不知道自己在說甚麼的問道：「聊甚麼呢？」

江文清嬌羞的把螓首枕在他肩頭，輕聲道：「劉帥愛聊甚麼，便聊甚麼吧！啊！」

劉裕把她攔腰抱起，吹熄了床頭几上唯一燃點著的油燈，然後把她輕輕放到床上去。溫柔的月色，從西窗射進房內來。

劉裕生出無比深刻的動人感覺。

劉裕的目光沒有離開江文清片刻，心中想的卻是目前的處境。他們正位於戰火的核心處，與天師軍的生死決戰正如火如荼地進行著。而海鹽這座位於最前線的戰略重鎮，彷如怒濤裡冒起的一塊巨岩，任由戰浪衝擊，仍能屹立不倒。

戰火已蔓延至南方每一個角落，南方的數股勢力正於不同的戰場較量比拚，做著最激烈的鬥爭和角力。

但在今夜，他將會忘掉一切，包括過去和將來，盡情享受生命最濃烈燦爛的輝煌時刻，對老天爺他再沒有半句怨言，至少在此刻他是如此。

江陵城。桓府。

桓玄依依不捨地離開譙嫩玉，披衣到外廳去見譙奉先。

坐下後，譙奉先肅容道：「建康有消息傳來，司馬元顯正集結水師，趁我們剛得荊州，人心不穩之際，以劉牢之為先鋒，司馬尙之為後部，率軍逆流來攻打我們。」

桓玄啞然失笑道：「好小子！」

譙奉先續道：「建康軍戰船約一百五十艘，兵力在一萬五千人間；北府兵戰船一百二十艘，兵力達二萬之眾，合起來近三百艘戰船，兵員有三萬五千人。這是司馬元顯能動員的力量，如果被我們一舉擊垮，建康唾手可得。」

桓玄欣然點頭道：「奉先你做得很好，完全掌握著建康的情況。劉裕方面又如何？」

譙奉先苦笑道：「劉裕這傢伙確實不可以小覷，竟可於謝琰被殺的當兒，不但成功撤走會稽和上虞兩城的南征平亂軍，且乘徐道覆傾盡全力攻打海鹽之際，以奇兵攻陷嘉興，把整個局勢扭轉過來，令吳郡的陷落變爲早晚間的事。照我看天師軍大有可能栽在劉裕手上。」

桓玄雙目殺機大盛，冷哼一聲。

譙奉先道：「不過徐道覆仍佔盡人和地利的優勢，劉裕沒有一年半載的時間，肯定沒法鏟除天師軍，所以我們可暫時不理劉裕，還樂得讓他牽制著天師軍。」

桓玄沉聲道：「對司馬元顯的行動，奉先有甚麼好提議呢？」

譙奉先從容道：「我們剛從兩湖幫處取得三十多艘性能超卓的赤龍舟，加上我們巴蜀來的六十艘快速戰船，配合南郡公原有的戰船，組成新的荊州水師，戰船超逾三百艘，有足夠的力量在大江上迎擊司馬元顯，且佔盡上游順流之利，只要我們以逸待勞，待司馬元顯遠離建康，然後迎頭痛擊，肯定可把建康水師徹底擊垮，去除進軍建康的最大障礙。」

桓玄搖頭道：「這並非最上之策，皆因奉先不了解建康眞正的情況，不明白司馬道子父子與劉牢之的關係，更不清楚劉牢之是怎樣的一個人。」

譙奉先愕然道：「請南郡公指點。」

桓玄微笑道：「劉牢之是個自私自利、一切只懂爲自己著想的人。他最憎恨的人並不是我，而是司馬道子，又或以司馬道子爲代表的權貴。而司馬道子父子包庇劉裕一事，更令他無法釋懷。但他絕非蠢人，明白如讓司馬道子平定了荊州，司馬道子會聯合劉裕來對付他。在這樣的思量下，你道劉牢之會否全心全意的聽司馬道子之令行事？」

譙奉先應道：「當然不會。」

桓玄道：「劉牢之的如意算盤，是讓我們和司馬道子拚個兩敗俱傷，最好是由我們除掉司馬元顯，然後由他撿便宜收拾我們，那建康的控制權將落入他的手上。」

譙奉先道：「南郡公的意思是……」

桓玄胸有成竹的道：「我們務要製造出一種形勢，令劉牢之去扯司馬元顯的後腿，令司馬元顯陣腳大亂，而我們則可趁司馬元顯進退失據之際，一舉摧毀建康水師，這時縱然劉牢之曉得中計，但已回天乏術，只餘待宰的分兒。」

譙奉先雙目亮起來，道：「下屬明白了！我們立即盡起戰船，進軍建康，控制主動，逼司馬元顯倉卒迎戰。」

桓玄欣然道：「還差了一著，就是派人去見劉牢之，巧妙地提供錯誤的情報，使劉牢之誤判我們的情況，也因此作出最錯誤的決定。」

譙奉先也不得不佩服桓玄的手段，道：「何人可擔當此重任呢？」

桓玄道：「這個說客並不易當，首先我們想讓劉牢之知道的事，直接講明將收不到理想的效果，須讓他由言外之意猜測出來。其次這個人須為劉牢之信任的人，令劉牢之不會懷疑此人會害他。」

譙奉先一震道：「我有一個非常理想的人選，保證可令劉牢之中計。」

桓玄大喜道：「此為何人？」

譙奉先道：「這個人就是劉牢之的親舅何穆，他在建康當了個漕運的小官兒，最明白鎖江對建康的影響，故一直看好我們。我有辦法說動他爲我們當說客，因爲他最愛到淮月樓鬼混，淑莊看在他和劉牢之的關係上，一向對他籠絡有加，現在該是用得著他的時候。」

桓玄長笑道：「如此何愁大事不成？此事交由奉先全權處理。」

譙奉先恭敬的道：「事關重大，不容有失，奉先不會令南郡公失望的。」

桓玄像記起甚麼似的，岔開話題問道：「兩湖方面情況如何？」

譙奉先道：「剛接到巴陵傳來的消息，兩湖幫餘孽的戰船，三天前忽然離開泊地，沒有人曉得他們到了哪裡去。」

桓玄怒道：「馬軍和周紹也不清楚嗎？」

譙奉先不敢說話。

桓玄苦笑道：「現在我們再沒空去理會難成氣候的兩湖幫餘孽，待我攻陷建康後，再派大軍到兩湖去掃蕩他們。去辦你該辦的事吧！」

譙奉先領命去了。

劉裕領著三千騎兵，昂然由嘉興東門入城，迎接他的是蒯恩、陰奇和比他早兩天到達的屠奉三。軍民夾道歡迎，高呼小劉爺之名。

劉裕大訝，屠奉三笑著解釋道：「還是小恩行，甫入城立即發糧濟民，又在城內張貼告示，公告絕不會像天師軍般強徵壯丁入伍，只要不勾結天師叛軍，人人可以安居樂業，立即爭取到城民的支持。很多逃往附近鄉鎮的民眾，這幾天都聞風扶老攜幼的回城。小恩不但律軍甚嚴，不許手下有半點擾民之舉，還派出兵員為民眾修補房舍。現在劉帥眼見的熱情和盛況，正是小恩一番心血的成效。」

劉裕大喜道：「想不到小恩能體恤民情，視民如子，我們要好好向你學習。」

蒯恩赧然道：「我只懂這一招，還是侯先生教下來的，至於長遠的治民之策，我是一竅不通。侯先生曾說過，民眾是很單純的，誰能令他們豐衣足食、安居樂業，便會受到民眾的支持。侯先生更指出劉帥身負『一箭沉隱龍』的神秘色彩，做起安撫群眾的工作，會收事半功倍之效。」

劉裕欣然道：「小恩你做得很好。」

屠奉三道：「天師軍昨夜撤離吳郡，渡湖往義興去，臨行前放火燒吳郡，又拆毀城門，搗破部分城牆，吳郡的城民正往嘉興逃難而來。唉！」

劉裕明白屠奉三為何嘆息。由於荊州軍封鎖大江，西面貨糧沒法經大江運往建康，糧食出現短缺的情況，令建康沒法再在這方面支持他們。若非他們從滬瀆壘奪得大量糧資，又得孔老大在沿海一帶搜購糧食，恐怕現在被逼撤退的將是他們而非天師軍。

但糧食始終有限，只夠軍隊三個月的食用，如再賑濟大批湧來的災民，將令他們百上加斤，支持不下去。

眼前似是一片好景，卻是外強中乾，而徐道覆正是看破他們這致命的弱點，故全面撤離，擺出長期作戰的姿態。

陰奇咕噥道：「他們為何不逃往無錫去，偏往我們這邊來？」

蒯恩道：「無錫的守將是司馬休之，自戰爭開始，便堅拒難民入城，吳郡的民眾根本是無處可去，只好逃往嘉興來。嘿！小將該如何處理他們呢？」

劉裕毫不猶豫的道：「我劉裕來自平民百姓之家，怎可對民眾的苦難視若無睹，我要令南方的民眾清楚我劉裕是怎樣的一個人，讓他們曉得我會和他們同甘共苦。」

蒯恩現出尊敬的神色，道：「明白了！」

劉裕轉向憂心忡忡的屠奉三道：「我們必須設法打破眼前的困境，否則我們將不出兩個結局，一是糧盡而亡，一是由桓玄來宰掉我們。」

屠奉三邊策馬邊沉吟道：「糧食方面，仍非無法可想。可是如何對付桓玄，我眞的想不到辦法，因爲我們正自顧不暇，還如何去理會建康的事？」

劉裕道：「建康方面由我去想辦法，糧食方面該如何解決呢？」

屠奉三道：「巴蜀乃天府之國，糧米之鄉，不但能自給自足，還可以把大批米糧輸往建康和大江兩岸城鎮。現在桓玄封鎖建康上游，令漕運斷絕，建康固是百物騰貴，可是封鎖線上游城鎮的情況卻剛好相反。由於糧貨不能售往建康，被逼在封鎖線上游的城鎮散貨，肯定令糧價下降，如果我們有方法在這些地方收購糧食，再運往這裡來，可暫紓糧荒的困局。」

陰奇大喜道：「此事可交由我負責。因著邊荒遊的關係，我們與大江沿岸的幫會建立了交情。現時兩湖幫名存實亡，令沿江幫會少了很多顧忌，加上我們荒人的面子，此事將是水到渠成。唯一問題是我們欠缺買糧的財力。」

蒯恩道：「此事不難解決，只要平城的金子能運至邊荒集，我們將有足夠的財力收購糧食。」

此時眾人馳進太守府，甩鐙下馬，步入太守府的大堂。

劉裕沉默下來，似是在深思某個難以解決的問題。

屠奉三向陰奇等打個手勢，讓他們留在門外，自己則追著劉裕入堂去了。

劉裕步至大堂正中處，忽然止步，兩手負後，雙目閃閃生輝。

屠奉三來到他身旁，低聲問道：「劉帥是不是正思量建康的事？」

劉裕沉聲道：「建康軍會輸得又快又慘，接著將輪到劉牢之的部隊，如被桓玄佔領整個揚州，實力將會以倍數增加，奉三仍認爲我們可以擊敗桓玄嗎？」

屠奉三苦笑道：「我們的失著處，是一直沒有把魔門計算在內，但觀乎聶天還的敗亡，我們顯然大大低估了魔門的實力。」

劉裕道：「現在唯一回天之計，就是趁桓玄陣腳未穩、未成氣候之時把他擊倒，捨此之外再無他法。」

屠奉三爲難的道：「可是我們現在困處泥塗，根本沒法抽身。」

劉裕露出一個充滿自信的笑容，淡然自若的道：「爲何我們不可抽身回去？只要把大軍留下，交由蒯恩指揮，肯定可蕩平聲勢大弱的天師軍。」

屠奉三愕然道：「憑我們兩人之力，如何可把建康的形勢扭轉過來？即使司馬道子把軍權交給我們，我們仍沒法應付桓玄和劉牢之的左右夾擊，那與找死並沒有分別，更何況司馬道子絕不會讓我們控制建康軍。」

劉裕含笑看著他道：「劉牢之又如何呢？」

屠奉三劇震無言。

劉裕沉聲道：「劉牢之的情況有點像劉毅，當他發覺他所有期待和預測都落空，忽然大難臨頭、走投無路，我能起的作用，會超乎他的想像之外。」

屠奉三一時仍說不出話來，但雙目卻開始發亮。

劉裕雙目射出傾盡三江五河之水也洗不盡的仇恨，冷冷道：「我絕不可以輸給桓玄，而眼前只有一個機會，錯過了便永不再有。我要和桓玄豪賭一場，賭誰才是南方的眞命天子。」

第三十二章　打正旗號

盧循掠過石灘，來到孫恩身後，自然而然心生敬意，「噗」的一聲雙膝下跪，叫道：「天師萬安！」

孫恩站在岸邊，看著潮水湧上石灘，又緩緩地退回大海裡，任由海風吹拂，道袍飄揚，神情寫意。

盧循不敢站起來，默默等待。

孫恩忽然一聲嘆息，道：「看到你親自回來，我便曉得形勢不妙，道覆是不是吃了敗仗？」

盧循暗忖孫恩定是沒有看過徐道覆送返翁州報信的密函，一時心中也不知是何滋味，難道孫恩對他自己一手成立的天師軍再沒有任何感情，故對天師軍的事不聞不問？

孫恩終於轉過身來，面向盧循，微笑道：「起來！」

盧循仰望孫恩，忽然身體一顫，連忙垂下目光，這才敢恭恭敬敬地站起來。

孫恩從容道：「小循你因何事心生震動呢？快說出來。」

盧循現出古怪的神情，答道：「我不知道！唉！或許是我感到再不明白天師。」

孫恩興致盎然道：「你以前明白我嗎？」

盧循有點不知如何措辭般，好一會兒後道：「那是一種沒法形容的感覺。天師似是站在我身前，但又像不在那裡，好像天師已嵌入了背後的大海去，與天地渾成一體。」

孫恩欣然道：「你有此悟性，可見你的功法大有進展，令我非常欣慰。」

接著肅容道：「道覆是否受到挫折？」

盧循趁此機會，把徐道覆現時的處境詳細道出來，最後道：「道覆的看法是如果天師再不出山，我們恐怕會一敗塗地。」

孫恩留心聆聽，沒有插半句話，任由盧循把話說完，平靜的道：「道覆的策略非常正確，只要道覆堅持長期作戰的戰略，把劉裕牽制在南方，最終的勝利將屬於我們。」

盧循大吃一驚道：「天師不打算出山領導我們嗎？」

孫恩露出憐惜的神情，道：「天下是要由道覆去爭取回來，方有意義和樂趣。且我還有更重要的事去做。」

盧循不解的道：「有甚麼事比我們天師道澤被天下更重要呢？」

孫恩轉過身去，環視茫茫汪洋大海，以充滿期待的語調，緩緩道：「燕飛又來了！」

盧循失聲道：「燕飛？」

孫恩道：「正是燕飛。」

盧循鼓起勇氣，問道：「天師和燕飛之間究竟發生了甚麼事？」

孫恩淡淡道：「這是不是你一直憋在心裡，不敢說出來的話呢？」

盧循坦然道：「徒兒怎瞞得過天師精微的道心，這句話在我心裡憋了很久很辛苦，請天師賜示，讓我也好對道覆有個交代。」

孫恩似是沒法把注意力集中在盧循身上，漫不經意的答道：「有些事，是不知道比知道好，知情反是有害無益。」

盧循發自眞心的道：「徒兒願負擔知情後的一切苦果。」

孫恩再轉過身來，盯著盧循以帶點憐憫的語調道：「有些事是我們最希望知道，但也是最不願知道的。例如命運，人只會在失意時，方想知道未來的命運，但不是眞的想掌握自己的命運，只是存有僥倖之心，希望有好運在前方恭候，能否極泰來。假設未來的命運苦不堪言，知道了對你有何好處？」

盧循堅決的道：「那我只好認命。」

孫恩啞然失笑道：「我知道小循你是爲天師道著想，所以願意冒險。可是若我告訴你實情，你大有可能對天師道失去了一貫的熱情。我立你爲道統的繼承人，正是要你把天師道發揚光大。好吧！今回我與燕飛決戰後，不論成敗，我都會設法殺死劉裕，去除我們天師道最大的敵人，你也可以對道覆有所交代。」

盧循愕然道：「不論成敗？這樣……」

孫恩雙目精光遽盛，微笑道：「你不用明白。這回將是我和燕飛最後一場決戰。把我們駐在翁州的船隊撤往臨海去，我不想受到任何騷擾。」

盧循滿腹疑團的領命離開。

燕飛操弄得快艇在水面如鳥兒飛翔，順流而下。只用了三個時辰，他們由長江進入運河，脫離險區。

快艇載著劉穆之，趁黑闖過荊州軍的封鎖線，又越過建康軍的關防，成功抵達運河，時間拿捏得精準無誤。

劉穆之雖對燕飛有十足的信心，事實上是有驚無險，可是驚心動魄的過程，亦令他有點消受不了，只是幾次快艇快要翻沉，隨浪拋擲，已使他感到疲累，遂一直閉目養神，驀有所覺，睜開眼來。船尾的燕飛現出奇異的神情，雙目神光閃閃。

劉穆之問道：「燕兄在想甚麼呢？」

燕飛很想告訴這位智者自己感應到孫恩，但話到了唇邊卻無法說出來，苦笑道：「只是在胡思亂想吧！」

劉穆之倒沒想過燕飛會說謊，隨口問道：「過了無錫嗎？」

燕飛答道：「那是一個時辰前的事。」

劉穆之左顧右盼，欣賞兩岸景色，大有遊山玩水的輕鬆神態。

燕飛道：「劉先生請看前方。」

劉穆之別頭看去，只見運河前方遠處，冒起一股濃煙，在高空形成團團煙霧。失聲道：「吳郡起火了！」

燕飛沉聲問道：「看情況起火該有一段很長的時間，究竟是凶是吉呢？」

劉穆之道：「吳郡著火焚燒，有兩個可能性，一是劉爺的軍隊攻陷吳郡，一是天師軍撤退時放火燒城，不論是哪種情況，均對劉爺有利，顯示天師軍正處於下風。」

燕飛欣然道：「很快我們便曉得確實的情況，希望可以快點見到他們吧！」

拓跋儀來到慕容戰身旁，微笑道：「想不到慕容當家竟有這般閒情，在這裡觀看落日的美景。」

慕容戰露出一個頗有苦澀意味的表情，嘆道：「我不知自己是不是在欣賞落日，只知道落日的壯麗景色確實勾起我心中某種難言的情緒，且感難以排遣，拓跋當家會否因此笑我呢？」

兩人立處是潁水上游一處高地，可俯瞰雪原落日的景色。

慕容戰問道：「拓跋當家不是要陪伴崔宏嗎？爲何竟可分身到這裡來？」

拓跋儀答道：「崔宏回驛站沐浴更衣，好出席今晚由老紅做東道主的晚宴，我閒著無事，便到這裡蹓達，吹吹北風。」

慕容戰嘆道：「拓跋當家不要瞞我，邊荒集外這麼多地方不去，你偏要到這裡來，當然是因這方向較接近素君，我沒說錯吧？」

拓跋儀手搭著他肩膀，頹然道：「思念確實很折磨人，大家心照不宣。你是否對柔然美女仍念念不忘呢？」

慕容戰話不對題的道：「救回千千和小詩姑娘後，你老哥有甚麼打算？」

拓跋儀嘆道：「我可以有甚麼打算？難道我能爲自己的未來作主嗎？我倒想聽你的打算，聽你的語調，似有離開邊荒集之意。」

慕容戰滿懷感觸的道：「花兒開得最燦爛的一刻，也是它開始凋謝的一刻。當我們荒人把千千主婢迎回邊荒集來的一刻，就是邊荒集最輝煌的一刻。天下無不散的筵席，邊荒集影響著南北形勢的變化，但南北形勢的變化，亦會反過來影響邊荒集。我有種感覺，當燕飛攜美離開邊荒集的那一刻，就是邊荒集盛極轉衰的一刻。」

拓跋儀大訝道：「想不到慕容當家對邊荒集的未來，有這麼深刻的看法，亦顯現出當家你對邊荒集的情深如海。我也不認爲燕飛會長留邊荒集，而只有他，方能同時鎮撫著敝族之主拓跋珪和正在南方崛起的劉裕。」

又問道：「若邊荒集盛極必衰的情況出現，你是否會到塞外找朔千黛呢？」

慕容戰搖頭道：「何用等到那時候？聽罷千千的鐘樓琴音，我立即起程。」

拓跋儀苦笑道：「我眞的非常羨慕你。」

慕容戰反搭著他的肩頭，一齊舉步回集去了。

燕飛的抵達，轟動全城。

燕飛是不得不如實報上名字，因爲這是可以最快見到劉裕的唯一方法。

不論軍民，無不想一睹天下第一名劍的風采，聞風而至者，擠滿到太守府的大街兩旁，看著燕飛和劉穆之在劉裕的親自迎接下，直抵太守府。

到劉裕、燕飛和劉穆之三人在後堂圍桌坐下，屠奉三和蒯恩兩人不約而同的趕至，久別重逢，各人均感興奮。

劉、屠兩人都是第一次見到劉穆之，劉裕更記起江文清提過此人，故對劉穆之特別留神。

喝過熱茶，互道對方最新的情況後，燕飛道：「劉先生是自己人，甚麼都不用瞞他。我從邊荒集把劉先生請來，是因爲他或許可以助你們打贏這場勝負可能永遠無法分明的戰爭。」

劉穆之含笑不語，既不承認，也不否認，亦沒有謙辭。

屠奉三目光灼灼地打量劉穆之，大感興趣的道：「劉先生認為這是一場我們沒法打贏的戰爭嗎？」

劉穆之從容道：「燕兄為了向小劉爺推薦我，所以故意誇大其辭，指的其實是與天師軍之戰縱有勝負，但一天動亂的背景和根源沒法消除，天師軍仍可死灰復燃，又或此亂剛平，彼亂又起，變成一場無休止的苦戰。」

劉裕和屠奉三同時動容，因為劉穆之這番話說中了他們的心事。

蒯恩道：「敢問先生，有甚麼辦法可以根治江南的民亂呢？」

燕飛心中暗讚，蒯恩似是詰難劉穆之，事實上是予劉穆之說出胸中抱負的機會，因為蒯恩早從荒人處得知劉穆之乃才高八斗的智士賢者。由此可見蒯恩容人的胸襟。

劉穆之微笑道：「這可分為一時權宜之計和長遠的政策，後者更牽涉到治國平天下的大問題。」

屠奉三沉聲問道：「何謂權宜之計？」

劉穆之答道：「權宜之計是針對眼前情況的應對之術，既要有實際行動，又要有鮮明和令民眾能輕易把握的理念，兩者相輔相成，自可發揮奇效。」

劉裕道：「實際行動是不是指開倉賑濟災民，又或兵不擾民這類事情呢？」

劉穆之道：「這是最基本的行動，若連這些事也做不到，其他不說也罷。」

蒯恩道：「除此之外，我們還可以做甚麼呢？」

劉穆之欣然道：「現在我能想到的，就是重建吳郡，傾盡全力讓吳郡從大火後的廢墟站起來，向南方的群眾顯示劉爺並非一個破壞者，而是建立新秩序的人，且把民眾的福祉放在最重要的位置。」

劉裕一震道：「這麼簡單的方法，爲何我們偏沒有想過？」

燕飛看到劉穆之的眼睛亮起來，顯示他對劉裕的反應感到鼓舞，爲自己覓得視民如子的明主而欣悅。

屠奉三道：「這確是奇招，更凸顯丟棄吳郡的天師軍是不理人民死活之輩。」

劉裕謙虛的問道：「理念方面又如何呢？」

劉穆之毫不猶豫的答道：「我們必須讓群眾曉得我們在做甚麼，使他們清楚我們的理想和他們所渴望的是一致的，如此我們不單可把群眾爭取到我們這一方來，也可以得到認同這理想的高門豪族支持。」

屠奉三道：「請先生指點。」

劉穆之雙目閃動著智慧的光芒，徐徐道：「一切都由淝水之戰說起，淝水輝煌的勝利，代表著晉室南遷後，以由王導開始，謝安繼之的鎮之以靜的施政方針的成功，而配合鎮之以靜是一系列改革前晉的策略和新政，限制了世族公卿的利益。他們的政策取得空前的成功，且已深入人心，被廣大的民眾和高門中有志之士視爲德政。」

屠奉三劇震道：「類似的看法，我曾聽侯亮生說過。唉！假如侯先生仍然在世，必可成爲劉先生的知己。」

這番話由屠奉三說出來，更添劉裕和蒯恩對劉穆之的信心，又生出親切的感覺。

劉穆之謙虛的請教了侯亮生是何方神聖，說了幾句惋惜敬仰的話後，續道：「淝水之戰後，一心延續舊晉風光的腐朽勢力，以司馬道子爲代表，竟以爲再無胡騎之憂，遂排斥謝安、謝玄，回復舊朝惡政，令謝玄坐失北伐良機，推翻行之有效的新政，回復舊晉的戶調方式，重擔全放到民眾身上，既要交稅，又要服役，世族公卿則兩者皆免，於是他們又可繼續奢侈相高、佔山護澤、競招游食的特權生活，致盡失民心。」

劉裕拍桌嘆道：「先生的一席話，令我茅塞頓開。」

劉穆之道：「只要劉爺打正旗號，一方面強調自己來自民間，故最能明白民間疾苦；另一方面則以王導、謝安和謝玄的繼承人自居，配合『一箭沉隱龍，正是火石天降時』的傳奇色彩，劉爺勢成爲南方民眾心中的救星，且可得到高門裡有志之士的擁戴。」

屠奉三衷心的道：「有先生這番話，事成過半矣！」

劉穆之道：「這不單是武力的較量，還是政治的鬥爭，得民心者勝，失民心者敗。劉牢之的實力雖比劉爺強，但錯在他誘殺王恭，而王恭正是鎮之以靜政策的支持者。桓玄之失，亦在殺死殷仲堪，還把他的首級送往建康，以恐怖手段鎮懾異己，其敗亡只是早晚的問題。」

劉裕欣然道：「幸好先生來得及時，否則我會失之交臂，聽不到先生精采的看法。」

燕飛訝道：「你要到哪裡去呢？」

屠奉三代答道：「我們要回廣陵去。」接著把劉裕的決定解釋清楚。

劉裕笑道：「現在有燕兄來助我，更是如虎添翼。」

又道：「應付天師軍的事，以劉先生爲軍師，交由小恩處理。」

蒯恩忙道：「小恩會視劉先生爲侯先生，劉帥放心。」

燕飛向劉穆之道：「先生有問題嗎？」

劉穆之撚鬚笑道：「得劉帥賞識，我劉穆之只有感激知遇之心，怎會有問題呢？」

劉裕道：「至於治國平天下的長遠之策，待我收拾桓玄後，再向先生請教。」

屠奉三道：「是回海鹽的時候哩！」

第三十三章　前路艱難

「奇兵號」從運河駛進海峽，朝海鹽出發。這段運河已落入劉裕手上，令天師軍一時無力反攻。指揮台上，燕飛、劉裕和屠奉三談到糧食物資方面的難題。燕飛道：「五車黃金該已運抵邊荒集，只要你們以壽陽爲基地，從封鎖線上游的城鎮收購糧貨，再以戰船循淮水入海，便可運到這邊來，解決缺糧的問題。」

劉裕喜道：「這正是我們的想法，陰奇已起程到壽陽去，文清會和他配合。」

燕飛笑道：「聽劉爺的語氣，與大小姐的關係似乎有進一步的發展。」

劉裕赧然道：「你也來笑我。」

燕飛道：「恭喜恭喜。」

屠奉三岔開道：「燕兄此仗對上孫恩，有多少成把握呢？」

燕飛道：「這是個令我頭痛的問題，但你們不用爲我擔心，希望可以及時趕上你們，一起北上廣陵。」

屠奉三坦白的道：「原本我對劉帥今次毅然北返之舉，心中存有很多的疑惑，但若有你燕飛助陣，將完全是另一回事。說到號召力，燕兄實不在劉帥之下。」

燕飛微笑道：「屠兄不要誇獎我。」

劉裕道：「燕兄須否先到海鹽，好好休息一天，才往翁州去呢？」

燕飛道：「時間寶貴，待會到海鹽時，我立即駕舟往翁州去，如果你們在海鹽逗留一天再起程，我說不定眞的可趕上你們。」

約好起程的時間和航線後，劉裕道：「我今次到海鹽去，是爲了要向文清辭行，另一方面則是須作出人事的安排，弄清楚我離去後軍隊的指揮權，始可安心。」

屠奉三提醒道：「小心處理劉毅這個人，他會不服由小恩這個新人指揮北府兵。」

劉裕道：「我眞想把劉毅也一道帶走，但又怕他壞事，只好用另一個權宜之計。」

燕飛訝道：「這樣人事上的難題，也有解決的辦法嗎？」

劉裕道：「這就叫政治手段。名義上，我會以朱序爲接替我位置的統帥。朱序的官階比劉毅高了至少兩級，論資排輩劉毅更是無法和朱序比，所以這安排是不會引起任何異議的。但實際上，指揮的人是小恩，他的權力來自朱序。」

屠奉三皺眉道：「朱序肯幫我們這個大忙嗎？」

劉裕微笑道：「只要朱序認定我是眞命天子，他會幫我任何的忙。明白嗎？」

燕飛生出難以形容的感覺。

劉裕終於完全成熟了。自信、果斷，彷似擁有了能把所有人都看通看透的超凡本領。他已從苦難中恢復過來，因爲他最期待的一刻正展示在他生命的前方，所以他進入了完全不同的另一心態裡去。

燕飛曾與劉裕共同經歷他最失意的時刻，就在王淡眞像交易中的貨物般被送往荊州去時，但燕飛亦知道自己會與劉裕共赴他最輝煌的時刻，就是當桓玄授首於劉裕的厚背刀下的一刻，那更標誌著劉裕成爲南方最有權力的人。

劉裕的崛起，代表著南方布衣平民的崛起，打破自漢末實施九品中正制度後高門世族在政治上的壟斷。

屠奉三嘆道：「明白了！燕兄有沒有感到我們的劉帥愈來愈厲害呢？」

劉裕欣然道：「你們所謂的厲害，是被逼出來的。」

轉向燕飛道：「現在兩湖幫是否由尹清雅作主？」

燕飛點頭道：「暫時該是這樣子。」

屠奉三道：「尹清雅在兩湖幫地位雖高，卻欠缺實際統率幫眾的經驗和資歷，她這麼一個小嬌女，能鎮得住桀驁不馴的幫眾嗎？」

燕飛道：「這個問題要分幾方面來說。現在的兩湖幫徒，只有兩個選擇，一是投向桓玄，一是爲聶天還報仇。照我看，沒有人會向桓玄投降，因爲聶天還遇害，使桓玄在兩湖幫眾心中成爲背信棄義的一個人，誰肯爲這樣的一個人賣命？其次是兩湖幫眾均來自民間，他們對高門大族沒有絲毫好感，而他們正是在高門大族的凌逼剝削下不得不落草爲寇，他們的出身，注定他們和桓玄處於對敵的立場。最後也是最重要的，就是尹清雅已成了兩湖幫眾團結的唯一理由，而她更是一道橋樑，令兩湖幫與我們荒人和你劉爺聯結起來。亦只有劉爺你，能令兩湖幫眾對將來生出希望。」

屠奉三道：「經燕兄這番分析，兩湖幫的情況立即清楚分明。只要我們能好好運用兩湖幫這支奇兵，可收意想不到的奇效。」

劉裕伸個懶腰道：「今夜我很高興，因爲能與燕兄在海上乘風破浪。時間過得眞快。看！見到海鹽的燈火哩！」

燕飛笑道：「我到翁州的時候也到了，就在這裡放下快艇如何？」

海鹽城。

劉裕進入小廳，江文清像個等候丈夫回來的妻子般，迎上前爲劉裕脫去外袍，伺候他到一旁坐下，奉上熱茶。

劉裕放下茶盅，愛憐地瞧著陪坐身旁的美女，道：「明天黃昏我和奉三起程回廣陵去。」

江文清嬌軀輕顫，失聲道：「甚麼？」

劉裕把現時的形勢和返廣陵的因由詳細道出，又指燕飛解決了孫恩後會參加他們的行動。最後道：「希望文清明白，如果我們仍在這裡與徐道覆糾纏不休，將坐失殲滅桓玄的最佳時機。一旦讓桓玄立足建康，控制揚州，那南方的天下，將是桓玄的天下，我是絕對不會容許這情況出現的。」

江文清垂首道：「我明白！劉帥放心去吧！」

劉裕原以爲要說服江文清留在江南，是要大費唇舌的事，怎知如此輕易得到她的首肯，大喜下跳將起來，把她從椅子上整個抱起來，道：「大小姐願下嫁我這個粗人嗎？」

江文清大羞，把俏臉埋入他的寬肩去，嬌軀輕顫著。

劉裕大笑道：「大小姐若不反對，我劉裕就當大小姐答應了。」

江文清狠狠在他肩頭咬了一口。

劉裕直入臥室，抱著她在床沿坐下，讓她伏在懷中，心滿意足的嘆道：「文清不要以爲我今次到廣陵是去賭命，事實上我有十足的把握。因著玄帥的關係，北府兵將沒有人喜歡桓玄，假設劉牢之一錯再錯，甘願做桓玄的走狗，會令他盡失北府兵將之心，我們的機會便來了。」

江文清溫柔的在他耳邊道：「可是你千萬勿掉以輕心，既有魔門牽涉在內，桓玄必有完整的計畫，以解除你們北府兵對他的威脅。」

劉裕道：「原本我也非常擔心魔門的手段，不過既有燕飛與我們並肩作戰，任他魔門高手盡出，怕也奈何不了我們。」

江文清嬌聲道：「放你回廣陵去是有條件的，將來與桓玄決戰時，人家要在你身旁。」

劉裕微笑道：「那就要看我今夜的表現了。」

江文清坐直嬌軀，摟著他的脖子露出不解的神色，訝道：「那與今晚有甚麼關係？」

劉裕正容道：「當然大有關係。如果我今夜成功令你懷了我們的孩子，你還怎可大腹便便的上戰場？」

江文清立即臉紅過耳，鑽入他懷裡去。

劉裕滿懷感觸的道：「我劉裕爲岳丈報仇，乃天經地義的事，與文清你手刃桓玄沒有分別。我們苦待多年的一刻，正在眼前。今夜讓我們忘掉一切，享盡夫妻間魚水之歡。我劉裕於此立誓，不論將來如何變化，我對文清絕不會變心，不會辜負文清垂青於我的恩德。」

燕飛操控小艇，在波濤洶湧的黑夜怒海如飛疾駛，視海浪如無物。

他的心靈空明通透，不染一絲雜念，陰神與陽神結合爲一，渾然無我。

忽然一個巨浪把快艇托上半空，燕飛不驚反喜，乘機借勢而行，破浪前進。

孫恩正等待著他，他感覺得到。

滾滾浪濤，陪伴著他向決戰場進軍，以排山倒海的氣勢，一浪高似一浪，朝出現前方像一頭海中惡獸似的翁州島打去，似要把牠一下子摧毀。

忽然孫恩在他的感應網上徹底的消失了，不留半點痕跡。

燕飛沒有爲此震駭。

孫恩不但傷勢盡癒，且更上一層樓，自然而然的嵌入了天地宇宙某一亙古常存、無邊無際的力量去，渾成一體，達致黃天大法至高無上天人合一的境界。

奇怪的是，就於孫恩在他的感域內消失的一刻，他接收到孫恩的心意。這將是孫恩與他最後一次決戰，即使孫恩仍沒法強奪他的至陰之氣，也不會讓他燕飛活著離開。

孫恩終於想通了，知道只有抱著寧爲玉碎、不爲瓦存的決心，方有機會竊奪他的至陰之氣，孫恩再不容他繼續精進下去。

燕飛一聲長嘯，快艇加速往翁州飆去。

楚無暇輕柔的道：「族主在想甚麼?噢!外面的雪愈下愈大了!」

倚枕而坐的拓跋珪擁著她羊脂白玉般的美麗嬌軀，雙目閃閃生輝，沉聲道：「我在想擊敗慕容垂以後的事。」

楚無暇愕然道：「族主怎還有閒心去想這麼久遠的事呢?」

拓跋珪微笑道：「這是我的習慣，不論做甚麼似是微不足道的事，都會兼顧全局。」

楚無暇一雙美目射出意亂情迷的神色，柔聲道：「天下間竟有像族主這般的人，換作是無暇，除慕容垂外再不會去理其他事，族主眞的是非常人。」

拓跋珪低頭細看她仰起的俏臉，道：「你那顆寧心丹果有奇效，過去的十多天我處於前所未有的狀態裡，只要把精神集中在某一事上，便可心無旁騖的專注於該事上。剛才和你歡好，亦分外投入，享受到極盡男女之歡的快樂。」

楚無暇投入他懷內去，歡喜的道：「希望族主不用再服另一顆寧心丹。」

拓跋珪沒有答她，好一會兒後道：「無暇曉得我拓跋珪和慕容垂最大的分別在哪裡呢？」

楚無暇思索片刻，放棄道：「你們的分別在哪裡呢？」

拓跋珪露出苦澀的神情，徐徐道：「因我曾經歷過滅國、委曲求存和無處爲家之苦，令我不住去反省拓跋族失敗的原因。如果我只是要做一時的霸主，只要有強大的兵力便已足夠，但若要統一北方，至乎統一天下，我就必須有高明的政治手段、長遠的治國策略，方有成就不朽大業的可能。否則只會重蹈苻堅的覆轍。」

楚無暇嬌軀輕顫，有點情不自禁地用力抱緊他，嬌吟道：「族主！」

拓跋珪道：「苻堅之所以能統一北方，在於他敢委政於漢人王猛，締造了自舊晉敗亡後最優異的一段政績。如果王猛仍在，就不會有淝水之敗。從王猛身上，我學到很多東西。我們胡人武功雖強，但如論治國之事，則必須以你們漢人爲師。」接著嘆了一口氣。

楚無暇訝道：「族主說得好好的，爲何忽然又像滿懷心事似的？族主可否說出來，讓無暇爲你分擔呢？」

拓跋珪露出深思的神色，苦笑道：「苻堅冒起時的情況，與我現在大不相同，如論統一天下的條件，他實在遠比我優勝。」

楚無暇秀目射出茫然神色，輕輕道：「我不明白！」

拓跋珪沉聲道：「現在北方各族，均明白要在遼闊的中原生存和發展，必須向漢人學習治國之道和他們的文化，在這方面，苻堅比我多走了很多步，再得漢人王猛之助，自然是如虎添翼，水到渠成。」

楚無暇柔聲道：「崔宏便是另一個王猛，他該不會比王猛差呢。」

拓跋珪點頭道：「崔宏的確是不可多得的人才，且他乃北方頭號世家之主，他看中了我，肯爲我效命，是我拓跋族的福氣。」

楚無暇訝道：「原來在族主心中，崔宏有這麼重要的位置和意義。」

拓跋珪道：「除了在漢化上我們仍有一條很長和艱難的道路要走，在都城的位置上，我們仍差苻堅一大截，令我的統一大業更是荊棘滿途。」

楚無暇苦笑道：「我又不明白了，族主會否怪無暇愚蠢呢？」

拓跋珪笑道：「我倒希望你愚蠢一些，雖然我知道事實並非如此，你是個絕頂聰明的女人，只是對政治沒有認識吧！」

楚無暇不依道：「族主是繞了個彎來罵人家。」

拓跋珪苦笑無言。

楚無暇輕柔多情的道：「無暇很愛聽族主說政治方面的事，族主說及這方面的事時，自然而然流露出一股睥睨天下的霸主氣概，令無暇感到興奮。族主呵！當你蕩平北方諸雄，愛在哪裡設立都城便設在哪裡，誰敢說不呢？」

拓跋珪嘆道：「我也希望事情像你說的這麼簡單，可惜事實非是如此。我拓跋族現在的都城是盛樂，如果把首都遷往平城，由於兩城距離不遠，可以互相呼應，變成雙都城的格局，只由長城分隔，問題不大。但若遷往洛陽和長安，便成了動搖根本的大遷移，會牽涉到很多問題，既可以令我們繼續昌興，也可以使我們由盛轉衰。」

楚無暇道：「我又不明白了！」

拓跋珪道：「令無暇聽得一頭霧水的原因有二，首先是不明白我們拓跋鮮卑族游牧民族的本質和特性。其次是沒有想過，當我們打敗慕容垂後，如何管治從敵國得來的大量人口和土地。單憑武力並不足以治國，只有高明的政策和能安民的手段，我拓跋族方能君臨天下。」

楚無暇現出心迷神醉的神色，喜孜孜的道：「從族主的眼裡，我彷彿看到拓跋族的未來。」

拓跋珪的神思也似飛越到了未來，雙目奇光閃閃，神情專注的道：「漢化並不是會說漢語、會寫漢文那麼簡單。漢化的第一步是把我們逐水草而居的生活方式，過渡到漢人以耕爲主的生活方式，採取屯田之策，實行分土而居、計口授田。對我族來說，這已是天翻地覆的變化，牽涉到整個部落的改革，令各部牧民與原來的族酋脫離關係，變成國家的編戶農民，要負起賦稅和兵役之責。唉！我預計會遇到很大的阻力，但只有這樣我們才可以成就大業。你現在該明白爲何我會夜不能寐，只要想想這些事，已夠我煩惱了。」

楚無暇苦笑道：「族主想的事情，都是無暇從未想過的，剛才竟斗膽說要爲族主分憂，眞是不自量力。」

拓跋珪欣然道：「你肯留神聽我說，已舒緩了我的煩困。要成就不朽霸業，當然要吃大苦頭。當我治域內的農業經濟迅速發展，便可以鞏固我族政權的基礎，那時統一天下，將可預期。爲了達到這個目的，我可以付出任何代價。」

楚無暇嬌吟一聲，在他懷裡扭動起來。

拓跋珪想起正在返回沙漠途中的萬俟明瑤，俯首吻上楚無暇的香唇。

第三十四章　最後決戰

當燕飛踏足翁州島的一刻，他忽然明白了孫恩的「黃天無極」，更清楚基於天地的物理因素，他是沒法練成「黃天無極」的招數，正如孫恩沒法練成「小三合」。

就在他於西灘登岸的一刻，孫恩的精氣神鎖緊了他。

忽然間腳下的石灘，身後翻滾的波濤，陣陣長風，有如金鼓齊鳴、萬馬奔騰的潮聲浪音，天上的皓月，犬牙差互、怪石嶙峋的陡峻海崖，島內的層巒疊嶂，一下子全消失了，剩下的只有孫恩無所不包、無有遺漏、龐大至無邊際無界限的精神異力。

孫恩比以往任何一次決戰時的他更要強大，正處於巔峰的狀態，充滿著絕不肯善罷的決心，其間再沒有絲毫猶豫和迷惘。

燕飛首次清楚掌握到孫恩陽神的狀況，正與孫恩處於既分離又連合的奇異境況。孫恩的元神嵌入了天地宇宙最本源和神秘的力量裡去，渾成一體，令孫恩的元神能自然而然地提取「自然之道」至陽至剛的力量，以供孫恩「黃天無極」所需。這個認知令燕飛生出明悟，除非自己能令陽神和陰神分離，否則沒有可能辦到。

他是陰陽合一，而孫恩則處於至陽之極的狀態，在本質上他們的內功心法，有著基本的差異。

驀地孫恩現身於石灘的邊緣處，髮鬚拂揚，道袍飄飛，狀如仙人。

驀然外在的世界又重現四面八方。灘上遍布怪石貝殼，珊瑚參差叢聚，潮水不住湧上灘來。明月映照下，孫恩後方峰巔重疊，雲漢縹緲。

孫恩撚鬚長笑道：「我還以爲要到明年秋天方能再次與燕兄聚首，豈知只是個把月的時間，又能再會燕兄，的確令人驚喜。」

燕飛感到一陣陣熱潮，正像後方不住衝擊石灘的海浪般，此起彼繼，永無休止，一浪緊接一浪般往他湧去，不住地消耗他的眞氣，只要他稍有不愼，定遭沒頂之禍，那種可怕的感覺，只有他這個身受者，方能明白其中的厲害。如果他不是曾超越死亡，達至陰陽合一的境界，只是孫恩這「起手式」他已難消受。

孫恩以純陽之氣化煉而成的元神，已成孫恩與宇宙「道體」的直接連繫，除非燕飛能切斷這連繫，又或力足以擊倒能借自然之力的孫恩，否則此戰實有敗無勝。

「鏘！」

蝶戀花出鞘。

陰陽合璧的眞氣，透過劍鋒緩緩釋出，緩慢而穩定地沖入孫恩仿如大海汪洋的氣場裡去，堅定不移的朝離他遠達十丈的可怕勁敵推進。

孫恩的氣場立生變化，氣勁翻騰，力圖割斷破壞燕飛的氣流。

燕飛微笑道：「天師的黃天大法，又有突破，確教燕某驚訝。不過天師有沒有想過，我的『小三合』功法，已達陰陽合運的境界，天師若想重施故技，竊奪我的至陰之氣，根本再不可能呢？」

孫恩露出一個苦澀和無奈的表情，嘆道：「早在你登岸前的一刻，我感應到你所說的情況，可是我可以做甚麼呢？只好拋開一切，痛下擊殺你的決心，然後再想其他辦法。」

說到最後一句，倏地雙手合攏，袖袍鼓脹，往前推出。

電光激閃，一時間整個石灘消失了，只剩下令人睜目如盲的白光。

「轟！」

孫恩觸電般的往後跌退，燕飛的「小三合」根本是擋無可擋，避無可避。

燕飛也踉蹌後移，退開七、八步，方重新立穩。

氣場消失了，天地回復先前的寧和，深居於大海之中的島嶼仍是那麼氣魄非凡，令人深切感受到天地造化之神妙。

孫恩雖仍是那麼氣定神閒，但已難掩臉上驚駭的神色，因為燕飛竟能在如此情況下，使出「小三合」的招數，實大大出乎他意料之外。

事實上燕飛比他更感意外，原本他只是想以至陽至陰之力，催發劍氣，狠擊孫恩一記。豈知當孫恩全力擋格的一刻，他的眞氣像變成了有生命的活物，天然的交纏激盪，自發而成「小三合」的招式，神妙至極點。

今次的「小三合」，比之以往任何一式「小三合」更具威力，更凌厲難當。

孫恩一聲長嘯，騰身而起，雙手做出微妙精奇的動作，橫空而至。

燕飛心念一轉，體內眞氣天然運作，受「小三合」反震所傷的經脈立即痊癒。他此刻已無暇多想，全神應敵。

換作任何人，都會對孫恩的動作如丈二金剛，摸不著頭腦。

表面看去，孫恩似沒有半點威脅力。如先前般的氣勁場並沒有出現，他的動作雖虛實難分、詭變巧異，但像是在自娛而非針對敵人。只有燕飛一絲不誤地掌握到，孫恩正「打造」著通過元神攫取而來無有窮盡的力量，使其化爲高度集中的能量，奪天地之造化，等於以至陽至剛之氣鑄製成最終極的「無形兵器」。

武學之道，至此盡矣。

此「無形兵器」實有血肉凡軀難以抵擋的「天威」，足以一舉摧毀燕飛的肉身和元神，且像燕飛的「小三合」般難擋難避。

現在與燕飛決戰的再不只是孫恩，而是他代表著背後大自然的力量。當然孫恩能提取的自然之力會受到時間和他本身凡軀的限制，但已足夠令燕飛形神俱滅。

這也是「黃天無極」最厲害的手段。

燕飛心中升起明悟，直可預見結果。

孫恩曉得再不可能竊奪他的至陰之氣後，破空夢碎，生出生不如死的感覺，遂不顧一切，與他燕飛展開沒有半分保留的殊死決戰。

一般凡招對他們再不起任何作用，所以一是罷戰；一是以「黃天無極」對上「小三合」，其間再沒有半點轉圜的餘地。

勝負生死將判決於數招之內。

燕飛意隨心轉，純陰之氣自然而然的形成了籠罩全身的氣場，純陽之氣則貫注蝶戀花，寶刃沖天而上，迎擊孫恩。

凌空而至的孫恩雙目精芒大盛，長髮根根豎起，長鬚拂揚，全身道袍鼓脹。

孫恩厲叱一聲，兩手先反往己身划去，然後攤掌送出於他兩手間無形而有實、可怕至極的氣勁。

燕飛此時感應到孫恩送過來的終極武器，那是由具有高度殺傷力，至陽至剛之氣凝聚而成彷如大尖錐的罡氣，蘊含著驚天動地的威力，充滿爆炸力。

在剎那之間，燕飛完全捕捉到孫恩無形氣錐的形態特性，偏是毫無卸解逃避的方法，只有和他正面交鋒，硬拚一招。

氣勁破風之聲充滿燕飛耳鼓，氣錐過處的沙石像一堵牆般被狂扯而起，一時天地間盡是被帶往空中的沙石貝殼，明月也被掩蓋了光色。

如讓氣錐及體或在近處爆開，燕飛肯定屍骨難存。

燕飛冷喝一聲，蝶戀花立即「嘶嘶」作響，陽火透劍鋒而出，整個陰水凝成的氣場如鐵遇磁石般，投往孫恩從丈外的半空中催送而至的氣錐去。

「轟！」

地動天搖。

燕飛完全不曉得發生了甚麼事，只感到陽火先一步遇上了氣錐，兩強相遇下，並沒有發生預期中勁氣交擊的後果，接著更奇異的事出現了，由大變小，由分散轉趨凝聚，以陰水形成的氣勁球，投在氣錐和劍勁的交鋒點處。

三股眞勁就於此一刻同時向交鋒點塌縮，接著以驚人的速度發瘋似的向外擴張，最後變成撕裂了虛空的電殛，像蜘蛛網般散射半空。

那個奇異的空間又出現了，卻是眨眼即逝，令人疑幻似眞。

狂猛的反震力，令燕飛像落葉被暴風颳起般，往後拋擲。

「噗！」

燕飛雙足著地，發覺雙腳冰寒，原來落在浪潮波及的石灘接海處。他雖是血氣翻騰，卻出奇地沒有負傷。

百多丈外隱見孫恩呆立著。

被捲上天空的沙石像雨點般回落石灘上。

隨著視野逐漸清晰，燕飛看到孫恩正眼觀鼻，鼻觀心，彷如老僧入定。

冬月溫柔的色光，灑遍石灘。

燕飛劍鋒遙指孫恩，暗暗提聚玄功，一步一步堅定而緩慢地朝孫恩走去。

孫恩亦朝燕飛瞧去，雙目異芒遽盛，兩手從袖袍伸出，手掌微曲，掌心相向，作盤抱狀。

燕飛長笑道：「天師還要分出生死勝負嗎？」

孫恩眼內神光更盛，神情古怪的道：「剛才究竟發生甚麼事呢？」

燕飛每踏前一步，劍上便多貫注一分先天純陰之氣，蝶戀花散發著寒如冰雪的劍氣，刃身更似變得通明而沒有實體。

燕飛冷然道：「我的至陽之氣與天師的陽罡產生了相拒的情況，就在兩氣相持不下的一刻，至陰之氣適時而止，同時點燃我們的至陽之氣，引發了大三合的效應。天師仍不明白嗎？」

孫恩厲聲道：「眞的就是這麼簡單？爲何今次仙門開啓的時間，會比上次三珮合一短促呢？」

燕飛已逼近至離孫恩不到五十丈的距離，仍不止步，繼續推進，欣然道：「因爲兩股陽氣交鋒，令陽氣大為減弱，若只是陰陽二氣相激，將會是另一回事。」

燕飛的歡欣是有理由的，因為他終於想到「解決」孫恩的方法，就是令他在無法拒絕的情況下離開這個人間世。

這是唯一「收拾」孫恩的方法，硬拚下去，將是同歸於盡，一起形神俱滅的結局。

孫恩兩手震顫起來，顯示他正竭盡全力，以駕馭掌心內經「黃天無極」大法積聚的龐大能量。至陽至剛的驚人氣勁，滾雪球般在他兩掌間積聚。孫恩就像變成了眞氣的魔法師，隨心所欲地打造出不同類型由眞氣形成的無形兵器。

兩人雖仍處於決戰的狀態，但燕飛已曉得孫恩根本沒法拒絕這唯一破空而去的機會，亦不到他有絲毫猶豫，否則錯過了的仙緣將永不回頭。

孫恩手心產生的氣勁球，等於三珮中合璧後的天地雙珮，而燕飛貫劍的眞氣，便正是心珮。沒有天地心三珮合一的奇異經歷，兩人休想使出這配合得天衣無縫的終極招式。

假設孫恩施展的是類似剛才專用來攻堅的氣錐，將變成你死我活的硬拚。

三十丈。

兩人的距離縮短至三十丈。

孫恩手心間的眞氣球開始變化，中間出現空位，活脫脫是天地珮合璧後的形態。

二十丈。

燕飛的蝶戀花發出嗤嗤劍嘯之音，周遭的氣溫驟然下降，如置身冰窖。

相反以孫恩為核心的區域卻灼熱起來，情況詭異至極點。

十丈。

孫恩大喝道：「照燕兄估計，這個險有多大呢？」

燕飛回應道：「天師已練成陽神，肯定可投身仙門。至於仙門後是否洞天福地，我卻無可奉告。」

孫恩長笑道：「只要能穿門而過，其他一切再不放在我孫恩心上，燕兄雖然到這刻仍是我的敵人，但燕兄肯成全我破空而去的美事，我眞的非常感激。」

五丈。

燕飛喝道：「天師準備好了嗎？仙門一閃即逝，天師勿要錯過。」

孫恩笑道：「我孫恩畢生苦待的一刻，就在眼前，你以爲我肯放過嗎？」

三丈。

兩人同時生出感應，心領神會地感覺到這是最佳出手的距離，其中微妙之處，非任何筆墨可以形容。

孫恩發出驚天動天的厲叱，全力出手，送出愈轉愈快的眞氣球。

燕飛一劍擊出，陰氣透劍鋒而去，命中勁球中空之處。

天地心三珮合璧的情況重演了。

天地倏地暗黑下來，氣溫則變得忽寒忽熱，再感覺不到從大海吹來的狂風，就像置身於另一空間去。

然後一切靜止下來，死一般的寂靜。

燕飛感覺不到孫恩，更感覺不到自己的身體，只感覺到元神的存在。

在這神秘天地的核心處，一紅一白兩股能量正以高速運轉。

「轟！」

燕飛又再次感覺到自己的身體，感覺到恢復了活動的能力。

仙門終於開啓了。

第二個穿越仙門的機會，出現眼前。

就在這一刹那，他感應到孫恩毫不猶豫的全速往仙門投去。

孫恩成功了嗎？

這個念頭剛起，「轟」，無可抗拒的能量從仙門湧出來，接著仙門關閉，下一刻燕飛發覺自己掉進了大海去。

燕飛渾身濕透的回到岸上，幾近虛脫的在石灘挑了塊大石坐下，呆看著石灘上的大坑穴。不過他知道不用多久，這坑穴將消失不見，因爲潮水會帶動附近的沙石把坑穴塡平。

孫恩已消失無蹤。

他成功了。

孫恩會後悔嗎？他既然沒法找孫恩問話，當然也沒法知道答案。

燕飛頗有劫後餘生的感覺，如果不是找到這個解決孫恩的方法，他肯定難以活著離開。更令他欣悅的是事實證明了破碎虛空是能量的運用，沒有人數上的限制，這使他對能攜二美同去，更具信心。

或許由於他只是施展至陰之氣，故並沒有耗盡潛能，應驗了安玉晴的預測。也幸好是這樣。

天色漸白，島上的景物清晰起來。

狂暴的大海轉趨溫柔，風平浪靜，海水微波蕩漾，令人無法想像昨夜的情景。

燕飛緩緩起立，頗有從夢中醒轉過來的奇異感覺。

孫恩去了，永遠不會再回來，他的天師教眾會怎樣看他呢？

燕飛朝小舟走去，心想的卻是如何向卓狂生這瘋子交代這次與孫恩的最後決戰？又如何向劉裕傳達這關乎到天師軍成敗的重要訊息？

第三十五章　復仇之旅

「奇兵號」於午後時分，從海鹽駛出，開始北返的旅程。

縱然劉裕體力過人，但在過去數十天廢寢忘食的緊張狀況下，也差點把他累壞了。今早起來後，主持了大大小小的六、七個會議，更令他忙得昏天昏地，透不過氣來。這時乘機到床上休息。豈知身體非常疲倦，閉上眼後卻是輾轉反側，無法進入夢鄉。

他是曉得原因的，因爲他關心燕飛，假設待會燕飛並沒有在指定的地點等待他們，他不但會失去鬥志，且縱能堅持下去，也永遠不會快樂起來。

燕飛不只是曾出生入死的戰友，更是最知心的知己和兄弟。

「篤！篤！篤！」

敲門聲響。

劉裕跳了起來，道：「請進來！」

進來的是宋悲風，兩人對視苦笑，均知對方的心事。

到靠窗的椅子坐下後，宋悲風嘆道：「奉三也沒有睡意，獨自到艙廳發呆。」

劉裕嘆道：「不知是否我的錯覺，燕飛今回與孫恩決戰，似乎沒有上次那樣的信心和把握。」

宋悲風道：「奉三也這麼說，眞教人擔心。此戰雖是突如其來，在我們沒有任何心理準備下發生，卻是關係重大，不但影響到南方的形勢，還直接影響北方的情況。」

劉裕沉吟道：「我有個奇怪的感覺，小飛和孫恩之間的瓜葛似非像表面般簡單，三次決戰，結果都是耐人尋味，今次不知又如何呢？」

宋悲風道：「不管如何，最重要是小飛吉人天相，能活著回來和我們共赴廣陵。」

劉裕心煩意亂的再嘆一口氣。

一時間，兩人相對無言。

宋悲風道：「到廣陵後，如果我可以抽身，我想到建康去打個轉。」

劉裕皺眉道：「謝家現由謝混那小子把持，絕不會歡迎你，宋大哥何必自取其辱呢？」

宋悲風道：「琰少爺和兩位公子命喪沙場，此事對謝家造成無可彌補的打擊，大小姐和孫小姐肯定會趕返烏衣巷，我是要去見她們而非謝混。」

劉裕聽得謝鍾秀之名，心神不由悸動，暗責自己的脆弱，苦笑道：「最怕大小姐也誤會了我們。」

宋悲風沉聲道：「大小姐明白我們是怎樣的人，不會受謠言影響。」

劉裕心中感慨，想當年淝水之戰時，謝家是多麼風光，但一切都過去了。隨著謝琰這位淝水之戰勛舊的戰死，謝家從興盛步向衰微，現在橫亙在謝家子弟前方的，不是如何振興家族，而是如何求存。

宋悲風的話傳入他耳中道：「到廣陵後，小裕有甚麼計畫呢？」

直到此刻，劉裕仍未有機會向宋悲風解釋爲何要返回廣陵，而宋悲風或許因心繫謝家，所以曉得他們要去廣陵後，堅持隨行。

劉裕坦白的道：「我並沒有具體的計畫，首先要聯絡上魏詠之，弄清楚情況後，再決定下一步的行動。」

宋悲風愕然無語。

就在此時，甲板上傳來如雷的歡呼喝采聲。

劉裕和宋悲風對望一眼，然後在那一刻醒悟到發生甚麼事，同時跳將起來，搶出門外去。

燕飛在屠奉三、老手和一眾兄弟簇擁下，神采飛揚地從艙門走進來。

劉裕大喜道：「幹掉了孫恩嗎？」

在這一刻，劉裕感到勝利來到了他掌握之內，只看他如何去攫取。燕飛此戰的勝和敗，對他們來說，至乎對整個天下，都是截然不同的兩回事。

燕飛直接朝他走去，神情古怪的答道：「可以這麼說吧。」

眾人再爆歡叫聲，只有劉裕和屠奉三交換了個眼神，均看出對方心中的疑惑，感到事有蹊蹺。

宋悲風欣然道：「小飛何不重施故智，割下孫恩的首級，只要把他的首級高懸會稽城外，戳破他天師的神話，肯定天師軍會像彌勒教徒般不戰自潰。」

兩方在廊道會合，擠得整條艙道水洩不通，幾乎人滿之患，人人情緒高昂，氣氛熾烈。

燕飛心中苦笑，這正是他最怕面對的一個情況，不得不說違心之言，爲難的是他絕不可以實話實說，可是因關係重大，他又勢不能不作出清楚明確的交代。

道：「我和孫恩決戰於翁州島西濱，當時翁州島這區域只有孫恩一人，他予我公平決戰的機會，盡顯他一派宗師的風度。所以他雖屍沉大海，我也不敢打擾他，希望他能尋得離世後的安樂之所，得到他渴想的東西。」

屠奉三沉聲道：「孫恩是否眞的死了？」

燕飛一字一句的緩緩道：「我敢保證他永遠都不會再踏足人世。」

歡呼聲再次震動長廊。

孫恩的武功不但是南方第一人，且更是天師軍實力的象徵，此戰將把燕飛推上天下第一高手的寶座，威勢盛如慕容垂之輩，也要黯然失色。

燕飛之勝，不但可立竿見影地振奮劉裕一方的軍心，令劉裕更添領袖的魅力和號召力；另一方面則從基本動搖天師軍，其效果類似竺法慶之於彌勒教，唯一分異處是孫恩近年來已不理天師軍的事，一切事務盡交予盧循和徐道覆兩個徒兒。不論如何，當孫恩的死訊傳遍南方，會對天師軍造成無可彌補的沉重打擊，長遠的影響更是難以估計。

邊荒集會因燕飛的勝利，聲勢攀上巔峰，大添拯救紀千千主婢行動的成數；拓跋珪亦因此而得到無法計量的好處，大幅提升拓跋珪在北方的地位，狂增他對塞外鮮卑族各部的影響力。此長彼消下，如果明春慕容垂仍不能取得清楚分明的勝利，慕容鮮卑族的聲勢將會如江河下瀉，被逼處下風。

翁州島之戰，雖只是燕飛和孫恩兩人間的勝敗榮辱，事實上卻牽動了整個天下的形勢，整個戰亂時代的發展方向。

可是有誰曉得其中微妙玄奇的情況，已超越了任何人可以想像的生死決鬥。

艙廳內，燕飛、劉裕、宋悲風、屠奉三和老手五人圍桌密議，商量到廣陵的事宜。

孫恩既去，天師軍的威脅力大減，他們這一方有蒯恩這智勇兼備的新進猛將主持大局，更有經驗豐富的朱序和精於水戰的江文清從旁協助，使眾人再無後顧之憂，可以放手而爲。

屠奉三道：「現在我開始感到劉帥這抽身北上的一著，巧妙處與『一箭沉隱龍』異曲同功，同是命中敵人要害的一著，亦使我們投入建康的主戰場去，與桓玄正面交鋒。」

宋悲風點頭道：「北府兵是大少爺的心血，我們絕不該讓北府兵毀在劉牢之這個蠢材的手上。小裕現今的號召力可追得上大少爺，而北府兵將對劉牢之則是一天比一天失去信心和希望，此長彼消下，小裕確有機會從劉牢之手上把他旗下的兵將爭取過來。」

劉裕心中感激燕飛，若不是他除去孫恩，振奮了屠奉三和宋悲風的鬥志，兩人絕不會變得樂觀起來。

老手嘆道：「除非是愚頑之輩，誰都該知道天命歸於我們的小劉爺。你看哪會這麼巧的，我們劉爺兩次立威的地方，一是鹽城，一是海鹽，都有一個『鹽』字，可見冥冥之中，自有天命在主宰朝代的興替。」

燕飛微笑道：「我們的小劉爺的確創造了奇蹟，兩次都是在絕沒有可能的情況下把局勢扭轉過來。現在連我都深信小劉爺將會是新朝之主了！」

劉裕苦笑道：「小飛你也來耍我，坦白說，我……」

屠奉三怕他一時不愼把眞相說出來，被堅信他是眞命天子的老手聽入耳中，肯定不會是好事，截斷他道：「謀事在人，成事在天，其他的一切不用去計較得那麼清楚。現在我們不用再擔心天師軍的問題，可以把心神集中到與桓玄的鬥爭上去。直到此刻，桓玄仍是佔盡上風，如果我們沒有完善的計畫，回廣陵去只是送死，劉帥心中是否有定計呢？」

劉裕沉吟片刻，斷然道：「海鹽之所以能落入我們手上，關鍵處全因我能說服劉毅，得到他全面的合作。現時的情況大同小異，我們必須尋得另一個劉毅。」

老手劇震叫道：「何無忌！」

眾人無不動容。

何無忌本爲謝玄的親兵頭領，是謝玄看得起的北府兵猛將。謝玄去後，他一直暗中支持劉裕，視劉裕爲謝玄的繼承人。但他也是劉牢之的外甥，與劉牢之關係密切。當劉裕在沒選擇的情況下，利用司馬道子的力量來對抗劉牢之，何無忌憤然作出了與劉裕決裂的選擇。但何無忌終究是血性漢子，並沒有全面出賣劉裕，向劉牢之透露與劉裕暗中往還的北府將領的身分，所以魏詠之等才沒有被揪出來算賬。他只是與劉裕劃清界線。

何無忌現爲劉牢之最信任的人，當劉牢之率水師大軍參與南伐天師軍之戰，廣陵便由何無忌主持大局，掌握兵權。

如果劉裕能說服何無忌，在很大程度上等於架空了劉牢之，再加上劉裕本身對北府兵將的影響力，大有可能重演剛發生在江南的情況。

屠奉三皺眉道：「要說服何無忌出賣他的親舅，恐怕非常困難。」

宋悲風道：「確實是非常困難，但卻非完全不可能。我清楚無忌是怎樣的一個人，他對大少爺的崇敬是發自眞心的，而在大少爺多年的薰陶下，他亦懂得分辨大是大非。如果小裕能以劉牢之會把北府兵推上覆亡之路說服他，我認爲他會作出明智的決定。」

老手嘆道：「但問題在誰都看出北府兵滅亡在即的時候，怕已時不我予，難挽大局了。」

劉裕沉吟不語。

燕飛道：「我是最不清楚何無忌爲人的一個，但卻清楚凡人都有僥倖的心，何況何無忌與劉牢之有密切的血緣關係。劉毅之所以能被劉兄打動，因爲劉毅當時是走投無路，而劉兄則成爲他唯一的生路。何無忌現時的情況遠不至於此，要待桓玄攻陷建康，再使出種種手段對付劉牢之之時，何無忌才會身陷劉毅當時在海鹽的處境。」

老手道：「燕飛言之有理，現在我們是去早了。」

老手如劉裕般，均爲北府兵中人，清楚北府兵的內部情況，他有這個看法，代表他不認爲今次北上之行可以起到任何作用。

宋悲風道：「我仍認爲可以一試。當日我和小裕返回建康，處處碰壁，投靠無門，我便曾勸小裕放棄，保命離開。可是小裕卻堅持不走，還去找司馬道子談判，於沒有出路的局面下打開一條生路。現在我感到歷史又在重演，而且小裕根本沒有別的選擇，只有與桓玄正面硬撼，方有機會取勝。若待桓玄攻陷建康，再從容收拾劉牢之，至乎把劉牢之旗下的北府兵收編，那時我們將後悔莫及。」

屠奉三動容道：「我被說服了。」

劉裕仍默默的聽著。

屠奉三續道：「返回廣陵一事，大家該無異議，問題在該不該向何無忌入手，因爲如洩露了風聲，劉牢之絕不會對我們客氣。」

稍頓又道：「但宋大哥說得對，現時的情況很像當日劉帥重返建康的時候。桓玄大軍隨時東下，時間不容我們廢時失事的去逐一遊說北府兵其他將領，說服何無忌變成我們唯一和最佳的選擇。只要能說動何無忌，便可命中劉牢之的要害。」

劉裕忽然露出一個如釋重負的表情，挨向椅背，嘆道：「想通了！」

眾人目光全集中到他身上去。

劉裕向燕飛道：「照你猜測，魔門會採取甚麼方式爲桓玄出力呢？」

燕飛苦笑道：「我也希望可以知道，但聶天還馬前失蹄的教訓，正向我們發出最嚴厲的警告，就是魔門的力量是不容忽視的。譙縱、李淑莊和陳公公都進佔能影響全局的位置，可見魔門在多年部署下，其魔爪已深入各大勢力的核心位置。魔門的力量是防不勝防的，因爲除少數幾個人外，我們並不知道誰是魔門的人。如果我沒有猜錯，北府兵肯定有魔門的內奸，只要魔門突然發動，採取狙擊、暗殺的諸般手段，令北府兵的主將紛紛中箭下馬，北府兵將不戰自亂，無力對抗桓玄。當然，任魔門千算萬算，也沒算到我們會秘密潛返廣陵。」

老手道：「這麼說，勸服何無忌確成爲我們唯一的選擇，因爲他肯定與魔門沒有關係。」

屠奉三拍腿道：「對！魔門滲入北府兵會是我們能打動何無忌的因素。」

劉裕道：「如果我們能找出魔門在北府兵內的臥底，我們將更有勝算。」

燕飛苦笑道：「恐怕要到魔門在北府兵的內奸發動時，我們始有機會。」

宋悲風道：「那便等於吳郡和嘉興的忽然失陷，以事實說明北府兵正瀕臨敗亡的險境。不過那時可能已失去時機。」

屠奉三道：「若何無忌肯相信我們的話，將是另一回事。」

宋悲風道：「說到底就是必須說服何無忌重投我方，情況與說服劉毅同出一轍。」

燕飛道：「眞想不到關鍵竟繫於一人身上，此事不容有失，我們必須有完善的說詞。劉兄有多少把握呢？」

劉裕微笑道：「我剛才不是說想通了，正是想通了說服何無忌的方法。我如擺明是要他背叛劉牢之，肯定會碰得一鼻子灰回來。但如果我是去痛陳利害，說出讓劉牢之成爲勝利者的方法又如何呢？」

屠奉三拍腿道：「好計！」

燕飛含笑不語，宋悲風和老手卻是一頭霧水，不明所以。

劉裕沒再解釋，向屠奉三道：「於情於義，司馬元顯始終曾當我們是知己好友，我們怎都該向他提出警告吧！」

屠奉三嘆道：「建康軍敗勢已成，甚麼警告都改變不了情況的發展。」

宋悲風點頭道：「司馬道子父子禍國殃民，是咎由自取、罪有應得。」

劉裕道：「小飛怎麼看？」

燕飛道：「我可以到建康走一趟。」

屠奉三道：「我拗不過劉帥哩！讓我去吧！沒有蝶戀花爲劉帥護駕，我怎放得下心呢？」

劉裕向老手道：「我和燕爺到廣陵去，你把宋爺和屠爺送往建康後，便掉頭出海，從海路入淮到壽陽去，與陰爺會合，再由陰爺決定行止。」

老手欣然領命。

劉裕心中一陣感觸。

一切皆從廣陵開始，當謝玄命他到邊荒集去向朱序送信的密令抵達廣陵，他的生命便起了天翻地覆的變化。「奇兵號」正全速航行，每過一刻，他和廣陵之間的距離，便又接近了一點，而他正生出返回起點的奇妙感覺。

淡眞放心吧！我會向所有欠你血債的人算賬，絕不會絲毫留情。

第三十六章　重修舊好

廣陵城。威武將軍府。

何無忌形疲神困的回到將軍府，洗了個冷水浴，方感覺好了一點。這是他十多年來的習慣，縱使在冰天雪地，也以冷水澆身，是他保持體格和意志的秘方。

他很想獨自思索一些困擾著他的問題，可是卻給剛足五歲的愛兒纏著，逼他玩了一會兒，到夫人來逼不情願的小子上床就寢，他才脫身到書齋去。

坐下後，何無忌深深嘆了一口氣。

「無忌兄因何事嘆息呢？」

何無忌劇震下，探手拿起放在一旁的長刀。他的將軍府戒備森嚴，又有惡犬巡邏，書齋門外更有兩個近衛高手站崗，而對方竟能如入無人之境，直到抵達門外揚聲他才察覺，怎不令他魂飛魄散。如果來人是打他夫人、兒子的主意，後果不堪設想。

劉裕現身書齋門處，一身夜行裝束，卻不見他慣用的兵器厚背刀。

何無忌愕然道：「是你！」

劉裕直抵他身前，面對著他在地蓆坐下，目光閃閃地打量他，微笑道：「無忌消瘦了！」

何無忌苦笑道：「你到這裡來不是爲看我胖了還是瘦了吧？」

劉裕從容道：「我很高興。」

何無忌皺眉道：「有甚麼値得高興的？」

劉裕聳肩道：「你沒有一見到我便舉刀相向，當然令我感到欣慰。」

何無忌露出第二個苦澀的笑容，帶著點無可奈何的意味。

劉裕淡淡道：「仍在惱怒我嗎？」

何無忌避開這個問題，冷然道：「你怎可能分身回來，不再管天師軍的事了嗎？」

劉裕輕鬆的道：「事有緩急輕重之別，孫恩已喪命於燕飛之手，徐道覆連失兩城，被逼退守會稽，再難有回天之力。我今次秘密潛回廣陵，是爲大局著想，無忌可知北府兵的覆亡，已迫在眉睫？」

何無忌呆瞧著他，一時說不出話來。

劉裕鍥而不捨的問道：「仍因我在生悶氣嗎？」

何無忌頹然道：「爲甚麼還要說這種話？孫恩眞的死了？」

劉裕微笑道：「我像是說謊的人嗎？」

何無忌肅容道：「不要再繞圈子了，你今次來有甚麼目的？大家有話直說。」

劉裕油然道：「我今次回來，並不是要計較甚麼私人恩怨，而是要完成玄帥的遺志，不讓南方落入桓玄之手。一直以來，我都是爲這個遠大的目標奮鬥，從來沒有改變過，有時會用上點手段，但卻沒放棄朝這方向邁進，直至眼前此刻。」

又追問道：「無忌剛才因何嘆氣？」

何無忌凝望他好一會兒後，沉聲道：「劉兄可知若劉爺曉得你在這裡，是絕不會放過你的。」

劉裕淡淡道：「何兄又知否燕飛正在外面等候我呢？」

他對何無忌的稱呼由「無忌」改爲「何兄」，這轉變配合著他現時舉手投足均自然流露的領袖氣魄和龍虎之姿，本身已具懾人的氣度。

何無忌一震道：「燕飛！」

劉裕微笑道：「我今次到廣陵來，並不是來送死，而是來看看有甚麼方法，可以令北府兵不致丟人現眼，滅了玄帥的威風，好讓他在天之靈，得到安息。現時情況之劣，已超出何兄的想像之外。桓玄之所以能輕易收拾聶天還，是因有魔門撐他的腰，甚麼譙縱、譙奉先、譙嫩玉，至乎建康李淑莊、司馬道子身邊的陳公公，全屬這派系的人，皆在伺機行事。你想想吧！事情嚴重到何等地步呢？聶天還之所以亡於桓玄之手，正因他身邊的大將中，有魔門的人在。」

接著把魔門的事詳細道出，到他說畢，何無忌臉上的血色已所餘無幾。

劉裕又道：「據我們猜測，竺法慶極可能是魔門之人，否則不會如此仇視佛門。」

何無忌深吸一口氣道：「你可有憑據？唉！我不是質疑你，只是想到如要說服劉爺，空口說白話是沒有作用的，何況消息來自你呢？」

劉裕道：「物證就沒有了！人證倒有一個，就是支遁大師。」

何無忌點頭道：「他老人家德高望重，又是安公的知交好友，且佛門不打誑語，他說出來的話沒有人敢懷疑，可惜遠水難救近火，這裡是廣陵而非建康。」

劉裕皺眉道：「這裡到建康不過一天船程，你們派個人去見他不就成了嗎？」

何無忌嘆道：「剛才消息傳來，桓玄已攻陷歷陽，活捉了大將司馬尙之，進駐溧州，隨時進犯建康，朝廷一天之內向劉爺下了三道聖詔，命劉爺立即率水師到建康助陣，我剛才還爲此與劉爺吵了一場，現在你該明白我爲何要長嗟短嘆。」

劉裕道：「劉爺究竟在打甚麼主意，不知道縱容桓玄，等於引狼入室嗎？如果被桓玄進佔建康，控制了廣陵的上游，又擁有建康豐盛的糧產，任北府兵如何兵強馬壯，亦只有挨揍的分兒，劉爺爲何如此不智？」

何無忌道：「他當然有他的想法，最好是建康軍和荊州軍僵持不下，拚個兩敗俱傷，他便可坐得漁人之利。」

只聽這番話，便曉得何無忌沒有辜負謝玄對他的期望，明白審時度勢，懂得從大局著眼作判斷，而非盲從親舅的人。

劉裕道：「他的想法只是一廂情願。由於魔門的長期部署，在裡應外合下，建康軍會像兩湖幫般敗得又快又慘，當劉爺還未清楚發生了甚麼事時，南方的天下已盡入桓玄手上。桓玄根本不用來攻我們，只要封鎖上游，我們將不戰自潰。」

何無忌臉上再沒有半點血色，道：「半個月前，朝廷已下旨委任劉爺爲先鋒，司馬尙之爲後部，司馬元顯爲主帥，西討桓玄。桓玄亦知不妙，準備退守江陵，以逸待勞。豈知劉爺按兵不發，桓玄立即囂張起來，上表傳檄，舉兵東下，討伐元顯。元顯見我們按兵不動，只好龜縮於建康。唉！若我們明天仍未成行，元顯危矣！」

劉裕道：「我要見劉爺！」

何無忌失聲道：「你是否瘋了？」

劉裕道：「我沒有發瘋，反而比平時任何時刻更清楚自己的處境。無忌！你現在該明白我是怎樣的一個人，眼前是唯一的機會，我們絕不可以坐以待斃。你若想陪劉爺死，是你的自由，不過我卻要提醒你，就算你不理北府兵兄弟的生死，也該為你的嬌妻愛兒著想。國家的興亡就在眼前，到這一刻決定權仍在你的手上，機會錯過了將永不回頭。」

何無忌急促的喘了幾口氣，沉聲道：「你不怕劉爺殺你嗎？」

劉裕現出一絲冷酷的笑意，搖頭緩緩道：「我是去向他報上他不知道的事，是為他好，他為何要殺我呢？」

何無忌煩惱的道：「這只是你的想法，但他不會那麼想，奈何？」

劉裕微笑道：「他不敢殺我的。」

何無忌沉聲道：「他若敢殺你又如何呢？連朝廷的聖旨他都不放在眼裡，何況是你劉裕？」

劉裕若無其事的道：「如他真的敢動手，你、我和燕飛三人並肩殺出帥府如何？」

何無忌劇震無語，只懂呆瞪著他。

劉裕道：「一錯不能再錯，發瘋的不是我，而是你的舅父。背叛王恭，接著又設謀殺死王恭，轉投司馬道子的懷抱，這是他一個嚴重錯誤。討伐天師軍之戰，先是縱兵強奪民糧，又於未竟全功之際，率師北返，害得謝琰孤軍深入，戰死沙場，這是第二個錯誤。現今桓玄東來，他錯估形勢，以為可借桓玄之手除去司馬元顯，然後再討伐桓玄，這將是最後一個錯誤，因為他再沒有機會犯第四個錯誤。我這樣說你明白了嗎？眼前是唯一也是最後的機會。玄帥的看法錯了嗎？事實正證明玄帥目光如炬，他擔心的事一一應驗。」

何無忌閉上眼睛，好一會兒後再張開來，道：「我們現在還可以做甚麼呢？」

劉裕平靜的道：「讓我去與劉爺見個面。」

何無忌有點哭笑不得的嘆道：「這個險値得冒嗎？」

劉裕淡淡道：「因爲他是你的舅父，所以於情於理，我都要給他這最後的機會，就看他的選擇取捨。」

何無忌搖頭道：「你可以不和他計較私怨，可惜劉爺卻沒有這樣的胸襟，你是他的心中刺、眼中釘，只要有一分機會，他會置你於死地。舅父變了，變得很厲害，權力是可以令任何人變成你再不認識的人，你還要堅持嗎？」

劉裕道：「他可以不仁，我卻要盡義。無忌你放心去安排吧！我有辦法令他不敢動手。」

何無忌苦笑道：「你不明白的，何穆三天前從建康來見劉爺，爲桓玄招降劉爺，事後劉爺召了我去商量，我雖大力反對，他卻一意孤行，說此爲緩兵之計。唉！何穆正是李淑莊的青樓常客，所以你指出李淑莊是魔門的人，我沒有一點懷疑，如果沒有李淑莊從中斡旋，何穆怎會忽然爲桓玄做說客？」

劉裕心中大喜，曉得何無忌終於被他打動，方會向他透露如此重要的消息。

何無忌又道：「最近北府兵發生了很多事，其中一樁與你有直接的關係，你知道後肯定不願去見劉爺。」

劉裕色變道：「甚麼事？」

何無忌沮喪的道：「孫爺死了！」

劉裕全身劇震，失聲道：「甚麼？」

孫爺就是孫無終，等於劉裕的師父，劉裕之所以有今時今日，全賴他一手提拔。

何無忌頹然道：「劉爺現在最顧忌的人不是桓玄，而是你劉裕，因爲只有你能威脅到他在北府兵內的統領之位，所以凡是他認爲與你有親密關係的人，均給貶調往他地閒置。孫爺給調往京口，十多天前被人發現伏屍房內，身上沒有半點傷痕，死得不明不白。人人都懷疑是劉爺派人下手，但劉爺卻指天誓日與他無關。當時我並不相信他的話，現在已有別的想法。孫爺實在再難起作用，劉爺是不會這般不智的。下手的最有可能是魔門的人，這是動搖軍心、分化我們北府兵最厲害的毒計。」

劉裕熱淚狂湧，默默聽著，到何無忌說罷，才拭去淚水，深吸一口氣道：「我也相信是魔門的人下手的。」

何無忌平靜的道：「你還要去見劉爺嗎？」

劉裕道：「我比以前任何一刻更想見他。」

何無忌道：「答應我一件事好嗎？」

劉裕愕然道：「是甚麼事呢？」

何無忌道：「當你登上九五之位，我希望能解甲歸田，過一些平靜的日子。」

劉裕皺眉道：「我何時向你說過要當皇帝呢？」

何無忌道：「畢竟大家仍是兄弟，縱有誤會，也是過去了的事。說起話來，更不用拐彎抹角。玄帥最大的遺願，就是要你爲他完成統一南北、復我中土的不朽大業。玄帥曾多次向我表示他對司馬王朝再沒有任何期望。言下之意，就是必須由新朝代之。你若要一統天下，首先便要解決朝廷這北伐最大的障礙，除了取而代之外，還有甚麼辦法呢？」

劉裕默然片晌，點頭道：「你既重新視我爲兄弟，這麼一個要求，教我如何拒絕？」

何無忌像放下了心事般，道：「我現在到統領府見劉爺，向他報告魔門的事，並讓他曉得你在我府內，若他肯見你，只有到這裡來見你，沒有我的合作，他想在這裡殺你沒那麼容易。」

劉裕道：「你不怕他將你拿下嗎？」

何無忌道：「實不相瞞，現時你在軍中的聲譽，實遠超過劉爺，除劉爺身邊的幾個心腹將領外，人心都是向著你的。如劉爺公然和我們撕破臉，派兵來攻打我的府第，肯定會引起兵變，他絕不敢這麼做。依我猜，他定會來見你，好問清楚魔門的事。」

劉裕道：「我曾答應過你的事，絕不會違信背約。我不是指你解甲歸田的事，而是指曾答應你不會傷害劉爺。」

何無忌感激的道：「我愈來愈佩服劉兄，在現今的情況下，仍能信守承諾，反是我曾背棄你。」

劉裕道：「但是你並沒有眞的出賣我，否則魏詠之第一個性命難保。」

何無忌既狠下決心，重投劉裕一方，神態大是不同，沉吟道：「現在軍中擁戴你的人，除了魏詠之外，還有檀憑之、孟昶、劉道規和周安穆等人，他們都有明確的出身背景，肯定與魔門沒有關係，最重要是他們都手握兵權。我去見劉爺前，先去和詠之打個招呼，再由他去通知這幾個人你回來了，他們知道後會非常振奮，因爲他們一直在等待這麼的一天。你或許仍不曉得，忠於你已變成是否忠於玄帥的問題。劉爺實在太失人心了。當琰帥的死訊傳來，震動了軍心，人人對劉爺的做法均不以爲然，他可以害死何謙，但絕不可以害死安公的親子，這是沒有人可以接受的。有時我眞的不明白，爲何劉爺會這麼愚蠢？」

稍頓續道：「當你從海鹽出擊，收復嘉興，又令困守會稽和上虞的兄弟安然撤往海鹽，消息抵達廣陵時，人人奔走相告。現在誰都曉得，只有你劉裕才能重振北府兵的聲威。」

劉裕笑道：「你不再怪我了嗎？」

何無忌苦笑道：「不要翻我的舊賬好嗎？當時我還以爲劉爺與桓玄劃清界線，想不到今天他竟會對桓玄攻打建康袖手不理，他太令我失望了。」

接著道：「我現在再沒有顧忌，可以放手大幹，我會讓詠之聯絡所有心向著你的人，好在兵不血刃下把北府兵的兵權移轉到你手上來，那時劉爺縱想向我們發難，亦有心無力。不過待會你見他後，千萬要忍耐一點，勿要與他決裂。直到此刻兵權仍是在劉爺手上，我們需要一段時間部署，快則十天半月，方能聯繫到所有人。」

劉裕暗鬆一口氣，今次能成功說服何無忌，不但因他劉裕戰功彪炳，劉牢之則盡失人心，更主要是因謝玄的影響力並沒有因他的辭世而衰退，澤及他這個指定的繼承者。

問道：「有辦法聯絡孔老大嗎？」

何無忌道：「我沒有辦法，但詠之肯定可輕易辦到。」

劉裕道：「你要詠之告訴孔老大，我想與他碰個頭。」

何無忌點頭起身，跟著嘆道：「到現在我才有如釋重負的感覺。當日在建康鬧翻，我比你更不好受，有點像背叛了玄帥。現在一切都不同了，我感覺到自己充滿生機和鬥志，更覺得眼前所做的一切，總算對夫人和兒子盡了責任。」

劉裕陪他起立，道：「你不怕陪我一道送死嗎？」

何無忌笑道：「跟著你有追隨玄帥的美妙感覺，苦差可以變成樂事。玄帥從來沒有看錯人，他既沒有看錯舅父，更沒有看錯你。請劉帥在這裡好好休息，我會知會府內親兵，告訴他們劉裕大駕在此。」

與劉裕握手後，何無忌出門去了。

第三十七章　圓謊之話

燕飛從正門走進來，他將門衛弄醒過來，順道與何無忌打個招呼，憑他的靈應，劉裕與何無忌的對話沒有一個字能瞞過他。

何無忌離去後，燕飛在一旁地蓆坐下，皺眉道：「何無忌說得對，現在劉牢之最顧忌的人不是桓玄而是你，只要殺掉你，北府兵內再沒有人能威脅到他的地位。你和他是絕沒有妥協的餘地，爲何不秘密進行顚覆他的活動，殺他一個措手不及，卻要在時機尙未成熟時，與他來個正面衝突呢？」

劉裕沒有直接答他，從容道：「你是我最好的朋友，也最淸楚我的事，今次與我重聚，有沒有發覺我異於往日之處呢？」

燕飛點頭道：「你今次確有改變，做甚麼事都一副信心十足、胸有定計的神氣，人也變得樂觀積極，有種一往無前的氣概和決心，讓我感到你難以捉摸。」

劉裕雙目射出沉痛的神色，道：「自與淡眞訣別後，我一直活在生不如死的日子裡，支持我的只有爲她洗雪恥恨的死志。我一直等待著的就是這麼的一天，我會把淡眞的骸骨從荊州運返建康，令我可以長伴她身旁，使她好好安息，這是我還可以爲她做的事。你明白我的心情嗎？」

燕飛露出同情的神色，道：「我當然明白你的心情。」

劉裕道：「當我全力對付天師軍時，我禁止自己去想淡眞，把心神全投放在文淸身上，得到了平靜和歡樂。可是當『奇兵號』離開海鹽北上的一刻，我的心神又被淡眞佔據。但今次再不是陷身於無法自拔，由痛苦和絕望堆成的深淵，而是充滿了希望和快感，因爲我曉得爲她討債的日子終於來臨。我感到生命在燃燒著，再沒有人能擋著我，包括劉牢之和桓玄在內。」

燕飛細看他的神情，感到他說出來的每一句話，均發自他內心的至深處，亦可見他復仇的意志，任由風吹雨打，也難以動搖其分毫。

劉裕朝他瞧去，迎上他的目光，微笑道：「劉牢之雖恨不得將我碎屍萬段，卻絕不敢在無忌的將軍府內動手的，因爲他的姊姊——無忌的娘親就在府內，難道他敢派人包圍將軍府，再縱兵強攻嗎？」

燕飛點頭道：「我倒未想及此，可是仍不明白你爲何非見劉牢之不可？」

劉裕沉聲道：「因爲我要向劉牢之作出最殘酷的報復。」

燕飛愕然道：「你不是曾答應過何無忌不傷害他的舅父嗎？」

劉裕道：「報復的手法有很多種，殺他實在太便宜他了。我要他眾叛親離、走投無路，爲他的劣行付出他負擔不起的代價。我是不會對無忌食言的，我也不會動劉牢之半根寒毛。」

燕飛道：「但你在時機尚未成熟下見他，會否弄巧反拙？」

劉裕雙目閃閃生輝，道：「過了今晚，成熟的時機將會來臨。咦！你想到了甚麼？」

燕飛現出若有所思的神色，拍拍他肩頭道：「我有奇異的感應，卻與今夜的事沒有關係，你在這裡好好休息，想清楚如何去應付劉牢之，我出去打個轉便回來。」

說罷穿窗去了，剩下一頭霧水的劉裕，苦無繼續傾訴心聲的最佳對象。

建康城。烏衣巷。

王弘剛從外面回來，一副心事重重的樣子，在內寢廳呆坐，更不要一旁的婢僕伺候。

「王兄！是我屠奉三，不要聲張，府內有甚麼地方方便說話？」

王弘嚇了一跳，整個人彈將起來，雖然耳中的聲音仍縈繞著，可是一切如常，令他有疑幻疑眞的古怪感覺。事實上他正想著劉裕和屠奉三，但屠奉三怎可能回建康呢？難道自己因太疲倦睡著了，作了這個怪夢。

到屠奉三再次傳聲催促他，王弘始弄清楚他不是在作夢，忙進入寢室後，又弄熄了燈火。

一切妥當後，全身夜行黑衣的屠奉三穿窗而入，笑道：「公子可好？」

王弘不能置信的道：「屠當家不是正和天師軍進行連場大戰嗎？怎可能分身回來？」

兩人到一角坐下，屠奉三扼要地描述了江南戰場的情況，然後道：「天師軍敗勢已成，再難成氣候，何況孫恩命喪燕飛之手，更是對天師軍最致命的打擊。現時當務之急，是要對付桓玄，這是我們潛回來的原因。」

王弘滿腦子疑問，卻有點不知從何問起，只好揀最簡單的來問：「劉兄呢？」

屠奉三道：「他到廣陵去了。」

王弘大吃一驚道：「他不怕劉牢之殺他嗎？」

屠奉三好整以暇的道：「怕的該是劉牢之才對。現今劉帥在北府兵中的聲威，遠在劉牢之之上，劉帥今次回廣陵是要把劉牢之的兵權奪到手上，如此才有扳倒桓玄的本錢。」

王弘皺眉嘆道：「我怕的是建康再撐不到那一刻，今回桓玄東來，聲勢龐大，戰船超過三百艘，水陸兩路的荊州軍加起來超過八萬人，首次在姑熟接戰，便把司馬道子倚之為頭號猛將的司馬尚之打得全軍覆沒，司馬尚之還被桓玄俘虜，消息傳回建康，震動朝野。司馬元顯雖然下了船，也給嚇得不敢出發。現在誰都看好桓玄，更有人暗中串連，做好迎接桓玄入城的準備。」

屠奉三道：「現在司馬元顯手上還有甚麼籌碼？」

王弘苦笑道：「姑熟一戰，建康軍損失慘重，戰船折損近半，戰死者達五千之眾。現在司馬元顯手上的戰船不足百艘，戰士不過區區八千之數，且士氣低落，不住有人開溜，恐怕難堪一擊。」

屠奉三倒抽一口涼氣道：「情況竟惡劣至此？」

王弘嘆道：「最惡劣的情況正在出現，人人都知元顯膽怯了，再不復先前之勇，照我看元顯根本不敢和桓玄正面交鋒。」

屠奉三同情的道：「這個很難怪他，敵我實力懸殊，對方又是順流勝逆流。但我認為元顯並不是心怯，而是想改變戰略，利用建康城強大的防禦力量，引桓玄登陸決戰。」

王弘道：「那將會是元顯最大的失誤，他近來在各方面都大有改進，但在體察民情上卻是依然故我。我敢肯定，若元顯以為可憑城拒敵，將會發覺建康軍民沒有人願為他賣命，他要怪就只好怪他老爹司馬道子吧！」

又道：「還未請教屠兄今次到建康來有甚麼重要任務，看我能否幫得上忙？」

屠奉三欣然道：「我的確有事需要你幫忙，不過在說出來之前，我想先弄清楚你對司馬王朝氣數的看法。」

王弘不解道：「我們不是一直在談論這個問題嗎？屠兄為何還要再問一遍？」

屠奉三道：「先前談的只是荊揚兩州的形勢比拚，現在談的則是司馬王朝的興替。建康的政治是高門大族的政治，你身屬建康最顯赫的家族之一，你的看法，代表著建康高門在此事上的立場，更代表著桓玄能否改朝換代，坐穩皇座。」

王弘點頭表示明白，沉吟片刻，道：「這要分兩方面來說，一方面是建康世族普遍在這方面的看法；另一方面則是我個人的見解，而我個人的看法雖亦有代表性，卻非主流。」

屠奉三像有用不盡的時間般，微笑道：「我想先聽最普遍的看法。」

王弘苦笑道：「最爲人認同的，就是司馬氏王朝氣數已盡，時日無多。司馬道子的倒行逆施，已盡失人心。建康中恨不得將其煎皮拆骨的大有人在，而司馬德宗這個白癡皇帝更是令人絕望。唉！怎麼說才好？建康的世族並不害怕桓玄，支持他或反對他的人，都有一個共識，就是如桓玄登上皇座，會一切依舊，不同的是荊揚二州同歸一主，建康缺糧的難題亦會因漕運重開迎刃而解，建康世族將可繼續其詩酒清談的風流日子。所以我說假設司馬元顯圖倚城抗桓，會發覺手下兵將不戰自潰，因爲沒有人肯做這麼沒有意義的事，只有瘋子和傻瓜才會拋頭顱、灑熱血的去捍衛一個白癡皇帝。」

屠奉三道：「這麼說，司馬元顯是完全沒有勝利的希望？」

王弘點頭道：「事實如此。」

屠奉三道：「你的看法又如何呢？」

王弘道：「我的看法就是對桓玄的看法，所謂江山易改，本性難移。初時他或可裝模作樣，來個黜奸邪、擢賢才，殺幾個可大快人心的人來討好京師的民眾。但很快他的狐狸尾巴會露出來，其爲禍之烈，將遠勝過司馬道子，這時我們劉帥的機會就來了。」

屠奉三道：「順口問一句，建康高門對劉帥又有怎樣的看法？」

王弘道：「坦白說，除我之外，根本沒有人看好他。你們收復嘉興，的確掀起了熱烈的議論，可是桓玄來勢洶洶，把劉兄的光芒全掩蓋過去。大多數人認爲你們縱能擊敗天師軍又如何呢？當桓玄佔領建康，南方的天下，十有八、九落入桓玄手上，最厲害是他控制了長江這南方的經濟命脈，任劉兄如何神通廣大，對上桓玄，只是以卵擊石。當然我對劉兄仍有十足的信心，只是他忽然潛返廣陵一著，已是出人意表，更令我感到情況並不如想像中的惡劣。」

屠奉三微笑道：「希望桓玄也像建康的人那般，低估劉帥。桓玄愈不把劉帥放在眼裡，對我們愈是有利。」

王弘道：「說了這麼多話，還未轉入正題，究竟屠兄想要在下如何幫忙？」

屠奉三道：「我想你幫我圓謊。」

王弘愕然道：「圓謊？」

屠奉三道：「我今回到建康來，是爲劉帥盡他對司馬元顯的兄弟情義，向司馬元顯提出警告，他們父子倚重的陳公公，實是與譙縱一鼻孔出氣的內奸。」

王弘色變道：「竟有此事？」

屠奉三道：「不過現在形勢急轉直下，是否通知司馬元顯此事，亦難左右大局的發展，所以我認爲多一事不如少一事，如讓劉帥潛返廣陵的事提早洩露，對我們有害無利。」

王弘開始明白屠奉三爲何再三問他對司馬王朝處境的看法，點頭道：「確實是這樣子。唉！屠兄有話直說好嗎？」

屠奉三若無其事輕鬆的道：「將來如果劉帥問起此事，王兄可推說我已請你去通知司馬元顯，可是卻見不著元顯，無法轉述我們的警告便成。這種事曾盡過力便成，誰都沒有法子，但卻可安劉帥的心。」

王弘明白過來，苦笑道：「或許根本不用說謊，司馬元顯此刻正在戰船上，能見他的機會是微乎其微，且現在建康正在戒嚴中，沒有軍令更是寸步難行。」

屠奉三欣然道：「我當王兄是答應了。」

王弘皺眉道：「敢問屠兄一句，是否不論情況如何，屠兄亦不會向元顯傳達劉兄的警告呢？」

屠奉三雙目精芒遽盛，平靜的道：「成就大事者，豈容婦人之仁？這是我屠奉三一貫的作風。司馬元顯或可算是我的朋友，可是他也是司馬道子的兒子、司馬王朝的代表。假如被他滅了桓玄，終有一天他會下手對付我們。政治鬥爭從來都是這樣子。」

王弘點頭道：「明白了！我會在此事上爲屠兄圓謊。」

屠奉三欣然道謝。

王弘道：「現在我更相信司馬元顯沒有逆轉情勢的機會，陳公公是他們父子信任的人，能起的作用實難以估計。今天黃昏時我收到的最後消息是，桓玄的大軍已進至新亭，可在一天之內攻打建康。」

屠奉三道：「剛才你說有人在建康秘密串連，聯結各方迎接桓玄，你指的究竟是哪些人呢？」

王弘道：「主事者是王國寶之堂弟王緒。王緒因司馬道子殺害王國寶，又大力壓制王家，故懷恨在心。所以王緒一直與桓玄暗通消息，密謀推翻朝廷。」

屠奉三問道：「王緒與李淑莊關係如何？」

王弘愕然道：「屠兄爲何有此一問，難道我們的清談女王也有問題嗎？王緒確實與李淑莊關係密切，是李淑莊的入幕之賓。」

屠奉三道：「這才合情理，眞正的主事者是李淑莊而非王緒。簡單點說，李淑莊、譙縱和陳公公均屬一丘之貉，同屬某個秘密派系，今次他們助桓玄奪取司馬氏之天下，亦是不安好心，終有一天會取桓玄而代之。」

王弘色變道：「竟有此事？」

屠奉三道：「你們現在情況如何？」

「你們」指的是王弘和他志同道合的好朋友毛修之、郗僧施、檀道濟和朱齡石數人，他們曾與劉裕在淮月樓見面，並決定支持劉裕。

王弘頹然道：「他們現在都偃旗息鼓，盡量低調，因怕惹來殺身之禍，個人的生死等閒事，最怕是牽連家族。今早我才收到消息，毛修之昨夜遁離建康，不知去向。」

譙縱是毛修之的死敵，如果桓玄入京，譙縱肯定會斬草除根，收拾毛修之，所以毛修之唯有避禍而去。

由此可見建康城內確實沒有人看好司馬道子父子，對桓玄更是噤若寒蟬失去了勇氣，怕桓玄將來會和他們算賬。

在失去世家大族的支持下，司馬道子父子再沒有對抗桓玄的力量。

誰想得到事情發展至如此情況。

想到這裡，屠奉三心中更佩服劉裕，若非他斷然決定北返，他們將注定慘敗在桓玄手上，現在則仍有回天的機會。

王弘道：「現在我們還可以幹甚麼呢？」

屠奉三道：「你們甚麼都不用幹，桓玄入京後便韜光養晦，以保命為最重要的事。」

王弘冷哼道：「一天桓玄未坐上帝位，他一天不敢動我們。」

屠奉三道：「理該如此。」

接著肅容道：「是我離開的時候了！在劉帥奪得北府兵的控制權前，我們不會再與你們聯絡。桓玄便任得他逞威風，正如你所說的，當他忍不住露出狐狸尾巴，弄得天怒人怨時，我們反攻建康的日子便到了。哼！桓玄的性格，我比任何人都清楚，他會忍不住露出凶相的，他的好景絕不長久。」

王弘點頭道：「明白了！」

屠奉三伸手與他相握，道：「王兄保重。你幫我的忙，我會銘記心中。」

王弘道：「只是舉手之勞罷了！雖然隱瞞劉兄是有點不該，但想到屠兄處處為劉兄著想，我亦心中釋然。」

屠奉三鬆開緊握王弘的手，穿窗離開，投入人心惶惶、風雨欲來的建康城最令人憂心的暗夜裡去。

第三十八章　仙道之盟

燕飛生出圓滿自在、一切俱足的感覺，且今回要比以往任何一次，更能予他最深刻的感受。

安玉晴在前方引領著他，越過一座又一座房舍的屋頂，星夜變成了襯托她的壯麗背景，衣袂飄揚下乘夜而遊，就像天上的仙子動了凡心到人間來嬉戲。

最後安玉晴落在一座宏偉的廟宇主殿瓦脊處，轉過身來含笑瞧著他，秀眸亮晶晶的，似在深黑裡閃爍的一對寶石。

燕飛落在她身旁，一股來自她的迷人氣息立即充盈鼻中。

安玉晴喜孜孜的道：「燕飛！燕飛！」

就算是呆子，也曉得眼前美女對自己表露情愫，何況是靈銳的燕飛，她的愛火以燎原之勢包圍著他，又是那麼超越了一切肉慾，純淨而不含一絲雜質。

燕飛欣喜的道：「玉晴！眞想不到你會忽然駕到，事前我竟沒有感應，可見你的道心大有精進。」

安玉晴一身夜行勁裝，外加禦寒長披風，迎風而立，體態優美得沒有任何言語可作形容，黑衣白膚，益發凸顯她的冰肌玉骨，配上那雙絕不遜色於萬俟明瑤，令他夢縈魂牽的神秘眸神，燕飛生出無比動人的感覺。

安玉晴輕輕道：「我們坐下再說好嗎？」

燕飛隨她並肩坐在瓦背處，軍事重鎮廣陵城像以他們爲核心般朝四面八方延展，尤其是今夜大有可能是決定這城池主宰誰屬，至乎南方命運的一夜，令燕飛更有深刻的感觸。

來自安玉晴嬌軀的淡淡幽香，傳入他鼻中，聽著她溫柔的呼吸，感覺著她的體溫，確實親切迷人。

安玉晴心滿意足的嘆息一聲，輕柔的道：「燕飛呵！我們又在一起哩！我真怕見不著你，但我們又見面哩！」

燕飛別過頭去細審她的玉容，微笑道：「玉晴是否練成了『至陰無極』呢？」

安玉晴迎上他灼熱的眼神，綻放出一個比天上星空還燦爛的笑容，道：「人家今次是專誠來告訴你『至陰無極』的秘密，多麼怕你等不及我，便去與孫恩決戰，又或孫恩早玉晴一步找上你。幸好玉晴尚有點運道，懂得先到邊荒集碰運氣，找到你的兄弟拓跋儀，方曉得你到了南方去找孫恩。玉晴差點急死了，幸好感應到你在這裡。燕飛呵！你可知玉晴心中的欣悅嗎？」

燕飛道：「我也有個喜訊奉告玉晴，孫恩的問題已解決了。」

安玉晴一呆道：「你和孫恩……噢！」

燕飛遂把與孫恩決戰的情況詳細道出，然後道：「這是我能想出來應付孫恩的唯一辦法，而成人之美亦得到最佳的回報，令我悟通了『破碎虛空』的秘密，讓我們的仙途暢通無阻，只要能解決一個問題，那時我們愛何時走，便可何時離開這個紛擾的人世。」

安玉晴又驚又喜的道：「眞令人想不到，呵！燕飛！」

燕飛忍不住調侃她道：「今夜你喚了我很多次呢！」

安玉晴白他一眼道：「在你面前，玉晴不須掩飾心中的喜悅。練成『至陰無極』後，人家心中只在想你，就怕遲了一步，又怕就算你練成『至陰無極』，亦只能與孫恩拚個同歸於盡。現在一切擔憂全消失了，只有呼喚你的名字，方可表達心中的歡欣。燕飛燕飛燕飛！你明白玉晴的感受嗎？」

燕飛看到她像小女孩般雀躍快樂的可愛模樣，心中充盈著滿足自豪的感覺，因爲他並沒有令這位紅顏知己失望。

安玉晴目光投往大江的方向，道：「你的兄弟拓跋儀要我告訴你，五車黃金已運抵邊荒集，他們正全力備戰。就是這麼多，當信差的任務完成了！」

燕飛心中充滿小別後重逢的喜悅，在這一刻，正於廣陵城進行激烈的兵權爭奪戰，彷彿再與他扯不上關係。

事實上當然不是如此，而他比何無忌更清楚劉裕腦袋中轉動的念頭。因爲王淡眞的恥辱，劉裕對劉牢之的仇恨是傾盡五湖四海之水也洗刷不掉。他今次是懷恨而來，爲的是要向劉牢之討債。他堅持要見劉牢之，是要面對面的打擊他，看著劉牢之眾叛親離、身敗名裂，至乎走投無路，如此方能洩他心頭之恨。

燕飛不會阻止劉裕。正因劉裕等候這一天的出現，方能在最惡劣的環境下仍能保持強大的鬥志，爲自己屢創機會，完成幾近不可能完成的事。

假設一樣的情況出現在紀千千身上，他也會像劉裕般進行報復。他了解劉裕，明白他所受的折磨和痛苦，最難抵是那如毒蛇噬心般的悔疚。

如果劉裕當日不理謝玄反對，與王淡眞私奔到邊荒集，王淡眞便不會有如此悲慘的命運。這正爲劉裕最大的遺憾。

劉裕雖向何無忌保證不會直接傷害劉牢之，可是對付一個人並不一定要動刀動槍，以劉裕的才智，他有其他種種手段，能令劉牢之生不如死。此正爲劉裕堅持要在今晚見劉牢之的原因。

安玉晴的聲音在他耳鼓內響起道：「孫恩究竟是生是死呢？」

燕飛回過神來，一陣大風吹來，十多根髮絲拂到他臉上去，癢癢的。

安玉晴俏臉微紅，不好意思地伸指把放肆的一縷秀髮攏回頭上去，自然而然舉起另一手忙著整理秀髮，又偷偷的望他一眼，神態動人至極點。

燕飛心忖安玉晴的美麗和風情，實不遜色於紀千千。微笑道：「在答玉晴這個問題前，讓我告訴玉晴我從與孫恩這次決鬥領悟回來的一點心得。」

安玉晴放下完成任務的一雙纖手，現出似喜似嗔的神色，橫他一眼道：「原來燕飛也會賣關子。我在聽著呢！」

燕飛欣然道：「很快你會發覺我不是賣關子，而似是簡簡單單的一個問題，自有其來龍去脈，如不依次序先後說出來，會令玉晴難以掌握。」

安玉晴興致盎然的道：「說吧說吧！玉晴在洗耳恭聽。」

一種忘憂無慮的感覺佔據了燕飛的心神。今回重遇安玉晴，感覺又有不同，未來再不是茫不可測，而像是一切全掌握於手上，可以共同開創未來，那類似一種「結盟」的感覺，其中自有微妙的男女之情存在著。

燕飛道：「首先『破碎虛空』是可以在合力下施展的，這大增我們破空而去大計的靈活度，例如由你安大小姐施展『至陰無極』，由紀大小姐施展『至陽無極』，便力足以開啓仙門，拉拔我這在旁搖旗吶喊的小卒過關。」

安玉晴「噗哧」笑起來，瞟他一眼掩嘴嬌笑道：「你說得眞輕鬆容易，事實上人家只是初窺『至陰無極』的門徑，離練成尙有一段很遙遠的路。」

燕飛聳肩道：「有甚麼關係呢？我們有的是時間。」

安玉晴微一錯愕，接著像想到甚麼似的，帶點嬌羞地避開燕飛的目光，垂下螓首。

燕飛心中坦然，在破空而去大前提下，其他一切都變得次要。更何況這人間世眞眞假假，令人迷惘，是否執假爲眞？又或執眞爲假？怕誰都弄不清楚。既然如此，當然也不用太「執著」了。

燕飛輕鬆的道：「其次是我永遠練不成『至陰無極』又或『至陽無極』，因爲我再無法令陰陽二神分開，這是練成此二法的基本要求。」

安玉晴顯然給他說得糊塗了，忘記了嬌羞，迎上他的目光不解道：「我不明白！」

燕飛道：「因爲我又死了一次。」

安玉晴失聲道：「甚麼？」

燕飛遂把「命喪」於萬俟明瑤掌下的情況道出，苦笑道：「這次經驗死亡，令我的陰陽二神合而爲一，再難分彼此，也因而無緣練得兩法。」

安玉晴仍因燕飛二度死而復生的經歷震撼低迴，欲語無言。但她那雙會說話的神秘美眸，卻把心中對燕飛的關切表露無遺。燕飛甚至感到自己成了這美女活著的唯一意義、生命的泉源，那是種充滿了無與倫比、深層超越的愛的感覺。

兩人雖然沒有肉體的接觸，但心靈和感觸如水乳般交融著，遠勝甚麼海誓山盟，地老天荒。他們或許仍不算愛侶，但已超越了普通愛侶的關係。

安玉晴輕呼一口氣，道：「這究竟是吉是凶呢？」

燕飛笑道：「我既然可爲孫恩開啓仙門，還有甚麼值得擔心的？事實證明，只是我一人之力，亦有辦法打開仙門。」

安玉晴眉頭皺了起來，卻沒有說話。

燕飛當然曉得她在擔心甚麼，只是見自己說得豪氣，不忍說出令他氣餒的話。微笑道：「我知道玉晴一直在擔心沒法把仙門打開至可令我們三人攜手而去的寬闊空間，但原來這擔心是完全不必要的。當孫恩穿越仙門的一刻，我感應到他的肉身於那一刻灰飛煙滅，不留半點痕跡。」

安玉晴不自禁發出「呵」一聲驚呼，雙目射出惶恐的神色。

燕飛從容道：「玉晴不須驚慌。我的感應尙有下文，孫恩的凡軀雖於穿越仙門的一刻徹底毀掉，可是他的陽神卻因此釋放出來，到了仙門的另一邊去。你現在該明白我爲何要說這麼多話，方能解釋清楚孫恩的生死。以凡人的角度來看，孫恩的確死了；但換了仙門的角度去看，孫恩卻是得到了新生。」

安玉晴嬌喘道：「太匪夷所思了。」

燕飛道：「所以仙門的大小絕不會成爲問題，離去的並非我們的肉身，而是我們的元神，不受形狀大小的影響。而照我猜想，任我們的至陰至陽如何強大，開啓後的仙門仍是那樣的空隙。」

安玉晴嬌笑道：「你說得很輕鬆有趣。」

接著問道：「你說過還有一道難題要解決，不知是怎樣的難關呢？」

燕飛沉吟片刻，道：「當日我能死而復生，全賴陰神前生的記憶，故能元神歸竅。像孫恩雖能穿越仙門，但因他的元神只得一偏，所以會失去上一個生命的全部記憶，變成一個無根和沒有過去的生命體，如此我們如何能在洞天再續未了之緣呢？」

安玉晴白皙的臉龐再次出現紅暈，令她更是美得不可方物，教人不敢逼視，又忍不住更用神去看。

她先瞄燕飛一眼，然後垂首輕輕道：「我與孫恩的情況剛好相反，又會出現甚麼情況呢？」

燕飛很想說或許變得只懂得和我再續前緣吧！但又知這句話絕不可宣之於口。對安玉晴他是警覺和克制的，雖然清楚她在自己心中佔有重要的席位，但在言行方面卻格外謹慎，怕破壞與安玉晴微妙的動人關係。

有時會想到這克制是不必要的，尤其當認清楚這人間世的本質。既然一切便如浮光掠影，為何不可以拋開一切，盡情享受這個形式生命的賜與。然後時候到了，大家一起破空而去，探索洞天福地的秘密。

燕飛其實是曉得答案的，因為直至此刻，他對安玉晴綽約動人的形體仍沒有絲毫綺念慾望。這並不代表安玉晴對他沒有吸引力，反之她的吸引力是無可抗拒的。問題在當他們在一起時，男女之間的吸引力，被轉化為更深層次和超越了肉慾的愛，那是一種令他不忍破壞的美好感覺，更貼近愛的本質。

相信安玉晴也有同樣的感受。

燕飛道：「我真的不知道，但總感到有點不妥當。」

安玉晴苦笑道：「強如孫恩，也沒法練成純陰純陽兼備的功法，普世之間，恐怕你是唯一的例外，這問題如何可以解決呢？」

燕飛信心十足的道：「單憑自身之力，當然解決不了。但借助外力又如何呢？我也是借助外力，才練成此一奇功。先是丹劫，然後是你爹的陰毒。在這方面我也頗有經驗，我便曾爲高彥和劉裕施法，改變了他們的內氣，由後天轉爲先天，也改變了他們的體質。現在我更有把握改變玉晴和千千，肯定萬無一失，或許要一段悠長的歲月，可是正如我剛才說的，我們有的是時間，何愁大事不成呢？」

安玉晴一雙美眸亮了起來，忍不住心中歡喜的瞄他一眼，含笑道：「何愁大事不成？說得眞古怪。好像甚麼事來到你手上，都變得輕而易舉。燕飛呵！玉晴愈來愈相信你能人之所不能，像萬俟明瑤的死結也可以用如此妙想天開的方法來解決。」

又道：「玉晴尚未有機會問你，你到廣陵來有甚麼事呢？」

燕飛道：「在這大亂的時代，有甚麼事能離得開爭權奪利、鬥爭仇殺？玉晴千萬不要爲這種事分神，我說出來都怕弄污了你的耳朵。」

安玉晴沒好氣的道：「可是在千千姊的事上，玉晴好該稍盡棉力吧？」

燕飛搖頭道：「你不是說過我能人所不能嗎，我絕不願你沾上血腥。我最喜歡你繼續過著遠離人世紛爭的生活。你現在該可心無罣礙的專志修煉你『至陰無極』的功法，直抵大成之境。當時候來臨，我會和千千去找你，由那刻開始，我們三個人再不會分離。」

安玉晴今次連耳根都紅透了，垂首輕輕道：「燕飛呵！你有沒有想過現實的問題，我們這麼在一起生活，不是挺古怪嗎？」

燕飛微笑道：「這個是我們必須面對的問題，但卻不用在此刻尋求解決的方法，一切由老天爺做主，也不用給自己限制，俗語不是有所謂船到橋頭自然直嗎？一切順乎自然如何？」

安玉晴嬌羞的道：「玉晴還有別的選擇嗎？」

燕飛欣然笑道：「沒有！」

安玉晴終於抬頭朝他瞧去，微嗔道：「人家少有這種情緒，都是你不好。」

燕飛灑然聳肩，目光投往何無忌府第的方向，油然道：「我和劉裕等待的人來了。唉！多麼希望能分身陪玉晴去遊山玩水，可是現實卻不容許我這麼做。多麼希望雪融的時候可以提早來臨，讓我們能共賞北方春暖花開的美景。」

安玉晴笑逐顏開，道：「這是別開生面和討人歡喜的逐客令。玉晴這就回家，安心等候燕飛和紀千千大駕光臨。」

說畢盈盈起立，秀眸閃射著欣悅的神色。

燕飛拿起她一雙柔荑，緊握手中，叮嚀道：「路途小心！」這才放開她的手。

自相識以來，這是他們之間最親密的接觸。

安玉晴出奇的平靜，美目深注的看著他，柔聲道：「燕兄保重。」

然後衣袂飄飄的去了。

燕飛直至她沒入遠處的暗黑裡，方返回何府去，此時蹄聲已抵何府門外，顯示劉牢之在沒有選擇的情況下，不得不到何府來見劉裕，盡顯劉裕現今在北府兵內舉足輕重的實力。

第三十九章　進軍建康

不知爲何，桓玄竟想到了苻堅。

這個想法令他心中有點不舒服。

一隊又一隊的戰船，亮著輝煌的燈火，聲勢浩大的往下游駛去，明早黎明前，他們會出現於建康石頭城的碼頭處，而石頭城那時該已落入支持他的建康將領手上，建康軍再沒有本錢和他周旋。

桓玄傲立在旗艦「桓荊號」的指揮台上，在十多個將領的簇擁下，檢閱開往建康戰場的戰船。

苻堅怎能和他桓玄相比。

苻堅目空一切，以爲投鞭足可斷流，勞師遠征，又心切求勝，被謝玄完全掌握他的性格弱點，憑淝水一戰，令他的大秦國瓦解。可憐苻堅連望建康一眼的福緣也沒有，只能對淝水懺悔嘆息。

他桓玄則是謀定後動，先後除掉聶天還、楊佺期、殷仲堪，獨霸荊州，兵勢強盛，這才順流攻打建康。

姑熟一戰，他更把由司馬道子頭號猛將率領的建康水師打得落花流水，活捉司馬尙之，令軍威更振。

司馬道子還可以憑甚麼來對抗他？

他最擔心的劉牢之亦已中計，誤以爲他的荊州軍在與兩湖軍的戰鬥中折損嚴重，故採坐山觀虎鬥的策略，希望荊州軍和建康軍拚個兩敗俱傷，而他劉牢之則可坐收漁人之利。

他與苻堅最大的分別，在於苻堅既不知彼，又不知己。而桓玄自問對現時建康的情況瞭如指掌。

司馬元顯因久候劉牢之不至而生出怯意，不敢在大江上逆流迎擊他的荊州水師。如此正中桓玄下懷，因爲在李淑莊八面玲瓏的手腕下，建康城有大半已悄悄落入他的掌握中。甚至負責皇城防禦的將領裡，亦有人暗中向他投誠。

明天將會是場一面倒的戰爭。

桓玄舔了舔被江風吹得乾裂的嘴唇，似已舔著血腥的味道，想起可親手斬下司馬道子的人頭，便大感快意。

在桓溫死後，桓玄仍是個少年，有一趟赴京參加司馬道子的晚宴，當時司馬道子借點醉意，當眾問他道：「桓溫晚年想做賊，有何緣故？」

此句話令桓玄大吃一驚，慌忙跪在地上，幸有其他人解圍，方能免禍。

桓玄一直視此爲生平奇恥大辱，現在雪恨的時候終於到了。

任司馬道子逃到天涯海角，也絕逃不出他的掌心。

忽然又想起李淑莊這位艷著京城的尤物，她是否名不虛傳，很快便可以揭曉。攻陷建康後，誰敢拂逆他的意旨。

想到這裡，全身的血液都似沸騰起來。

還有是謝玄之女謝鍾秀，這小美人比之王淡眞又如何呢？不過謝鍾秀可不比李淑莊，要得到她必須謹愼行動，否則會引起建康高門的惡感，對他坐穩帝位非常不利。

桓玄對司馬王朝的怨恨，並不是在旦夕之間形成，而是長期的積怨。

想當年父親桓溫何等顯赫，司馬氏之所以能保著皇座，全賴桓溫肯大力支持，想不到卻給司馬道子當著許多客人，醉眼矇矓的詆毀侮辱，事後桓玄曾上疏申述桓溫的功勳，要求朝廷「追錄舊勛，稍垂愷悌覆蓋之恩」。可是奏疏上去之後，竟如石沉大海，得不到朝廷半點回響。

多年苦待的機會，現在終於來臨。

擊垮司馬尚之的船隊後，荊州軍如入無人之境，長驅直下，進逼建康。

桓玄幾可預見，明天建康皇城豎起的再不是晉室的旗幟，而是他桓氏的家旗。

殺掉司馬道子後，接著將是劉牢之，然後是劉裕。

誰敢擋我桓玄稱帝之路，誰便要死，且會死得很慘。

劉裕坐在書齋內，外表看去平靜得近乎冷酷，事實上他體內的熱血正沸騰著。

他堅持要見劉牢之，並非一時的意氣，更不是一時衝動，而是深思熟慮後的計畫。

他要令所有人都知道，劉牢之是無可救藥的，讓劉牢之嘗盡由他一手造成的苦果，得到他應得的報應。

他清楚劉牢之是怎樣的一個人，更清楚劉牢之對他的忌憚。

當劉牢之赴會而來的馬蹄音傳進他耳中，他便曉得劉牢之正處於絕對的被動和下風，更可知劉牢之現在不敢向他動干戈。

劉牢之正處於生命最奇特的處境下。

他以爲自己勝券在握，最重要是保持手上的軍力，使他能在荊州軍和建康軍的火併裡坐收漁人之利。

偏在這至爲關鍵的一刻，他劉裕出現了。而何無忌親自向劉牢之爲他說項，本身已顯示了他劉裕有分裂北府兵的號召力。

所以劉牢之是被逼來見他，而主動權已操控在他劉裕手上。

蹄音於外院廣場而止，劉牢之和親隨高手該正甩鐙下馬，準備入府。

劉裕心中浮現王淡眞淒美的容顏，頓然生出肝腸欲斷的感覺，仇恨的火燄同時熊熊的燃燒著。

除了在烏衣巷謝家首遇淡眞的那一回，他看過淡眞活潑歡欣的神情外，此後每次見到她，她都是不快樂的。

即使她縱體投懷，忘情的與他親吻，他仍清楚感到她內心的矛盾及悲苦。

唉！

紅顏薄命。

但劉裕最不能忘懷的，是她一身盛裝被送往江陵的一刻，那也是劉裕見她的最後一面。

足音自遠而近。

劉裕表面仍是那麼冷靜，心中卻在默默的淌血。

淡眞！

爲你討回血債的時候終於到了，你的恥恨只有以血來清洗。

相信我！

明天一切都會不同了。

今夜將是劉牢之能逞威風的最後一夜，過了今夜，劉牢之將發覺他的爭強夢變成幻影破碎。
至於桓玄，他授首於我劉裕刀下的日子，亦是屈指可數。

《邊荒傳說》卷十三終

國家圖書館出版品預行編目資料

邊荒傳說／黃易著. --初版.--台北市：
蓋亞文化，2015.08－
冊; 公分. --

ISBN 978-986-319-162-9 (卷13：平裝)

857.9　　　　104000521

邊荒傳說

卷13

新編完整版

作者／黃易
封面題字／錢開文
裝幀設計／克里斯
出版／蓋亞文化有限公司
地址◎台北市103赤峰街41巷7號1樓
電話◎（02）25585438　傳真◎（02）25585439
部落格◎gaeabooks.pixnet.net/blog
服務信箱◎gaea@gaeabooks.com.tw
投稿信箱◎editor@gaeabooks.com.tw
郵撥帳號◎19769541　戶名：蓋亞文化有限公司
法律顧問／義正國際法律事務所
總經銷／聯合發行股份有限公司
地址◎新北市新店區寶橋路二三五巷六弄六號二樓
電話◎（02）29178022　傳真◎（02）29156275
初版一刷／2015年08月
定價／新台幣 280元
Printed in Taiwan

ISBN／978-986-319-162-9